Am 1. Januar 2000, anlässlich ihres 90. Geburtstags, lädt die gebürtige Wienerin Clementine auf einem Landgut in Patagonien an die Festtafel. Unter der blühenden Linde beginnen die Schatten des soeben vergangenen Jahrhunderts auf die Stimmung zu drücken. Die Versammelten sind Emigrierte verschiedenster Herkunft – Verfolgte und Vertriebene, aber auch Verdächtige – sowie ihr aufbegehrender Nachwuchs. Und so eng alles zusammengehört, prallen hier doch Welten aufeinander. In den Anden Argentiniens, umfangen vom Duft patagonischen Lammbratens und beim Anblick mitteleuropäischer Tortenkunst, treibt das Fest unausweichlich einem schicksalhaften Ende zu.
Mit hintergründigem, schwarzem Humor führt Germán Kratochwil seine Leser in eine gleichermaßen exotische wie vertraute Welt. Er bohrt tief in die Vergangenheit und in die Seelen seiner Protagonisten.

Germán Kratochwil, geboren in Korneuburg und ausgewandert als Kind, lebt in Patagonien und Buenos Aires. In Hamburg 1973 zum Sozialwissenschaftler promoviert, war er jahrzehntelang für internationale Organisationen in Genf, Buenos Aires, Lima, Asunción, Santiago de Chile, Caracas und Montevideo tätig und veröffentlichte Fachliteratur auf Spanisch. »Scherbengericht« ist sein erster Roman, der 2012 für den Deutschen Buchpreis nominiert wurde. Im Herbst 2013 erscheint im Picus Verlag Wien sein zweiter Roman: »Rio Puro«.

Weitere Informationen, auch zu E-Book-Ausgaben, finden Sie bei www.fischerverlage.de

GERMÁN KRATOCHWIL

SCHERBEN GERICHT

ROMAN

FISCHER Taschenbuch

MIX
Papier aus verantwortungsvollen Quellen
FSC® C014496
FSC
www.fsc.org

Erschienen bei FISCHER Taschenbuch
Frankfurt am Main, Dezember 2013

Lizenzausgabe mit freundlicher Genehmigung des
Picus Verlag Wien

Druck und Bindung: GGP Media GmbH, Pößneck
Printed in Germany
ISBN 978-3-596-19686-9

SCHERBENGERICHT

Die Linde ist der Baum der Wohnlichkeit.
Adalbert Stifter, »Nachsommer«

1

MARTIN UND KATHA

Der Satellit zeigt dir die Peninsula Valdés wie ein Disco-Täschchen, das am patagonischen Festland hängt. Aber hier unten rollst du über eine endlose Landbrücke auf sie zu: Ozean rechts, Ozean links, du kannst dich nicht verfahren. Ein absurder Umweg ist das schon, wenn dein wirkliches Ziel Quemquemtréu heißt – nicht am Meer gelegen, sondern hoch oben in den Kordilleren –, und wenn du auf dem Weg dorthin auch noch ein Meeting mit den Mapuches auf dem Programm hast. Das weißt du alles längst, hast es von Anfang an gewusst, gestand Martin Holberg sich ein; den schweren Wagen lenkte er nur noch mit links, ohne langsamer zu werden. Ja, ein Riesenumweg, und es war sein Fehler, auf Kathas bizarre Wünsche einzugehen: erst einen ganzen Tag whale watching, dann noch das sogenannte Sanktuarium der Lady Di ... Ist ihr denn wirklich geholfen, wenn man jedem ihrer Einfälle nachgibt? Sind sie es wert, ein Treffen mit den Indigenen zu verpassen oder gar bei Mamas neunzigster Geburtstagsfeier zu fehlen?

Vorhin, als er noch in der Steppe nach Hinweisen auf die Landbrücke suchte, hatte ihn im Rückspiegel der Sonnenuntergang überrascht. Das schwarze Asphaltband zog ihn immer nur ostwärts, wo es irgendwo im gelben Dunst des vertrockneten Grases verschwamm. Vor der Motorhaube flatterte ein vollgefressener Geier von plattgewalztem Aas hoch. Hinter einem Dornbusch starrten ein paar Guanakos herüber, als hätten sie noch nie ein Auto vorbeijagen sehen. Was ist das nur für eine öde Durchreiselandschaft! Aber nicht zu vermeiden, wenn du deine Ziele erreichen willst. Fragt sich nur: Welche? Und vor allem: Wozu? Das wiederholte er für sich nun schon eine ganze Weile. Was konnte ihm nach elf Stunden Fahrt und in solcher Gegend denn sonst noch einfallen, um das Einschlafen zu verhindern? Ein durchlöchertes Straßenschild, die willkommene Zielscheibe für Besoffene, hatte endlich die Nähe der Península Valdés angekündigt. Doch die Mitteilung, laut in den Wagenfond gerufen, war ohne Antwort geblieben. Nach der Erregung des späten Nachmittags musste Katha eingeschlafen sein.

Sie erreichten den Rand der Steilküste, den Golfo Nuevo. Tief unten, in der weitgespannten Bucht, flimmerte im letzten Sonnenlicht der Südatlantik. Diese breiten, trägen Wellen hatte er vor vierzig Jahren schon einmal durchkreuzt, als Student auf Darwins Spuren, an Deck eines stinkenden Trawlers, der ihn nach Puerto Pirámides brachte. Jetzt musste er hastig herunterschalten: An hohen Sedimentschichten vorüber ging es ein paar Schleifen lang steil hinab, und bald darauf tauchten im Schatten des Abgrunds, wie aus der Erinnerung, die bunten Holzbuden und Katen des Fischerdorfs auf. Bewegungslose Gestalten auf den Veranden, trübes Licht in den Fenstern, Musikfetzen aus einer Kneipe. Der Sandboden verschluckte das Fahrgeräusch des staubigen Mercedes.

Tatsächlich hatte Katha, die Beine an den Leib gezogen, auf dem Rücksitz geschlafen. Erst das Knirschen der Reifen auf dem Schotter vor dem Motel weckte sie jetzt. Der Dieselmotor verstummte; auch die Bilder und Stimmen, die sie am Tag heimgesucht hatten, waren wie abgeschaltet. Und die jähe Stille wirkte belebend. Martin stemmte sich mit seiner Standardfloskel – *»Well, here we are!«* – aus der Wagentür, richtete sich langsam auf. Aber Kathas junger Körper war schon aus seiner Fötushaltung gefedert und noch vor ihm ins Freie gesprungen. Sie grinsten einander zu und lockerten wie vor dem Jogging ihre Gelenke. Vom Strand her schlug ihnen Algengeruch entgegen. Algen und Fisch.

Dann hörten sie hoch über der Bucht ein Flugzeug. Sie sahen den silbernen Tupfen langsam gegen Osten ziehen, in den dunkelnden Himmel hinein. Eine Propellermaschine. Wie gemächlich diese alte Kiste doch flog! Aber wohin – hinaus in den offenen Ozean? Martin kam es vor, als wollte der Pilot mit seinem Brummton nur die Tiefe der hereinbrechenden Nacht ausloten. Am Empfang gab es Fragen, sie hatten nicht reserviert, es musste der Computer befragt werden. Dr. Martin Holberg? Schließlich bekamen sie das einzige freie Zimmer, eine Art Jugendabsteige mit mehreren Einzelbetten. Na, es war ja gerade mal für eine Übernachtung.

»Duschen, nur duschen!«, rief Katha. Sie riss Martin den Zimmerschlüssel aus der Hand, schulterte ihren kleinen Rucksack und eilte hinaus, während er noch ein Formular ausfüllte. Zum Abendessen blieben sie im Motel. Andere Gäste hatten wohl die gemütlichen Fischstuben im Dorf bevorzugt, denn der Speisesaal war leer. Aber Martin wollte Katha nicht einer lachenden, schmatzenden, eng zusammengerückten, rundum genießenden Touristengruppe aussetzen. Sie hatte die Klinik erst vor zwei Tagen verlassen.

Der Saal des Motels war offensichtlich ein Mehrzweckraum. An der schmalen, fensterlosen Seite stand auf einem Podest ein altertümliches Schlagzeug samt Keyboard, Mikrofon und zwei abgestoßenen Boxen, und am Boden lagen verknäulte Kabel herum. Ringsum an den Wänden hingen die bleichen Gebeine der Wale sowie Vergrößerungen eindrucksvoller Aufnahmen. Die Bilder zeigten machtvoll aus dem Meer hervorbrechende Glattwale, aber auch gestrandete Kolosse, im Sand sterbend oder wohl schon tot, denn die Herumstehenden hielten sich Taschentücher vor die Nase.

Martin setzte sich sofort an einen Tisch, aber Katha war vor einer Vitrine stehen geblieben, in der die historischen Werkzeuge des Walfangs und der Walverarbeitung gezeigt wurden: Harpunen, riesige Speckmesser, Pieken, Haken, Speckgabeln, Schöpfer, Flenserschuhe mit Schneidemessern. Die Ausstellung war offenbar vom *Whale Conservation Institute* gestiftet worden.

»Total abscheulich«, bemerkte Katha, als sie an den Tisch kam. »Hast du gewusst, dass man in neuerer Zeit gezinkte Harpunen benutzt und mit einer Kanone abfeuert? Beim Einschlag öffnen sich vier Widerhaken und am Körper des Wals explodiert eine Sprengladung. Dazu eine Variante: eine scharf zugespitzte Granate, die tief eindringt und dem Opfer ein Riesenloch reißt. Diese Hurensöhne!«

Martin war froh, dass sie jetzt mit dem Rücken zur Vitrine saß. Als das Essen kam, pickte sich Katha nur ein paar Endivienblätter vom Teller und nahm keinen Bissen von ihrem Seelachsfilet. Da sie nach dem Duschen in aufgekratzter Stimmung gewesen war, hatte sie bei der Bestellung auf einer Flasche Rosé bestanden und kippte sogleich zwei Gläser hintereinander. Martin sah sich gezwungen, sein eigenes schnell zu leeren und sich von dem süßlichen Wein, den er nicht mochte, eilig nachzuschenken.

»Wir hätten uns in dieser Sache längst engagieren müssen«, erregte sich Katha, während sie ihn missbilligend beim Zerteilen, Aufspießen und Kauen beobachtete. Auf ihrer hellen, sommersprossigen Gesichtshaut waren ein paar rote Flecken entstanden. Sie wühlte wie verzweifelt mit der Linken in ihrem rotblonden Haar. »Deine ehrwürdige Familie ist seit fast hundertfünfzig Jahren in diesem Land aktiv. Sie hat sämtliche Schweinereien – gegen Indios, gegen Tiere, gegen die Natur – geduldet, vielleicht sogar mitgemacht und auf jeden Fall ihren Dividenden-Anteil eingestrichen oder so. Aber du hast mir ja schon bei den Gorillas nicht geholfen. Das war nicht fair, master. Lady Di hat sich total und ohne jede Berührungsangst für die verstümmelten Kinder in Afrika einsetzen dürfen, für die Opfer der Tretminen. Und wir, heute, hier?«

Martin konzentrierte sich auf sein Lachsfilet. Nicht widersprechen, nicht richtigstellen, nicht recht haben wollen! Damit befolgte er den Rat des Psychiaters Dr. Elias Königsberg. Aber schweigen war vielleicht auch nicht das Beste. Katha hob die Stimme, ging zum Angriff über: »Du verblasst übrigens immer mehr! Deine Züge fließen auseinander. Ja, ich kann dich kaum noch erkennen. Du wirkst grau, konturlos, verwaschen – wie auf einem alten T-Shirt. Ist doch irre! Wer bist du eigentlich, man?«

Ein müder Oldtimer mit grauem Haar und grauem Bart. Sie hatte ihn schon einmal mit dem späten Julio Cortázar verglichen. Nichts dagegen: Viel lieber wäre er der große, skurrile Erzähler mit dem verwilderten Bart und dem Grübelblick im faltigen Jünglingsgesicht gewesen – statt dieses Phantombild jetzt, das Katha von ihm zeichnete. Doch nein, nur kein Wort des Widerspruchs, die Lawine könnte losbrechen. Nur mit naiver Verwunderung in dieses schöne, von innen her aufleuchtende und sich dann wieder erschreckend verdüsternde Gesicht schauen. Das lindert ihre Spannung, ja es beruhigt sie vielleicht. An ein Dessert oder an Kaffee war nicht mehr zu denken. Bei ihrem hastigen Verlassen des Speisesaals wandte Katha sich mit Nachdruck von der Vitrine ab.

Im Jugendzimmer setzte Martin sich auf eines der Betten und zog seinen Laptop und Arbeitspapiere aus der Reisetasche. Musste es sein, dass Katha vor dem Schlafengehen so sorglos herumlief, nackt bis auf ihr zart durchbrochenes Höschen? Kleine Brüste, die an seinem Gesicht vorüberwippten. Er entdeckte das Yin-Yang-Tattoo in ihrer enthaarten linken Leiste. Bisher hatte er nur die blasse Lotosblüte zwischen ihren Schulterblättern gekannt. Schnell wandte er sich dem Badezimmer zu, floh ihren Gutenachtkuss, überhörte ihr »Night, night, master!«, hockte sich auf den Klodeckel. Es war feuchtwarm hier drinnen von ihrem unendlichen Duschen; der Spiegel weiterhin beschlagen.

Bereits im Federbett vergraben, rief Katha ihm noch zu: »Morgen wird mir dieser Roberto Williams vorführen, wie er mit seinen Walen spricht! Er wird ihnen von meiner Empörung berichten können, von meinem Hass auf ihre Killer, meinem tiefen Mitgefühl und so. Wir müssen uns bei diesen Tieren ganz besonders entschuldigen. Jawohl, Herr Dr. Holberg! Schließlich haben wir es auch hier mit einer diskriminierten Minderheit zu tun. Ihr Thema! Unsere Botschaft *muss* einfach rüberkommen. Du weckst mich morgen rechtzeitig, okay?«

Er versicherte es ihr; sie solle nur schlafen, er müsse noch ein paar Sachen erledigen. Er verließ den Raum, Laptop und Papiere unterm Arm, und suchte die Telefonkabine.

Die Verbindung mit Quemquemtréu kam sofort zustande. Rotraud Lagler war am Apparat. »Martin, wie schön dass Sie uns ...« Ob er zu dieser späten Stunde noch mit seiner Mutter sprechen könne, unterbrach er ihren voraussehbaren Wortschwall. Im Hintergrund hörte er Stimmen und Musik, es klang wie ein Wiener Walzer.

Rotraud lachte. »Aber ja, wissen Sie, wir sitzen gerade mit den Königsbergern in der Küche und spielen Mensch ärgere Dich nicht ... Und staunen Sie, Herr Doktor: Ich bin am Gewinnen! Komm, Clementine! Es ist dein Martin.«

Das Kichern verlor sich und Martin vernahm plötzlich das schwere, tiefe Atmen seiner Mutter. Es hörte sich unheimlich nahe an. »Na endlich. Was ist los, mein Sohn, wo bist du?«

»Mama, Katha und ich sind am Meer. Heute übernachten wir in Puerto Pirámides, auf der Halbinsel Valdés ...«

»Aber das ist doch am anderen Ende der Welt! Ist euch etwas passiert?«

Siebenhundert Kilometer trennen die patagonische Küste von der Ortschaft in den südlichen Kordilleren nahe der Grenze zu Chile: neun Autostunden, tausend Meter Höhenunterschied, eine mit Felsbrocken übersäte Steppe, dann kahle Tafelberge; schließlich die immensen Wälder vor den schneebedeckten Gipfeln. Martin sah die Wohnküche auf der Farm lebendig vor sich, die ersten Sommergäste von Rotraud und Treugott Lagler, wie sie um den großen Esstisch vor dem Brettspiel saßen und um ihr Leben würfelten.

»Nein, gar nichts ist passiert. Buenos Aires haben wir wie geplant im Morgengrauen verlassen. Vorgestern habe ich Katha aus der Klinik geholt. Ich habe ihr aber fest zusichern müssen, hier und in Gaimán zu unterbrechen. Sie ist jetzt auf einem Lady-Di-Trip. Der Arzt hat unserem Umweg zugestimmt, schon aus therapeutischen Gründen.«

»Also erklär mir jetzt bitte sofort diese neueste Spinnerei dieses Mädchens!«, rief die Mutter in barschem Befehlston.

»Mama, ich erzähle dir alles, sobald wir uns sehen. Das würde jetzt zu lang werden. Morgen früh fahren wir aufs Meer hinaus, um Wale zu sichten. Es gibt da einen Fremdenführer, der mit ihnen sprechen kann. Jedenfalls behauptet er das. Und dann geht es gleich weiter nach Gaimán, zur Princess of Wales.«

»Jetzt hör doch auf damit!«, unterbrach ihn die Mutter. »Mach diese Verrücktheit nur nicht wieder mit, Martin. Was versprichst du dir davon? Ein sauberes Paar: das durchgedrehte Tschapperl und ihr depperter Begleiter, der Herr Professor …« Der Mutter schien in der aufgeregten Rede die Luft auszugehen. »Wann seid ihr endlich bei uns?«, keuchte sie.

»Übermorgen, Mama, übermorgen. Ich habe morgen Abend noch ein ganz wichtiges Treffen mit der Mapuche-Gemeinde in Huemules; es geht um Landeigentum. Und du weißt ja, an der Silvesterfeier bei den Laglers liegt mir nichts. Deinen Freund Königsberg habe ich sowieso erst vorige Woche wieder besucht.«

Eine Pause. Im Hintergrund weiterhin dieser Walzer – den kannte er zur Genüge. *Wiener Blut, Wiener Blut …*

»Na, dann immer hin zu deinen Indianern. Die gehören wenigstens zu deinem Beruf.«

Ihr Ringen um Luft hörte sich beängstigend an. War er nicht zu direkt, zu grob gewesen mit der alten Dame? Aber sie hatte noch genug Schwung, um fortzufahren. »Dass du mir ja nicht bei meinem Geburtstag fehlst. Am ersten Ersten Zweitausend. Mein neunzigster – und sicherlich mein letzter … Hoffentlich!«

»Mama, noch lange nicht. Wie geht es dir denn sonst?«

»Na weißt du, der Lindenbaum steht wieder in voller Blüte, Martin … Herrlich, dieser Duft! Das ist keine Zimmerlinde.

Siegmund Rohr, der alte Filou, kommt zum Fest, die Cirigliano auch, Elias und Gretl sind ja schon hier – und, zum ersten Mal, ein Ehepaar Krohn.« Sie senkte die Stimme, sodass Martin sie nur mit Anstrengung verstehen konnte. »Weißt ja eh – Gretls Neffe. Der Zahntechniker. Aus Israel. Aber sehr nette Juden. Nur, die Frau versteht blöderweise kein Wort Deutsch.« Und gleich darauf wieder ziemlich laut: »Dein Sohn Gabriel wird dieses Mal wie ein Erzengel auf seinem Drachen vom Himmel herunterschweben – das hat er mir versprochen. Und der gute Treugott wird uns wieder das traditionelle Lamm zubereiten. (›Das Lamm muss ich erst noch schlachten!‹, hörte Martin den Farmer aus der Tischrunde herüberrufen.) Seine Rotraud sorgt für die Mehlspeisen und Salate – und unser weiser Dr. Königsberg wird natürlich zu allem seinen Senf geben.«

Wieder Schweigen, Walzer, Gekicher. Sie hat sich wohl der Tischrunde zugewandt, dachte Martin – und erschrak, als er die Mutter wutbebend in sich hineinsprechen hörte: »Ja, Fickramichel!« Es kam unterdrückt aus der Hörmuschel, leise, doch ganz real, und nochmals, falls er an der Unflätigkeit gezweifelt haben sollte: »Fickramichel!« Ein Kehllaut, wohl nur für ihn hörbar. Und dann verstand er, was die Mama so außer sich gebracht hatte, denn sie kommandierte laut: »Rotraud, dass du mir ja nicht den Läufer rausschmeißt, zähl noch einmal!« Es klickte. Clementine Holberg hatte ihren Sohn vergessen und einfach aufgelegt.

Martin rief nicht wieder an – er wollte das Mensch ärgere Dich nicht kein zweites Mal unterbrechen. Wie er diese Abende auf dem Tilo-Hof doch kannte! Anfangs roch es in der großen Wohnküche immer noch nach dem abgeräumten Abendessen, nach deftiger Südtiroler und böhmischer Kost, oder nach Rotrauds patagonischen Varianten, und bald darauf duftete es nach Pfefferminztee, den die vom Lachen geschüttelte Wirtin den Gästen braute, »zur besseren Verdauung«, wie sie ihnen versicherte und dabei anzüglich ihren Steiß nach hinten reckte. Da saßen sie dann alle zusammen: Treugott, der Bergbauer mit seinem

Fidel-Castro-Spleen; Elias Königsberg, der greise Psychiater und Weltmann mit seiner oft händeringenden Ehefrau Gretl; und Mutter Clementine, herrisch die Spielszene überwachend. Er versuchte, sich seine Katha in diese Runde hineinzudenken – oder auch Gabriel, den Sohn, der vor zwei Jahren ohne ein Wort des Abschieds die Wohnungstür hinter sich zugeschlagen hatte und seither nichts mehr von sich hören ließ. Die Vorstellung war bedrückend.

Kein Internetanschluss für seinen Laptop. Das hätte er voraussehen können. Hier, südlich des zweiundvierzigsten Breitengrads, begann die Kommunikationswüste. Man war auf wenige Oasen wie Luxushotels oder Internetcafés angewiesen. Aber er wusste auch dies: Sehr bald würde ihm selbst in Patagonien das ständige Bedürfnis abhanden kommen, weltweit Verbindungen herzustellen, die *New York Times* zu lesen und wichtigen Infos nachzujagen. Das kam alles von sehr weit her. Hier betrat man die Einsamkeitsgesellschaft.

Immerhin konnte er dann doch im Büro hinter der Rezeption eine Mail an den Bürgermeister von Huemules, Ingenieur Jorge Jones, aufsetzen: Erst morgen, am 31. Dezember, werde er eintreffen. Die Sitzung mit den Vertretern der Mapuche-Gemeinde sei für neunzehn Uhr anberaumt. Das Projektdokument, das er und sein Team im Auftrag der Stiftung *Boden und Frieden* und der UNDP ausgearbeitet hätten, liege den Sprechern der Indigenen seit zwei Wochen vor. Er wolle zunächst nur ihre Stellungnahme dazu hören. Die Mapuche müssten indessen berücksichtigen, dass der argentinische Eigentümer des hundertsiebenundachtzigtausend Hektar umfassenden Landstrichs dem Käufer, einer niederländisch-amerikanischen Aktiengesellschaft, nichts von den alten Siedlungsrechten der Indios verraten habe. Der Rechtsstreit sei eingeleitet und werde sich noch lange hinziehen. Die Käuferseite habe indessen Verständnis für die unverschuldet schwierige Lage, in welche die kleine Gemeinde geraten sei; schließlich wären ja beide Seiten vom argentinischen Verkäufer hinters Licht geführt worden. Daher biete ihnen das Unternehmen, obwohl es dazu nicht verpflichtet sei, ein großzügig bemessenes, von Experten gründlich ausgearbeitetes Projekt an; es enthalte eine ganze Palette von Maßnahmen für die nachhaltige Entwicklung der Mapuche-Siedlung, wenn auch an einem anderen Ort. Die Firma erwarte einen offenen, aber vernünftigen Gedankenaustausch über ihr Angebot. Abschließend bat er den Bürgermeister, auf Kosten des Unternehmens alkoholfreie Getränke bereitzustellen und entschuldigte sich für den Termin. Er wisse, dass alles für die Silvesterfeier vorbereitet sei, noch dazu für den Beginn eines Jahrhunderts und eines neuen Jahrtausends, und er bedanke sich schon einmal im Voraus für die bereitwillig gewährte Hilfe. Am Morgen danach müsse er allerdings sehr früh nach Quemquemtréu aufbrechen.

Martin Holberg las seine Epistel nicht mehr durch. Viel zu lang geraten, zu institutionell gestelzt: »Palette«, »nachhaltige Entwicklung«, »offen, aber vernünftig« – erschwert das eine denn zwangsläufig das andere? Also rasch auf »send« klicken und weg mit dem Scheiß! Sowieso waren die Aussichten für das ganze Vorhaben eher trüb. Alter Sperrmüll aus seinem auslaufenden Beruf – aus seinem früheren Leben schon –, den er mit Dr. Elias Königsberg, seinem Seelen-Bulldozer, noch immer nicht ganz weggeräumt hatte!

An der Bar – er musste nach der Bedienung klingeln – ließ sich Martin eine Flasche Pinot Noir entkorken und ein Glas geben. Seitdem Katha – wenngleich mit Rückfällen wie vorhin – nicht mehr trank, verbarg er vor ihr seine Sucht. Er hatte einen dieser neuen patagonischen Weine verlangt, die in Buenos Aires in Mode gekommen waren. »Saurus« stand auf dem Etikett, quer über dem fein gestochenen Umriss eines Patagosaurus. Der Kellerei war wohl bewusst gewesen, dass diese Weltgegend seit Darwins Entdeckungsreise weit eher für urzeitliche Fossilien als für irgendwelche Weinsorten bekannt war.

Martin trat vor das Motel. Auf dem Parkplatz stieg ihm wieder der Algen- und Fischgeruch in die Nase. Obwohl er vorgehabt hatte, sich noch den Himmel über der Brandung anzusehen, warf er sich in den Wagen und schob eine Erik-Satie-CD ein. Er hob das Glas gegen die Lichter des flachen Gebäudes, füllte es und prostete dem kauzigen Komponisten zu: »Ein edler Tropfen aus dem Jurassic Park!« Der Wein war höchst genießbar, weshalb Martin den Namen »Saurus« wegen der naheliegenden Pointe nicht glücklich fand – aber die ergab sich im Spanischen ja eh nicht. In Gedanken und Selbstgesprächen pendelte er unbewusst zwischen beiden Sprachen hin und her. Das setzte sich in den Träumen fort. Das verdankte er der Mutter, die darauf bestanden hatte, mit ihm ohne Unterlass ihr österreichisches Deutsch zu sprechen. So hatte sie es auch von den Enkeln verlangt und eigentlich von allen, die ihr näherkommen wollten. Bei Elias führte es zu dialektaler Komik: Der stammte aus Fürth und versuchte in Hörweite Clementines immerzu, seinen mittelfränkischen Originalton zu verwienern.

Kathas Parfüm im Wageninneren. Er sieht sie im Bett, nach ihrer Art chaotisch in die Decke verknäult, das rotblonde Haar über dem Kissen ausgeschüttet. Sie schläft. Das Profil, ihrer Mutter so ähnlich! Judith hatte die täuschend simplen Klavierstücke Saties nur zur eigenen Beruhigung gespielt, den gemessen dahinschreitenden *Gymnopédies* mit einem Lächeln nachgesonnen. Die Erinnerung an ihr Sterben sickerte nicht ein, nahm nicht allmählich Gestalt an, ließ die Bilder und Stimmen und Laute jener Tage nicht langsam aus der Vergangenheit an ihn herankommen. Nein: Es bricht stets auf einmal herein – ungestüm, brennend, stechend, schneidend, schrill. Er hielt den Atem an, bis es abgeklungen war.

Wie doch ein beständiges, gleichsam etabliertes Unglück einen immer wieder gnädig und hinterhältig in die Normalität entlässt! Es taucht im Tagesablauf unter, stellt sich tot – und packt dann unversehens wieder zu, zwingt dich unter sein Joch zurück.

Katha, wochenlang den ganzen Tag im Bett der toten Mutter, in den Fernseher stierend, die Knie ans Kinn gepresst … Doch gleich darauf ließ Martin dieses heute noch beklemmende Bild der Tochter von einer lichten, schwerelosen Szene aus ihrer Kindheit überstrahlen. Sonnige Camargue, frühsommerliches Saintes-Maries-de-la-Mer: Er steht im Kreis der Zuhörer um Manitas de Plata, fühlt Kathas leichte Last auf den Schultern, wird entführt vom rauen *Cante Jondo* und den langsam ertasteten, plötzlich aufbrausenden Akkorden der Gitarre. In der Gruppe lassen einige ihre Köpfe lose taumeln, andere, wie Judith und der kleine Gabriel, schlagen rhythmisch, wenn auch kaum hörbar, die Handflächen zusammen. Katha hat ihre Ärmchen um seine Stirn geschlungen. Sie beugt sich herunter, flüstert ihm ins Ohr: »Gelt, Pa, die Zigeuner sind doch lieb.« Nur Glücksgefühl, Lebensglanz, leuchtende Zukunft lag in dieser Erinnerung.

Martin nahm einen kräftigen Schluck aus dem Glas. Waren die Saurier Warmblüter gewesen? »Nun sind wir endlich aufgebrochen«, hörte er sich laut denken. Er war todmüde, schloss die Augen, und vor ihm erstreckten sich in die Nacht hinein und ineinander fließend all die Fahrbahnen dieses langen Tages, wie von Scheinwerfern aus der Finsternis gerissen. »Katha und ich, wo rollen wir hin?« In ein neues Jahrhundert, in das dritte Jahrtausend, zu den Walen, zur Gedenkstätte der Lady Di, zu den Mapuches und zum neunzigsten Geburtstag der Oma, die immer noch seine Mutter war. Ein volles Programm.

Katha. Schon in der ersten Sitzung bei Dr. Elias Königsberg hatte er herausgehört, dass im Grunde sie es war, die hinter seinen Fragen und Zweifeln steckte. Rücksichtslos und ganz gegen seine Art hatte er sich ausgeschüttet, in das zuhörende Gesicht des alten Psychiaters hinein – und jetzt war ihm, als hätte am Ende der maßlosen Fahrt durch die Pampas dessen zerklüftete Physiognomie schon wieder auf ihn gewartet. Ja, er musste Katha dankbar sein! Aber auch Gabriel. Dankbar, dass sie ihm nach dem Tod Judiths das einfache Weitertrotten unerträglich gemacht hatten.

Mitten im besänftigenden Klavierspiel fielen Martin wieder die Mapuche ein, auf die er morgen treffen sollte. »Mon cher Satie, es muss, es *wird* mein letzter Auftritt sein!«, schwor er mit erhobenem Glas. »Ich werde diesen Job bereits wie im Rückblick ausführen, sozusagen postum, post mortem.« Und, nun an die imaginäre Gemeinde des morgigen Tages gewandt: »Das sagt euch ein Minderheitenschützer der Vereinten Nationen, der sich nichts mehr vormacht. Euch, fernen Nachfahren des patagonischen Urvolks, Erben der Kaziken und Pferdediebe Namuncurá und Calfucurá, habe ich immer nach dem Mund geredet, euch in euren absurden Hoffnungen bestärkt, all das offizielle Geseire nachgeplappert. Allein von der Sprache bin ich mittlerweile dermaßen saturiert, dass ich eine geheime, hundsgemeine Abneigung dagegen entwickelt habe, meine kostbare Zeit und schwindende Energie weiterhin an eure schäbigen Interessen zu verschwenden!« Hierauf noch ein Schluck.

Vor zwei Jahren, in Buenos Aires, war er zum ersten Mal in Dr. Elias Königsbergs Sprechzimmer gesessen und hatte mit umherschweifendem Blick ringsum geometrische Webkunst aus Peru wahrgenommen – und dabei, sonderbar genug, die nackten Fußknöchel des Arztes entdeckt, die er sogleich in seinen Diskurs integrierte: »Gibt es denn irgendwo noch festen Boden für einen einfältig und barfüßig gewordenen Sozialwissenschaftler? Wohin führt mich – wenn ich denn einen haben sollte – mein Weg?«

Er hatte zu Beginn der Sitzung noch, wie jeder Berufstätige, großmäulig von seiner Arbeit gesprochen: immer neue Vorhaben zum Schutz von Minderheiten, zum Abbau von Vorurteilen, zur Aufhebung diskriminierender und exkludierender Barrieren – aber dann die »nagenden Zweifel« angemeldet. In merkwürdig synchroner Weise habe der Tod seiner Frau auch die (eigentlich erwachsenen) Kinder verändert. Gabriel, immer schon untermotiviert, habe sich vehement vom vermeintlich erfolgreichen Vater als Vorbild losgesagt. Katha habe offenbar gegen die

Zwänge ihrer hohen und vernunftlastigen Intelligenz rebelliert, sie dabei vermutlich beschädigt. Womöglich war das alles schon wie auf dem Sprung in ihnen gelegen, latent wie ja bei ihm selbst auch: Denn er war ebenfalls ans Ende seiner gesinnungstüchtigen Überzeugungen gelangt – am Ende seines Lateins, wie man sagt. »Ich habe wohl über vierzig Jahre lang an eine bessere Gesellschaft geglaubt, dafür gearbeitet, andere dafür arbeiten lassen und gutes Geld damit verdient. Aber kann ich jetzt immer noch der von Katha und Gabriel überführte Sandwich-Mann sein, der auf dem vorderen Plakat stolz ›Prof. Dr. Martin Holberg, Spross einer namhaften argentinischen Familie, Beauftragter für Minderheitenschutz der UNDP‹ verkündet – hinten jedoch aufmotzend bekannt gibt: ›Ich scheiß drauf!‹? Also einer, der radikalste Gegensätze in sich herumträgt und nur versucht, sie schwebend im Gleichgewicht zu halten?« Obendrein verkaufe er sich ja auch noch schick und teuer als »Denker« auf dem Konfliktfeld »Biosoziologie und Ethik«. Hinter solch einem umfassenden humanistischen Angebot dürfe eine gereifte, weise Persönlichkeit erwartet werden, ein Wiedergänger von Lévi-Strauss etwa – nicht ein inwendiger Zweifelbruder, ein an seiner Sache und an sich selbst Verzweifelnder, ein Defätist und potenzieller Saboteur des eigenen Gewerbes.

Elias Königsberg hatte damals ausführlich genickt – ganz Ohr, aber eben nur Ohr. Es war das erste Mal, dass Dr. Martin Holberg irgendjemandem gegenüber seine Schwächen so eindringlich eingestand. »Anfangs habe ich gemeint, ich könne eventuell mit Kathas neuer, spontan-erratischer Lebensführung mithalten. Auch meinem Sohn wollte ich zeigen, dass ich nicht mehr der pädagogische Pedant bin, der ihm verhasst ist. Doch es war mir nicht möglich, gemeinsame Sache mit den beiden zu machen. Ich kann mein Leben nicht zurückspulen und alles ignorieren, was sich angehäuft und in mich eingefressen hat. Die Lebenslast lässt sich nicht einfach abwerfen, sie muss mein eigener Stoff bleiben, um die reinigende Verwüstung meines Inneren zu ermöglichen.

Katharsis! In der eigenen Kindheit muss ich ansetzen – dort, im steten Tropfen der Einflüsterungen meiner Mutter, die zur wahrhaft ›nachhaltigen‹ Gehirnwäsche wurden.« Und um sich dem Arzt nicht völlig als ein dümmlich die Hosen herunterlassender Patient auszuliefern, blieb ihm nichts anderes übrig als Königsberg ironisch anzugehen: »Na, Herr Doktor – auf so ein Geständnis hin müsste doch jedem Analytiker das Herz lachen!«

Übereilt, zusammengewürfelt, stockend hatte er all das während der ersten Sitzung vorgebracht. Und nach dem letzten Satz verdoppelte er die Herausforderung noch: »Sie müssen mir helfen, mit dem quälendsten Widerspruch meiner Biografie, mit ihrem faulen, fatalen Kern fertig zu werden! Nur habe ich dafür kein passendes Wort. Im tiefsten Grund habe ich einen Hang zu herabsetzender, dünkelhafter Diskriminierung, der mit meiner *persona* – mit meiner Bildung oder Kultur, wenn Sie mir das gestatten wollen, mit meinem Wissen und meinem internationalen Wirken – unvereinbar ist. Ein inneres, intimes Skandalon, von dem ich niemanden etwas merken lasse. Offenbar habe ich mich schon als kleiner Bub über die Muttermilch mit einem Absud menschenverachtender Vorurteile vollgesogen – und mit dem Urkeim der Niedertracht, mit dem Antisemitismus.«

Der Psychiater, dessen großer Kopf sich horchend zum schmalen Brustkorb gesenkt hatte, schien eher erwachend als überrascht aufzublicken und ermutigte Martin dadurch, jetzt einfach die Sau rauszulassen und »alles« zu sagen – nämlich dass die krass spießbürgerlichen Nazi-Sympathien Clementines der Urquell seiner eigenen, von Vorurteilen geprägten Einstellung seien, die wiederum in Konflikt stünde mit der vom Vater ererbten, weltoffenen Haltung, mit seiner Liebesheirat und Judith, mit seiner Anhänglichkeit ihrer jüdischen Familie gegenüber, mit seinem tiefen und unüberwindbaren Schmerz über ihren Tod.

»Den Urkeim meiner versteckten Niedertracht hat meine österreichische Mutter in mich gesetzt.« Also gut, jetzt war's heraus, war's gesagt, ohne Rücksicht darauf, dass die Königsbergs und seine Eltern jahrzehntelang ihre Sommerfrische gemeinsam auf dem Bauernhof der Laglers zu verbringen pflegten, und ohne zu bedenken, dass seine greise Mutter sich mit dem Seelenarzt auch nach dem Tod des Vaters weiterhin glänzend zu verstehen schien. Wie passte es überhaupt zusammen, dass ausgerechnet die Mama es gewesen war, die den Familienfreund Elias zu »Plaudereien« (wie sie es auch noch nannte) mit ihrem Sohn überreden konnte – nahm doch der Therapeut, damals bereits vierundachtzig, längst keine neuen Klienten mehr an. Nur konnte Mama natürlich nicht ahnen, was ihr »Großer« dem guten alten Freund schon in der ersten Sitzung alles ausplaudern würde …

Prostend trank Martin wieder vom Pinot Noir – »Keine Spur von sauer, unser Saurus!« – und persiflierte nun, pietätlos die Muttersprache auswalzend, eine jammernde Clementine: »Weißt du, Elias, die Judith hat meinen Martin durch ihren Tod ganz einfach sitzen lassen – mit zwei völlig verdorbenen Kindern, die ihm nichts als Scherereien machen und ihm keine Ruhe für seine großen internationalen Aufgaben gönnen. Er braucht die Hilfe eines Therapeuten, dem er vertrauen kann. Denn seine Gattin – ich sage es mit allem Respekt vor der Verstorbenen – war eine Hysterikerin, völlig frustriert, weil sie es nie bis zur Konzertreife gebracht hatte, nur bis zur Klavierlehrerin. Gabriel, der Sohn, ist leider Gottes ein Querulant und Sektierer, und die schöne Katharina vollkommen exzentrisch – oder, auf gut Deutsch: durchgedreht, übergeschnappt, plemplem … Also ganz dein Fall!«

Das mit dem »Urkeim der versteckten Niedertracht« hatte Dr. Königsberg über sich ergehen lassen, ohne dass sich in seinem Gesicht auch nur eine Falte bewegt hätte. Wenn in seinen blauen Augen etwas zu lesen war, so allenfalls stille Belustigung. Von den Enthüllungen des Sohnes über die Gesinnung seiner alten Freundin war er anscheinend weder schockiert noch auch nur überrascht. Ein aufmunternd verständnisvolles Lachspiel zog durch die tiefen Runzeln seines Gesichts, und in den Augenwinkeln zitterten Tränen der Heiterkeit. Gleichzeitig winkte er ab:

»Nicht wahr, lieber Martin, auch ein Sechzigjähriger kann noch einmal herrlich durchatmen, wenn er seine Mutter ungestraft anschwärzen darf ... Aber um Himmels willen, diese Antibegriffe verludern doch im alltäglichen Sprachgebrauch, bekommen eine militante Note, implizieren Fanatismus – so einfach ist keiner ein Antifaschist, Antikommunist, Antiislamist, Anti-anti ... Damit wappnet man sich, im Guten wie im Bösen, und hält sich schon für einen Unentwegten. Oder umgekehrt: Man denunziert andere, bläst sie zum Popanz auf. Lassen wir das für später. Sollen wir uns Ihren Diskriminierungskomplex, wie Sie ihn zu nennen belieben, einschließlich Ihres sogenannten Antisemitismus nicht für einen geeigneteren Termin aufheben? Meine liebe Freundin Clementine schickt Sie doch nicht etwa deswegen zu mir?« Und da lächelte er immer noch.

»Natürlich nicht. Meine Mutter wird Ihnen sicherlich gesagt haben, ich käme nach dem Tod meiner Frau nicht mehr mit dem Leben zurecht. Schon vorher nicht mit meinem Sohn Gabriel, jetzt mit meiner Tochter Katha auch nicht mehr. War es so?«

Martin erinnerte sich, dass er hier eine Pause gemacht hatte, in Erwartung einer Bestätigung oder eines Widerspruchs des Therapeuten. Königsberg aber schien nun auf den gedämpft hereindringenden Verkehrslärm zu horchen, oder gar auf ein dünnes Geschirrklirren aus der Tiefe der Wohnung – Teegeschirr womöglich, denn es ging auf fünf Uhr zu. Also sah er sich geradezu gezwungen, fortzufahren.

»Wissen Sie, meine Mutter hat gar nicht so unrecht – nicht nur aus ihrer Sicht – wenn sie mich zu Ihnen schickt. Denn kann ein derart Belasteter den Familien von Vertriebenen und ethnisch Verfolgten helfen? Menschen in zerrütteten Verhältnissen, mit psychischen Verwundungen, seelischen Traumata, oft gewalttätig gegen andere oder gegen sich selbst? Schauen Sie sich nur die Häufigkeit der Suizide an! In allen Ecken der Welt muss ich mich mit Unrecht gegen Minderheiten und Migranten, mit der Diskriminierung und Verfolgung von Religionen oder Ethnien oder Armutsflüchtlingen befassen. Doch Ihre Freundin Clementine kann nicht ahnen, wie es wirklich um mich steht, um einen, der selbst ganz genau weiß, dass sich nichts bessern wird und dass in uns allen – Opfern wie Tätern, Ignoranten wie Besserwissern – dasselbe Aggressionspotenzial steckt, dasselbe Talent zum Verbrechen. Und so werde ich alt und quäle mich mit meinen eigenen Vorurteilen herum, am abstrusesten mit dem Keim des Antisemitismus – wenn Sie mir den Begriff noch einmal erlauben möchten – tief in mir selbst. Erst seitdem mir Katha ihre Wahrheit zu spüren gibt, ist mir der Widerspruch in meinem Innern *unerträglich* geworden. Den Beruf des Helfers – ja des Theoretikers des Guten – zunehmend mit diesem subversiven, zersetzenden Geist ausüben? Das ist, wie wenn Sie, als Psychoanalytiker und Therapeut, insgeheim von den Wonnen der Umnachtung schwärmen würden … Ach, wissen Sie, ich habe ohnehin nicht mehr viele Jahre vor mir. Außerdem trinke ich.«

An dieser pathetischen Stelle, gegen Ende der ersten Sitzung, so glaubte er sich zu erinnern, hatte er innegehalten, weil ihm bewusst geworden war, dass er zu wirr und vor allem viel zu viel ausgepackt hatte. Doch der geneigte (wenn nicht schon tief gebeugte) Zuhörer hatte zu all dem unerschütterlich geschwiegen. Nur Martins Anspielung auf die Versuchung des Wahnsinns bei einem Therapeuten hatte ein leichtes Beben durch den Faltenwurf seines Gesichts getrieben.

Er war sich der ausufernden Ungeheuerlichkeit seines Verhaltens gegenüber dem Psychiater durchaus bewusst gewesen. Fast mit Stolz dachte er, welcher Kollege gleichen Ranges und in seinem Alter es wohl gewagt hätte, so weit zu gehen? Er konnte ihre scheinbetroffenen, scheininteressierten Mienen vor sich sehen, mit denen sie ihre jeweilige Mission zelebrierten. Das Schlimmste war immer ihr Auftreten »vor Ort«, die Begegnung face to face mit den Opfern – wenn man sie dabei beobachten konnte, wie sie hinter ihrer Helfermaske in hilflose und Hilfe erwartende Gesichter blickten. Schwer erträglich, diese Peinlichkeit.

Und dennoch hatte er damals bei Königsberg, nach der Manier des geübten Debattenredners, einen gefälligen Schlenker gesucht, um sein Geständnis abzurunden. Es war ihm aber nicht besonders gut gelungen: »Alle diese tief verwurzelten Vorurteile in mir sind natürlich nicht militant, vielmehr ganz zivilisiert, verinnerlicht, unter Kontrolle – im Verborgenen tickend«, hatte er versichert. »Nicht Ideologie oder Überbau, sondern ein latenter Keim. Von ihm gehen tausend Impulse aus, die in mein Denken hineinreichen. Dieser Keim: Von meiner Ratio her betrachtet ist er verächtlich, widerwärtig, abstoßend. Und doch wird er Ihnen gegenüber schon wirksam. Schon weiß ich vor allem, dass Sie Jude sind. Sehr angesehen in einem stark von Juden bestimmten Berufszweig. Schon ist mir auch Ihr Wissen, dass ich mit einer Jüdin aus galizischem Elternhaus verheiratet war, nur allzu wohltuend bewusst. Wie ja auch, dass Ihnen in diesem Zusammenhang mein Geständnis als irgendwie hinterhältig erscheinen muss. Und nach allem, was ich Ihnen über meine Mutter, meine Tochter und meinen Sohn verraten habe, werden Sie mir vermutlich noch eine verzwickte Variante von Ödipus-Elektra-Komplex attestieren wollen.«

Da hatte das Faltenspiel von Dr. Königsberg sich nun doch zu professionellem Ernst gesammelt. Endlich sagte er auch wieder etwas: »Lieber Martin, zu diesem letztgenannten Punkt werden Sie von mir nur Kritik an den altersstarren Theorien zu hören bekommen.« Und es klang tatsächlich schon wie die Einleitung zu einer längeren fachlichen Ausführung – doch der Psychoanalytiker hatte sich alsbald gefangen und nur gesagt: »Das ist ja ein beträchtliches Paket, das Sie mir da auf den Tisch werfen, lieber Martin. Einen ›Pakethaufen‹ würde ich eher sagen. Helfen Sie mir zunächst, mich zu erinnern, wie ihre Kinder heißen. Es waren doch zwei, glaube ich?«

Martin hatte ihn verblüfft angestarrt, aber dann schnell und gefasst geantwortet.

»Katharina, nach dem zweiten Vornamen meiner Mutter, und Gabriel, nach dem Vater meiner Frau.«

»Richtig, richtig, Sie hatten die Namen ja schon erwähnt. Entschuldigen Sie. Und wie alt sind die beiden?«

»Katha ist fünfundzwanzig. Sie verehrt und liebt mich. Gabriel ist zwei Jahre älter – und verachtet mich.«

Martin hielt die Saurus-Flasche gegen das Licht. Er hatte sie fast geleert. Die Nacht war kälter geworden, bemerkte er, als er das Fenster herunterließ, und vermutlich kam die unbestimmbare Bewegung, die er in der stillen, würzig riechenden Finsternis wahrnahm, von den Luftschüben der nahen Brandung. Das Ende des Satie-Spiels (Pianist: Reinbert de Leeuw) war ihm gar nicht bewusst geworden. Er stellte das leere Glas auf den Boden und setzte die Flasche direkt an. Auf das Motel zu bewegten sich ein paar lärmende Gestalten, die wohl in aufgeräumter Stimmung aus einer Fischerkneipe zurückkehrten. Es war spät, er sollte sich nun auch selbst in seine Jugendherberge verkriechen. Morgen musste es ja schon sehr früh losgehen, und es würde ein langer Tag, und dann noch eine lange Nacht werden, Silvesternacht.

Roberto Williams, jener sich im Internet selbst rühmende Revierschützer, der vorgab, Konversation mit den Walen führen zu können, hatte sich bereit erklärt, am frühen Morgen mit Martin und Katha aufs Meer hinauszufahren. Die Saison der Glattwale sei zwar schon vorbei, hatte er vorausgeschickt, aber einige Verspätete oder Reiseunwillige tummelten sich wohl immer noch im Golfo Nuevo: Docksider, Espuma, der einzige Albino, Josephine und Cassiopeia. Er werde sie am frühen Morgen mit seinem Boot hinausbringen. Schließlich wisse er ja, wer Dr. Martin Holberg sei … Billiger wurde der Spaß dadurch nicht. Aber Katha hatte darauf bestanden. Ihre emotionale Bindung an die verunglückte Prinzessin und diese Reise waren zu einem Ganzen geworden: Sie wollte zu all den Orten pilgern, die Lady Di während ihres Argentinien-Besuchs aufgesucht hatte.

Just vor jenem Abschnitt der Küste Patagoniens, wo im 19. Jahrhundert die Einwanderer aus Wales ihre Siedlung errichtet hatten, paarten sich alljährlich die Glattwale. Hier wurden ihre Jungen geboren und gestillt, und hier war ihr Kindergarten. Zwei Jahre vor ihrem Unfalltod hatte die Princess of Wales die Wale besucht und anschließend in der walisischen Kolonie eine Tasse Tee zu sich genommen. Die Teestube in Gaimán, die schon kurz danach zu einer Sehenswürdigkeit avanciert war, hatte sich nach dem Autounfall in Paris in eine Art Wallfahrtsstätte der Lady-Di-Fans aus aller Welt verwandelt. Der Chefpsychiater in der Klinik in Buenos Aires meinte, eine Begegnung Kathas mit der Wirklichkeit des Naturschauspiels im Golfo Nuevo und dem voraussichtlichen Kitsch der Andachtsstätte könnte womöglich dazu beitragen, ihren Realitätssinn zu reaktivieren. Schließlich war Katha studierte Biologin und hatte ihre Diplomarbeit auf dem von ihrem Vater beackerten Gebiet der Biosoziologie geschrieben. Und mit einem ersten, »überraschend reifen« schriftstellerischen Versuch, dem schmalen Roman *Ceremonia bastarda*, war sie von den Veteranen der Literaturseiten als mögliche Wiedergängerin der längst vergessenen Françoise Sagan gefeiert worden.

Welch ein junges und schon so erfüllt wirkendes Leben, dachte Martin. Der Rückblick war für ihn besonders schmerzhaft. Vor nur vier Jahren, zwei Jahre vor dem Diplom, hatte sich Katha während der Semesterferien auf die Estancia einer verwitweten Tante zurückgezogen und in einem Zug klammheimlich einen Briefroman verfasst. Er handelte von der Affäre der einundzwanzigjährigen Studentin Karin in Buenos Aires mit dem vierzig Jahre älteren Gastdozenten der Bioethik Tarsilio S. aus São Paulo. Ein wildes Hin und Her der Leidenschaften und der Flüge. Schließlich aber kapituliert der brasilianische Professor ganz banal vor dem Ultimatum seiner Ehefrau und beschließt, sich von Karin zu trennen. Dies geschieht an einem von den beiden kühl inszenierten, gewollt romantischen Abschiedswochenende in einem Bungalow im Delta des Rio Paraná. Beide spielen mit einer Mischung aus Leidenschaft und ironischer Selbstbeobachtung ihre Rollen. Katha hatte das (zumindest in den Augen ihrer Familie) schockierend deutlich beschrieben. Nach viel Koitus und intellektueller Diskussion im Gewölk der Joints gehen Karin und Tarsilio S. schließlich erschöpft und cool auseinander – an einem Bootssteg, unter Trauerweiden.

Die saloppe, um nicht zu sagen steile These von Karin/Katha: Eine Frau wisse, dass sie bis zur Lebensmitte ihre zentrale biologische Aufgabe weitgehend abgeschlossen haben müsse. Sie durchlebe diese erste Phase also sehr bewusst, bis hin zur Reproduktion oder einer anderen Variante, und könne sich in ihr unbeschwert irren und verwirren, denn sie habe ja noch eine vollwertige zweite Phase vor sich, die sie, gereift und klüger geworden, dann neu gestalten könne und in der sie gewiss besser fahren werde als in ihrer ersten. Der alternde Mann hingegen habe von diesem Übergang nur eine diffuse Vorstellung, er meine, dass Lebensphasen für ihn nicht gelten würden; also trotte er einfach weiter und täusche sich mit einer Jungen über seinen anbrechenden Verfall hinweg. Damit mache er sich aber nur lächerlich, denn die Lebensklugheit überwiege bei den Frauen. Der Jüngeren nütze dieser alte Gockel, der sich für unwiderstehlich hält: Durch ihn lernt sie schon im Voraus allerhand über das Altern der Männer, was ihr in ihrer zweiten Phase dann hilfreich sein kann.

Nur machte sich die Autorin weniger als Theoretikerin denn dank der erotischen Drastik ihrer Erzählung einen Namen. Martin fiel die Passage des briefschreibenden Tarsilio S. ein, in der er sich vergegenwärtigt, wie »Karinha« auf amazonische Art sein erigiertes Glied mit langen dunkelroten Streifen ihres Lippenstifts bemalt – und wie erdbeerrot ihre Scham hinterher geglänzt habe! Auf dergleichen war die zugeknöpfte Holberg-Sippe nicht vorbereitet gewesen. Da schlägt das jüdische Element durch, meinte die erzkatholische Tante Leticia. Auf ihrem von Eukalyptushainen umstellten Landsitz bei Venado Tuerto habe Katha sie hintergangen, nämlich unterm Sonnenschirm am Swimmingpool nicht, wie vorgegeben, Wissenschaftlich-Akademisches in ihren Laptop getippt, sondern diesen pornografischen Schund. Selbst

Judith – die geliebte Mutter, die sich heroisch mit Skrjabin, Ginastera und Messiaen abmühte – machte keinen Hehl daraus, dass sie Kathas »Sexbuch« geschmacklos fand. Nur Martin sprach von einem »jugendmutigen Wurf« und vom »wirklichkeitsnahen Bild des Hochschulmilieus von Buenos Aires«.

Unmittelbar darauf hatte sich die Tochter in ihre Diplomarbeit über Alterserotik in der Großstadtkultur gestürzt. Ein tatsächlich ausgefallenes, aber fruchtbares Thema in der Flut konventioneller Arbeiten über Kinder-, Jugend-, Migranten- oder Frauenproblematik in den Megastädten. Sie schloss mit Erfolg ab, wandte sich jedoch, wie immer unstet und abrupt, der Primatenforschung zu – einer Biosoziologie der Gorillas. Erst Dr. Königsberg hatte ihn später auf den Gedanken gebracht, dass ihr wohl die letzten, blutigen Momente im Leben von Dian Fossey vorgeschwebt haben mussten: Sie sieht einen als Gorilla verkleideten Eindringling in der Hütte der Primatologin erscheinen und muss der Vergewaltigung und Ermordung beiwohnen. In ihren Halluzinationen fließe die Vorstellung der letzten qualvollen Momente von Dian mit dem Bild der im Luxusauto zerbrochenen Diana zusammen.

Welch scheinheilige Selbstbeschränkung – warum hatte er nicht gleich zwei Flaschen von diesem patagonischen Pinot Noir mit in die Nacht hinaus genommen? Wie sollte er die traurige Rolle des zum Krankenwärter gewordenen Vaters ertragen: Die lastete nun auf ihm, trostlos und »trocken«. Kathas Einsamkeit könnte bald absolut sein, fühlte er. Auch ich, der sie ständig begleiten will, bin jederzeit kündbar. Das darf ich nicht zulassen. Sie hat doch früher einen frohen Freundinnenkreis gehabt, in dessen Treffen es um Reisen, Mode, Kosmetik, biologische Gourmetrestaurants und knackige Männerpos ging. Heute Nachmittag aber hatte sie ihr Handy auf einer Brücke aus dem fahrenden Auto geworfen; es rief ja niemand mehr an, es wird sie ja auch niemand mehr anrufen, und sie selbst wird auch nicht mehr zum Handy greifen.

Allerdings hatte sie dann auch sein Gerät blitzschnell und lachend dem ihren nachgeschleudert.

Katha darf er nicht hintergehen. Sie meinte sicherlich, dass er sie ernst nehme; sie musste sich erinnern, dass er sie immer ernst genommen hatte. Wie hatten sie es genossen, dass ihre akademischen Interessen sich überkreuzten! Oft hatten sie stundenlang Aufsätze oder Vorlesungen zerpflückt, durchdiskutiert – bisweilen recht heftig. Könnte ihr jetzt dämmern, was ganz allmählich an Schrecklichem einzutreten beginnt, sobald einem die Kompetenz und die ernst zu nehmende Persönlichkeit aberkannt wird? Gibt es etwas Schlimmeres für einen Menschen als diese ständig sorgenvollen, verunsicherten Blicke der vermeintlich Gesunden – selbst auf ganz normale Handlungen hin, von denen aber gemutmaßt wird, dass sich darin die Krankheit verrate. Diese Aberkennung, da sie doch von einer neuen Wahrheit erfüllt war! Er wollte ihr versichern, dass er sie gerade in seinem eigenen radikalen Selbstzweifel fürs Leben ernst nahm, todernst. Ja, Katha, das werde ich … Er spürte den Wunsch, aufs Zimmer zu eilen, um es ihr zu sagen, auch wenn sie es gar nicht verstehen würde – dies, dass er sie todernst nahm.

Auf den Dinosaurierwein hin – er leckte noch einen Tropfen vom Flaschenmund – bemächtigte sich seiner eine geradezu kreidezeitliche Erschöpfung. Er stieg aus. Um im Badezimmer kein Geräusch und kein Licht machen zu müssen, pisste er in den Schotter. Dann unterwarf er sich seiner Disziplin und zerrte das Notizheft aus der Brusttasche. Die Ellbogen auf die warme Motorhaube gestützt, im matten Neonlicht, das vom Motel herüberfiel, konnte er gerade noch erraten, was er da kritzelte.

Puerto Pirámides, 30/12/1999. Nachts, kühl, alle Aromen des Meeres. Erschlagen nach 1200 km Asphalt, widerlichem Rosé u. nur einer Flasche Pinot Noir. K. hat ihr Handy u. meins aus dem Fenster geschmissen u. gejubelt: Jetzt sind wir frei! Ansonsten auffällig gefasst, entschuldigt sich wegen des Umwegs hierher, wirft ängstlich-prüfende Blicke auf mich. Königsberg rotiert in mir wie ein aufrührender, aber reinigender Geist. Ohne ihn wäre mir nie bewusst geworden, dass mein logisch aufgebautes Selbstbild aus einem Sumpf der Fragwürdigkeiten wächst. Nicht Wissenschaft oder Philosophie – nur Wahnsinn klärt uns auf! Wir leben in Cartoons, denken u. sprechen in Blasen, die dann platzen – u. nichts ist mehr da. Meine Rolle im Mapuche-Projekt: sinnlos! In dieser Hinsicht ist es wohl aus mit mir, bin ich zerpulvert. Furcht vor dem morgigen Tag.

Katha hatte einen unruhigen Schlaf. Mehrmals weckte ihn ihr Herumschlagen im knarrenden Bett, ihr Stöhnen und Seufzen – und dies seltsame, traumschwere »Wuuuusch, wuuuusch …« Wie von Meereswellen erfasst, dachte Martin, oder träumte es.

2

TREUGOTT

Als dem Treugott Lagler beim Schlachten seines schönsten Lammes ein Handgriff nach dem anderen misslungen war – und das im Morgengrauen des letzten Tages dieses Jahres, dieses Jahrhunderts, ja dieses zweiten Jahrtausends nach Christi Geburt –, konnte er sich nicht entschließen, ob er das als Fazit des gerade zu Ende gehenden Zeitalters oder als böses Omen für die nun anbrechende neue Epoche deuten sollte. Es fühlte sich aber ganz so an, als ob sein blutiges Missgeschick gleich beiden Weltperioden als Unstern dienen könnte.

Der Zwei-Zentner-Mann musste sich auf das blökende, heftig ausschlagende Jungtier werfen. Von der Decke des kahlen Schlachtraums verbreitete eine einzige Glühbirne etwas Licht. Ein heißer Strahl klatschte Treugott ins Gesicht, in die Augen. Erst der dritte Schnitt durch die Gurgel war tief genug und ließ das Lamm zuckend erschlaffen. Mit gespreizten Schenkeln kniete er über dem Tier und war froh, dass ihn niemand so sehen konnte, erbärmlich keuchend, als hätte er zum ersten Mal – und nicht schon Hunderte Male – ein Schaf geschlachtet. Noch dazu ein Lamm. Aber es hatte sich vorhin losgerissen, er hatte ihm nachspringen müssen, und da waren sie plötzlich wieder ausgebrochen, diese unerträglichen Schmerzen in den Hüftgelenken, die ihm oft wochenlang die Krücken aufzwangen. Erst nach wiederholten Fehlwürfen hatte er dem Tier die Schlinge über den Kopf ziehen können. Dann musste er es unter Verrenkungen seines Unterleibs, mit denen er den zustechenden Schmerzen auszuweichen suchte, in die Kammer zerren. Wie genau diese Viecher doch immer ahnen, was man mit ihnen vorhat. Ernst machen, umbringen. Wie konnte er nur vergessen, dass er ein Krüppel war? Ein noch nicht sechzig Jahre alter Krüppel! Vom lebenswarmen Lamm unter ihm strömte Tierempfinden in ihn über. Abgestochen fühlte er sich und war minutenlang nichts als gequälte Kreatur. Ernst machen, umbringen. Wie lange noch diese seit Jahrzehnten wiederholte Nötigung, der ererbte Zwang, die nahezu alltägliche Selbstüberwindung? Und wozu denn noch? Wir sind doch schon so gut wie tot.

Dann wurde er wieder Treugott, zog einen Haken durch die Sehnen der Hinterbeine, packte die kalten Eisenglieder einer Kette, hievte den tropfenden Tierkörper hoch, bis er in Kopfhöhe vor ihm pendelte. Er löste den Strick vom Hals und begann mit geübten Griffen und Schnitten sein Werk: köpfen, häuten, aufschlitzen, herauszerren, abtrennen, sortieren – in ein Metallbecken, in ein Sieb, in einen Abfalleimer. Die Verrichtungen mit dem vertrauten Messer gaben ihm die Sicherheit zurück. Er musste keinen einzigen Griff mehr wiederholen, um einen Fehler zu berichtigen. Bald darauf war das Lamm zu einem enthaupteten, gehäuteten, ausgenommenen Grillfleischkörper geworden – vorbereitet, um zum kulinarischen Mittelpunkt des morgigen Festes und Jubiläums zu werden. Abschließend rieb er mit blutigen Pranken ein Gemisch aus Salzlauge, zerquetschtem Knoblauch, gehacktem Rosmarin und Paprika in das Fleisch ein. Er wird das Lamm auf patagonische Art, im ganzen Stück, mit gespreizten Beinen und aufgerissenem Brustkorb, kopfüber an einem schräg in die Erde gerammten Eisenkreuz befestigt, mindestens vier Stunden lang vor einem Berg von Laubholzglut garen lassen. Zuerst die Innenseite der Glut zugewandt; danach, wenn sich die rosigen Rippen bräunen und schon kochendes Fett unter durchsichtigen Hautblasen blubbert, den Rücken. Dann wird er die feiernde, prostende Tischrunde unterm Lindenbaum durch ein Zeichen in erwartungsvolle Bereitschaft versetzen und beginnen, das Lamm nach seinen Kunstregeln zu tranchieren.

Und jeder Gast wird, ganz nach dem vom Grillmeister festgelegten Zeremoniell, eine Folge verschiedener Portionen bekommen. Frau Clementine, das neunzigjährige Geburtstagskind, selbstverständlich nur vom butterweichen Lendenstück.

Treugott riss sich das Hemd vom Leib, wusch sich mit eiskaltem Wasser in einem großen Zementtrog und nahm die alte Lammfelljacke vom Haken. Er würde an diesem letzten Tag des alten Jahrtausends seinen Gästen nichts von diesem Missgeschick und seinen Schmerzen berichten. Auch seine düstere Deutung des gerade Erlebten als Vorzeichen des neuen Zeitalters wollte er für sich behalten. Oder sollte er sie etwa Dr. Königsberg anvertrauen? Das Deuteln war schließlich eher Aufgabe eines Psychoanalytikers als die des gescheiterten Bauern, Sohnes und Erben des Hofgründers von Quemquemtréu, des Lagler Wastl selig aus dem fernen Grödnertal. Er vergrub seinen nackten Oberkörper in dem geflickten, schmierigen Kleidungsstück, das von seinem Vater stammte. Die Jacke roch, wie er sich einbildete, immer noch nach ihm. Das zottige, nach innen gewendete Fell fühlte sich warm an auf der nassen Haut, wohlig wie Frauenhaar.

Mit wankendem Gang trat er aus der Schlachtkammer. Der Vorplatz lag dämmrig und in schneidender Kälte vor ihm. Bertl, der alte Wachhund, zerrte an seiner Kette, wedelte heftig und schnupperte in die Richtung, aus der sein Herr gekommen war. Die Schmerzen waren weiterhin stark. Er verspürte keine Lust, sich mit dem winselnden Kettenhund abzugeben, oder gar nochmals umzukehren und ihm ein paar Abfälle zu holen. Später vielleicht. Aber er wollte auch nicht sofort ins Haus zurück, Rotraud schlief womöglich noch. Es war zu früh, sie mit seinem Badezimmerlärm und mit *Radio Habana* zu wecken. Gestern hatte sie bei Mensch ärgere Dich nicht gewonnen und es war spät geworden. Zuletzt hatte es einen Misston gegeben; kaum hatten die Königsbergs sich zurückgezogen, war es aus Frau Clementine empört hervorgebrochen: »Rotraud, du hast geschummelt – und du, Treugott, drückst auch noch beide Augen zu!« Und beim Verlassen der Wohnküche hatte sie nahezu keifend hinzugefügt: »Ich hab euer blödes Spiel langsam satt.« Vielleicht war Clementine Holberg aber nur deshalb so aufgebracht gewesen, meinte Treugott, weil ihr Herr Sohn und ihre Enkelin ihr Erscheinen auf der Silvesterfeier abgesagt hatten.

In den Vorplatz mit den mächtigen Nussbäumen, die der Vater gepflanzt hatte, mündeten die Tore des Maschinenschuppens, der Lagerscheune, die Veranda des neuen Gästehauses und der Vorgarten, der zum alten Wohnhaus führte. Ringsum erstreckte sich sein Gut: insgesamt fünfzig Hektar umzäuntes Land, auf halber Höhe eines von der Ortschaft aufsteigenden Hanges gelegen, der bis an den Fuß der schroffen Felswände des Piltriquitrón reichte. Diese grauen Mauern mit ihren Rissen und Klüften bauten sich zu einem lang gestreckten Bergmassiv auf. Treugott blickte in die Höhe. Pfeiler, Türme und Zacken hoben sich noch längst nicht klar vom Himmel ab; da und dort schimmerte allenfalls ein Schneefleck aus den Schründen. Die Sonne würde sich erst in zwei Stunden über den Kamm heben, doch ein Hahn hatte bereits gekräht und vom nahen Teiche her drang mehrmals, kurz an- und wieder abbrechend, Entengeschnatter.

Vor bald achtzig Jahren hatte der Vater, ein Bauernknecht aus Südtirol, diesen Boden geschenkt bekommen. Die argentinische Regierung wollte Patagonien besiedeln, aber unter der einheimischen Bevölkerung fand sich kaum einer bereit, in dieser abgelegenen Region patriotische Pionierarbeit zu leisten. Also begünstigte man arbeitswillige Einwanderer aus Europa. 1921 war der Lagler Wastl auf dem Bozener Walther-Platz nach einem Trachtenumzug der Südtiroler Schützen von einer Prügelbande faschistischer Squadristi arg zugerichtet worden. Und im *Popolo d'Italia* konnte er den »Duce« lesen: »Wenn die Deutschen verdroschen und zerstampft werden müssen, bevor sie Vernunft annehmen – wohlan, wir sind dazu bereit!« Also nahm er Vernunft an, und da die ersten Erfolgsberichte jener Auswanderer, die sich in den fruchtbaren Tälern der südlichen Anden angesiedelt hatten, bis an die Brennergrenze gedrungen waren, fasste er den Entschluss, sein Glück »in der Ferne« zu suchen.

Der Vater hatte dem Sohn später, allerdings nur in knappen Worten, davon erzählt, wie weit seine Erwartungen übertroffen worden waren. Zuerst, verwirrt noch von den Eindrücken der transatlantischen Schiffsreise und von der Hektik der Millionenstadt Buenos Aires, begann er im Verlauf einer viele Tage langen Fahrt durch dürre Steppe, Sand- und Steinwüste an seinem Ziel zu zweifeln. Aber dann, im damaligen Pionierort Quemquemtréu, traf er nicht nur auf eine heimatlich anmutende, dafür aber noch unerschlossene Bergwelt – man überließ ihm auch gleich fünfzig Hektar Land, einfach in dem Vertrauen, dass er, ein europäischer Bauer, schon das Richtige aus ihnen machen werde. Von einem Gendarmen begleitet, mit dem Blick auf die steilen Zacken, die ihn an die Tofana-Wände seiner Dolomiten erinnerten, waren sie zu dieser Stelle geritten, die bald zum Vorplatz der Farm werden sollte. Hier waren sie von den Pferden gestiegen, der Gendarm hatte sich breitbeinig im Gebüsch aufgepflanzt und ausführlich gebrunzt, und der Lagler Wastl hatte erst einmal begonnen, sich umzusehen. Damals stand noch vereinzelt Wald auf dem Hang. Von dem Plateau, das sie erreicht hatten, überblickte er das Tal, sah er hinunter auf die wenigen verstreuten Häuser und Gehöfte der entstehenden Ortschaft. An der gegenüberliegenden Talseite bedeckten dichte Buchenwälder die Hänge bis zu einer Höhe, wo sie in Matten und Geröllfelder übergingen. Auf die nackten Gesteinsmassen folgten Schneefelder bis zu den Gipfeln und Sätteln. Wolken kamen unablässig über die Kämme – bald wusste er, dass sie vom nahen Pazifik stammten und immerzu, von Westen nach Osten, über das schmale Territorium Chiles hinwegzogen.

Der neue Kolonist musste Pionierarbeit leisten. Erst einmal roden: mit Hilfe indianischer Taglöhner – in der Regel Mapuches – und mit riesenstarken Ochsen, die paarweise unter einem geschwungenen Holzjoch zusammengespannt gingen, und mit wühlenden Schweinen. Stück um Stück wurde erkennbar, wie sein urbarer Boden gestaltet war. Da gab es Buckel und Mulden, sanfte Abhänge zum Tal hinunter, auch flache Stellen, alles mit tiefer, humusreicher Erde bedeckt. Ein Bach schoss durch seinen Besitz: Bald säumten ihn Birken, Trauerweiden und Holundergebüsch, bald dämmte ein Ententeich seine Eile.

Der Lagler Wastl beriet sich mit den erfahrenen Kolonisten, sie alle Schiffbrüchige aus Übersee – oder eher »Reichsbrüchige« aus den untergegangenen Monarchien der Sultane, Zaren und Kaiser. Russen, Polen und Ukrainer, Syrer und Libanesen, Deutsche, Österreicher und Italiener hatten sich in dieses Andental wie auf eine Insel gerettet. Spanisch beherrschte er bald, hatte der Südtiroler Bub doch mit seiner Mutter und deren Eltern noch ladinisch sprechen können. Als die erste Blockhütte errichtet war und der Wastl in ihr einen harten Winter leidlich hatte überstehen können, ließ er die Demetz Lina, seine Braut, nachkommen. Sie heirateten unmittelbar nach ihrer Ankunft auf einem Standesamt in Buenos Aires; dazu hatte er sich bei ihrem Vater schriftlich verpflichten müssen. Bald entstanden in rascher Folge Gemüsegärten, Blumen- und Kräuterbeete; überall trieben sich Hühner, Enten, Gänse und Katzen herum, mümmelten Kaninchen hinter Maschendraht und tanzte Wäsche an der Leine. Recht bald kamen noch zwei Töchter dazu.

Im großen Garten hinter dem Wohnhaus hatten Lina und Wastl gleich zu Beginn ihres Ehelebens einen Lindenbaum gepflanzt. »Unser Stammbaum«, hatte Sebastian Lagler stolz bestimmt. Verwurzelte Bäume, verwurzelte Menschen – das gehörte doch zusammen!

Der Vater war das Kind einer alteingesessenen, seit vielen Generationen in Sankt Ulrich bekannten Bergbauernfamilie, die auf schrumpfendem Besitz verarmt war. Darum war er von Anfang an darauf bedacht, wie er sein neues Land vernünftig zu gliedern und zu bebauen habe. Auf dem Plateau folgte der Blockhütte bald das Wohnhaus, umgeben von allen anderen Gebäuden der Farm: Scheune, Ställe, Schlachtkammer, Werkstatt, Geräteschuppen, Gewächshaus und zuletzt der Unterstand seines ersten Traktors – eines kleinen, orangefarbenen Hanomag R 35, mit dem man noch ein halbes Jahrhundert später aushilfsweise würde ackern können. Den wärmeren, nach Norden abschüssigen Hang hatte Wastl zum Obstanbau bestimmt. Anfangs für den eigenen Verbrauch gedacht, war daraus, bei wachsenden Märkten, die vier Hektar große Obstkultur geworden, in der bis heute Kirschen und Äpfel für den Verkauf geerntet wurden, aber auch Zwetschken, Birnen, Weichseln und Marillen. Gegenwärtig steuerte die Obsternte fast ein Drittel zum Gesamteinkommen des Hofes bei. Der Obstanbau wurde zu einem besonders guten Geschäft, als die Bank der Provinz Chubut dem Erben Treugott Lagler einen Kredit für mittelständische Unternehmen gewährte und er sich damit einen gebrauchten Mercedes-Laster kaufen konnte. Er setzte den ältesten Sohn seiner Schwester Clara, den tüchtigen Luis Jalil, als Fahrer ein. Bald fuhren sie nicht nur die Produkte des Tilo-Hofes zum Markt – Obst vor allem, aber auch Nüsse, Kartoffeln, Kastanien und Brennholz –, sondern besorgten den Transport auch für andere Farmer im Tal. Hinzu kam, dass die Gemeinde, die Gendarmeriekaserne und der von Fritz Cirigliano und Siegmund Rohr angekurbelte Fremdenverkehr wuchsen, und dass eine bessere Straße gebaut worden war. Zu Wastls Zeiten, hatte man noch einen Tag bis zur nächsten Bahnstation reiten müssen, und ein Ochsenkarren mit seiner Ware brauchte zwei Wochen bis in die Stadt Bariloche. Heute konnte Treugott diese Strecken mit seinem Pick-up in weniger als zwei Stunden zurücklegen.

Dörrzwetschken und Apfelmost bereiteten die Laglers, Vater und Sohn, auf alte Art und nur für den Eigengebrauch zu. Das vertraute Obstlerbrennen allerdings hatte sich schon der Wastl, auf den Rat der alten Kolonisten hörend, sofort aus dem Kopf schlagen müssen: Es sei gefährlich, hatte man im erklärt, wenn sich unter den Landarbeitern herumspreche, dass da irgendwo ein Fässchen oder eine Kiste mit Schnaps gelagert werde. Schon mit dem Apfelmost gebe es Schwierigkeiten, wenn man den Leuten davon nicht gehörig ausschenkte. Und selbst das war nicht ohne Risiko.

Der Wastl hatte seinem Sohn nicht nur weitergeben können, was er von den eigenen Eltern im fernen Grödnertal mitbekommen hatte – Knödel essen, Watschen empfangen, Obst pflücken, Pferde aufzäumen, im Bach fischen, in die Berge steigen, überall mitschuften, erfinderisch alles reparieren –, sondern ihm schließlich auch diese blühende Landwirtschaft überlassen, schuldenfrei, mit Vieh, Maschinen, Hofgebäuden, Geschäftsverbindungen und einer alten Linde, tief in patagonischer Erde verwurzelt, gedacht als Stammessymbol künftiger Lagler-Geschlechter. Nach dem Baum hatte der Vater auch die Farm benannt: *Chacra El Tilo* – der Tilo-Hof. Die Silhouette des Lindenbaums zierte später die Aufkleber der Marmelade-, Honig- und Einmachgläser, der Obst- und Gemüsekisten, der Säcke mit Kartoffeln, Nüssen, Kastanien, Hagebutten und getrockneten Schwammerln, und nicht zuletzt die Türen des Lastwagens und des Pick-ups.

Als der schwer asthmatische Vater schließlich kaum noch die Wohnküche hatte verlassen wollen und nicht mehr mitbekam, dass man ihn bei Mensch ärgere Dich nicht einfach gewinnen ließ, hatte er das Gut seinem Sohn überschrieben. Die beiden Schwestern wurden in Geld ausbezahlt, und jede kaufte sich sofort einen fabrikneuen, unverwüstlichen Renault 12.

Der Erbe des Tilo-Hofes gedachte seiner Eltern immer mit Dankbarkeit. Der Vater war vor dreißig Jahren gestorben, zwölf Jahre später folgte, in hohem Alter und bereits in einer anderen Welt, die Mutter. Seine beiden älteren Schwestern hatten in die Ortschaft geheiratet, Männer von spanischer und libanesischer Herkunft, die von den Deutschsprachigen in der Gegend mit dem Sammelbegriff »die Hiesigen« bedacht wurden. Selbst wenn es nicht so gemeint war, etwas Abschätziges schwang da schon mit. Treugott gebrauchte diese Bezeichnung nie.

Er war als spätes Kind zur Welt gekommen. Die Mutter ging schon auf die vierzig zu und die Eltern hatten sich mit zwei Töchtern abgefunden. Nun aber, nach beschwerlichen letzten Schwangerschaftswochen, brachte die Lina einen gesunden Knaben zur Welt. Achteinhalb Pfund habe er gewogen, sofort kraftvoll gestrampelt und schmatzend die Mutterbrust genossen. Nur sein rechtes Beinchen schien ein bisschen kürzer geraten als das andere, und unter dem linken Schulterblatt konnte man einen winzigen Buckel fühlen. Doch sehen würde man den erst zwei Jahrzehnte später. »Treugott« hatte der Standesbeamte in Quemquemtréu den fremden Namen des Neugeborenen buchstabiert – statt Traugott –, aber da die meisten Einwohner der Ortschaft weder mit dem einen noch mit dem anderen etwas anfangen konnten, begannen alle, ihn einfach »Trigo« zu nennen. Das spanische Wort für Weizen passte gut zu dem blonden Buben, er fühlte sich wohl damit, und selbst Rotraud nannte ihn später so, obwohl sie anfangs gar nicht gewusst hatte, was das bedeutete.

Zunächst hatten die Eltern ja noch gehofft, dass bei Treugotts allgemein kräftigem Wachstum auch das kürzere Bein aufholen würde. Der Arzt im Ort aber und danach ein Spezialist im Touristenzentrum Bariloche waren anderer Ansicht. Der Facharzt meinte, nachdem er Röntgenaufnahmen studiert und weitere Untersuchungen vorgenommen hatte, es gebe überhaupt keinen Grund zur Besorgnis: Der Fehler sei angeboren und beeinträchtige nicht die Gesundheit. Dem Kind stehe ein ganz normales Leben bevor, ein Orthopäde müsse nur von Zeit zu Zeit die Höhe der Schuhsohlen und Absätze nachbessern. Aber einen Riss, einen schuhsohlenhohen Riss, hatte dieses Leben doch. In der Schule gab es derben Spott und plumpes Nachahmen – mit der unvermeidlichen Ausgrenzung. Selbst als Torwart luden sie Trigo nicht zum Fußballspiel ein, und auch später noch, als er wieder Anerkennung gefunden hatte, mochte keine mit ihm tanzen. Sogar dem Vater konnte, wenn er über den Buben in Wut geraten war, anfangs ein »du Krüppel«, oder, höhnischer, »du Hatscher«

entfahren. Treugott besuchte nur die Grundschule, dann blieb er zu Hause und arbeitete hart wie ein Erwachsener.

Ganz von allein begann er ein eifriger Leser zu werden, hauptsächlich von Fachzeitschriften und Büchern über Fragen des landwirtschaftlichen Betriebs, der Forstwirtschaft und der Holzverarbeitung. Später interessierte er sich auch für Agrarpolitik, alternative Landwirtschaft und die Zukunft des Bauernstands. Für diesen sah er nichts Gutes voraus: Der hing ihm zu sehr von der Kreditwirtschaft und dem schnellen Technologiewandel ab; beide unterlagen anderen Gesetzen als die naturabhängige Landwirtschaft. Etwas später – der Vater hatte ihm schon seinen letzten Kurzwellenempfänger überlassen – geriet er in eine Sendung über die Agrarrevolution. Da sprach jemand mit bohrender Eindringlichkeit, unendlichen Zahlenreihen und nicht enden wollender Ausführlichkeit über die Probleme der Landwirtschaft, für die er denn auch radikale Lösungen parat hatte. Trigo merkte sich die Wellenlänge und wurde nach und nach geradezu süchtig nach *Radio Habana*. Wenn Dr. Holberg alle paar Jahre einmal aus der kapitalistischen Ersten oder aus der ausgebeuteten Dritten Welt kurz zu Besuch auf die Chacra El Tilo kam, um mit seiner Mutter zu feiern, richtete Treugott ein paar Fragen an ihn. Das hatte ihm Frau Clementine geraten, wenn er wieder einmal eine Weisheit von *Radio Habana* preisgab. »Da frag lieber meinen Sohn«, sagte sie dann und ging nicht weiter auf das Thema ein. Besonders der »Hunger in der Welt« machte ihm zu schaffen. Im Rundfunk, und später auch im Fernsehen, wurde gelegentlich darüber berichtet. Die Zahlen und Reportagen erschienen ihm erbarmungswürdig; die Jahre vergingen, der Hunger blieb. Von Dr. Holberg wollte er wissen, warum Länder, in denen die Bevölkerung Hunger leidet, Lebensmittel ausführen müssten; warum man zulasse, dass sich in Ländern, in denen Hunger herrscht, bodenraubende Monokulturen ausbreiteten, die die bäuerlichen Betriebe ruinierten; und wie es Regierungen – und die Herrschenden überhaupt – schafften, über Jahrzehnte hinweg an der

Macht zu bleiben, obgleich sie die Grundprobleme eines großen Teils ihrer Landsleute nicht einmal zu lösen versuchten. Die Antworten von Frau Clementines Sohn waren nie sehr überzeugend gewesen, und manchmal hatte der Dr. Holberg es einfach aufgegeben und zu ihm gesagt: »Treugott, als Stammhörer von *Radio Habana* müsstest du das eigentlich besser wissen als ich.«

Aber zurück zum Sport! Kaum dem Spießrutenlauf des Schulbetriebs entronnen, übte sich der Bub, wenn niemand ihn beobachten konnte, als Läufer – ein wahres Spurten, in dem er die zunächst noch erforderlichen, hopsenden Ausgleichsbemühungen nach und nach zu unterdrücken versuchte. Dies gelang ihm –, wobei blinde Wut auf sein Manko die für das eiserne Training nötige Willenskraft beflügelte. Damals hörte er zum ersten Mal den Anfeuerungsruf einer inneren Stimme, die ihm etwas befahl: »Ernst machen, umbringen!« Er war sich nicht klar, wem diese Worte galten. Ihre nackte Aggressivität passte nicht zu seiner Natur. Aber wenn er an sein Bein dachte, wenn er rannte, beflügelte es ihn eben, und als er später die Entwicklung seines Sohnes Quique miterleben musste, standen die Einflüsterungen in ungeheuerlichem Einklang mit verzweifeltem Wunschdenken. Ohne es wirklich zu wissen, hatte Frau Clementine schon recht, wenn sie ihm aus nichtigem Anlass vorwarf: »Treugott, du hast keinen Humor!« Nein, hatte er nicht. War ihm vergangen.

Drei Jahre nach dem Schulabschluss meldete er sich bei einer Kirmes im Ort zum Tausend-Meter-Lauf – zur Überraschung und dem Spott der einstigen Mitschüler. Erstmals traf er sie alle wieder, und einige von ihnen waren ebenfalls am Start. Ernst machen, umbringen. Trigo wurde Zweiter, und man feierte ihn lauter als den Sieger. Das war Balsam. Als es ihm später gelungen war, die Stimme von *Radio Habana*, die ihn so beeindruckt hatte, zum Verwechseln nachzuahmen, machte er sich einen Heidenspaß daraus, mit seinem Vortrag die früheren Schulkameraden – jetzt lauter Farmer und Unternehmer – zu ärgern. Er genoss einfach den provozierenden Unterhaltungswert seiner Parodie.

Die sportliche Selbstquälerei musste mit der Zeit sein Hüftbein und seine Oberschenkelknochen beschädigt haben. Denn bald nach der Pubertät kamen und gingen die Schmerzen – kamen immer öfter und gingen immer seltener. Es konnte auch vom Wetter abhängen, von der Anstrengung im Tagwerk, vor allem von der Arbeit mit der Motorsäge oder dem Spaten, vom Tischlern und Säckeheben, oder davon, ob er zu den Bienenstöcken hinaufgestiegen war und sich dort, gebückt und vorsichtig, viele Stunden betätigt hatte – so ziemlich von allem also, was ein Farmer ohne Fachkräfte hier verrichten musste. Trotzdem, oder gerade deshalb, forderte er ständig jeden, der auf den Hof kam, zum Wettlauf heraus: durch die Nussbaumallee, diese Auffahrt vom Hoftor bis zum Vorplatz, hin und zurück – also zu etwa siebenhundert Metern. Das galt mit den Jahren als sein feststehender Spleen: Gäste, Arbeiter, Handwerker, Geschäftsreisende und Fernlastfahrer jeden Alters, manchmal auch Frauen (die aber selten einwilligten), wurden herausgefordert, und der hinkende Hausherr, der sie mit einer verlegenen Bitte dazu eingeladen hatte – und dem sie es, angesichts seiner Behinderung, nicht abschlagen wollten –, genoss anschließend seinen Überraschungssieg. Als Rotraud auf die Farm gekommen war, frisch aus der Bundesrepublik, hatte sie zuerst versucht, ihm diese Herausforderungen auszureden und später nur gebeten, wenigstens die unvorbereiteten Senioren-Urlauber aus der Stadt zu schonen. »Du wirst noch an ihrem Herzinfarkt schuld sein, und wir verlieren unsere Gäste!«, warnte sie ihn mit ihrem glucksenden Lachen.

Mit achtundzwanzig hatte Treugott seine Eltern auf ihrem ersten und einzigen, lang ersehnten Heimatbesuch begleitet. Er entdeckte, dass die Dolomiten keineswegs so gewaltig waren wie in den Geschichten des Vaters, und dass seine patagonischen Anden es durchaus mit ihnen aufnehmen konnten. Die meisten Versuche von Wastl, Lina und Treugott, Onkel oder Tanten zu besuchen, endeten auf Dorffriedhöfen, und die überlebenden Vettern, Basen und Jugendfreunde verhielten sich wortkarg, schielten zum

Fernseher hinüber und schimpften über die »Walschen«, die Italiener – gar nicht viel anders als die Mitteleuropäer in den Anden über die einheimischen Chilenen und Argentinier. Kein Mensch interessierte sich für Quemquemtréu in Patagonien, keiner wusste, wo das lag, und keiner wollte auch nur das Geringste über diesen entlegenen, unbekannten, zungenbrecherischen Ort erfahren – nicht einmal über den Tilo-Hof, und erst recht nicht, wenn der Lagler Wastl mit den Worten anhub: »Ich hab dort fünfzig Hektar …« Es lag etwas Eingeschnapptes in ihrem Verhalten. Die Neffen und Nichten fuhren winzige Fiat-Autos und waren Fans von italienischen oder österreichischen Fußballklubs. Einmal wurden die Heimatbesucher von einer Nichte zu Tiroler Speckknödeln eingeladen: Die Brühe war mit Suppenwürfeln zubereitet, die Knödel kamen aus einem Plastikbeutel. Da es Sommer war, blieb es Treugott erspart, sich als unbeholfener Skifahrer zu blamieren. Das ermutigte die Mutter, ihren großen Lackl zur Brautschau anzutreiben: Er sei ja bald schon dreißig und immer noch ledig, schlimm für einen Hoferben. »In Quemquemtréu werfen sich die hiesigen Schlampen an deinen Hals.« Sie warnte ihn: »Solche kommen mir nicht ins Haus!« Aber den Familien im Grödnertal ging es längst nicht mehr so schlecht wie einst zu Mussolinis Zeiten, ihre Töchter bevorzugten das Stadtleben – und sei es als Hausgehilfin bei einem Arzt in Innsbruck.

Immerhin, zwei weitreichende Anregungen hatte der junge Treugott von dem Besuch in der Heimat seiner Eltern nach Patagonien mitgebracht: das Geschäft mit den Sommerfrischlern – wie das in den Alpen florierte! – und den Rat eines Vetters, sich doch eine Ehepartnerin über eine Agentur zu suchen. Für beides hatte er sofort tatkräftige Unterstützung bei der Mutter gefunden. Sie bauten zwei Zimmer an das Wohnhaus an, später wurde sogar ein eigenes Gästehaus errichtet. Bald waren die Sommermonate ausgebucht, viele Wochen mit Gästen, die sich so wohl und so gut verköstigt fühlten, dass sie alljährlich wiederkommen wollten, wie die Holbergs und die Königsbergs. Und von den beiden angeschriebenen Heiratsvermittlungen – einer Wiener und einer Hamburger Agentur – schickte die Erste nur Brief und Bild einer früh verwitweten Bauersfrau aus Tamsweg, mit Kropf und verhärmtem Gesicht, und die Hamburger mehr als ein Dutzend Lebensläufe, Fotos, handschriftliche Briefe mit Fragen zum patagonischen Alltag, nach Treugotts Verhältnis zur Religion, seinen Hobbys und Sportinteressen. Er war damals ein ortsbekannter Mittelstreckenläufer, aber von seinem kürzeren Bein und dem kleinen Buckel sagte er nichts. Auch sein obsessives Verhältnis zu *Radio Habana* blieb unerwähnt.

Zusammen mit der Mutter hatte er mehrere Abende hindurch das gesamte empfangene Material auf dem Küchentisch ausgebreitet. Zwei Bewerberinnen waren zuletzt in die engste Wahl der Mutter gerückt, und schließlich entschied sie sich für Rotraud Kretschmer in Bochum. Die hatte geschrieben, sie lebe in dieser Industriestadt mit ihren Eltern, vertriebenen Bauern aus Neutitschein in Nordböhmen. Ihr Vater sei ein einarmiger Kriegsversehrter, der bei der Post arbeite. Er müsse jeden Morgen eine rötliche Staubschicht von seinem Opel Kadett wischen, so schlecht sei hier die Luft. In Westdeutschland verspreche man ihnen stets Entschädigungen für den verlorenen Hof, aber in letzter Instanz gebe man in Bonn doch den Tschechen recht. Sie wolle weit weg von dieser doppelzüngigen Bundesrepublik leben. Sie habe gehört, die Argentinier seien deutschfreundlich und hassten die Kommunisten. Und nach nichts sehne sie sich mehr, als wieder auf einem Bauernhof zu leben, selbst wenn niemand wisse, wo der lag. In so einer Heimat sei sie zur Welt gekommen, jetzt aber habe sie nur Bochum und den roten Staub.

Mein Gott, wie die Rotraud Kretschmer dann so zart und blass in Buenos Aires aus dem Flugzeug gestiegen war, begann Treugott, der gekommen war, um sie abzuholen, sich zu ängstigen: Ob die Mutter und er wohl die richtige Wahl getroffen hätten? Auch die Mutter musterte das Flüchtlingskind bald darauf mit zweifelndem Blick. Aber geradezu explosiv verwandelte sich das zuerst kümmerlich wirkende Aschenputtel aus dem Ruhrgebiet in ein dralles, stets lustiges Bauernmädchen, in ein herumwirbelndes, heiter hüpfendes, von Lachanfällen geschütteltes Weibsbild – mit einer weithin schallenden Stimme, die im Morgengrauen beim Kuhmelken mit einer Art Jodler einsetzte und beim spätabendlichen Zählen, Prüfen und Ordnen von Geldscheinen, Schecks, Rechnungen, Bestellungen und Briefen in einem dunkel summenden »Hmm hmm hmm hmm!« ausklang. Ein kurioses Stigma hatte sie allerdings nach der Geburt ihres letzten Kindes, des Buben Quique, befallen – und war ihr bis heute, mit ihren fünfundfünfzig Jahren, geblieben: ständig entsickerte ihren Brüsten etwas Milch. Zwei Feuchtigkeitsflecken, umgeben von einem etwas größeren Hof getrockneter Flüssigkeit, zeichneten sich auf ihrem roten Dirndlkleid oder auf ihren Blusen über den Nippelkuppen ab. Treugott bemerkte nie etwas dazu; Rotraud hatte ja auch niemals ein Wort über sein Bein und seinen Buckel verloren.

Um die Farm herum stand eine Doppelreihe von Pappeln, Eichen, Eschen, Ahornen, Ulmen und Edelkastanien, mit Bedacht durchmischt. Die Verfärbung all dieser Laubbäume bot jeden Herbst einen farbenprächtigen Anblick, weshalb Treugotts Anwesen sogar in den Fremdenverkehrsbroschüren der Region hervorgehoben wurde. Durchreisende bogen schon gern einmal zum »Herbst-Erlebnis auf der Chacra El Tilo« von der Fernstraße ab, und Seniorengruppen, die in der preisgünstigen Nachsaison in der Umgebung Urlaub machten, wurden im Kleinbus heraufgefahren. Der Chauffeur hatte Anweisung, bereits auf der ansteigenden Schotterstraße das »Erwachen heiterer Empfindungen bei der Ankunft auf dem Lande« aus Beethovens *Pastorale* einzuschieben – was auf eine Anregung des Stammgasts Dr. Elias Königsberg zurückging. Im Mittelpunkt dieses Panoramas stand im zitronen- und goldgelben Laubschmuck die stattliche Krone des Lindenbaums. Dr. Königsberg, der mit seiner Gretl einmal erst im Spätsommer gekommen war – als er in seinen Erinnerungen den ausufernden Abschnitt »Meine Kindheit und Jugend in Fürth« abzuschließen gehofft hatte –, ließ sich zu dem Baum ein kleines Gedicht einfallen, das prompt sämtlichen deutschsprachigen Sommergästen (und deren logierten viele bei Laglers) vorgelesen wurde. Und welchem naturverbundenen Herzen stand dieser Lindenbaum nicht nahe? Schon an den Abenden in der frühsommerlichen Vorsaison, benebelt vom schweren Duft und vom Wein, oder im Nachsommer, wenn Apfelmost und satter Rosenduft hinzukamen, versuchten die Alten, Königsbergs Zeilen mit Schuberts Musik in Einklang zu bringen. Einmal saß ein Ehepaar aus Brügge in der Runde, die pausbäckigen Gesichter in Rubens' Rosa erglühend, und besang die Linde als ihren »Tilleul«. Sie begannen mit

Die Linde zahlt das Jahr aus
in Scheinen rund und gülden …,

und endeten mit

… so fällt das Geld im Lindenrund
und fault auf feuchtem Wiesengrund.

»Tilleulrund« kam es im Duett von den Wallonen. Und Rotraud hatte sich hemmungslos lachend in der Taille gebeugt und »Tijöllund« gejodelt. Diese Erinnerung nötigte ihm wenigstens noch ein Lächeln ab.

Nach dem fünfzigsten Lebensjahr verschlimmerten sich Treugotts Beschwerden. Die Ärzte sprachen von einer unumgänglichen Hüftknochenoperation, von einem Implantat, empfahlen neue Hüftgelenke (Kopf und Pfanne). Dazu hätte er nach Buenos Aires fahren müssen, und ein längerer Aufenthalt dort wäre wohl nötig gewesen. Dr. Königsberg hatte bereits mit einem renommierten Chirurgen über den Eingriff gesprochen. Treugott aber dachte nicht daran. Er konnte Rotraud nicht allein lassen, nicht mit ihrem Sohn Quique, mit dieser wahren, tatsächlichen Missgeburt!

Erst acht Jahre nach der zweiten Tochter war der Nachzügler auf die Welt gekommen, ein Spätling wie einst Treugott selbst, und ward Heinrich oder Enrique – kurz »Quique« – genannt. Seine Beine waren gottlob normal, aber er hatte einen ungewöhnlich großen Kopf. »Jessas, dös isch jo a Mostschädel«, hatte Treugott die greise, bettlägerige Lina-Mutter in ihrem Zimmer ausrufen hören, als Rotraud ihr den Neugeborenen zeigte. Quique brüllte darauf auch Tag und Nacht mit so unglaublicher Kraft, dass Treugott seine stillende Gattin bat, den Schreihals nicht so ausgiebig zu füttern. »Wenn du zu viel davon hast, kannst du mich ja mitzuzeln lassen«, bot er an. Manchmal nannten sie Quique cabezón, den »Großkopf«. Delia, die Magd, die damals schon bei ihnen gearbeitet hatte, behauptete, das unnatürlich heftige Saugen des cabezón sei an dem chronischen Milchgesicker aus Rotrauds Brüsten schuld. »Der cabezón hat dein Gewebe gewaltsam überreizt. Es kommt nicht mehr zur Ruhe. Ich hab das einmal bei einer Milchziege erlebt, der man einen Rottweilerwelpen angesetzt hat.« In anderer Hinsicht aber entpuppte der Großkopf sich bald als Wunderkind.

Ja, ein großes Wort, doch es ergab sich aus seinen besonderen Anlagen. Quique (auszusprechen: Kike) zeigte eine intensive Beobachtungs- und Assoziationsgabe: Ein Detail brachte ihn sogleich aufs nächste und übernächste und so fort. Only connect – die Kette fand kein Ende. Quique überraschte seine Umgebung immer aufs Neue, wie viel er, wenn er über einen Gegenstand oder ein Geschehen ausgefragt wurde, registriert hatte. Da konnte manch anderer sich geradezu blind vorkommen. Außerdem stellte er intuitiv und augenblicklich technisch-physikalische Zusammenhänge her – als hätte er eine Leuchtspur vor Augen, anderen unsichtbar, die blitzartig alle kausalen Zusammenhänge in einem Sachverhalt hervorhob, wie auf den Schautafeln moderner technologischer Museen. Und nicht zuletzt: die Sensibilität seiner auffällig kleinen und zartfingrigen Hände; er hätte Mohnkörner sortieren können. Doch eine rätselhafte Wahlverwandtschaft dieser abnorm entwickelten Begabungen führte auch zu seiner stets lauernden Lust, Pein zuzufügen und deren Wirkung zu beobachten. Es war stets instrumental herbeigeführter Schmerz – durch Werkzeuge, die schon Klein-Quique entweder zu finden wusste oder selbst erfand und zusammenbaute.

Kein Lebewesen war sicher vor ihm, sobald die Eltern ihn nur kurze Zeit aus den Augen ließen. Treugott hatte mehrmals versucht, solange er sich noch entsprechend bewegen konnte, den Sohn mittels einer Tracht Prügel eines Besseren zu belehren, etwa wenn er ihn beim Ausreißen von Bienenflügeln überraschte. Aber es hatte nichts geholfen – vielleicht auch deshalb nicht, weil es so schien, als hätte die stets lachende Mutter trotz ihres missratenen Sohnes ihren Frohmut nicht verloren. Andererseits stand dem guten Schüler Quique für eine Weiterbildung nichts im Weg, und die besorgten Eltern dachten, dass die Elektromechanik seinen Begabungen wohl am nächsten liege. Sie würde ihn ausfüllend beschäftigen und von seinen schmerzempfindenden Opfern ablenken. Quique schloss Ausbildung und Lehre ab, schon mit sechzehn arbeitete er und verdiente sein Geld – einmal bei einem Installateur, dann wieder in einer Reparaturwerkstatt –, doch immer wurde er nach kurzer Zeit entlassen. Trotzdem, angesichts des Menschenzustroms in die Region, vor allem während der »Saison«, war sein Beruf gefragt und man rief ihn oft von da und dort, er war ständig auf seinem Moped unterwegs, wohnte aber weiterhin auf der Farm der Eltern. Das war wohl seine Art, auch sie zu quälen. Denn zu Hause konnte es geschehen, dass er sich viele Stunden lang in der Werkstatt einschloss, und auf einmal passierte es: Herzzerreißend schrie eine Kreatur. Einige Male noch hatte Treugott versucht, selbst an seine Krücken gefesselt, den weißblonden Großkopf zu erwischen – vergeblich. Dann konnte er ihn nur noch verwünschen, keuchend irgendwo angelehnt oder ächzend auf einen Stuhl gesunken. Rotraud und er hatten erwogen, mit Dr. Königsberg über Quique zu sprechen. Dieser hatte von sich aus niemals etwas angedeutet, obwohl er doch den Unhold jeden Sommer zu Gesicht bekam. Aber eben deshalb auch hatten sie entschieden, den Psychiater nicht zu behelligen.

Er kam alljährlich auf die Chacra El Tilo, um abzuschalten, auszuruhen, fern von seiner anstrengenden Arbeit in der Hauptstadt. Wenn Quique ein Fall für ihn würde, hätte Königsberg ihn ständig vor sich, und mit dem Abschalten wär's dann vorbei. Sie befürchteten nur, dass der Hausteufel etwas anstellen könnte, das sämtliche Sommergäste sehen und erleben und miterleiden müssten. Denn dann wäre das Idyll samt seinem Qualitätssiegel, dem Umriss des Lindenbaums, zerstört: Entsetzen und Abscheu würden die Besucher in Zukunft von Treugotts Hof fernhalten. Ernst machen, umbringen ... Treugott nahm die innere Einflüsterung wie eine rote Neon-Leuchtschrift wahr. So einen Erben, niemals! Er hatte sich schon mehrmals geschworen, seinen ganzen Besitz demnächst aufzugeben, zu verscherbeln. Dann waberten Zünglein vor seinen Augen, als stünde der Tilo-Hof bereits in Flammen. Andererseits verdankten sie dem Technologiebegabten – als erste und bisher einzige Farm in der Umgebung – das Satellitenfernsehen und die Internetverbindung.

Treugott Lagler blickte sich um im zögernd anbrechenden Tageslicht. Das Felsmassiv des »Piltri«, wie sie ihn in der Umgebung verkürzt zu nennen pflegten, war grau aus der Dunkelheit hervorgetreten, und die Zacken und Zinnen zeichneten schon ihre Konturen in den helleren Himmel. Zugleich merkte er, dass es kälter geworden war, schneidender als die gewöhnliche frühsommerliche Morgenkälte. Sein Hof, sein Anwesen – keine Spur von Freude mehr, keine Zukunft. Er schnüffelte heftig, als ob er weinen wollte, in das Lammfell hinein. Im vermeintlichen Vatergeruch vertiefte sich sein Schmerz.

Noch umgaben ihn die fünfzehn Hektar, auf denen, Jahr für Jahr rotierend, in drei Parzellen zu je fünf Hektar, Kartoffeln und Weizen und Mais angebaut wurden, um zwischendurch, jeweils auf ein Jahr, als Weideland für die Schafe zu dienen. Besonders stolz war Treugott auf seine Kipfler gewesen, eine bisher und weiterhin im Land unbekannte Kartoffelsorte, deren Saatgut er aus Österreich eingeführt hatte; sie eignet sich wegen ihrer länglichen

Form und Festigkeit besonders gut für den Kartoffelsalat. Leider wusste das der einheimische Markt nicht zu schätzen, die »Hiesigen« aßen keinen Kartoffelsalat, Leute wie die Laglers hingegen fast täglich. Und auf weiteren acht Hektar aus Mulden und Hügeln wuchsen Klee, Gerste oder Hafer; dazwischen leuchtete roter Mohn, den keiner gesät hatte. Zu den Felshängen hinauf hatte der Vater noch etwas vom einheimischen Wald, als lichtes Gehölz, stehen lassen; dort hatte Treugott später mit Fichten nachgeforstet. Ein paar Jahre darauf beschäftigte er bereits in einem kleinen Sägewerk – bald kam eine Tischlerwerkstatt hinzu – den Winter über drei Arbeiter; ständig konnte etwas Holz geschnitten und verarbeitet werden. Er lieferte Brenn- und Bauholz und dünne Pappelbretter für Obstkisten. An der Grenze zwischen Wald, Ackerfeldern und Wiesen standen noch aus Vaters Zeiten dreißig Bienenstöcke; Treugott hatte sie schon als kleiner Bub zu betreuen gelernt. An einem Abhang in der Nähe des Hauses – kaum größer als ein Hektar und leicht zu bewässern – hatten die Eltern verschiedene Beerenkulturen angelegt. Ursprünglich Erdbeeren, Himbeeren, Stachelbeeren und Ribisel; später kamen unter Rotrauds Hand noch schwarze Johannisbeeren, Heidelbeeren und Loganbeeren hinzu. Mit den Heidelbeeren war es schwierig gewesen, und sie mussten den Bodenstreifen, auf dem die Sträucher standen, stets nachsäuern. Aber sonst wusste er eigentlich gar nicht, wie es dort aussah: Die Beerenkulturen waren ausschließlich das Reich der Frauen und Kinder. Wann immer dafür etwas Zeit war und die Sonne schien, tanzten durchs Grün die hellen Strohhüte, und Kinderstimmen erklangen hinter den langen Spalieren. Die Beerenernte gelangte, ebenfalls von flinken Frauen- und Kinderhänden auf die verschiedensten Weisen zubereitet, in lange Reihen kleiner Glasgefäße. Weitere Marmeladen und Säfte wurden aus wilden Brombeeren und aus Hagebutten gewonnen, die im Herbst von den Familien der Landarbeiter aus der Umgebung eingesammelt wurden. Und Rotraud schnitt zu gegebener Zeit Rhabarber aus ihrem Gemüsebeet, pflückte mit

Hilfe der Kinder Holunderbeeren und verarbeitete diese Ernten ebenfalls zu Marmeladen und Säften. Davon musste sie immer einen großen Vorrat für den nächsten Sommer aufbewahren, denn Dr. Elias Königsberg wurde während der vier Wochen seines Aufenthalts von all den Verlangen heimgesucht, die er im Laufe eines langen Arbeitsjahrs mit »Wahnsüchtigen« (so Königsberg) hatte unterdrücken müssen – er nannte es sein Kur-Syndrom. Zu den Kurmitteln gehörten neben dem dunklen hausgebrauten Bier aus Quemquemtréu das Lammfleisch, die Pilze, natürlich Kipflerkartoffelsalat und, in allen möglichen Varianten, eben Holunder und Rhabarber – sei es als Marmeladen in den Palatschinken, zum Kaiserschmarrn, auf dem Frühstücksbrot, oder süß-sauer in Soßen zum Feldhasen.

Die frühmorgendliche Kälte stach in Treugotts grobe Gesichtshaut. Bertl wechselte vom Winseln in ein verhaltenes hustendes Gebell über. Herr und Hund sahen aus dem Schatten der Nussbaumallee die vier chilenischen Tagelöhner hervorkommen. Chilenen arbeiteten gern auf der argentinischen Seite, denn hier verdienten sie das Doppelte und der Wein kostete die Hälfte. Ihr bloßes Erscheinen bedeutete für Treugott schon ein Element der Beruhigung: Das notwendige Tagwerk konnte also in Angriff genommen werden. Denn sicher war das keineswegs. Vor allem montags lag alles im Ungewissen, da schliefen sie oft ihren Rausch aus. Auch im Lauf der Woche konnten sie manchmal mit den unwahrscheinlichsten Ausreden fehlen – nur am Samstag, dem Zahltag, da war auf sie Verlass. Oder wie heute, an diesem Freitag, dem 31. Dezember 1999. Morgen war Neujahrs- und Feiertag. Rotraud hatte nach altem Brauch am Tilo-Hof für jeden Arbeiter eine Kiste voll Apfelmost, schwarzem Tabak und einer Mehlspeise aus luftig aufgegangenem Germteig mit Nüssen und Dörrzwetschken vorbereitet.

»Guten Morgen, patrón!«, grüßten die Männer unisono den verhüllten Buckligen, ohne ihre Zigaretten aus dem Mund zu nehmen, und tippten mit dem Zeigefinger an ihre schwarzen

Baskenmützen. Sie entfernten sich in Richtung Werkzeugschuppen. In diesem Augenblick öffnete sich die Tür des Gästehauses – neuerdings waren darin vier Suiten untergebracht, die Bäder mit Jacuzzis ausgerüstet –, und im präzis übereinstimmenden Steppschritt startete Gretls Neffe Benny Krohn mit seiner Ehefrau Sarah von der Veranda aus zum gemeinsamen Morgenlauf – in rot-grauen Polohemden, karierten Shorts und unwahrscheinlich massigen Nikes. Atem dampfte vor ihren Mündern, federnd hüpften sie die zwei Stufen hinunter und trabten dann mit schwingenden und abgewinkelten Armen und zunehmender Energie über den Vorhof. »Good morning, Trigo!«, riefen sie dem vermummten Hausherrn zu. Treugott Lagler schaute ihnen nach, wie sie mit ihren starken und gleich langen Beinen so leichtfüßig in die Nussbaumallee einbogen und zum Tor des Tilo-Hofes hinuntertrabten. Es riss ihn im Becken. Nein, diese beiden wird er nicht mehr zum Wettlauf herausfordern können. Niemanden, nicht einmal Dr. Königsberg oder Siegmund Rohr, und die sind mehr als zwanzig Jahre älter als er. Damit war Schluss – das wusste er jetzt, an diesem letzten, kalten Morgen des Jahrhunderts. »Ernst machen, umbringen!« Da fiel es ihm plötzlich und zum ersten Mal ein: die Stimme des Vaters! Diese Worte hatte er fordernd ausgeschrien, als der Kurzwellenempfänger die Festnahme des »Duce« durch die Partisanen verkündete. Der fünfjährige Bub aber hatte damals nicht erraten können, wem das gegolten hatte.

In der stehenden Luft lag immer noch etwas Geruch nach schwarzem Tabak, den die Tagelöhner rauchten. Ein Leben lang gelang es ihren schwieligen Fingern nicht, andere als diese krummen, dünnen Stängel zu drehen, die sie immer, feucht vom Zukleben und feucht vom Speichel, im Mundwinkel an ihren Lippen haftend und langsam verglimmend, inbrünstig und unbewusst ansaugten. Für den patrón verbreiteten sie eine beruhigende Duftspur, denn überall, selbst wenn er sie nicht sehen oder hören konnte, wusste er dann seine Leute bei ihrer Arbeit oder zumindest anwesend – im Obstgarten, im Wald, in der Scheune, auf dem Feld, hinter einem Hügel oder im Gebüsch: Der Tabakgeruch der Arbeiter beruhigte ihn mehr als ihre Leistung. Aus wie viel schwarzem Tabakrauch dieser ganze Bauernhof sich doch entwickelt hatte, aber auch aus wie viel Gekicher – denn, anders als die Männer, verrieten die Arbeiterinnen ihren Standort durch Scherze und Geplauder. Auch das wusste er jetzt wieder und hatte zugleich eine bedrohliche Vorstellung: Der Lindenbaum des Tilo-Hofes wird mit dem Lagler-Geschlecht verdorren; schon in der dritten Generation wird alles in Schmerz und Rauch und Gelächter aufgehen.

Er duckte den Kopf in das nach dem Vater schmeckende Lammfell seiner Jacke und massierte sein breites bartstoppeliges Kinn: »Genossen Arbeiter, Genossen Bauern, Genossen Studenten«, begann er mit gepresstem Kehlkopf, mit künstlich hoher, manchmal das Falsett streifender Stimme die lang gezogenen Vokale und überdeutlichen Konsonanten in sich hineinzureden, ganz in der Sprechweise des Comandante en Jefe im fernen Havanna. »Die Arbeit, die endlose Stunden und ungeheure Energie – eigentlich animalische Energie – in Anspruch nimmt, diese alte Arbeit, die den Menschen erst zum Menschen gemacht hat und ihn im gleichen Maße, in dem seine Anstrengungen immer intelligenter wurden, über seinen ursprünglichen Zustand hinaushob, diese Arbeit wird, sobald sie einmal ganz von der Intelligenz bestimmt ist, als brutale, animalische Tätigkeit in unserer Gesellschaft auf immer verschwinden. Wir müssen ernst machen und den Kapitalismus umbringen.«

Weiter seine Castro-Variationen vor sich hin brummelnd, humpelte Treugott langsam dem Wohnhaus zu. Es war höchste Zeit, das Kurzwellenprogramm einzuschalten. Der Sieg der Revolution jährte sich zum einundvierzigsten Mal. Vom Kuhstall her kamen die beiden Hausgehilfinnen Delia und Mirta, Mutter und Tochter, die in der ausgebauten Mansarde wohnten. Jede trug zwei Eimer voll Milch, hell schimmerten diese schwankenden Spiegel im fahlen Morgenlicht. Vor einigen Jahren hatte Rotraud das Melken aufgegeben. Treugott hielt sich nur noch drei Holstein-Rinder, Schafe und Federvieh. Keine Pferde, keine Schweine mehr. Er selbst kam nicht mehr in den Sattel, Rotraud machte die Pferde durch ihr Gekicher und Getänzel nur nervös, und vor Quique wären die Ferkel nicht sicher gewesen. Zuletzt hatte Treugott ja auch den Kaninchenstall leer stehen lassen. Die sanften Tiere übten eine unwiderstehliche Anziehungskraft auf die Experimentierfreude des Großkopferten aus.

Treugott gab den Melkerinnen den Vortritt und blickte noch einmal zu den Felszacken des Piltriquitrón hinauf. Jetzt entdeckte er, warum dieses Morgengrauen sich so kalt und lange hinzog: Wolken verhüllten bereits die Spitzen, die Temperatur war weiter gefallen, ja es sah sogar nach Schneefall aus. Schnee jetzt noch, im Frühsommer? Er erinnerte sich, wie seine Mutter vor Schneefall zu Unzeiten immer gewarnt hatte: »Kinder, da stirbt bald einer.«

3

KATHA

Das Morgenlicht drang in Streifen durch die Spalten der Jalousien und kreuzte das Gesicht des Schlafenden. Katha beugte sich darüber. Der Vater lag auf dem Rücken und die Decke war auf den Boden gerutscht. Er trug nur seine weißen Boxershorts, unter denen sich eine Erektion abhob. Letzthin hatte er sein Haar und den Bart einfach wachsen lassen. Nun war er der tote Heiland, der aufgebahrte Che in der Wäscherei von Higueras – das Bild, das um die Welt gegangen war. Nur dass die Augen des Vaters geschlossen waren und sein Haar und Bart ergraut. Der Che ist eben alt geworden in den dreiunddreißig Jahren seit seinem Tod. Er schnarchte unruhig, und sie sah seine Zähne zwischen den Lippen: ein mattes Lächeln, wie beim erschossenen Guerillero. Sie neigte sich weiter vor. Was macht er, wenn es ihm so kommt? Nach dem Tod der Mutter hatte sie ihn nie mit einer Freundin gesehen. Aber sie war ja in zwei Behandlungsphasen mehrere Monate nicht in seiner Wohnung gewesen. Vielleicht hatte er zugelassen, dass man sie in die Anstalt sperrte, um sich ungestört mit einer Geliebten zu treffen. Ihr Haar hing auf den Vater hinab und einige Spitzen berührten seine nackte Brust. Darauf setzte das Schnarchen aus. Katha richtete sich auf, aber das Gesicht des Vaters blieb reglos – oder blinzelten jetzt seine Augen? Es war nicht hell genug, das zu erkennen.

So denkt er an mich! Träumt womöglich von schönen Weibern oder so und vergisst, mich zu wecken, stellt sich tot. Dabei hat er es mir doch versprochen!

Katha ging ins Badezimmer. Sie würde nicht duschen, das hatte sie schon am Vorabend ausgiebig getan. Mit Roberto Williams war verabredet, dass er sie beide früh am Morgen abholen werde. Vielleicht wartete er bereits in der Lobby. Wie alt mag er sein? Im Internet hatte sie von dem Kommunikationswunder dieses jungen Tierschützers aus alteingesessener walisischer Kolonistenfamilie erfahren. Er habe intuitiv gelernt, die »deep voices« der Wale, vornehmlich der Glattwale, zu verstehen und auch selbst hervorzubringen. Die Tiere kennten ihn, kämen zu ihm, und er könne sich mit ihnen unterhalten.

Aber dann beschloss sie, zuerst ihr langes rotblondes Haar zu bürsten. Sie beobachtete sich dabei – mit gesenktem, mit erhobenem, auch mit zur Seite gebogenem Hals. Den Kopf sanft nach vorn und dann nach links neigen, und unter einer schweren Locke einen fragenden Blick auf das Gegenüber werfen, in den Mundwinkeln ein Lächeln andeuten – das fand sie super. Oder doch den Kopf seitlich rechts nach hinten werfen, das aufgelöste Haar zurückfallen lassen, die Lider senken und den Mund einen Spalt öffnen, sodass ihre regelmäßigen Zähne durchschimmerten. Sie zeigte die Zungenspitze – nein, das wirkte verblödet! So waren einige Insassen in der Klinik immer herumgetorkelt. Und einmal hatte sie etwas ganz Tolles erlebt: wie die Zunge eines Patienten bei einem Anfall weit heraushing, unglaublich lang, tropfend, einmal steif, einmal schlaff, violett oder gelblich. Und meine Nase? Ja, die Nase ist schön, mit feinen Muscheln; sie ist etwas groß, sie bestimmt mein Gesicht. Es gibt ein Lippengesicht, ein Augengesicht, ein Stirngesicht – ich hab ein Nasengesicht. Ist meine linke Brust kleiner? Nein, jede füllt gleichmäßig die hohle Hand. Meine Brustwarzen haben die Farbe meiner Haare, sie sind zu hell, stehen in einem Meer von Sommersprossen; überall Sommersprossen auf meiner blassen Haut. Mit den Augen nicht strahlen, das ist kindischer Optimismus. Die Lider eine Spur versteifen, wie um Sehschärfe zu gewinnen, und mal mit den Wimpern zittern – das kann spöttisch und zugleich fragend wirken. Und passt zur Nase.

Sie streifte ein weißes T-Shirt über. Auf der Brust prangte das blau-schwarze Symbol der *Ocean Alliance*. Vor dem gestrigen Abendessen hatte sie es in der Boutique des Motels gekauft, zusammen mit einer ebenso beschilderten Baseballkappe. Dem Vater hatte sie die gleiche Mütze aufgedrängt. Das würde Roberto Williams sicherlich gefallen. Im T-Shirt und mit der Mütze wiederholte sie die Kopfbewegungen von vorhin, aber es störte sie, dass das Haar unter der Kappe in den Nacken gedrängt wurde. Sie musste es zuerst rundum wieder herabfallen lassen, sich dann die Mütze neu aufdrücken – und jetzt konnte man ihre Bewegungen anders verstehen. Die eine warb: »Seid lieb zu den Walen!« Die andere drohte: »Kommt ihnen nicht mit Gewalt!« Nicht mehr träumerisch, topless und sommersprossig wie eben noch, sondern mit dem ausdrucksstarken Symbol der gespaltenen Schwanzflosse auf ihrem Busen, und statt des wohlgeföhnten Model-Kopfes die militante Wirkung der Mütze über wildem Haar. Sah toll aus. Die sanfte Meerjungfrau hatte sich in eine Kämpferin verwandelt, gerüstet zur Kampagne, sei's gegen explodierende Harpunen oder gegen Tretminen.

Sie hörte den Vater im Zimmer husten.

»Pa, guten Morgen. Ich bin schon fertig!«

Im Hinausgehen mahnte sie ihn: »Beeil dich! Roberto ist womöglich schon da – ich schau nach, ja? Und vergiss bitte deine Kappe nicht!«

Im Salon klapperte und plauderte eine große Zahl von Gästen, die meisten unter ihnen waren grau- und weißhaarig. Vorhin, auf dem Parkplatz, war ihr ein rot-blauer doppelstöckiger Fernbus aufgefallen. Die Gesellschaft war wohl während der Nacht gereist, um sich eine Übernachtung zu ersparen. Alle Senioren hatten sich sportlich kostümiert, allen stand ein bewegter Tag bevor: die Beobachtung und das pausenlose Fotografieren und Filmen von watschelnden Pinguinen, sich aalenden Robben, brüllenden oder nur maulaufreißenden Seelöwen und -elefanten. Wenn sie Glück hatten, paarten sich einige vor ihren Kameras.

Viele trugen die gleichen Mützen und T-Shirts wie Katha. Damit wollten sie sie wohl täuschen und in Sicherheit wiegen. Durch die großen Fenster zum Meer hin sah sie die Sonne schon eine Handbreit über dem Horizont stehen. Das Klappern und Klirren der Frühstückenden drang auf sie ein, es wurde immer feindseliger, hatte keinen Rhythmus. Wer Geräusche erzeugt, hat sich um Rhythmus zu bemühen – ohne Rhythmus wird es zu einer Gehörquälerei. Hier haben sich Teilnehmer des Internationalen Gehörfolterkongresses zum Frühstück eingefunden, Sektion Antirhythmisches Lärmen. Um Himmels willen, weiß der Kellner denn nicht, dass hinter diesen bedächtig Müsli löffelnden, Toast beschmierenden, Eier köpfenden, Milchkaffee schlürfenden, biederen Leuten nichts als ausgepichte Folterexperten stecken? Katha stürzte ins Freie.

Kräftiger Wind überraschte sie, und zugleich sprang ihr das tiefe Blau der Wasserfläche in die Augen – ein hartes Blau, das sich selbst, wie ihr vorkam, in seiner Härte nicht ertragen konnte, das sich in ein weicheres Grün drängen wollte. Nur sie, Katha, vermochte das heftige Sehnen des Ozeans nach einem molligen Grün im weiten Meeresbusen mitzufühlen; ein unerfüllter Drang war in diesem harten Blau. Das konnte nur sie sehen, nur sie konnte die Qual des blauen Riesengeschöpfs mitempfinden, das da draußen, in seinem Marineblau eingeschlossen, ausharren musste, statt im satten Moosgrün aufgehen zu können. Da half die Sonne nichts, die hatte sich ja schon herausgedreht und abgehoben, die rollte frei und hoch, warf mit ihrem Licht umher, stach nur noch spitze Strahlen in die bewegten Gewässer. Mit festem Blick näherte sich Katha der Brandung. Vor ihr verschlangen schäumende Mäuler fette Algen. Angebissene, saftig glänzende Büschel schwappten bis an ihre Fußspitzen heran. Möwen strichen höhnisch kreischend über ihren Kopf hinweg und dann erreichte ihr Ohr, ganz deutlich, ein fernes Stöhnen von weiter draußen – stöhnte das Meer? Aber es war ein erwartungsfreudiges Stöhnen, wie das einer Gebärenden. Wie riesig schwanger musste diese sich hinter den mahlenden Mäulern, die das Algengrün fraßen, herumwälzen. Im Lauschen versunken, nahm sie die Gestalt, die in ihrem Rücken über den Sand auf sie zukam, erst wahr, als diese schon neben ihr stand und sie ansprach. »Guten Morgen! Fräulein Katharina Holberg?«

Sie wusste, sie hatte eben jetzt auf diese Anrede gewartet. Denn hier stand sie doch, als eine einzelne, weithin sichtbare, in Weiß gekleidete wartende Gestalt am Rand des Golfo Nuevo. Die Sonne hat mein Haar entflammt, ein kräftiger und würziger Wind streicht über die Gischt und weht es mir aus dem Gesicht, ich werde mich langsam – langsam! – der männlichen Stimme zuwenden, werde ihr meine Symbole auf Brust und Kappe offenbaren. Ich weiß, diese Stimme gehört einem jungen Mann, der die gleiche Walschutzmütze trägt, dem jungen Mann, der sich im Internet und wohl auch hier Roberto Williams nennt, der mit den Walen kommunizieren kann, der mich aber zunächst in einem verdächtig althöflichen Argentinisch anspricht.

Der Typ war kleiner als sie, dicklich, und sein sonnengebräuntes Gesicht von blondem Flaum umkränzt; zum Bart reichte es offenbar nicht. Die Augen verbarg eine goldgerahmte Ray-Ban-Sonnenbrille. Was ihn als eine Art explorer auszeichnete, war sein speckiges, ärmelloses Wams aus Wasserschweinsleder, mit rätselhaft vielen aufgenähten Taschen unterschiedlicher Größe, alle zum Bersten gefüllt mit irgendwelchen Gegenständen, groß und klein. Vor der Brust, über dem vielfach ausgebeulten Leder, baumelten außerdem noch mehrere Instrumente, von denen sie nur eines kannte, den Feldstecher.

»Ich bin Roberto Williams.« Er hielt ihr die Hand hin, sie aber beugte sich zu ihm vor und berührte seine flaumige Wange mit ihren Lippen. Die Sonnenbrille macht es ihm wohl möglich, ungeniert den üblichen Dreierblick der Männer (Gesicht/Busen/Schoß) auf sie abzufeuern. Vermutlich hat er helle graublaue Augen. Alle Fremdenführer sind geil, meist mit Erfolg.

Von der Terrasse des Motels sah sie den Vater winken. Auch

er war für die Exkursion gerüstet: in Jeans und mit der passend gekennzeichneten Baseballkappe. Sie gingen auf ihn zu. Der alt gewordene Heiland Che, was starrt er mich immer so besorgt an? Das war das Unerträgliche an ihm, das konnte schon nach wenigen Momenten ihr Zusammensein oder ein Gespräch zerstören: dieser prüfende, sorgenvolle Blick. Warum nur? Schließlich war sie entlassen worden, war doch wohl gesund und hatte den Fremdenführer liebenswürdig begrüßt.

Katha wollte nicht frühstücken, nicht unter Folterern, und trank nur einen Orangensaft. Vor dem Spiegel auf der Toilette cremte sie sich ein: die empfindliche, sommersprossige Haut des Gesichts und der Arme mit Sonnenschutzfaktor sechzig. Wegen dieser Empfindlichkeit trug sie auch keine Shorts, sondern eine lange weiße Leinenhose, oben eng anliegend geschneidert. Nochmals übte sie beide Kopfgebärden – um Sympathie heischend, mit Kampfesmut drohend – und drückte die Kappe fester aufs Haupt. Sie zupfte an ihrem T-Shirt. Man kann sehen, dass ich keinen Büstenhalter trage. Ich habe noch nie einen getragen. Welch ein süßer, kleiner Kerl, dieser Roberto Williams. Heute ist sein Glückstag, heute darf er seinen Zirkus einer Prinzessin vorführen.

»Wir sollten uns beeilen«, mahnte Roberto. »Der Wind droht stärker zu werden, und dann könnten wir nicht mehr weit genug hinausfahren.«

»Wo sind die Wale?«, fragte Katha.

»Man hört sie in der Ferne. Haben Sie da draußen noch nicht die Fontänen gesehen, ein stöhnendes Brausen gehört?«

Sie kletterten in Robertos Motorboot. Es war ein offenes Fahrzeug ohne Kajütenaufbau, mit einem schweren Außenbordmotor und festgezurrt auf einem zweirädrigen Wagen, den jetzt ein Traktor so weit ins Wasser schob, bis es frei auf den Wellen schaukelte. Sie hatten sich in die orangefarbenen Schwimmwesten hineingearbeitet; Roberto musste die seine angesichts der überfüllten

Wamstaschen geöffnet lassen. Er hielt das Boot mit einem Ruder in Ufernähe. Der Traktor zog den leeren Wagen auf den Strand zurück, sein Fahrer sprang herunter, kam herangewatet und schwang sich zu ihnen ins Boot. Katha empfand, dass der junge Kerl nichts Verdächtiges an sich hatte; nichts schien ihn mit den Leuten im Hotel zu verbinden. Im Gegenteil, seine braunen, muskulösen Arme, die aus der stramm sitzenden Schwimmweste geradezu hervorquollen, beruhigten Katha. Der Nacken, breiter als der schmale, glatt rasierte Kopf, verriet den guten Schwimmer. Diese Proportionen wurden durch ein dünnes, golden glitzerndes Halskettchen noch hervorgehoben. Katha fielen die nackten Füße des Kerls auf: gebräunt, mit kleinen, kindlich anmutenden Fersen, mit schön gegliederten, auseinanderstehenden Zehen und geradezu weibisch gepflegten, rund gekappten glänzenden Nägeln. Wer auf solchen an Hände gemahnenden Füßen daherkommt, wandelt schon an der Grenze zwischen Adonis und Gorilla. Auf den Handrücken hingegen, die jetzt kraftvoll über dem Steuerruder lagen, hoben sich die Adern ab – ein weiteres Zeichen für die Spannung zwischen Feinnervigkeit und Brutalität dieses tollen Motormannes. Sie stand hinter ihm, Schwimmweste an Schwimmweste. Er startete und sofort verband sich das Aufheulen des Motors mit einem spritzenden, springenden Dahinjagen über die Meeresfläche. Stärker noch als vom flitzenden Boot fühlte sich Katha von diesem hochgradig ästhetischen Mann ins Meer hinausgetragen, ja entführt. Da riss ihr ein heftiger Windstoß die Kappe vom Kopf und drückte ihr das Haar ins Gesicht, sodass sie nichts sehen konnte und sich erschrocken an den Bootsmann klammern musste. Sie sog seinen Schweiß- und Meerwassergeruch ein. Tito wendete blitzschnell, fixierte den weißen Fleck auf den Wellen. Katha konnte sich das Haar aus dem Gesicht streichen, aber bevor sie sich von ihm löste, trieb es sie dazu, ihn spielerisch in den Nacken zu beißen und die salzig schmeckende Stelle abzulecken. Die Haut war borstig, wie am Vortag rasiert. Tito zuckte unter dem Biss und der Berührung der warmen Zunge zusammen. Er beugte sich über Bord und fing affenhaft geschwind die Kappe von einem Wellenkamm. Katha setzte sie sofort wieder auf, genoss das herabtriefende Salzwasser und dankte Tito, indem sie ihm mit zarter Hand huldvoll über den nackten Schädel strich.

Roberto, breitbeinig am Bug aufgepflanzt, prüfte den Himmel mit seinen heraufziehenden Wolken und das blasser und bewegter werdende Meer. Hierzu setzte er mehrmals das Fernglas an, hob die Hand und wies Tito die Richtung. Dann wandte er sich wieder seinen Fahrgästen zu. Martin hatte sich auf eine der Querbänke gesetzt, während Katha am Boden kauerte, mit dem Rücken an der Bordwand.

»Wir werden noch ein paar Wale antreffen, das ist jedoch selten um diese Jahreszeit.« Der Walexperte begann im leiernden Tonfall des Fremdenführers zu reden. »Es sind südliche Glattwale. Für sie ist der Golfo Nuevo Liebesbett und Kindergarten zugleich. Einstmals waren diese Tiere die begehrtesten Opfer der Walfänger, weil sie von allen ihren Artgenossen die dickste Fettschicht unter der Haut tragen. Eine leichte Beute, bis zu fünfzehn Meter lang, dreißig Tonnen schwer und eine große Menge Tran versprechend. Die erbarmungslose Jagd auf sie endete erst, als sie fast ausgestorben waren. Dann setzte die Arbeit der Internationalen Walfangkommission ein, galt das internationale Fangverbot, und nachdem man vor zwei Jahrzehnten kaum noch tausend Tiere zählte, ist man heute wieder bei etwa sechstausend angelangt.« Roberto machte eine kleine Pause, und über dem Goldrahmen der Sonnenbrille legte sich die Stirn bis zur Mütze hinauf in tiefe Sorgenfalten. Der Mensch sei dennoch wieder zu ihrem Feind geworden, erfuhren sie. Denn er fische den Walen ihr Futter weg und verschmutze die Küstengewässer. Es komme zur Verbreitung giftiger Algen, und man habe verblutende Jungtiere am Strand gefunden. Er ließ dieses düstere Bild auf seine Fahrgäste einwirken.

»Nein, wie entsetzlich!«, rief Katha aus, doch dann folgte der verbindlichere Schluss seines Vortrags für die whale watchers: »Einen Moby Dick kann ich Ihnen freilich nicht bieten. Zum Glück für uns alle! Aber wir haben vielleicht noch die Aussicht, auf unseren sanften Albino Espuma zu treffen; man hat noch nie ein Weibchen in seiner Begleitung gesehen. Nebenbei – die Männchen dieser Gattung haben die größten Hoden aller Lebewesen, sie können bis zu achtzig Kilo wiegen. Die Japaner sind ganz wild darauf, sie durchbrechen ständig die internationalen …«

»Jeder Hoden einzeln oder beide zusammen?«, unterbrach ihn Katha. Roberto stockte, er schien es nicht genau zu wissen. »Beide zusammen«, wagte er unsicher zu antworten und blickte fragend zu Tito hinüber. Doch der zog nur den nackten Kopf in den Kragen seiner Schwimmweste. »Was müssen die erst für einen Riesenschwanz haben«, mutmaßte Katha beeindruckt.

Roberto wandte sich verlegen wieder dem Meer zu. Katha sah die Wolken immer schneller und dichter aufsteigen und über sie hinwegziehen; der Wind hatte ihr Gesicht und die Kappe bereits getrocknet; sie saugte an einer salzigen Haarsträhne. Wenn nur der Vater sie nicht schon wieder mit solcher Sorge anblicken würde!

»Okay, Che, okay … Starr mich doch nicht so an!«

Martin versuchte, sie und die anderen abzulenken. Er deutete zu der schiefergrauen Steilküste hinüber, von der sie sich zunehmend entfernten.

»Dort haben wir in meiner Studentenzeit gezeltet. Auf den Spuren von Darwin und seinen Fossilien. Wir wurden auch selbst fündig. Die große versteinerte Muschel auf meinem Schreibtisch, Katha, die habe ich hier ausgebuddelt … ja, vor vierzig Jahren. Wir sind damals mit einem Fischkutter von Bahía Blanca gekommen.«

Wie der kleine, süße Waliser vom Che begeistert ist. »Ganz richtig, Dr. Holberg«, rief er, »ich behaupte ja immer, dieser Landstrich ist das patagonische Galiläa, aber kein neuer Gott, eine neue Idee wurde hier geboren. Der alte Mensch und sein Gott haben ihre zentrale Stellung im Universum verloren, Schluss mit der biblischen Herrschaft über alle Kreaturen, von da an hieß es, sich bescheiden eingliedern in die lange Kette der Evolution. Die *Beagle* unter britischer Fahne brachte den jungen Darwin an diesen nackten, menschenleeren, nichtssagenden Küstenstreifen; aber er wusste ihn zu entziffern. Hier überkam ihn der Geist des Testaments der Neuzeit.«

»Wahnsinn«, bemerkte Katha, »und das im Zeichen der britischen Krone. Und so wurden die Gorillas zu unseren fernen Verwandten, und alle Tiere wurden Brüder ...« Sie fixierte Tito bei ihren folgenden Worten: »Ich liebe die Gorillas.« Doch der vermied den Blickkontakt. Ob er gar schwul war? Und dem Tierliebhaber Roberto hörig?

Roberto aber griff ihre Einfälle auf. »Dass uns unsere moderne Wissenschaft nur nicht wieder größenwahnsinnig wie die Menschheit der Bibelepoche macht. Wir sollten voll Bescheidenheit heute Nacht in das dritte Millennium eintreten.«

Er hatte die letzten Worte der offenen Wasserfläche zugewandt gesprochen. Jetzt gab er Tito ein Zeichen, den Motor abzuschalten. Katha sprang auf und bewegte sich übermütig im Takt mit dem schaukelnden Boot; in der Stille beschrieb sie die gleichen kreisenden Bewegungen, die sie bei ihrer Gymnastik mit dem Hulareifen zu vollführen pflegte, hob die Arme und summte dazu eine Melodie. Auf Tito, dem sie zublinzelte, schien ihr Tanz keinen Eindruck zu machen, er schaute an ihr vorbei aufs Meer. Roberto nestelte etwas aus einer der vielen Taschen seines Schweinslederwamses; eine Mundharmonika kam zum Vorschein. Zuerst ein paar einzelne prüfende Töne, und dann setzte er unvermittelt bewegt, begleitet von heftigen Stößen des Kopfes, zu einer lustigen walisischen Tanzweise an. Katha war von dieser Darbietung zuerst überrascht und wollte sie als Aufforderung zum Weitertanzen verstehen; sie lachte, begann sich noch auffälliger in den Hüften zu wiegen und klatschte den Rhythmus mit erhobenen Händen. Der musizierende Naturschützer aber beachtete nicht die Tanzende, sondern spähte bei seinem Spiel über die Wasserfläche. Tito, am Steuer festgeklammert, ebenfalls. Dann schien es Katha zuerst, als rollte eine große Welle heran, als höbe sich das ganze Meer – doch aus dem hochgewölbten Blaugrau brach eine schwarze, glänzende, wassersprühende Masse hervor, die sich im jähen Aufsteigen zu einem stumpfen Kegel verjüngte. Der war gekrönt von einem Kranz heller kleiner Buckel und krauser Wucherungen und schwankte viele Meter hoch vor ihren Augen. Doch diese düstere Erhabenheit einer Gesteinsmasse verflog beim Anblick der rührend kleinen, dazu auch noch winkenden Flossen auf beiden Seiten des triefenden Kolosses. Sogleich stürzte das Ungetüm in einem unerwartet eleganten Bogen seitwärts in die aufschäumenden, die Bootsinsassen überspritzenden Fluten zurück.

»Das ist Docksider«, rief Roberto, »unser Größter!« »Docksider, ja«, wiederholte Tito, sprach es und grinste zum ersten Mal. »Toll, wie eine Rakete, wie eine Kathedrale!«, begeisterte sich Katha. »Hast du das gesehen, Pa? Statt mich anzustarren – hast du das gesehen?« Roberto steckte die Mundharmonika schnell in die Wamstasche, stemmte beide Arme auf seine runden Hüften, warf den Kopf zurück und presste ein paar hohe, krächzende und gurrende Laute durch die Kehle.

»Ist das ihre Sprache?«, fragte ihn Katha. Roberto nickte und beeilte sich, aus einer weiteren, stark ausgebeulten Wamstasche ein schwarzes Instrument mit einem Kabel hervorzunesteln. Das Ende des Kabels steckte er in einen ebenfalls schwarzen Block, der wie eine Autobatterie aussah und unter dem Schutz des Buges am Boden befestigt war. Dann ließ er das Gerät an einem Seil im Wasser versinken.

»Das Hydrofon«, erklärte er Martin. »Damit belauschen wir die Wale unter Wasser.« Emsig wühlte er wieder in seiner Wamsbrust herum, brachte drei Paar Kopfhörer hervor, setzte selbst welche auf und verteilte die anderen aufmunternd an Martin und Katha. Und die Verbindungskabel der Kopfhörer stöpselte er in den schwarzen Block.

Die Wellen rund um das Boot hatten sich indessen verwandelt. Schatten wie von eilenden Wolken zogen unter dem Wasserspiegel an ihnen vorüber oder sanft unter ihnen dahin. Da klatschte eine Flosse heraus, dort hob sich ein immenser Körperteil mit einem brausenden Blasloch an die Oberfläche und sank wieder weg, von perlenden Streifen verfolgt. Und dann konnten sie die Wale auch hören.

Kathas Finger gingen kindlich zählend den einstigen Deutschunterricht an der Pestalozzi-Schule in Buenos Aires durch. Vögel zwitschern, Pferde wiehern, Hunde bellen, Katzen miauen, Schafe blöken … schon gut, aber was tun Wale? Wirr durcheinander fiepen, kreischen, quietschen, heulen, gurgeln, grunzen, stöhnen, kichern, knurren sie da unten, einmal dominierend das eine, bald wie aus der Ferne das andere, und es kam ihr so vor, als durchzöge zugleich ein schwerer, wellenartiger oder mahlender Rhythmus dieses Stimmengewirr. Katha war, als könnte sie für Augenblicke – wie Alice durch den Spiegel über dem Kamin – in ein Wunderland eintauchen, von dem sie nur durch die Schaum- und Traumgrenze zwischen Luft und Wasser getrennt gewesen war. Da erstreckte sich vor ihr eine weite Hügellandschaft, belebt von undeutlich wahrnehmbaren, grasenden, schreitenden oder hüpfenden Lebewesen unbestimmter Art. Zwischen ihnen zogen, mühelos den Wiesengrund wie einen dichten Wassererbsenteppich anhebend und aufbrechend, langsam die dunklen Leiber der Wale hindurch. Das ganze Panorama eines paradiesischen Zusammenseins war in fahles Licht getaucht, es war kein Sonnenlicht, kein Mondlicht, kein Licht von Kathas diesseitiger Welt. Die Grenzen der Elemente trennen ja auch die Quellen des Lichtes, dachte sie. Du blickst in eine Unterwelt hinein, und du siehst sie in dem Licht, das du über deine Kopfhörer empfängst. In dieser Welt verweilen … wie nach einer langen Reise endlich angekommen … das Treiben einfach mitansehen, mittauchen in der submarinen Serengeti … ein Teil davon werden, wenn umgekehrt woher man kommt alles unverständlich, ja unerträglich geworden ist. Katha war im wahrsten Sinn des Wortes in ihre Kopfhörer versunken.

Indessen hatte sich Roberto Williams wieder mit gespreizten Beinen am Bug aufgerichtet und zu gestikulieren begonnen. Seine Lippen verzogen sich bald zu einem verzückten Lächeln, bald drangen, heftig grimassierend, ächzende Schreie hervor. Er bewegte die Arme unabhängig voneinander, gestikulierte mit den Händen, erst hervorwinkend und erheischend, dann befehlend und agitierend, schließlich besänftigend und fast einschläfernd, als hätte er ein Orchester mit Solisten und Chor vor sich. Katha beobachtete, wie er die Handflächen ekstatisch nach oben drehte, mit ihnen wippte und mit allen zehn Fingern grabbelte und wirbelte, als wollte er einzelne Stimmen aus dem dumpfen Grundrauschen unter dem Meer herauskitzeln.

»Was soll das? Was wollen Sie von meinen Walen?«, fragte ihn Katha erregt, wieder aufgetaucht aus ihrem Wunderland.

»Nichts, sie freuen sich, dass wir sie besuchen, sie feiern uns im Chor. Docksider fragt, wer die schöne junge Frau im Boot ist, das will auch Cassiopeia wissen, die mit ihm liiert ist.«

»Dann können Sie ihnen einfach mitteilen, hier ist Lady Diana, Prinzessin von Wales. Sie hatte euch versprochen, dass sie wiederkehren würde, und nun ist sie gekommen. Lady Di hat euch nicht vergessen, sie wird euch beschützen, sie wird gegen die Harpunen kämpfen, sie hat euch lieb!«

Roberto Williams hielt ein, nahm die Sonnenbrille ab und suchte fragend Dr. Holbergs Blick. Martin gab ihm ein zwinkerndes, beruhigendes Zeichen, doch Katha hatte es bemerkt. Es war dieses um nachsichtiges Verständnis für eine Verrückte bittende Blinzeln, das sie kannte, dieses »Sie wissen doch, wie es um sie steht«, dieses »Tun Sie ihr doch bitte den Gefallen …«. Als sich Roberto darauf wieder dem Wasser zuwandte und, in aufdringlich herausfordernder Weise weiter dirigierend, seine ächzenden und gutturalen Laute von sich gab, da war es ihr, als könnte sie aus dem subaquatischen Stimmengewirr einzelne

Wörter, dann ganze Sätze verstehen, als hörte sie, immer deutlicher, spanische und deutsche Ausdrücke, die, durch den Kopfhörer elektronisch verstärkt, auf sie einschlugen: »Cata – loquita, puta«, verstand Katha sich unmissverständlich beschimpft. »Du Schlampe, du Hürchen, du Durchgeknallte, du Lesbe hast es mit einer Krankenschwester getrieben … Jetzt kriegst du aber eine Spritze in den Hintern … Wir haben's ja gesehen, du hast wieder masturbiert … ch, ch, ch!« Da war aber kein Rhythmus drin, und der Vater blickte sie angstvoll und argwöhnisch an, er musste es ja auch gehört haben. Der miese Typ indessen hetzte weiterhin die Wale dazu auf, sie wüster zu beschimpfen. Dieser hinterhältige, scheinheilige walisische Tiervergewaltiger! Sie riss sich die Schwimmweste vom Leib, schrie »Violador!«, schlug auf Roberto ein, warf sich auf ihn; beide stürzten zu Boden, seine Sonnenbrille zerbrach. Er verlor die Kappe, und Kathas Nase stieß auf seine fettig weiße Glatze unter schütterem Flaum. Martin war wie gelähmt, aber Tito sprang auf, umklammerte die Tobende mit Armen dick wie Rettungsringe und zerrte sie von seinem Kapitän herunter. Katha strampelte und schrie: »Das ist echt gemein, hundsgemein! Ich liebe doch die Wale, und die Wale lieben mich …«

Nach dem ersten Schreck sprach Martin flüsternd auf sie ein. »Es ist schon gut, Katha, du hast ja recht …« Das Boot schaukelte unter dem gleichmäßig darüberstreichenden Wind, Katha hing schlaff in Titos Armen. Und da, zum Greifen nah, stieg wedelnd eine riesige, gespaltene Schwanzflosse aus dem Meer, Docksiders Fluke, blinkend, schwarz wie auf dem Logo, das Kathas Brust zierte. Die Flosse fächerte ihr Luft und Wasserstaub zu und sank peitschend in die Wellen zurück – ein Salut, der alle besprühte, und eine Botschaft, die ihr ganz allein galt: »Your Highness, we love you, too!«

Sie hatte den fiesen, glatzköpfigen Einflüsterer vergessen, sie verstand jetzt selbst die Sprache der Wale. Beglückt, gelöst, wenn auch noch schwer atmend, schmiegte sie sich in Titos stramme

Umarmung. Verlegen ließ dieser sie los und suchte wieder seinen Platz hinter dem Steuer. In ihrem nass auf der Haut klebenden T-Shirt setzte Katha sich selbstversunken und etwas neckisch wie die Kopenhagener Meerjungfrau zurecht, die Nixe mit der schönen Stimme. Roberto Williams, bleich und mit Blutspuren auf der Stirn, steckte die zerbrochene Ray-Ban in eine Wamstasche, zog hastig das Hydrofon aus dem Wasser und sammelte, ohne Katha anzusehen, wortlos die Kopfhörer ein.

Tito startete. Eine hohe Fontäne schäumte hinter dem Heck empor und folgte ihnen im weiten Bogen, in dem das Boot wieder der Küste zuschnellte.

4

CLEMENTINE

Das ist keine Zimmerlinde, wiederholte sich Clementine, als sie von ihrem Fenster auf den blühenden Baum in der Mitte des Gartens blickte. Der Morgen war trüb, sie sah, dass Wolken die Felszacken des Piltriquitrón verhüllt hatten. Aber ihr Lindenbaum leuchtete trotzdem.

Der Anruf Martins, so spät am gestrigen Abend, von der patagonischen Küste … ärgerlich. Was dieser gute Mensch unter seinen durchgedrehten Kindern zu leiden hat! Ein Trauerspiel. Gabriel entweder in der Sekte oder in den Lüften, und Katha, na ja … Ich würde ihr die Wadln schon nach vorne richten. Und sogar Elias scheint bei diesen Familienverhältnissen am Ende seiner Weisheit angelangt zu sein. Sie hatte ihn ja schon danach gefragt, er hatte ihr aber nichts sagen wollen und sie nur mit wiegendem Kopf fixiert, was bald »na ja«, bald »na sowas«, oder auch »hmm hmm« bedeuten konnte, ohne dass er sich da festlegen würde. Wie üblich bei diesen Psychologen.

Dass mein Sohn nur morgen rechtzeitig zur Geburtstagsfeier erscheint, wahrscheinlich zu meiner letzten! Damit drohte sie – es war ihr nicht entfallen –, zugegeben schon seit fünfzehn Jahren. »Clementine, vergiss es, zuerst bin ich dran!«, hatte sich da früher jedes Mal ihr Ehemann, Alberto Holberg, launig zu Wort gemeldet – bis er damit Ernst gemacht hatte. Elf Jahre ist das nun her. Damals freilich war ihr lieber Schorschl auch schon zehn Jahre tot gewesen.

Nein, Martin, mein einziges Kind, sollte mir das nicht antun. Was hilft es denn, sich so für die Tochter oder den Sohn aufzuopfern? Was ihn allein schon diese Nervenheilanstalt gekostet haben mag! Und mit welchem Erfolg? Dass das Mädel jetzt mit den Walfischen redet, wie der Heilige Franz von Assisi. Und dass sie wie ein bildungsferner Teenager ausgerechnet diese britische Lady Di verehrt … Das Tschapperl! Auf solchem Niveau enden die letzten Verästelungen einer Patrizier-, ja einer Gründerfamilie … Weil sie von Generation zu Generation Landgüter und Stadtpalais erben und sich hinter hohen Hecken vorm wirklichen Leben verstecken können. Ihr eigener lieber Holberg-Spross war ja, Hand aufs Herz, schon ein verdorrender Ast dieses Geschlechts gewesen. Halb Künstler, halb Handwerker, aber auf jeden Fall immer halb, ein Anzeichen von Degeneration. Und war natürlich mit ebenso herabgekommenem Patriziat eng befreundet gewesen. Mit der »modernen« Malerin Norah Borges etwa, dieser faden Nocken, und mit ihrem sehbehinderten Schriftstellerbruder, dem Georgie – einem armen Schlucker, bis er zuletzt etwas bekannter geworden war. Der hat sich am La Plata auch noch Geschichten über Nazis und verfolgte Juden aus den Fingern gesogen. Abgeschmackt. Was gingen diesen blinden argentinischen Bücherwurm die reichsdeutschen Verhältnisse an, was konnte der von den Rassenproblemen wissen, verstehen!

Das hat ihr dann auch Siegmund Rohr bestätigt. Dem hatte sie diese Borges-Erzählung über einen verurteilten und auf seine Hinrichtung wartenden Lagerkommandanten auf Deutsch zu lesen gegeben. Leider kam dadurch das Wort »kerndeutsch«, wie es im spanischen Original unübersetzt steht, nicht zu der vom Autor gewünschten Wirkung. Aber Sigi lehnt es nun einmal ab, Bücher in »hiesiger« Sprache zu lesen.

Siegmund stammt aus der Umgebung von Linz, aus Mauthausen. Wenn einer ein KZ kannte, dann er! So konnte er ihr denn auch bestätigen, einem SS-Offizierstyp, der mit dem erfundenen und nach dem Zusammenbruch zum Tode verurteilten Otto Dietrich zur Linde vergleichbar gewesen wäre, nie und nimmer begegnet zu sein. »Einen intellektuellen Weichling hat dein Bekannter da beschrieben. Soweit ich Offiziere der Sturmstandarten kennengelernt habe, sind sie alle, um das vom Autor frech vereinnahmte Wort einmal korrekt anzuwenden, kerndeutsch gewesen, also ohne Schwachheiten. Und außerdem, ein Konzentrationslager namens Tarnowitz, von dem in der Geschichte die Rede ist, hat es nachweislich nie gegeben. Noch ein paar solche Erfindungen, bittschön, und man kommt leicht auf sechs Millionen.«

Über dem gestrigen Abend war kein guter Stern gestanden. Sie hatte in der zweiten Mensch-ärgere-Dich-nicht-Runde verloren, sogar noch hinter dem notorischen Verlierer Elias. Aber das war schließlich purer Zufall gewesen, genauso wie das Spielglück der naiven Rotraud. Wie ihre Wurstfingerchen unter Gekicher auf dem Tisch herumgrabbelten und sich die Würfel mit den sechs Punkten griffen, und dann dieses schnalzende Auflachen, wenn sie den Läufer eines Mitspielers aus dem Feld schlagen konnte – und ihn auch gleich eigenhändig, begleitet von einem befriedigten »So!«, vom Spielbrett räumte. Diese ausgehungerten sudetendeutschen Vertriebenenkinder! Lebenslang haftet ihnen der Nachholbedarf der Flüchtlingsgeneration an.

Ärgerlich, so ein Wetterumschwung. Sollte es denn nicht schon Sommer sein? Eine solche Dezemberkälte gehörte eigentlich weit weg und weit zurück – zu viel früheren Geburtstagen, denen von »drüben«, noch im winterlichen Aumühl bei Wien, im Wirtshaus ihrer Eltern. So eine gelbgraue Stimmung hatte es in den Hungerjahrzehnten gegeben, in der langen Misere nach dem Ersten Weltkrieg. Das passte zur Erinnerung an die Pissenden und Kotzenden in lichtlosen Hintergassen ... Was ist sie doch damals für ein Unglücksvogel gewesen: Ihr Geburtstag fiel auf den Neujahrstag. Und den übernächtigten Rauschköpfen der Silvesterfeier war am Tag danach doch eh alles wurscht. Nur jene drei Geburtstage, zu denen auch der Schorsch erschienen war, heben sich strahlend von dem trüben Hintergrund ab. Das ist keine übernächtigte, das ist eine übermächtige Liebe gewesen! Anfangs, beim abendlichen Spaziergang auf der Bastei in Wien, schien es nur eine Liebelei zu sein … so viele andere Pärchen flanierten da auch. Aber dann ein Busserl, und noch eines, und mehr … In klagendem Ton summte sie sich etwas vor:

Beim Burgtor am Michaelerplatz,
da hat oft gewartet mein lieber Schatz.
Wir gingen zusammen auf die Bastei,
so glücklich war niemand als damals wir zwei.

Man braucht halt sein ganzes Leben, um die Wahrheit zu wissen, dieses endgültige: »Jawohl, das war's. Damals.« An ihrem Zwanzigsten hatte der Medizinstudent Georg Plasch aus Korneuburg sie zum ersten Mal geküsst, und auch an den nächsten beiden Geburtstagen, und wahrlich nicht nur an diesen – aber danach waren noch sechsundsechzig (!) Geburtstage gefolgt, und den Neuesten feiern wir jetzt sogar ins dritte Jahrtausend hinein! Ohne den Schorsch freilich. Sie war ja selbst schuld gewesen. Bald nach ihrem Zweiundzwanzigsten war der argentinische Kunstgrafiker in ihr Leben getreten. Kommt von der Albertina herüber ins Café Tirolerhof, wo sie nach dem Damenschneiderkurs eine Jausenpause macht: ein Kipferl, in Malzkaffee getunkt. Sie sieht ihn herüberschlendern, das dichte, in der Mitte gescheitelte schwarze Haar streng mit Brillantine frisiert. Der Tangosänger aus einem romantischen Film, dessen Vater Konsul an der argentinischen Botschaft in Wien war. Er hat noch Farbflecken an den Fingern und spricht sie einfach an. Was er ihr in exotisch klingendem Deutsch von seiner Heimat erzählt, kommt ihr vor wie das Schlaraffenland – gemessen an der Wiener Misere und am zugigen Aumühl bei Wien mit seinen verschlammten Gassen. Außerdem vernachlässigte ihr Schorschl sie damals, wegen der Politik und seiner Heimwehr-Kameraden. Wie sie die Politik hasst! »Kannst du denn sicher sein, dass er kein Jude ist?«, hatte Schorsch sie zuletzt beleidigt, als sie sich dazu aufgerafft hatte, ihm ihre Entscheidung zugunsten Albertos mitzuteilen. »Bist du deppert?«, war ihre scharfe Erwiderung gewesen. »Er kommt aus einer uralten argentinischen Familie. Fünfte Generation! Skandinavische Herkunft – und adlig dazu. So ein Arier bist nicht einmal du.«

»Ach so, der Prinz von Holberg«, hatte Schorsch noch gefrotzelt und vor ihr einen übertriebenen Bückling gemacht. Und das war auch schon sein Abschied gewesen.

Denn cand. med. Georg Plasch musste zur Praxis an ein Krankenhaus nach Bregenz, und so haben sie einander bald aus den Augen verloren. Alberto aber brauchte noch einige Zeit, um sein Praktikum an der Albertina abzuschließen. So konnte das Vorstadtmädel sich in der turbulenten Dollfuß-Zeit noch mit aufregenden Wiener Erlebnissen vollsaugen, ehe dann das frisch getraute Paar in Triest auf der *Conte Grande* nach Buenos Aires eingeschifft wurde. Wer hätte sich damals das spätere Wiederfinden, den heimlichen Briefwechsel, die Zukunftspläne mit Schorsch vorstellen können? Am liebsten trage er seinen Bad-Ausseer Anzug, hatte ihr der fast sechzigjährige Unfallchirurg, viele Jahre nach Kriegsende, in seinem ersten Brief aus Sankt Pölten geschrieben: dunkelgrau, mit grünen Aufschlägen und Stehkragen, fast wie eine Uniform. Und dagegen mein Kunstgrafiker in Buenos Aires: im Grunde ein armer Kerl, wie sich herausgestellt hatte, wenn auch aus einem angesehenen, weitverzweigten Familienclan – mit einer Stammloge im Teatro Colón, dem dazumal größten Opernhaus der Welt, wo sogar ein Caruso, eine Flagstad gesungen und ein Furtwängler dirigiert hatte.

Vorher, im streikenden und darbenden und immer ungemütlicheren Wien, hatte Albertito nach dem Bankrott der Creditanstalt mit seinen starken argentinischen Pesos nach viel mehr ausgesehen, als er in Wirklichkeit war. Immerhin, seine Familie und ihr Freundeskreis prosteten einander in Buenos Aires zu Silvester nur mit Champagnergläsern zu. Aber gesungen wurde nicht. Keine Spur von schunkelnder Fröhlichkeit hier, nicht zu reden von Gumpoldskirchner oder Grünem Veltliner; kein vielstimmiges Frohsein »mit einem Liter G'rebelten«. Das war doch manchmal lustig und beschwingt gewesen, wenn Bruder

Anton und seine Spezln ihre Gaudi trieben. In der südlichen Welthälfte indessen fällt ihr Geburtstag in den Frühsommer, und in Buenos Aires wurde zu Neujahr mit kultivierten, doch stocknüchternen Großbürgern gefeiert. Die Gespräche drehten sich nicht um brummende Schädel oder Raufereien, es ging nicht um Tschechen und Tschuschen, Rote und Juden, und es wurden zu vorgerückter Stunde auch keine schlüpfrigen Anekdoten zum Besten gegeben.

In Buenos Aires war Clementine die respektierte, stattlich schöne Gattin geworden, die »unser Albertito«, wie ihn seine Mutter und seine Tanten nannten, aus der mitteleuropäischen Kulturmetropole mitgebracht hatte – fast wie eine Trophäe. Unbekannt oder vergessen das Wirtshaus in der Vorstadt und ihre Lehrzeit in der Damenschneiderei. Mühelos ist sie in Buenos Aires zu einer Botschafterin der Operetten-, ja der Opernwelt aufgestiegen. Sogar in Emigrantenzirkeln ging sie als »Ur-Wienerin« durch. Wie gut, dass sie einmal durchs Kunsthistorische Museum und die Secession spaziert war, dass sie mit Schorsch die Volksoper besucht und als Kind das Klavierspiel erlernt hatte, natürlich auch viele Schubert-Lieder auswendig konnte und einmal an der ganztägigen Wien-Führung für staunende Vorortmädchen der letzten Volksschulklasse teilgenommen hatte. Hofburg, Kapuzinergruft, Schwarzenbergpalais, Belvedere, Schönbrunn, Lipizzaner – das alles hatte sie drauf. Und die paar Französisch-Formeln, die zu einer Damenschneiderlehre gehören, die hat sie immer geschickt, wie zufällig aus alter Kinderstubengewohnheit, in die Konversation eingeflochten: *schöne sse pah*; *tuts angsambl*; *keske tü wöh*; *moa ossih* … Und, als philosophisch krönender Kommentar irgendeiner Begebenheit: *Sella wie* … – begleitet vom melancholisch-wissenden Lächeln eines Kindes der untergegangenen k. u. k. Monarchie. Vergessen das zugige Aumühl bei Wien, die verräucherte Wirtsstube, die verkotzte Dorfgasse. Ohnehin hatte sich in den letzten zwei Jahrzehnten ihr Jubiläum immer in Patagonien, unter Laglers Lindenbaum, abgespielt, sie war zum Mittelpunkt der

Neujahrsfeste mit den Sommergästen geworden. Nur, wie kalt es heute Morgen ist! Ungewöhnlich, ungemütlich.

Mehrmals musste sie ihre lose gewordene Zahnprothese mit dem Daumen nach oben drücken. Soll sie nicht diesen Herrn Krohn bitten, ihr zu helfen? Welch ein günstiger Zufall, Gretls Neffe, angeblich ein hervorragender Zahntechniker in Jerusalem – na ja, eigentlich noch in Wien gezeugt, aber in Palästina auf die Welt gekommen. Diese Juden. Wie viele doch damals ausgewandert sind. Sein Vater soll in einem Lager gestorben sein – na ja, im »Tarnowitz« von Borges mit Sicherheit nicht. Es fröstelte sie. Warum hat man ihr Zimmer nicht mehr geheizt? Es war an der Zeit, zu frühstücken.

Sie verließ ihre Suite ohne den Stock. Solange niemand sie beobachten konnte, schlurfte sie gebückt durch den Flur, mit der rechten Hand längs der Wand Halt suchend. Vor der Tür zur Wohnküche richtete sie sich auf, holte tief Atem und betrat mit hinten fest verflochtenen Händen und erhobenem Haupt den Raum. Sie musste zeigen, dass sie ihren Ärger von gestern, ihren Abgang mit der bösen Bemerkung über Rotrauds Benehmen und das Spiel überhaupt, in aristokratischem Großmut vergessen hatte. Es empfing sie angenehme Wärme. Die Glut in dem großen eisernen Herd war ja die ganze Nacht über nicht ausgegangen. Allerdings störte es sie, dass schon Bratengeruch den Kaffeeduft überlagerte – als hätte sie sich verspätet und das Mittagessen stünde kurz bevor.

Rotraud sprach mit Mirta und Delia am Arbeitstisch neben der Abwasch. Sie gab den beiden Hausgehilfinnen mit unbegründetem, aber gewohntem Lachen ihre Anweisungen, die frische Milch je nach ihrer Bestimmung in verschiedene Behälter umzugießen: hier die Trinkmilch zum Entrahmen, da die Milch für die Mehlspeisenteige, dort die für Topfen und Käse vorgesehene Menge.

»Hallo, Clementine!«, rief Rotraud mit Verzeihung erbittender Heiterkeit der Eintretenden entgegen. »Hast du gut geschlafen?«

»Das schon, aber es ist unangenehm kalt geworden.«

»Guten Morgen, Frau Clementine!«, grüßte auch Treugott Lagler. Er saß mit verbissenem Gesicht am Küchentisch und hielt seinen Kurzwellenempfänger in den schweren Händen. Im linken Ohr steckte der Hörknopf. »Es könnte heute sogar etwas schneien, aber für morgen ist strahlender Sonnenschein angekündigt. Keine Sorge, Frau Clementine.«

Auf dem großen Tisch waren fünf Frühstücksgedecke vorbereitet. Die langjährigen Sommergäste Holberg und Königsberg frühstückten, wie zur Familie gehörend, in der Wohnküche, und Benny Krohn, der einstige Kibbuzim, und seine Frau Sarah hatten sich diesem Brauch sofort angeschlossen.

»Du hast deinen Kopf schon wieder in Havanna!«, drohte Clementine ihrem Treugott mit gekrümmt gerecktem Zeigefinger und übertrieben strenger Stimme. Sie konnte keinen einzigen Finger mehr gerade ausstrecken. »Was dir die Kommunisten heute wieder vorlügen!«

»Der einundvierzigste Jahrestag der siegreichen Revolution steht an, liebe Genossin«, verkündete Treugott, hob den Kopf, schob das Kinn vor und veränderte seinen Gesichtsausdruck durch starres Nachvorneschauen: So blickt ein Menschenführer in die reale Utopie. In hohem und etwas gepresstem Ton verkündete er feierlich: »Ein Baum kann stürzen, weil er schwache Wurzeln hat. Aber kein Baum mit wirklich tiefen Wurzeln kann jemals ausgerissen werden. Ebenso wenig ein Volk wie das unsere, mit seinen tiefen, heroischen, revolutionären Wurzeln!« In sachlich-kühlem Ton fügte Treugott hinzu: »Ovationen.«

»Geh, geh, geh!«, winkte Clementine ab. »Das haben wir schon zu oft gehört.«

Aber der Redner war noch in vollem Schwung: »Das muss unsere Jugend verstehen. Bewusst soll sie aus unserer Geschichte trinken, bewusst ihren Geist aus dem glorreichen Vaterland nähren, aus seinen Traditionen, aus seinen Werten, aus seinem jahrzehntelangen revolutionären Kampf, so wie Kinder sich freudig von der Mutterbrust ernähren.«

»Jetzt sei aber still!«, prustete Rotraud los. »Du weißt doch, dass Clementine das nicht so spaßig findet. Geh lieber hinaus und bring mir die Innereien, und wasch den Magen gut aus.« Und schnell zu Mirta: »Etwas mehr Milch für den Teig!« Und zu Clementine, kichernd: »Mohnstrudel und Nussstrudel gibt's morgen für mein Geburtstagskind.« Sie trug ihr verblichenes, vormals rotes Dirndl. Auf der vom Mieder gehobenen Brust standen zwei dunkelrote feuchte Flecken, jeder umringt von einem hellen Hof. Sich selbst unterbrechend, wiederholte sie eine Geschichte, die Clementine schon oft hatte hören müssen: »Vor fünfundzwanzig Jahren hat der Trigo den Bauern der Umgebung geraten, ihr Land mit ihren chilenischen Tagelöhnern zu teilen, wie unter Allende in Chile. Stell dir das vor – damals, unter der Militärdiktatur. Die hätten ihn verschwinden lassen können. Ich sprach kaum ein Wort Spanisch und hab nur überall herumgesagt: Trigo ist verrückt, Trigo loco, Trigo loco.« Worauf sie sich Treugott zuwandte. »Ja, Trigo, und alle haben mir das sofort abgenommen. Aber das Verrückte ist ja, dass du es gar nicht ernst meinst, dass du nur den Fidel spielst und den anderen einen Schrecken einjagen willst, indem du den Teufel an die Wand malst. Galgenhumor nenn ich das! Jawohl, mein Trigo loco, Gal-gen-hu-mor!«

»Ich hasse die Politik«, sagte Clementine und setzte sich an den Tisch. Anfangs nur die Melodie summend, begann sie aus einem alten Wienerlied zu zitieren:

I druck' mi' in mei Winkerl,
des is mei stilles Glück,
I red' ka Sterbenswörtl,
I pfeif' auf Politik.

Rotraud brachte ihr Kaffee. Mit kornblumenblauen Augen strahlte sie Clementine an. »Wie schön immer wieder, deine Wienerlieder. Freu dich! Alles läuft auf vollen Touren. Heute, zu Silvester, brate ich euch eine Ente mit Äpfeln und Kastanien. Die Ente ist schon im Rohr, am Abend muss sie dann noch einmal kurz hinein. Außerdem mache ich auf Wunsch von Dr. Königsberg Presssack. Zum Mittagessen aber möchte ich ihm eine besondere Freude machen: in Zwiebeln und Knoblauch gegarte Morcheln, mit Polonaise überschäumt; davon hat er einmal geschwärmt. Sein geliebtes Roggenbrot aus Sauerteig hab ich auch schon gebacken; diesmal ist es knusprig wie noch nie.«

Clementine schüttelte ihre herabfallenden, im steifen Blusenstoff fast unsichtbar gewordenen Schultern. »Verwöhne nur deinen Liebling. Mir aber röste zu Mittag einen von den gestrigen Semmelknödeln. Ich hab schlecht geschlafen und muss mich für heute Abend ausruhen.«

Diese einfachen Leute leben nur fürs Essen. Sie tunkte ein Stück Weißbrot in den Milchkaffee und schob sich den Bissen zitternd in den Mund. Ein paar Tropfen rannen ihr über die Kinnfalten und zwischen den borstigen Haaren in die herabhängende Haut unter dem Kinn. Dieses derbe, horchende, fanatisiert dreinblickende Bauerngesicht von Treugott mir gegenüber – ob der es nicht vielleicht doch ernst meint mit den Roten?

»In der Erziehung müssen wir unserer Jugend in erster Linie den Respekt und die Bewunderung vor jedem Menschen beibringen, der mit seinen Händen arbeitet«, presste die Kopfstimme des *Radio-Habana*-Hörers halblaut hervor.

»Ich hab eher Angst vor deinen Pranken«, warf ihm Clementine an den Kopf, und fügte im Singsang hinzu: » … *na und dein Herr Vatter/ große Pratzen hat er.«* Sie stopfte wieder einen triefenden Brocken Brot zwischen die Lippen und merkte nicht, dass der herabtropfende Milchkaffee über ihren bebenden Kehlsack den Kragen ihrer weißen Bluse erreichte. Rotraud aber hatte es gesehen und eilte, sich lustig in der Dirndltaille wiegend, mit einem Geschirrtuch heran. Sie wollte es Clementine umbinden, doch diese schlug es ihr heftig aus der Hand.

»Rotraud, untersteh dich … Wie soll ich denn damit aussehen, wie ein Säugling?«

Sie lehnte sich empört zurück – alle Falten in ihrem Gesicht zitterten, suchten ihren angestammten Ruheplatz – und fuhr sich mit dem Handrücken über Mund und Kinn. Sei würdevoll, gebietet sie ihrem Antlitz, während sie den feuchten Handrücken am Rock abstreift. Zeig strenge Würde, wirf einen durchgeistigten, aber kritischen Blick auf den klobigen Bauernlümmel – wie er so dasitzt, den Empfänger in den Pratzen und den Knopf im Ohr, idiotisiert von der kubanischen Propaganda. Und die »Venus von Willendorf« – wie treffend doch dieser Einfall meines Elias! –, blind und blöd in ihrer Lustigkeit, gafft mich an mit ihren glasierten Puppenaugen, und dabei steht ihr die klatschmohnrote Papp'n offen.

»Ich habe es ja erlebt, wohin das führt«, orakelte die Greisin mit Nachdruck und versuchte, um eine Denkpause in ihrem Frühstück anzuzeigen, ihre verkrümmten Finger möglichst flach auf das Tischtuch zu legen. »Die beiden Kinder meiner Freundin Hedwig Holzapfel – die Gute ist schon verstorben – waren auch so fanatische Terroristen. Sie haben dabei, wen wundert's, ihr Leben verloren. Du hast Glück gehabt, lieber Treugott, dich hat deine Dummheit gerettet.« Und da sie nun einmal bei diesem Thema war, zitierte sie mit einer vom Ärger gekräftigten Stimme wieder etwas aus ihrem Wienerlied-Fundus:

Die Menschen zanken und streiten
viel mehr als wie notwendig is'
und machen die Welt sich bei Zeiten
zur Höll' statt zu an Paradies.

Rotraud war an den Herd zurückgekehrt, die vertraute Melodie mit- und nachpfeifend. Sie prüfte die schmorende Ente im Backrohr und legte Holz nach. Dann holte sie eine gusseiserne Dalkenform aus dem Küchenschrank.

»Schau her, Clementine«, versuchte sie kichernd das strenge Gesicht ihres uralten Sommergasts aufzuheitern und ließ das seltene Kochgeschirr am Holzstiel vor ihrer Schürze pendeln. »Rate mal, was ich damit mache.«

»Na was denn schon … böhmische Dalken! Ja, die mag ich gern, wenn sie noch warm sind, mit viel Powidl drauf.«

»Erraten!«, lobte Rotraud jauchzend. »Die Form habe ich mir von meinem Heimatbesuch in Neutitschein mitgebracht. Und mein heuriger Powidl kommt drauf. Ich werde ihn mit Rum aufweichen und mit Zimt und Vanille würzen.«

Von draußen wurde die Tür geöffnet und der graue, schweißtriefende Wollschädel von Benny Krohn streckte sich herein.

»Guten Morgen allerseits! Wir kommen gleich zum Frühstück. Frau Rotraud, Sarah lässt fragen, ob Sie vielleicht Dörrpflaumen hätten – sie kann wieder nicht …«

Unter Lachstößen rief Rotraud vom Herd herüber: »So viel sie will! Außerdem kann ich ihr einen Kräutertee bieten – wenn mein Trigo den trinkt, kommt er nicht mehr vom Häusl zurück.«

Benny winkte ab: »Danke, danke, Dörrpflaumen wären schon okay.«

»Ich schwöre auch auf Dörrzwetschken«, kam es von Clementine, aber sie verhaspelte sich in dem letzten Wort, weil sich beim Doppel-R die Zahnprothese auf die Zungenspitze senkte. Später wird sie doch den jüdischen Zahntechniker um einen Gefallen bitten müssen. Bevor er aber jetzt auftauchte, mit seiner verstopften, nur Englisch sprechenden Sarah – sie konnte nicht einmal ein Wort Französisch –, wollte sie lieber wieder auf ihr Zimmer. Sicher werden alle sofort nach mir fragen. Außerdem ist die Tragödie Hedwig Holzapfels durch Rotrauds Trigo-loco-Anekdote wieder in ihr hochgespült worden. Zu dumm! Von solchen Erinnerungen beherrscht will sie keineswegs in das neue Jahrtausend treten. Mit drohendem Krummfinger und unter warnendem »Du, du, du!« in Richtung Treugott schlurfte sie, so aufrecht sie konnte, den weißen Haarschopf in den Nacken geworfen, der hinteren Küchentür zu.

»Ich heiz dir gleich ein, Clementine«, versprach Rotraud, beugte sich, glucksend über den Doppelsinn ihrer Ankündigung, in eine Kiste und kramte nach Papier und Holzspänen. Clementine sah es mit einem Seitenblick, als sie die Tür hinter sich zuzog. Die denkt sicher auch jetzt noch, wie alle Bauernweiber beim

Unkrautjäten, Erdbeerpflücken, Eiersuchen, Feuermachen, dass sich ein Männerauge auf ihren Steiß richtet. *»Rot is die Frau mit Temperament …«*

Ja, aber diese schmale, verhärmte Witwe Holzapfel lässt nicht nach – es war ihr, als glitte ihre Hand nicht an der Flurmauer entlang, sondern suchte, wie einst, Hedwigs führende Schulter in der Dunkelheit.

In ihrem Zimmer angekommen, sank sie, mit dem Rücken zum Fenster und mit dem Blick auf die Tür, in den gepolsterten Korbstuhl. Gleich wird Rotraud auftauchen, dann will ich mich nicht extra nach ihr umdrehen müssen. Sie griff sich ihren Waggerl vom Nachttischchen. Wenn Rotraud hereinkommt, muss ich das Buch aufgeschlagen in der Hand halten. Diesmal war es der Roman »Mütter« ihres geliebten Karl Heinrich Waggerl, der sie in eine idyllische Bergdorfwelt voll herzensguter Menschen führte. Aber jetzt war sie eben durch Hedwig abgelenkt worden! Bald nach dem Tod ihres Ehemanns hatte Clementine einen Kreis überlebensfroher, kartenspielender und tortenverzehrender Witwen kennengelernt. Und in diesem Kreis hatte sie die Bekanntschaft Hedwigs gemacht, der Witwe des österreichischen Chemikers Helmuth Holzapfel, der bei Bayer Argentina gearbeitet hatte. Clementine wusste nicht, warum Hedwig in der Gruppe nur als Randfigur vorkam und offenbar neu in dem Kreis war. Aber sie hatte nun einmal ein Herz für die Exzentrischen und wandte sich sogleich unbekümmert der stillen Frau zu, vielleicht auch, weil sie sich von ihrer Leidensausstrahlung angezogen fühlte. Die einsame Hedwig Holzapfel erwiderte diese Annäherung sofort. Es war, als hätte sie auf diese noch nicht vorgewarnte Neue im Kreis gewartet, um endlich auf Offenheit stoßen zu können. Clementine fühlte sich zu ihr hingezogen, und zwar zunehmend, je mehr sie nach und nach von jenen Einzelheiten erfuhr, die der verschlossene Witwen-Clan nur als eine vage tragische Aura wahrnehmen wollte, die die bemitleidenswerte Gestalt umflorte.

Aber da platzte, natürlich ohne anzuklopfen, Rotraud herein. Mit dem Ellbogen hatte sie die Türklinke aufgedrückt, weil Hände und Arme damit zu tun hatten, Papier, Späne und Kleinholz gegen die Brust zu drücken.

»Das werden wir gleich haben, Clementine. Tatsächlich, es ist kalt geworden bei dir.«

Rotraud kniete vor dem bauchigen gusseisernen Ofen nieder, und nach wenigen Minuten schon züngelten die Flammen zur Rohröffnung hin, fing das Kleinholz knackend Feuer. Sie nahm ein paar Scheite aus dem vollen Korb neben dem Ofen und schob sie hinein.

»Ich komm später wieder und lege nach, ja?«

»Nein, ich dank dir, das kann ich selbst besorgen – ich bin ja noch nicht neunzig«, wehrte Clementine ab und schlug, in ihre Lektüre vertieft, eine Seite um.

Aber Rotraud hatte noch etwas auf dem Herzen. Sie schluckte, statt zu lachen, und stieß einen tiefen Seufzer aus.

»Clementine, ich habe solche Angst um Trigo. Er kann nicht mehr gehen und ist verzweifelt. Von einem Rollstuhl will er aber nichts wissen. Er ist schwer deprimiert …«

Clementine hielt jetzt Rotraud, geradezu exorzierend, ihren Waggerl entgegen.

»Das ist der Kommunismus, Rotraud, der zerfrisst den Geist und dann erfasst er den Körper. Wir haben dagegen angekämpft – und fast gesiegt –, aber das wird bis heute nicht verstanden.«

»Nein, Clementine, die Hüftgelenke sind's. Er hat den lebenslangen Kampf gegen sein kürzeres Bein verloren. Ich hab so ein Gefühl, als stünde uns ein großes Unglück bevor.« Ihr helles Auflachen klang nun verzweifelt; sie eilte aus dem Zimmer, ohne das beschwichtigende Händewedeln Clementines zu beachten.

Die Greisin konnte sich wieder in die Polsterung zurücksinken lassen. Waggerls »Mütter« fielen ihr in den Schoß. In rascher Folge war über Hedwig Holzapfel vier Mal schwerstes Unglück hereingebrochen. Jedes einzelne davon hätte ausgereicht, eine

Frau, eine Mutter, eine ganze Familie zu zerstören. Kurz nachdem ihr Helmuth wegen seiner Herzinfarkte in den vorzeitigen Ruhestand versetzt worden war, hinterbrachte man seiner Frau, dass er sich an manchen späten Abenden auf dem Großbahnhof Constitución mit jungen Männern treffe, mit eher dunkelhäutigen, langhaarigen Jünglingen, die arm und mindestens zum Teil indianischer Herkunft waren. Zur Rede gestellt, gab Helmuth diese Begegnungen zu. Er bestritt auch nicht, dass die Strichjungen ihn in schäbige Absteigen des Bahnhofsviertels geführt hätten. Hedwig Holzapfel ihrerseits hatte nicht verhindern können, dass die peinliche Geschichte sich herumsprach und auch ihre Kinder – Eva und Haroldo, damals sechzehn und achtzehn Jahre alt – davon erfuhren. Es dauerte in dem stumm und bleischwer gewordenen Haushalt nur einige Wochen, bis der promovierte Chemiker eine fachmännisch dosierte Giftmenge mit todsicherer Wirkung einnahm. »Ganz schlimm, sicher, aber irgendwie doch auch eine Erlösung. Wie hatte es die arme Frau nur so lange neben diesem herzkranken warmen Bruder aushalten können?«, fragte sich Clementine kopfschüttelnd.

Bald darauf sei ein mörderisches Jahrzehnt über Argentinien hereingebrochen, behauptete Hedwig. Es habe schon in den gewalttätigen Monaten nach dem Tod von Präsident Perón begonnen, als die Vizepräsidentin, seine Ehefrau und Witwe Isabel, legal sein Amt übernommen hatte, und setzte sich fort, nachdem wenige Monate darauf, 1976, das Militär ihr die Macht entriss. Damals habe Haroldo, der inzwischen Jurastudent im ersten Semester war, an der Fakultät einige Montoneros kennengelernt und mit dem von ihnen geführten gewalttätigen Kampf gegen die Diktatur, der Stadtguerrilla, sympathisiert. Diese jungen Leute, Studenten und Arbeiter, beraten und agitiert von Intellektuellen und Berufspolitikern, wollten Argentinien aus den Fängen des amerikanischen Imperialismus und der kollaborierenden nationalen Oligarchie befreien. Denn, wie vorher schon in Chile, habe sich ja gezeigt, dass die USA jede volksnahe, sozialistische Demokratie in Lateinamerika untergraben und lieber auf reaktionäre Militärs und das Großbürgertum als Machthaber setzten. Diese mutigen Idealisten, Verzweifelten und vielleicht auch einige Fanatiker und Gewalttätige unter ihnen, hatten sich vorgenommen, mit Flugblättern und Blitzkundgebungen, mit Sabotagen und Bombenanschlägen, mit Ermordungen von Polizisten, Offizieren und ausbeuterischen Unternehmern, das autoritäre Herrschaftssystem zu provozieren, damit es seine wahre, repressive Natur, sein »faschistisches Gesicht«, vor dem Volk enthülle und dessen massiven Widerstand hervorrufe. Aber nur die Provokation sei den Stadtguerilleros gelungen, und das weit über das erwartete Maß hinaus, räumte Hedwig ein. Viele Montoneros, andere Linke, oft völlig Außenstehende, seien blindwütig »ausgemerzt« worden, so wie es bereits die Witwe Peróns in ihrer kurzen Regierungszeit den Generälen per Dekret befohlen hatte: verfolgt, in geheime Gefängnisse gepfercht, gefoltert, umgebracht, verscharrt. Zehntausende. So seien sie nur noch als die Namen von sogenannten »Verschwundenen« zurückgeblieben, erzählte Hedwig ihrer Freundin ins ungläubig staunende Gesicht. In der folgenden Zeit wurden sie von Angehörigen und Freunden, in quälender Ungewissheit, gesucht, viele werden immer noch gesucht. Manchmal treffe man – ja man treffe immer wieder – auf Knochenfunde, deren Geheimnis die Gerichtsanthropologen zu enträtseln versuchen.

»Wieso auch ist dein Harald damals zu diesen Terroristen gelaufen?«, hatte Clementine sich später an Hedwig Holzapfel gewandt. »Das war nun einmal bewaffneter Widerstand gegen die öffentliche Ordnung, da kann man sich dann über die Folgen nicht beklagen.« Aber Hedwig schüttelte dazu nur den Kopf und erzählte ihrer neuen Freundin etwas mehr. Haroldo sei von einer langen Europareise zwar nach Argentinien zurückgekehrt, aber nicht mehr nach Hause, nicht ins Haus des toten Vaters. Er sei untergetaucht – »sumergido« lautete damals die gängige Formel. Haroldo hatte vorgegeben, die oberösterreichische Heimatstadt seiner Eltern und Großeltern – Vöcklabruck – besuchen zu wollen, aber in Wahrheit, wie Clementine später vom sonst so zurückhaltenden Witwenverein erfuhr, habe seine Reise dazu gedient, »in Wien, Berlin, München und Paris Geldspenden für die Montoneros locker zu machen«. Hedwig Holzapfels verzweifelte Nachforschungen endeten, wie in jener Zeit die Regel, sehr bald vor verängstigt oder bedrohlich schweigenden Beamten, vor amtlichem Nichtwissen oder glatter Hilfeverweigerung – selbst in der Österreichischen Botschaft. »Olsaffel …?« Ein argentinischer Oberstleutnant a. D. aus der Personalabteilung von Bayer, einstmaliger guter Bekannter ihres verstorbenen Mannes, den Hedwig in Begleitung ihrer schönen Tochter Eva aufgesucht hatte, presste sichtbar die Lippen zusammen, zog die buschigen Brauen hoch und starrte die beiden Frauen lange mit geweiteten Pupillen an, als bäte er sie inständig, doch auf dem Hintergrund seiner Augäpfel den derzeitigen Aufenthaltsort ihres Sohnes beziehungsweise Bruders abzulesen; sagen durfte er es ja nicht.

Ein paar Monate nach dem Gespräch mit dem Oberstleutnant a. D. hatte sich Eva Holzapfel auf die Schienen der U-Bahn geworfen; Hedwig aber bestand darauf, ein Mordkommando der Militärdiktatur habe ihre Tochter vor den einfahrenden Zug gestoßen.

In Evas Tagebuch war die Mutter dann auf Eintragungen über die Liebe zwischen den Geschwistern gestoßen. Unmittelbar nach dem Begräbnis des Vaters waren die beiden Untröstlichen, einander umarmend, auf Evas Bett gesunken; da habe sie zum ersten Mal mit einem Mann geschlafen. Und Haroldo blieb auch der einzige Mann in ihrem kurzen Leben. Die Schwester notierte obsessiv den ganzen Schmerz und das verbotene Glück darin – wunderbar sanfte und zarte körperliche Erlebnisse und Träumereien. Clementine war der schwärmerische Unterton, in dem die Mutter sich an die Geschwisterliebe erinnerte, ungehörig erschienen, aber sie hatte dennoch, angesichts dieser Enthüllungen gefühlt, dass Hedwig trotz des Unglücks und der Perversion in ihrer Familie in Wirklichkeit keinen Trost brauchte – dazu war ihr Leid einfach zu maßlos, ja einzigartig. Also bot sie ihrer neuen Freundin einfache Erklärungen an: Alles rühre von der Homosexualität des schwachen, herzkranken Vaters her. Mit seiner invertierten Geschlechtlichkeit und ohne Rücksicht auf seine Herzschwäche und die Familie habe er die natürliche Ordnung im Weltbild der Kinder umgestürzt. Die unausweichlichen Folgen: Terrorismus und Inzest. Und Mutter Hedwig war Clementine für ihre krassen Schlussfolgerungen auch noch dankbar, denn so konnte sie ihr Schicksal in einem gebrauchsfertigen Rahmen sehen – hatte nun einen Gegenstand, über den sie mit anderen reden konnte. Für das Unfassbare, für das Unmäßige ihres Leides hätte es gar keine Worte gegeben. Clementine wusste das aus einer früheren Kenntnis von Ungeheuerlichkeiten, über die in ihrer Heimat lange Zeit nur geschwiegen worden war.

Das ungleiche Paar verbrachte viel Zeit zusammen, Wochen am Meer und auf dem Land. Zugleich aber setzte Hedwig unermüdlich – Clementine: »Das ist doch völlig zwecklos!« – alle ihre Kraft daran, Haroldos Schicksal aufzuklären. Antichambrieren bei Regierungsbehörden, Antragsformulare bei NGOs ausfüllen, Mitgliedschaft bei den »Müttern der Plaza de Mayo«. Und natürlich Hilfegesuche an europäische Botschaften, eine Bittstellerreise nach Wien, wo ihr Fall auch kurz in die Medien kam. Clementine Holberg, fünfzehn Jahre älter und mit ihrem illustren Familiennamen, begleitete sie oft und gern und war ihr eine Stütze, wenn sie wieder einmal unverrichteter Dinge auf der Straße stand. Darauf gingen die beiden Damen in eines von Clementines vertrauten Kaffeehäusern und Hedwig konnte ihre Enttäuschung und ihren Schmerz vor ihr ausschütten.

In solchen Augenblicken sei Haroldo ihr etwas weniger weggenommen und entrissen, merkte Hedwig an – woraus Clementine ihre eigenen Schlüsse zog: »Ich hab ihr doch geholfen. Und sie hat begonnen einzusehen, dass es nicht anders hatte kommen können.« Das sagte Clementine sich freilich etwas später, nachdem ihre unglückliche Freundin an einem langjährigen Lymphdrüsenkrebs gestorben war – so sehr sie heroisch gegen ihre Krankheit gekämpft hatte, weil sie vorher das Schicksal ihres Sohnes hatte aufklären wollen. Nach dem Ende der Militärregierung, als man Hunderte von namenlosen Gräbern entdeckte und öffnete, nahm Hedwig immer wieder an den Ausgrabungen der Gerichtsanthropologen teil. Auch Clementine begleitete sie mehrmals und war über die rostigen Drahtfesseln um die Fuß- und Handgelenke der Toten empört, weil das auf die Schäbigkeit des Hinrichtungsverfahrens hinwies. Von Harald aber fand sich nie eine Spur. »Mach es dir nicht so unerträglich schwer, versuche zu vergessen! Was erwartest du dir von den Beweisen ... Die Terroristen haben ja auch Menschen umgebracht, das ist das Elend der Politik, ich habe das alles früher schon in Wien erlebt, dieses Jahrhundert ist vergiftet ...« So redete Clementine auf Hedwig ein.

Zwei Jahre nach Hedwig Holzapfels Tod – Clementine hatte sich am offenen Sarg lange in ihr Gesicht vertieft und in ihm nicht das geringste Zeichen von Frieden oder Erlösung gefunden –, rief ein Gerichtsanthropologe bei Clementine Holberg an. Es sei unglaublich, und er empfinde es als tragisch, aber man habe erst jetzt die Gebeine von Haroldo »Olsaffel« identifizieren können: nämlich nahe einem früheren Knochenfund aus dem Uferschlick des Rio de la Plata, dem auch Hedwig beigewohnt habe. Freilich seien dies unvollständige Reste: nur ein paar nackte graugelbe Knochen und ein Unterkiefer, aber ohne Zweifel mit Haroldos genetischem Code. Mehr gäben die Funde nicht preis. Es sei auch niemand mehr da, der noch etwas wissen wolle, entgegnete ihm Clementine. Dann aber hatte sie den ganzen Tag weinen müssen und es Hedwig ins leere Zimmer hinein erzählt.

Der Strom der Erinnerungen drohte nun, sie in das Leichenschauhaus zu führen, wo ihre letzte Freundin jetzt lag, die Sängerin Olga Rebikoff. Erregt zerrte Clementine an ihrem breiten goldenen Ehering wie an einem Zauberwerkzeug, das Gedanken verscheuchen kann. Nein, das will ich heute vermeiden! Diese Erinnerung, in Fortsetzung von Hedwigs Geschichte, wäre ihr jetzt unerträglich. Auch irgendwie unhygienisch! Kraftvoll knallte sie Waggerls Roman auf den Nachttisch und stemmte sich ächzend aus dem Korbstuhl. Und sofort wurde sie abgelenkt von ihren trüben Erinnerungen: als sie, zum Fenster gewandt, auf ein landschaftliches Wunder blicken durfte. Zögernd und tänzelnd – »verschämt, und das zu Recht«, dachte sie – sanken Schneeflocken herab, erst grau am Himmel, dann weiß im Garten, und wie lange wohl schon? Es überkam sie sogleich ein heimatliches Schneefallgefühl, das sie von ihrer Kindheit an begleitet hatte: Kaum schneit es, meint man, es habe bereits ewig so geschneit und werde so weiterschneien in alle Ewigkeit. Clementine stützte sich auf das Fensterbrett, versank in Andacht und atmete das dazugehörige Aroma des Holzfeuers aus ihrem Öfchen ein. Manchmal durchwirbelte ein Windstoß die friedlichen Flocken.

Sie wusste nicht weshalb, aber etwas bewegte sie, den Satz zu sprechen: »Das ist doch Schnee von gestern …« und ihre Worte mit der Melodie eines geliebten Richard-Tauber-Liedes zu unterlegen: »Gib mir dein Herze«, wo es heißt: *»So gib mir meine Ruhe zurück/ Oder leg mich ins Grab!/ Deine Ruh kann ich dir nicht geben,/ weil ich selber keine hab.«*

In dem Moment gewahrte sie Dr. Elias Königsberg, der eben den Garten betrat. Er war in einen weiten, weißen, sicherlich weichen Bademantel gehüllt, der bis zum Boden reichte. Sein dichtes weißes Haar trug er straff zurückgekämmt und zu einem Schweif am Hinterkopf verknotet. Er hob sein Haupt dem Flockentreiben entgegen. In der Helle wirkte seine braune Gesichtsfarbe noch dunkler, zeichnete sich die große Nase noch schärfer ab. Barfüßig schritt er durch die dünne Schneedecke, aus der überall noch Grasspitzen hervorstanden. Clementine trat in die Tiefe des Zimmers zurück, um nicht entdeckt zu werden. »Unser Schamane – friert es diesen Siouxhäuptling nicht?« Der Vermummte war unter der schirmenden Linde angelangt. Er lehnte sich mit herunterhängenden Armen rücklings an den Stamm und seine Finger tasteten über die Rinde. Er war wohl in Trance gefallen, so versunken in den Schneefall stand er dort.

Dann musste sich Clementine um ihr Feuer kümmern und wandte sich dem Ofen zu. Er verbreitete bereits angenehme Wärme. Sie legte ein Scheit nach. Ohne sich aus ihrer gebückten Haltung vor der Ofentür aufzurichten, spähte sie wieder in den Garten hinaus – aber der Schamane war verschwunden und die Flocken fielen nur noch spärlich. Sie schlurfte zum Bett und ließ sich einfach auf die bunte Überdecke fallen. Es galt, Kräfte für den Silvesterabend zu sammeln. Überhaupt, für die Begegnung mit ihren Enkelkindern, mit Martin, mit allen anderen. Herrgott, sie war doch diesmal wieder der Mittelpunkt.

5

KATHA UND MARTIN

Martin saß im Auto vor dem Motel und wartete. Der Abschiedsgruß Docksiders schien Katha beruhigt zu haben: Sie hatte noch duschen und sich umkleiden wollen. Ihm waren seine verwaschenen Jeans und das grob gewürfelte Holzfällerhemd gut genug für alles, was dieser lange Tag noch bringen mochte, vor allem für das Treffen mit den Mapuches. Er hatte das zweite Klavierkonzert von Eugen d'Albert eingeschoben. Sein Musikinteresse galt in letzter Zeit den Komponisten, die er einfach der zweiten Liga zurechnete – den vielen Talenten, die ewig im Schatten der beglaubigten Genies stehen, neuerdings aber im Konzertbetrieb und der Tonträgerindustrie vereinzelt wieder auftauchten. (War das Publikum womöglich von der Oberliga übersättigt?) Er machte dabei Entdeckungen, in die er sich dann gern vertiefte, wie neulich bei dem schwedischen Frühromantiker Franz Berwald. Roberto Williams fiel ihm ein: Für dessen teure Ray-Ban-Brille hatte er den Wal-Waliser entschädigen müssen. In der Reisespesenabrechnung würde das nicht unterzubringen sein.

Katha klopfte aufs Wagendach und entriss ihn seiner Versunkenheit. Ihre Erscheinung überraschte ihn. Sie trug jetzt einen leicht taillierten, taubengrauen Blazer; was darunter von der Bluse zu sehen war, bestand aus einem Rokoko von Rüschen und Spitzen, überlagert von einem Doppelcollier blauer und weißer Milchglassteine. Von ihrer Schulter hing die kirschrote Ferragamo-Tasche, die er Judith vor drei Jahren zum Geburtstag geschenkt hatte – dem letzten. Als Katha sich in den Sitz an seiner Seite fallen ließ, strich sie ihren langen, hellblauen Leinenrock zurecht. Er bemerkte ihre ebenfalls hellblauen, flachen Ballerinaschuhe. Ein frisch-kühler Duft verbreitete sich im Wageninneren. Sorgfältig hatte sie das rot schimmernde Haar aufgesteckt; als sei es nicht zu bändigen, fielen ihr dennoch mehrere Strähnen ins Gesicht. Und sofort musste er sich über seine Befürchtungen ärgern: Als Katha mit wiederholten heftigen Handbewegungen die Locken aus ihrem Gesicht verscheuchte, erschien ihm das als Zeichen der Abwehr gegen aufdringliche Gedanken oder Empfindungen. Der Hotelboy, der ihr mit zwei großen Reisetaschen gefolgt war, verstaute das Gepäck im Kofferraum. D'Alberts locker hingefetzte Akkordketten überschlugen sich und gingen im aufbrausenden Orchester unter. Martin bemühte sich, seine Tochter mit einem erfreuten, zustimmenden, ja ermutigenden Ton in der Stimme zu begrüßen. Wie sorgfältig sie sich doch in der kurzen Zeit geschminkt – Wimperntusche, Lippenstift, bläuliche Striche um die Lidränder – und die naturbelassenen, rotbraunen Augenbrauen gebürstet hatte: diese hohen Bögen, die an jener Stelle etwas dichter werden, wo in feinem Schwung die Nase ansetzt.

»Du siehst gut aus, Katha, du bist hochelegant – als hättest du einen bedeutsamen Besuch vor.«

»Hab ich doch! Du siehst auch echt gut aus, Pa, allerdings reichlich casual in diesen Klamotten.«

»Dabei muss ich heute Abend noch die Sache mit den Mapuches abwickeln. Erst danach bin ich frei. Also los!« Der Wagen sprang an.

»Pa – wir müssen vorher noch in Puerto Madryn unterbrechen. Ich brauche ganz viele weiße Lilien. Hoffentlich finden wir ein Blumengeschäft.«

Es war seinen zwei Jahren bei Dr. Elias Königsberg zu danken, dass er jetzt in aller Ruhe erwidern konnte: »Weiße Lilien in Puerto Madryn – das werden wir schon hinkriegen!«

Wieder die karge Steppe und das gelbe Gras, jetzt westwärts, im milchigen Licht des Spätvormittags. Ein Gürteltier warf sich vom Straßenrand in den Sandboden und versuchte, darin mit rasendem Gekrabbel zu verschwinden. Eine Strecke lang drang beißender Gestank durch die Lüftung ins Wageninnere. Dann kamen sie an einem Stinktier vorbei, das breitgewalzt auf dem Asphalt klebte. Später zeigte Katha dem Vater die Vogelinsel.

»Die hat Saint-Exupéry beschrieben, als er sie von seinem Postflugzeug aus sah. Ihre Silhouette soll ihn zum Umriss des Elefanten inspiriert haben, den die Schlange verschluckt, bevor sie dem kleinen Prinzen begegnet.«

»So?«

Es ging Katha offensichtlich nur darum, über Prinzen oder Prinzessinnen zu sprechen. »Du hast mir doch die Geschichte oftmals vor dem Einschlafen vorgelesen, erinnerst du dich, Pa?« Beschwörend richtete sie dabei ihre hellbraunen Augen auf den Vater: im Sonnenlicht durchsichtige Bernstein-Iris. Er wandte ihr sein Gesicht zu, bejahte und zeigte Freude an ihrer Erinnerung.

In dieses Antlitz musste er immer wieder blicken, sooft er nur konnte. Seit Jahren. Es war ein nicht zu hemmendes Hineinschauenmüssen, ein Versinken im rätselhaften Wechselspiel ihrer Gesichtszüge. Aber je mehr er in letzter Zeit darin suchte und herumrätselte, desto verwirrender wurden sie ihm von einem Augenblick zum nächsten. Er begegnete seiner toten Judith, er entdeckte seine Mutter, er erkannte Gabriel, ja er fand sich selbst darin. Dann wieder tauchten in dem Antlitz verschiedene Spielarten ihrer selbst auf – eine kindliche, eine junge, eine alte Katha –, und in wenigen Sekunden konnte ein ganzer Lebensabschnitt vorüberziehen. Erst neuerdings aber, und immer öfter, huschte ein schneller Schatten über dieses Gesicht; sein Ausdrucksspiel erlosch, verflachte und verhärtete sich zu einer einfältigen, ängstlich dreinschauenden Kleinkindmiene. Diese Verwandlung wirkte erschreckend koboldhaft, sie kam ihm vor wie der drohende Auftritt eines fremden, irgendwo in Katha nistenden Wesens.

»Hey, Che, was glotzt du schon wieder so?« Mit einem einzigen Ruck zerrte sie sich geradezu das Haar aus dem Gesicht. Er konzentrierte sich sofort auf die Straße. Warum nennt sie mich in letzter Zeit immer wieder nach dem verdammten Guerillero? Sollte ich mir nicht besser den Bart abrasieren? Katha holte einen kleinen Notizblock aus der Handtasche.

»Ich mache mir Aufzeichnungen zu dieser Fahrt und über mein neues Leben. Hör dir das an, Pa: ›Wer in mir die Prinzessin erkennt, den nenne ich hellsichtig. Wer im Wal den Tran sieht, den nenne ich kriminell. Wer einen Goldfisch lieber hat als einen Wal, den nenne ich lächerlich.‹ Hörst du mir zu? Ehrlich, pass auf: ›Wer nicht tiefes Leid im Leben empfinden kann, den nenne ich humorlos. Wer Lärm ohne Rhythmus macht, dem soll die Zeit entrinnen.‹ Richtig! ›Wer sich nicht darüber wundert, dass er sich die sinnlose Frage nach dem Sinn des Lebens immer noch stellt, den nenne ich einen Blödmann ...‹ Verstehst du? Wie findest du das? Du – Che!«

»Gut, Katha. Wie gut, dass du dir das alles notierst!«, konnte er nur sagen. »Aber lass mich darüber nachdenken. Es ist doch zum Nachdenken, oder?«

Katha nickte und setzte ihre Sonnenbrille auf. Mit dem Psychiater hatte Martin bereits frühere, ähnliche Aufzeichnungen Kathas kommentiert. (»Wem nicht bewusst ist, dass das Leben nur eine Schwäche der Materie ist, den nenne ich abgestumpft. Wer im Baum nur das Holz sieht, den nenne ich einen Mörder.«) Und dabei waren sie auf Übereinstimmungen zwischen den Beschwörungsformeln mancher Klienten mit dem Selbst- und Weltbild der patagonischen Indios zu sprechen gekommen. Martin hatte damals gerade begonnen, sich mit der Kultur dieser Indianervölker zu beschäftigen, denn er musste nach Begriffen oder Metaphern suchen, mit denen er ihnen sein Umsiedlungsprojekt schmackhaft machen könnte. Er studierte ihre Sprache, die verwirrend vielfache Bedeutung einzelner Ausdrücke und deren magische Verbindung zu Naturphänomenen. Er teilte die Meinung einiger Anthropologen, dass man mit bedrohten Urvölkern nicht aus der Sicht der UN-Menschenrechtscharta oder mit dem Vokabular der

Aufklärung verhandeln könne. Was verstanden sie tatsächlich unter Freiheit, Gerechtigkeit, Gleichheit, Individuum, Entwicklung, Eigentum? Der Psychiater war sofort begeistert mitgegangen: Er fand wieder neues ethnografisches Material, das ihm in seinem Bestreben helfen würde, die Psychoanalyse der Freudianer zu überwinden – sowohl ihre eurozentrische und individualistische Sicht wie ihre an konventioneller Vernunft orientierte Therapie, ihre »Saubermann«- und »Ordung-muss-sein«-Therapien. »Wissen Sie, wie mein alter holländischer Kollege Hans Israëls einst Sigmund Freud genannt hat? ›De Weense kwakzalver‹! Klingt das nicht prächtig? Aber natürlich könnten wir mit unseren Überlegungen unversehens wieder bei Fritz Perls landen.«

Katha unterbrach sein Nachsinnen. »Pa, ich muss dir noch meinen wunderbaren Traum von letzter Nacht erzählen. Stell dir vor, mir hat geträumt, ich sei gesund. Mitten in der Stadt sind mir Patienten aus der Klinik begegnet. Das Verrückte war, alle in ihren Pyjamas oder Nachthemden. Nur ich trug Straßenkleidung. Sie haben mich sehr wohl erkannt, aber nichts gesagt, mir nur wortlos, wie zum Abschied, zugewunken. Auch Evaristo, der mich so sehr lieb hat, war unter ihnen, mit einem Stück blauem Glas in der Hand. Und ich wusste, dass ich geheilt war, völlig geheilt. Ich grüßte sie lachend und rief ihnen immer wieder zu: ›Ich bin geheilt! Ich bin geheilt!‹ Eine so unglaubliche Freude erfüllte mich, ein ganz unbeschreibliches Glücksgefühl. Echt fröhlich fühlte ich mich, super als ich aufwachte – als Geheilte erwachte!«

»Das ist gar kein Traum mehr, Katha. Man hat dich entlassen! Jetzt ist's genug, hast du ihnen gesagt. Du hast dich einfach gesund gefühlt. Und dass du diese Reise mit mir unternehmen willst, hast du gesagt. Dein Traum hat dir das einfach bestätigt.«

Martin empfand einen physischen Schmerz bei seinen Worten. Etwas krallte sich um seine Stirn, um seinen Hals, umspannte sein Herz. Da hatte ihn etwas im Griff, in der Zange, ein würgendes, ganz begriffloses Wissen, das ihn aber gleichwohl ansprang mit wortloser Gewalt.

»Ja, ein Traum wie die Wirklichkeit! Weißt du Pa, einmal habe ich mir gedacht, dass jeder Mensch sein Leben nur träumt: Er träumt sich selbst, die, die er liebt oder hasst, Lady Di, die Wale, die Gorillas, die Bäume, sein Glück, seine Schmerzen – und sein Erwachen. Dieses geträumte Erwachen erschreckt ihn aber so sehr – es wäre ja sein Tod –, dass er tatsächlich erwacht. Was kann er dagegen machen? Also steht er auf, putzt sich die Zähne, duscht, bürstet sich das Haar, wählt seine Kleider, geht seinen alltäglichen Beschäftigungen nach. Aber sicher ist er sich nicht, ob dieser neue Tag nicht doch wieder nur ein Traum ist. Hofft er das vielleicht?«

»Das klingt ja ganz nach einer wunderbaren Borges-Geschichte!«, rief Martin aus, und im selben Augenblick war ihm klar, dass er einen Fehler gemacht hatte: Er hatte sich distanziert, hatte ihre confession wie eine Lesetrophäe gleichsam aufgespießt, statt einfach mit seinem Herzen an ihr Anteil zu nehmen. Entsprechend stumm reagierte Katha; sie schwieg verstockt, bis Puerto Madryn in Sicht kam.

An einem Kiosk an der windigen Strandpromenade erkundigten sie sich nach einem Blumenladen. Aber es gab keinen, und am Ende mussten sie einen Verkaufsstand vor der Mauer des weit abgelegenen Friedhofs suchen, um die letzten oder einzigen vierzehn weißen Lilien von Puerto Madryn zu finden. Katha gab dem Blumenhändler genaue Anweisungen, wie er den riesigen Strauß zu binden habe; immer wieder musste er die Blumen anders ordnen. Nach mehreren Versuchen sagte Katha: »Können Sie denn nur an Gräber denken? Geben Sie endlich her! Diese Blumen sind für Lady Di.« Sei's drum, so viele teure Lilien hatte der Händler noch nie an einen einzelnen Kunden verkaufen können – da konnte er die Heftigkeit der eleganten jungen Frau schon schlucken. Zusätzlich winkte ihr alter Liebhaber auch noch großzügig ab, als er ihm das Wechselgeld herausgeben wollte.

Kurz vor Mittag erreichten sie Gaimán. Es war, wie Martin Katha erzählte, eine der ältesten Ortsgründungen der Auswanderer aus Wales, die sich in Chubut angesiedelt hatten. Vor hundertfünfunddreißig Jahren habe der Segler *Mimosa* die Waliser an der Küste dieser steinigen und dürren Einöde – fast möchte er sagen »ausgesetzt«. Aber hier mündete nun einmal ein breiter Fluss ins Meer, und seine Quelle musste in einem regenreichen Gebiet liegen. Voller Hoffnung seien die Auswanderer an Land gegangen, beseelt von dem Traum, sich hier ein fruchtbares New Wales zu schaffen. Aber auch viel tiefer im Hinterland wären ihre Kundschafter immer nur auf ebenso unwirtliches Terrain wie hier gestoßen. Also hätten sie nach vielen bitteren Fehlschlägen, wie sie zu jeder Saga der Kolonisierung gehörten, in Küstennähe schließlich Bewässerungsgräben ausgehoben und auf dem so erschlossenen Land nach und nach reiche Ernten erzielt und ihre Schafherden vermehrt. Die Erinnerung an die mit Kohlenstaub bedeckten Gesichter der Kumpel, an die englischen Herrenmenschen, an die Abhängigkeit vom Akkordlohn, an den Hungerwinter von Newport – all das sei bereits in der dritten Generation verblasst. Hier in Patagonien hatte es keine industrielle Revolution gegeben, hier waren sie frei, hier konnten sie ungestört ihre Hymne singen – »Hen Wlad Fy Nhadau« –, hier konnten sie ihre Sprache pflegen und ihre Kirchen bauen und alljährlich mit dichtenden und singenden Barden das ihnen heilige Stammesfest Eisteddfod veranstalten. Allerdings – heute mochte so mancher walisische Barde nicht nur Morgan, Dafydd oder Llewellyn, sondern auch einmal Martínez oder García heißen, und die jüngeren Frauen verstünden es längst nicht mehr, die bunten dicken Teekannenwärmer zu häkeln.

»Klasse«, bemerkte Katha nach dem Vortrag des Vaters, »ich liebe die Waliser, ausgenommen Roberto Williams.«

Martin erkundigte sich nach der Teestube, in der Her Royal Highness an jenem denkwürdigen 25. November 1995 an einem Himbeertörtchen geknabbert und mit rechtwinklig abgespreiztem kleinen Finger an einer Tasse Tee genippt hatte. Diese Geschichte kannte Katha in allen Einzelheiten, und jeder in dem

Städtchen wollte dabei gewesen sein, als die Princess of Wales dem säuselnden Kinderchor huldvoll zugewunken hatte. Schon am Tag darauf war die Teestube zu einer Sehenswürdigkeit aufgestiegen, und zwei Jahre später, nach dem tödlichen Autounfall der Prinzessin, begann sie sich in ein Sanktuarium der Lady Di zu verwandeln – einer Gedenkstätte, zu der man wallfahrtet. »Gut vermarktet«, dachte Martin still, als sie zwischen gepflegten Zypressenhecken und Rosenbeeten das Teehaus erreichten: Es war in mediterranem Stil errichtet, ganz im Widerspruch zur patagonisch-walisischen Tradition.

Das Autounglück der britischen Prinzessin hatte sich nur wenige Tage nach dem Tod Judiths ereignet. Ins Bett der verstorbenen Mutter verkrochen, hatte Katha unablässig sämtliche Wiederholungen im argentinischen Fernsehen verfolgt: die Aufnahmen aus Paris, die Lady Di in einer Drehtür des Ritz an der Place Vendôme zeigen (»Pa, schau, dieser Schwung, dieser Rhythmus!«), ihren eleganten orientalischen Lover, dann das blasse Schemen im zerstörten Mercedes, und vor allem die ständigen Rückblenden aus ihrem Argentinienbesuch. Königliche Hoheit beim whale watching im Golfo Nuevo, hingerissen erst von den kopulierenden Säugetieren im Südatlantik, dann von der süßen Kinderschar vor dem Teehaus. Huldvoll verspricht die Prinzessin: »Ich komme wieder. Beim nächsten Mal will ich dieses Schauspiel meinen Söhnen zeigen!« Sie ist umgeben von einer bunten Schar andrängender Walisernachkommen, die ihr die Hände entgegenstrecken, von fotografierenden Touristen und steifen argentinischen Provinz-Honoratioren in dunklen Anzügen. Auf bald, auf bald, dann aber mit meinen beiden Söhnen!

Im Bett der toten Mutter wurde Katha bei jedem dieser Bilder von Weinkrämpfen überwältigt. Mama, Wale, Wasser, Wales, Tränen – alles wurde eins.

Martin parkte. Auf beiden Armen schaukelte Katha ihren Blumenstrauß vor der Brust. Aus dem von einer schattigen Galerie umgebenen Haus trat eine Frau in einer Art weißer Schwesternkleidung heraus. Ihr Haar um das flache Häubchen herum war grau und straff frisiert.

»Guten Tag, wir öffnen erst zur Teestunde«, verkündete sie den Ankommenden und blickte vorwurfsvoll, aber doch neugierig auf die großen Blütenkelche.

Martin erklärte der Frau, dass sie sich hier nur auf der Durchreise befänden und dass seine Tochter eine große Verehrerin der Lady Di sei. Ob sie nicht eben einen Blick in die berühmte Teestube werfen dürfe? Sie habe ihr ja auch Lilien mitgebracht.

Die Frau zuckte kaum merkbar mit den Schultern, lud Katha mit einer Handbewegung zum Weitergehen ein und schritt ihnen voraus. Hinter der Doppeltür des Eingangs fanden sie sich in einem geräumigen Vestibül sogleich dem Altarbild gegenüber – einem überlebensgroßen, mit breitem Goldrahmen versehenen Fotoporträt der Verunglückten. Darunter stand auf einer Marmorkonsole eine hohe Vase mit weißen Lilien. Weitere Blumenarrangements waren zu beiden Seiten der Vase aufgebaut, und zwischen den Blüten steckten Zettel, Postkarten und Briefe. »Schau doch, in ihrem Inneren flüchtet ein verängstigtes Reh«, flüsterte Katha ihrem Vater zu und deutete auf das Porträt. Ihm erschien die Verunglückte mit dem scheuen Lächeln und dem flehenden Blick eher wie eine umstellte Hirschkuh, die ihre Verfolger zu becircen versucht. Die strenge Frau in der Schwesterntracht nahm Katha die Blumen ab und vermischte sie umständlich, ja geradezu unwillig, mit den anderen in der Vase.

»Allerdings sieht man jetzt deutlich, dass unsere nur chinesische Kunstblumen sind, aus Plastik«, bemerkte sie missbilligend. »Na ja, lange werden die Ihren nicht halten, einige sind schon ganz welk. Sie brauchen Wasser. Schauen Sie sich um, nehmen Sie sich Zeit.« Sie ließ die Besucher im Vorzimmer allein.

In Andacht versunken, die Hände vor dem Schoß wie zum Gebet gefaltet, aber sie auch gleich wieder ruhelos knetend und verschränkend, stand Katha mit gesenktem Kopf vor dem Altar.

Die Ferragamo-Tasche hatte sie auf den Boden gestellt. Es schien Martin, dass sich die widerspenstigen Haarbüschel auf Kathas Nacken sträubten; mehrmals warf sie ruckartig die Schultern nach vorne, als stieße jemand gegen ihre Brust, und sie schluchzte leise. Die Andacht wurde von einem leisen Plätschern, das aus dem Salon kam, begleitet. Bald meinte Martin, der Blick Dianas unter der diademgekrönten Stirn ruhe spöttisch auf ihm, und ihr Lächeln kam ihm nicht mehr scheu betörend vor, sondern berechnend und Anbetung fordernd.

Darauf erschien die Weißgekleidete wieder, diesmal mit einem Krug. Sie baute sich vor Katha auf und versuchte mit nachdrücklich vorgeführter Mühe, zwischen den Blumenstielen Wasser in die Vase zu gießen. Mit einem Seufzer wandte Katha sich von ihr ab. Die Tür zum Teesalon stand offen. Drinnen herrschte Halbdunkel, die Vorhänge waren noch zugezogen, und in der Mitte des Raumes entdeckte Martin schließlich den Springbrunnen, dessen Plätschern er bereits in der Eingangshalle vernommen hatte. Von den Wänden lächelte die Prinzessin auf Dutzenden von Bildern, die von den wichtigsten Stationen ihres Lebens- und Leidenswegs berichteten. Neben dem Brunnen, eine Mischung aus Fontäne und Weihwasserbecken, waren in einer beleuchteten Vitrine die Reliquien ausgestellt: Auf blassem Atlas lag das lavendelblaue Teegeschirr, das die Lippen und Fingerspitzen der Lady Di berührt hatten.

»Stell dir vor, Pa, das liegt nur knapp fünf Jahre zurück. Ich könnte mir denken, dass am Rand der Tasse noch ihr DNA-Abdruck klebt, vermischt mit Spuren von ihrem Lippenstift. Und der Henkel duftet vielleicht noch wie ihr Parfüm.«

Wieder studierte Martin das versonnen dreinblickende Gesicht seiner Tochter. Es wurde vom feierlichen Schimmer der Vitrine erhellt. Wie sie es doch immer wieder schaffte, beschwingt aus ihrer Welt zurückzukehren, und wie er ihr diese Verwandlung immer wieder glaubte! Ihr Blick war nicht froh, aber auch nicht traurig, er war einfach frei, und das entfachte sogleich neue Hoffnung in ihm, sie diesmal »hier« behalten zu können. Er lächelte ihr aufmunternd zu, vermeinte, jetzt zusammen mit ihr wie früher etwas Gemeinsames unternehmen zu können, wollte das auch schon in Worte fassen – bis er die Mattigkeit unter dem Tränenfilm ihrer Augen bemerkte, als würde ihr Blick sich von ihm entfernen und an Schärfe verlieren … Und er musste erkennen, dass Katha ihn – und alles, womit er sie hatte begleiten wollen – schon wieder von »dort« sah, wo er nicht war. Wo er niemals sein würde?

Jetzt öffnete sich im Hintergrund eine Tür, die zu einer grell erleuchteten Küche führte. Vier gleichfalls in Weiß uniformierte Frauen betraten den Salon. Alle trugen auf ihren steifen Frisuren weiße Häubchen, konditormäßig wie Schlagobers aufgespritzt. Auffallend war die Reihenfolge ihres Hereinkommens, offenbar strikt nach Körpergröße: zuerst eine hochbeinige, aber schwerleibige Blondine, zuletzt eine zarte, kleine Brünette. Die Frauen nahmen von Martin und Katha keine Notiz und machten sich wortlos an den Tischen zu schaffen. Offenbar begannen sie schon mit den Vorbereitungen für die Teestunde. Aber in ihrer leisen Tätigkeit kamen sie den Besuchern immer näher.

Martin fühlte, wie Katha seinen Arm packte und wie erstarrt auf die Gestalten im Dämmerlicht blickte. Heftig wischend entfernte sie wieder die Haarsträhnen aus ihrem Gesicht. Und dann brach es aus ihr hervor, keuchend und gepresst:

»Aber das ist doch eine Anstalt! Pa, das sind Wärterinnen! Sie kommen uns näher. Bringst du mich schon wieder in eine Klinik? Nein, nein, niemals!«

Sie stieß ihn von sich und rannte aus dem Salon in den Park hinaus, Martin mit der Ferragamo-Tasche ihr hinterher. Unterwegs zerrte sie sich den Blazer vom Leib und schleuderte ihn auf ein Rosenbeet. Aber sie ließ sich vom Vater einholen. Er versuchte erst gar nicht, von einem Irrtum zu sprechen; er legte einfach fest und zärtlich den Arm um ihre Schultern, zog sie an sich. Sie bebte.

»Wir fahren sofort weiter, Katha, wir fahren zur Oma; die freut sich schon so auf dich. Du wirst Gabriel wiedersehen.«

Katha nickte. Sie kauerte sich auf den Rücksitz des Wagens, ihr Gesicht gegen die Knie gepresst. Kein Blick mehr auf den Wallfahrtsort, als Martin zügig aus der Anlage hinausfuhr.

Nach ein paar Minuten hörte Martin ihre Stimme, umgeschlagen, sanft aus dem Wagenfond: »Entschuldige, Pa, ich habe mich schon wieder unmöglich benommen. Aber ich hatte solche Angst.«

Ihn hatte nach allem, was am frühen Morgen im Boot von Roberto Williams vorgefallen war, Kathas Entsetzen eben nicht mehr überrascht. Das war wie eine Wiederholung ihrer Panik beim Chorgesang der Wale gewesen. Nur traurig stimmte es ihn – noch trauriger, als er sich ihre Vorbereitungen im Motel vergegenwärtigte, die Auswahl ihrer Kleider, ihres Make-ups, die Suche nach den Lilien, alle ihre Erwartungen und dann, eben erst, ihre innige Andacht in der verkitschten Gedenkstätte.

Die Schnellstraße nach Westen verlief zunächst durch das breite Tal, das der Fluss im Geröll und den Ablagerungen des ursprünglichen Meeresbodens ausgewaschen hatte. Martin konnte ermessen, dass es den unermüdlichen Kolonisten aus Wales gelungen war, auch weiter flussaufwärts mit Schleusen und Kanälen den Strom zu regulieren und das wüste Tal in fruchtbare Äcker, Weiden und Obstkulturen zu verwandeln. Er hatte gelesen, dass die umherziehenden Ureinwohner, die nur vom Jagen und Fischen lebenden Tehuelches, bis Ende des 19. Jahrhunderts noch manche kleine Siedlung mit Pfeil und Bogen und Lanze überfallen hatten – bis sie schließlich vor dem argentinischen Militär zurückweichen mussten. Nicht selten beteiligten sich die Siedler an der Vertreibung. Manche Tehuelches wurden gejagt und einfach abgeschossen, während andere schon begannen, für die europäischen Eindringlinge zu arbeiten.

»Jede Ackerfurche, heißt es, sei mit Schweiß getränkt – aber ist sie nicht auch mit Indioblut getränkt?« Mit diesem pathetischen Satz hatte Dr. Martin Holberg mehr als einmal seinen Vortrag über die Kolonisierung von Indioland in Lateinamerika eingeleitet. Allerdings, sich selbst verhehlte er es nicht, dass diese Urbevölkerung, wie fast überall auf der Welt, früher nach ganz anderen Gesetzen vorgegangen war als denen, die sie jetzt für sich in Anspruch nahm. Obwohl Land in Patagonien nicht gerade knapp war, hatte ein Stamm den anderen bekämpft und besiegt, unterjocht, vertrieben oder ausgerottet. Ständig waren kleine, aber durchaus blutige Streitereien um Jagdgründe, um Weideland, um Wasserläufe und Quellen, später auch um beackerten Boden unter ihnen ausgebrochen.

Nun, er stammte väterlicherseits aus einer sogenannten Gründerfamilie dieser Republik und war selbst noch vom Geist ihrer ersten liberalen Verfassung erfüllt, die in ihrer feierlichen Präambel allen wohlgesinnten Völkern der Erde die Arme öffnet und sie zum friedlichen Zusammenleben auf argentinischem Territorium einlädt. Nur, die Ureinwohner hatte man damals wohl nicht gemeint und gewiss nicht gefragt. In der Kinderstube wurde er mit der Geschichte seiner eingewanderten Vorfahren vertraut: von ihrem Kampf gegen die nomadischen Indiostämme, um den »Völkern der Erde« ein friedliches und ertragreiches Farmerleben zu sichern – für immer. Allerdings, mütterlicherseits wehte in seine Kinderstube noch ein anderer Geist: vom glücklosen, missgünstigen Kleinbürgertum. Sein Vater Alberto Holberg, gutmütig und versponnen, wie er nun einmal war, hatte das im Wien der dreißiger Jahre gar nicht wahrgenommen. Clementine, seine spätere Frau, hatte sich nie auf militante Weise geäußert, aber später, in gelegentlichen Seitenhieben und Randbemerkungen, hörte der kleine Martin eben nicht nur von marodierenden Indianerhorden: hinzu kamen nun die Proleten, die Roten, die Gelben, die Juden, die Neger, die Zigeuner, die Türken, die Tschechen, die Slawen, die Hiesigen … eine Bagage (die Mutter sagte »Bagaasch«), die den Lebensraum, die Arbeit und den mühsam erworbenen Besitz ehrbarer Bürger bedrohe. Sie würden allesamt zunehmend zu einer Gefahr für die viel zu großzügige Einwandererrepublik Argentinien, behauptete sie öfter. Und zu seinem Vater hatte Clementine in den letzten Jahren gesagt: »Du bist stolz auf die liberale Verfassung, für die deine Vorväter gekämpft haben. So ist diese Republik entstanden, ist aufgeblüht und – wird daran zugrunde gehen.« Was aber hatte Martin von Dr. Elias Königsberg über die Einflüsterungen in der Kinderstube zu hören bekommen? Nur die frotzelnde Bemerkung: »So, so … Auch Sie haben also entdeckt, dass Sie nicht aus einem besonders harmonischen Milieu stammen?«

Ein Rütteln und Turnen im Fond des Mercedes ließ Martin in den Rückspiegel spähen. Katha hatte schon wieder begonnen, sich auszuziehen. Das aufgelöste Haar fiel ihr über die sommersprossige Brust, sie hatte den Kopf nach vorn geneigt und versuchte sich mit heftigen Schulterstößen aus der Rüschenbluse zu befreien.

»Hey, Che!«, rief sie unnötig laut. »Leih mir doch eines deiner Flanellhemden!«

Seine Klamotten seien im Kofferraum, er müsse anhalten.

»Dann tu das, bitte! Gib mir auch gleich meinen kleinen backpack.«

Martin suchte eine günstige, gut überschaubare Stelle, um auf den Schotterstreifen am Straßenrand auszuweichen. Als er ausstieg, umfing ihn der frische, duftende Wind vom Westen her. Er genoss dieses fruchtige, etwas dumpfe Aroma, das bewässerten Feldern und Auen in der zunehmenden Mittagswärme entsteigt. Da war ein grün-rot kariertes Hemd, wie er selbst eines trug. Mit abgewandtem Gesicht reichte er es, zusammen mit dem Rucksack, Katha in den Wagen hinein. Dann ging es weiter. An seiner Rückenlehne spürte er das Reißen und Stemmen, mit dem sie sich in die engen Jeans hineinarbeitete. Lange Zeit bürstete sie ihr Haar. Als sie damit fertig war, kam sie auf den Vordersitz geklettert. Sie hatte ihre Ballerinaschuhe mit geblümten Chucks vertauscht. Zwischen Daumen und Zeigefinger hielt sie nun das Bruchstück von einem blauen Glas vor ihr rechtes Auge. Wo hatte sie plötzlich nur diese Scherbe her? Von einer Liebfrauenmilch-Flasche? Katha suchte damit die Landschaft ab.

»Toll, wie bei Nacht mit Vollmond, wie schön, Pa!«, wiederholte sie. »Schau, schau, schau …«

»Woher hast du die Scherbe?«

»Die hat mir Evaristo in der Klinik geschenkt. Er hat sie eingeschmuggelt. Du weißt ja, dort gilt, wie im Gefängnis: kein Messer, kein Glas, kein Gürtel. Er wollte mich immer lieben, aber er kam jedes Mal viel zu schnell, vorzeitig … Er wollte sich entschuldigen.«

Sie richtete die Scherbe gegen die Sonne. »Welch eine Farbe! Pa, wir sollten in einer Welt leben, die wir täglich durch ein anderes Glas, in einem anderen Scherbenlicht sehen können. Das wäre eine bunte und einförmige Welt zugleich. Viele Farben zusammen zu sehen, ihrem Widerstreit untereinander folgen zu müssen, das ist störend und verwirrend. Wenn Blau sich ins Grün sehnt, wenn Rot das Gelb verbrennt, wenn Braun von Schwarz verschluckt wird, es kann unerträglich werden. Aber so mal, pur einfarbig, so ist die Welt schön, Pa, wirklich spitze … nur etwas kalt.«

Psychischer Schmerz ist zäh, anhaltend – so viel wusste Martin; aber man erträgt ihn anders, wenn man etwas darüber gelernt hat. Dieses Kind, diese Tochter, diese Frau – wie viele Bruchstücke und Überreste aus einem konventionellen, »normalen« Leben waren ihm noch mit ihr gegönnt? Und was wusste sie von diesen Bruchstücken, wie glaubte oder hoffte sie, damit leben zu können? Das Abdriften eines innigst geliebten Menschen in eine andere Welt mitzuerleben – wie erträgt man das, wie kann man helfen, wenn man selbst schon halb mitgerissen wird? Oder ist das die beste Hilfe?

Manchmal hatte Martin das Empfinden, dass sie das wusste, und dass sie sich noch an Bruchstücke aus einer besseren Zeit festklammerte, in der sie selbst noch ein Ganzes daraus zu bilden vermochte. Und was hatte Dr. Königsberg dazu gemeint? Er fürchtete vor allem, dass der diagnostizierte, also mit einem Etikett versehene, Kranke bei »uns Normalen« keinen Ort mehr finde; mit einer Diagnose abgestempelt, werde er einfach in sein Labyrinth aus Bruchstücken zurückgestoßen. Man meide ihn, als ob wir nicht alle aus demselben, verletzlichen und gefährdeten Stoff bestünden. Wer ihnen helfen wolle, müsse selbst ein gutes Stück seiner konventionellen Vernunft abgeben, müsse sich auf ihren Weg begeben – und ihnen nicht nur gegenübertreten.

Der Vater atmete durch. Auf diesem Weg bin ich – hoffentlich.

Schon nach einer Stunde begannen die Äcker und Obstgärten kleiner und seltener zu werden, nur noch Oasen zu bilden, um schließlich ganz zu verschwinden. Aber einzelne Trauerweiden, windverbogene Zypressen, zerzauste Pappeln und geduckte Baumreihen verrieten dem Fahrer, wo der Fluss in mehreren Armen und mäandernd nun weiter durch die Sand- und Geröllwüste verlief. Kathas linke Hand bewegte sich auf einmal mit kunstvoller Affektiertheit vor Martins Gesicht. Sie untermalte offenbar die Eindrücke, die sie durchs blaue Glas empfing. Welch ungewöhnliche Gelenkigkeit, wenn sie den Handrücken und die zarten, langen Finger wie eine balinesische Tänzerin immer weiter zurückbog, oder wenn sie ihre Hand mit spitz zusammenlaufenden Fingern wie auf indischen Tempelskulpturen kreisen ließ.

»Alle Bäume wirken grau«, sagte sie und folgte den letzten Exemplaren, die blaue Scherbe wie ein Monokel vor dem Auge.

Allmählich führte sie die Straße in steiniges Hochland hinauf. Sie hatten das Tal des Río Chubut verlassen. Katha setzte das Glas ab und lehnte ihre Stirn gegen die kalte Fensterscheibe.

»Ich liebe Bäume«, flüsterte sie zu den nackten Tafelbergen hinaus. Sie zog das Notizheft aus der Gesäßtasche ihrer Jeans, während Martin im schnellstmöglichen Tempo der Fernstraße folgte. In weiten flachen Schleifen, fast unmerklich, gewannen sie beständig an Höhe. Sie mussten die tausend Meter schon erreicht haben. »Hör mir zu, Pa, was ich geschrieben habe: ›Wir brauchen die Bäume, um zu wissen. Der Schatten ist unter jedem Dach gleich, aber unter jedem Baum ist er anders. Und auch unter demselben Baum verändert er sich. Es ist der Schatten verschiedener Jahreszeiten, in denen wir ihn suchen oder fliehen, auch der Schatten verschiedener Tagesstunden und veschiedenen Wetters. Manchmal ist der Schatten unter dem Baum lebendig, wirbelt und zittert und pulst – man vermeint, dass ihn ein Windstoß fortzureißen sucht. Aber er hat auch bodenständige Eigenschaften: Er gehört immer zu einem bestimmten Baum, führt ein Zusammenleben mit diesem, ist zart und schmächtig am Anfang, wird dunkel und mächtig im Laub des Sommers, verschwindet zuletzt fast, tief unter dem Astgerippe, wo er Buchstaben der Erinnerung zeichnet, wir müssen sie entziffern …, um wissend zu werden.‹ Ich will nur unter Bäumen leben! Pa – weißt du, welches Zärtlichkeitsbedürfnis Bäume haben? Sie brauchen Hirsche, die ihr Geweih an ihnen reiben, sie brauchen unsere Liebe. Bäume sind die Wale auf dem Festland. Ich möchte ein Kind von einem Baum haben, ich möchte einen Bäumling aufziehen … Warum bringst du mich jetzt in diese Einöde? Hier ist noch nie ein Baum aufgewachsen … Schau dort hinüber, das ist ein Steingreis, ein Toter. Das ganze hier ist ein riesiges seniles Steingreistotenlager … Bring mich bitte da hinaus!«

Aber jedes Mal, wenn sie den Rand einer Anhöhe erreicht hatten, öffnete sich vor ihrem Blick eine weite, flache Wanne, die in der Ferne an ebensolche Höhenzüge anschloss, und wenn sie endlich zu diesen hinaufgelangt waren, wiederholte sich der Ausblick: eine braungelbe, steinige Senke, trockene Grasbüschel und staubbedeckte Dornenstauden. Sonst kein Lebenszeichen.

»Es fehlt uns nur noch eine kurze Strecke, Katha, bald wirst du Bäume sehen, bald kommen wir zu den Wäldern … Du weißt ja, wie schön der Wald in den Bergen dort ist. Vorher sollten wir aber noch etwas essen. Knurrt dir nicht der Magen? Du hast doch kaum gefrühstückt.« Aber das schien sie nicht zu interessieren.

»Pa, warum gefährden die Menschen Bäume und Wale?«

Er musste auf das Gespräch eingehen, ihr so nahe wie möglich bleiben. »Vielleicht geht es dem Erwachsenen wie dem mürrischen Kind, das sein Spielzeug zerbricht.«

»Aber worüber ärgert sich das Kind?«

»Über seine Angst und Unsicherheit, es bemerkt, dass es dem Spielzeug entwächst, dass es ihm unaufhaltsam fremd wird.«

»Aber womit kann es spielen, wenn es all sein Spielzeug im Überdruss zerbricht?«

»Nur mehr mit sich selbst.«

»Wie dumm das ist, Pa. Ich will bei meinem Spielzeug bleiben.«

»Ja, Katha, gut so.«

»Nur nicht nachdenken, Che. Wenn ich nachdenke, vergeht mir echt das Lachen. Nachdenken und Lachen vertragen sich nicht.«

Martin nickte ihr verständnisvoll zu und fantasierte wortlos mit einem seiner eigenen Gedankenspielzeuge weiter: »Weißt du, Katha, ich halte den Menschen für das Lebewesen, das pro Kopf mehr als alle anderen Dreck erzeugt. Mit der Zeit wird kein Flecken der Erde von seiner zwanghaften Verschmutzungs- und Zerstörungssucht verschont bleiben. Und dennoch, auch das muss ja wohl ein Naturgesetz sein. Stell dir vor, was heute sieben Milliarden Menschen täglich allein an Fäkalienbergen und Urinflüssen ausscheiden, und was sie an Rohrleitungen und Chemikalien aufwenden, um diese Berge und Ströme zu entsorgen! Und welch gigantischer Aufwand ist erst nötig, um die Nahrungsmittelzufuhr zur weiteren Hervorbringung dieser Ausscheidungen zu sichern. Global gesehen, könnte man sich ein Horrorszenario wie in einer Hollywood-Animation vorstellen: Eine schleimige und, wie der Zuschauer errät, stinkende Pampe, die sich über den Globus ausbreitet, ihn umspannt und alles unter sich erstickt, einschließlich deiner Bäume und Wale und meiner Symphonieorchester: ein mörderischer, ja selbstmörderischer Vorgang. Auch das haben Naturgesetze so an sich.«

Aber zunächst war hier nur meilenweit absolut menschenleere

Öde, und durch einen Spalt des Seitenfensters drang kalte, reinste Luft herein – das musste er zugeben.

Endlich erreichten sie die paar Häuser und Hütten von Las Almas. Roher Backstein und rostige Wellblechdächer, geduckt in eine windgeschützte Mulde auf dem Plateau. An die Mauern waren alte und neue Namen und Symbole von Wahlkandidaten und ihren Parteien gepinselt, mehrmals übermalt, überklebt, verblasst, abgebröckelt. Neben der Tankstelle gab es Hot Dogs und Cola. Es habe oben geschneit, erfuhren sie vom Tankwart, ganz ungewöhnlich für die Jahreszeit – aber so etwas konnte ja zu jedem Ende eines Jahrtausends geschehen, das war vielleicht noch das Wenigste. Oben? Wo gab es auf dieser Hochebene noch eine weitere Höhe, fragte sich Martin misstrauisch. Sie befanden sich doch schon mehr als tausend Meter über dem Meeresspiegel. Martin schlürfte mit Sorge den verkochten Kaffee, und Katha fror in dem weiten Hemd, das im Wind flatterte. Auf die Toilette und weiter.

Zuerst meinte Martin, die weißen Streifen am Horizont, unter dem wolkenlosen dunkelblauen Himmel, seien Wolkenbänke, aber bald kamen sie an dünn überpuderten Steinköpfen vorbei, dann an schütteren Schneeflecken, und bald lag beiderseits der Straße und neben der schwarzen Fahrbahn vor ihnen eine einheitlich verschneite Fläche, die sich nach und nach wellenförmig zu weit gezogenen Hügeln hin aufwarf und einförmig gleißend in immer ferneren Höhenzügen verlor. Es musste in der Nacht oder sehr früh am Morgen geschneit haben, denn die Straße war bereits frei, wenn auch noch gefährlich nass. Zischendes Fahrgeräusch auf dem Asphalt, weiße Leere rundum. Katha sah durch ihr Glas in eine Mondscheinnacht; bald sprach sie auch von einer Mondlandschaft. Sie legte ermüdet das Glas weg, suchte eine CD im Handschuhfach, schob sie ein, zog die Füße auf den Sitz und streifte das Hemd des Vaters über die Knie. Zusammengekauert umschlang sie ihre Beine. Martin hatte die Heizung aufgedreht.

Katha schüttelte ungeduldig heftig den Kopf auf Martins Frage, ob sie friere, und legte den Zeigefinger an ihre Lippen: Sie wolle sich in Kurt Cobain versenken.

Martin fühlte einen Schauer, der mit Unruhe und Angst, und sicherlich schon mit Müdigkeit, untermischt war. Dieses Hineinsteuern in ein leuchtend weißes, leeres Gebiet, das sich, so weit das Auge reichte, ins Unendliche fortzusetzen schien, aus dem ihm aber, wie gestern Abend auf der Peninsula Valdés, kein Fahrzeug mehr entgegenkam, und in dem es nur kälter wurde und kein Wegzeichen mehr eine Ortsbestimmung erlaubte: Das war, als hätte ein Megaprojekt des bulgarischen Verpackungskünstlers Christo Jawaschew über Nacht die Landschaft mit einem Laken überzogen. Was sich darunter erraten ließ, wirkte zusammengesunken, leblos hingebreitet, zeigte keine Kante, keine Spitze, keine Vertiefung – es überließ ihn voll und ganz der Einsamkeit mit seiner Tochter. Wenn doch alles zu Ende ginge, dachte er, und wollte den Satz nicht weiterdenken.

Sagen, reden, sprechen ... Vom Wortmüll, vom Sprachschrott, vom Sprechschutt handelten in letzter Zeit immer öfter seine Gespräche mit Dr. Königsberg. Martin hatte den Eindruck, dass sie sich beide im Verlauf dieser zwei Jahre verändert hatten, und zwar insofern, als sich ihre Überlegungen aufeinander zubewegten. Erst hatte der Therapeut ihm die Zunge gelöst, ihn dann aber an die Kette gelegt mit seinen destruktiven verbalen Angriffen, und Martin hatte begonnen, sich von seinem Diskriminierungskomplex, einschließlich seines »Antisemitismus-Keims«, erlöst zu fühlen; Letzterer erschien ihm jetzt »entpuppt und abgehalftert wie ein exorzierter Götze«. Zusammen durchwandelten Martin und der Arzt das merkwürdig befreiende Labyrinth der Wortverdächtigungen. Begriffe beanspruchten ja das Kleid der vermeintlichen Normalität, aber auch der Kranke benutzt sie – und man verdächtigt ihn, als wären sie ihm verboten gewesen.

In die Schneelandschaft hinein sprach die Stimme von Dr. Elias Königsberg: »Wir müssen uns von unserem Verlangen nach der Alleinherrschsucht über den Wortsinn befreien, wenn wir dem willkürlich Ausgesperrten, dem vermeintlichen Transgressor zuhören, ihn verstehen und ihm helfen wollen. Stellen wir doch versuchsweise einmal all das in unserem Kopf auf den Kopf, was sich als geltende Norm und Vernunftzwang in uns eingegraben hat! Wagen wir wenigstens das Experiment! Lassen wir die verkehrte Welt doch einmal gelten. Tanzen wir einfach, tanzen wir, wie bei Nietzsche, aber mit nackten Füßen. ›Tanzt mit mir in den Himmel hinein‹, will ich meinen Klienten zurufen!« – und er stimmte tatsächlich auch noch die Melodie dazu an. »Tanz mit Katha, Martin. Tanzen ist ein wunderbar wirksames Heilmittel. ›Viel tanzen und viel vögeln, und du hängst jede Neurose an den Nagel!‹, hat mir einst mein Lehrmeister Ernst Bauer geraten.«

Mit diesem Rezept hatte der Therapeut sich am Ende ihrer letzten Sprechstunde von Martin verabschiedet, es ihm auch noch mit lauter Stimme im Treppenhaus auf den Heimweg mitgegeben, und dabei waren seine tiefen Gesichtsfalten in ein wild beschwörendes Mienenspiel ausgebrochen. Dr. Königsberg und Ehefrau Gretl hatten sich anschließend in die Sommerfrische zu Laglers begeben. Martin fand den angeblichen Ratschlag von Ernst Bauer, auf seine Situation bezogen, reichlich unpassend, auch wenn er wahrscheinlich nicht von diesem, sondern wieder von Fritz Perls stammte.

Er folgte eine Weile bereitwillig dem schmerzlichen Gesang, dem Katha sich hingab. Mit Erik Satie, der sich auf der Klaviatur so vorsichtig an die Stille herantastete, wäre er wahrscheinlich geradeaus in eine Schneewehe gefahren! Dann würde man sie übermorgen gefunden haben: tot, erfroren, vielleicht umschlungen – und befreit. Erschrocken packte er das Steuerrad fester an, der schwere Mercedes hatte zu schlingern begonnen … Mama, dein neunzigster Geburtstag!

»Hey, Che, bist du eingeschlafen?« Sein abruptes Manöver hatte Katha aus ihrer Versunkenheit gerissen. Sie schaute sich um: Da waren schon die ersten Bäume, von Stürmen niedergedrückte Zypressen, aufgetaucht; die Schneedecke, längst von kleinen Büschen und Gras durchbrochen, begann zu verschwinden. Immer deutlicher bauten sich vor ihnen die blauen Schatten der Andenkordilleren auf, mit bewaldeten Hängen und verschneiten Gipfeln. Die tiefstehende Sonne blendete, und Katha setzte die Sonnenbrille auf. Martin bewunderte die nun anbrechende, immer üppiger und bunter werdende Landschaft, doch Katha zeigte kein Interesse dafür; nicht einmal die Buchen- und Zypressenwälder, die nun die ins Tal hinunterführende Straße säumten, schienen sie zu beeindrucken.

»Ich freue mich nur darauf, Gabo wiederzusehen«, sagte Katha leise. »Wie er wohl aussehen mag, nach seinen zwei Jahren in dieser Sekte. Es ist einfach spitze, dass wir endlich wieder zusammenkommen. Vielleicht kann er mir das Paragleiten beibringen, und ich geh mit ihm fliegen. Du hast schon riesigen Schiss vor ihm, nicht wahr, Che?«

Martin schüttelte den Kopf und sagte wenig überzeugend: »Aber nein, warum denn …?« Dann versuchte er schnell das Thema zu wechseln:

»Erinnerst du dich noch, Katha, wir hatten doch vor, ein Buch zu schreiben, etwas im Bereich ›Wirtschaftsinteressen der städtischen Gesellschaft und ihre Auswirkungen auf die Umweltpolitik‹?«

Es folgte ein langes Schweigen. Er wollte schon aufgeben, wie vorhin mit dem Bewundern der Landschaft, vielleicht war sie ja nur auf die Musik konzentriert, aber da sagte sie laut und freudig: »Aber doch! Du wolltest den allgemeinen Teil übernehmen und ich sollte das Thema in einer von drei vorgeschlagenen Fallstudien behandeln: japanische Küche und Walfischfang, Tourismus und Gorillas oder Zeitungspapier und Forstwirtschaft. Also wann fangen wir damit an?«

Er war überrascht und wieder froh. Tatsächlich, genauso hatten sie es geplant, allerdings vor mehr als zwei Jahren, als sie ihr Studium abgeschlossen hatte, und kurz vor dem tödlichen Ausgang von Judiths Lungenentzündung. Sie hatte es also nicht vergessen. Und etwas in ihr wollte es noch immer tun.

»Genau! Was meinst du, fangen wir damit an, wenn wir wieder in Buenos Aires sind?«

»Right, let's take this on immediately. Please, please daddy … Weißt du, ich hatte schon sehr viel Material zusammengestellt, viele Webseiten aufgelistet. Aber dann ist das mit Mama passiert, und gleich darauf das mit Lady Di. Neue, dringende Aufgaben sind auf mich zugekommen, und dann diese Leute, die Interessenvertreter, die mich beobachten, die uns ausspionieren. Tierfolterer, Menschenfolterer, Gehörfolterer. Und die Farben haben begonnen, sich zu verändern, die Umwelt verzerrte sich schon, der Lebensrhythmus ist ein anderer geworden …«

Wie in Weinkrämpfen hemmte ihre Kehle die anfangs beschwingte Stimme; die letzten Worte hörten sich heiser an.

»Es hat ja keine Eile, Kind.« Er legte ihr flüchtig den Arm über die Schulter; dann musste er schalten, denn sie hatten die Ortseinfahrt von Huemules erreicht.

Um halb sieben hielten sie vor dem Bürgermeisteramt. Von dem lebhaften, händereibenden Ing. Jorge Jones – blond, gedrungen, mit geplatzten Äderchen in den roten Bäckchen – erfuhr Martin, dass alles wunschgemäß vorbereitet sei: der Sitzungsraum, die alkoholfreien Getränke für das Gespräch mit den Mapuche-Vertretern, das Abendessen, später etwas Silvesterfröhlichkeit mit Familie und einigen Mitarbeitern. Und natürlich zwei Hotelzimmer für Dr. Holberg und das Fräulein Tochter. Dorthin wollten die beiden sich sogleich begeben.

Wie es denn mit dem Wetter für morgen aussehe, fragte Martin noch besorgt. Strahlende Sonne und wärmere Temperaturen seien für den ersten Tag des neuen Jahrhunderts vorausgesagt: »Ja, so kündigt es sich an – als strahlende Zukunft!« Der Bürgermeister, von Beruf Landvermesser, nebenbei großer Bauunternehmer, freute sich, unentwegt händereibend. Bei jedem Satz schien er sich vor den Angekommenen kurz zu verbeugen. Sein aufgeregtes Entgegenkommen war Martin unerklärlich und stimmte ihn misstrauisch.

6

ROTRAUD

Mit der vollen Emailschüssel war Trigo vorhin aus der Schlachtkammer gekommen, schwankend – wie tapsig er sich an diesem Morgen wieder anstellte! –, sodass er dem Dr. Königsberg, der, eingehüllt in einen weißen Bademantel, am Frühstückstisch saß, mit ungewolltem Schwung den Inhalt unter die Nase setzte. Der Doktor aber hatte sich mit Fassung vorgebeugt und gefragt: »Soll ich etwa aus den Innereien dieses Opfertiers das kommende Jahrhundert deuten?« Da hat sie ihm glucksend zugerufen: »Nein, Dr. Königsberg, das ist für Ihren schottischen Dudelsack, für den ersten Gang unseres heutigen Silvesterschmauses!« Und ihren tolpatschigen Trigo hat sie gefragt, ob er den Magen des Lammes auch gründlich ausgewaschen habe. Worauf Dr. Königsberg sie wieder einmal pries: »Wie schlecht stünde es um uns ohne Rotraud. Ist sie nicht unsere nährende Mutter, unsere Venus von Willendorf?«

Aber ja, sie ahnte es längst, Dr. Königsberg betete sie an. Venus ist sie in seinen Augen. Darum liest sie ihm auch jeden Wunsch von den Lippen ab, darum kocht sie ihm jetzt den Haggis. Erst vorgestern hatte er wieder davon geschwärmt, wie er dieses Gericht einmal zu Silvester in Schottland bekommen habe, fast fünfzig Jahre sei das her, und dazu viel Whisky habe trinken müssen.

»Ich habe diesmal vier Flaschen Glenfiddich im Koffer, man kann nie wissen …«, hatte er am Ende seiner Erinnerungen noch hinzugefügt. Wenn das kein Wink mit dem Zaunpfahl gewesen war!

Für Gretl aber war das kein Scherz, sondern ein Anlass, ihren Mann zu maßregeln. »Pass mir auf, Eli, mach nur so weiter! Bei dieser Kälte nackte Füße und fette Lamminnereien – natürlich brauchst du dazu jede Menge Whisky, und die Folgen sind absehbar. Du weißt ja, niemals hab ich deinen Zustand von damals vergessen, du bist im Affentempo durch eine schreckliche Winternacht in den Highlands zum Gasthof zurückgefahren!« Doch Dr. Königsberg schüttelte nur amüsiert den Faltenwurf seines Greisengesichts: »Hauptsache, Gretli, wir beide sind vor dem Morgengrauen im breiten Hotelbett gelandet.«

Rotraud hatte gestern, spätnachts noch, als sie das Mensch-ärgere-Dich-nicht-Spiel abgeräumt hatte, in ihrem Wiener Kochbuch nachgeschlagen, um herauszufinden, was es mit dem Haggis auf sich habe. Zu diesem Gericht fand sie nur eine Fußnote. Eine Art schottische Presswurst schien das zu sein, mit einer Füllung von Lamminnereien. Aber das Rezept fand sie nicht. Also war Dr. Königsbergs gastronomische Erinnerung zu einer Herausforderung für ihre kreative Kochkunst geworden. Nachdem Trigo die Emailschüssel neben dem Herd abgestellt hatte und die beiden Frühstücksgäste die Wohnküche verlassen hatten – die Krohns waren nicht erschienen –, blieb Rotraud mit Delia allein zurück und machte sich an die Arbeit.

Sie bereitete die Füllung zu. Auf einem großen Brett lagen neben dem Magen alle Zutaten bereit: Leber, Lunge, Herz und Zunge, Zwiebel, Talg und Hafermehl, auch Knoblauchzehen und ein großes Büschel ihrer Gewürzkräuter. Kochen bedeutete ihr keine Arbeit, sondern ein fröhliches Zerhacken, Vermischen und Abschmecken. Sie genoss das Herumschieben des Kochgeschirrs auf der großen Herdplatte – von lauen zu warmen, von heißen zu glühenden Stellen und wieder zurück, sowie das souveräne Steuern der Backrohrhitze. Außerdem war der Tanz der Töpfe heute ein Akt der Gegenliebe. Am Ende versenkte sie ihr Werk gut verschnürt in einen Kessel mit lauem Salzwasser. Ein paar Stunden sollte der neu gefüllte Magen bei schwacher Hitze köcheln. Sie zog die Ente aus dem Backrohr: Dunkelbraun und wohlriechend, in glänzender, eingerissener Haut kam sie aus ihrer höllischen Finsternis hervor. Mütterlich liebevoll beugte sich Rotraud über den Vogel und übergoss ihn mit brodelnder Bratensauce. Am Abend brauchte er nur noch einmal kurz ins Rohr geschoben werden. Allzu heiß darf man einen so aromatischen Braten nicht verzehren.

Noch vertieft in diese Zubereitung, kam von Delia, die an der Abwasch stand, ein Ausruf der Überraschung:

»Patrona, es schneit!«

Rotraud drehte sich um und konnte es jetzt auch sehen.

Unter stoßendem Lachen wunderte sie sich: »Das darf doch nicht wahr sein …! Im Sommer?«

Sie riss ihre Strickjacke vom Hakenbrett neben der Tür und eilte in den Hof hinaus. Da muss sie doch gleich im Obstgarten nachsehen, was die Kirschenpflücker bei diesem Wetterwechsel treiben. Aber der plötzliche, ungewöhnlich dichte Schneefall wirkte verzaubernd: Sie blieb stehen, geblendet vom Flockengewirbel. Die Konturen ihrer Umgebung schienen sich aufzulösen, verschwanden in lichtem und zugleich verhüllendem Weiß. Schnee, der Küchengeruch in den Kleidern, vorwiegend nach Rauch und Zwiebeln – das brachte ihr jedes Mal die winterlichen Wochenenden mit den Eltern in den Sinn. »Auch im Winter, wenn es schneit«, waren sie oft ins Westerland hinaus- oder ins Sauerland hinaufgefahren, einfach nur, um in der heimatlich wirkenden Schneelandschaft zu verweilen. Wie sie doch, die vertriebenen Neutitscheiner, an Bochum litten! In der grauen Stadt mit den unzähligen Baustellen hatten sie zwar einen Wohnort und Arbeit finden können – von der geliebten Welt friedlicher Bauernhöfe, mit bestellten Feldern, Stallungen, Baumgruppen, Entenweihern und Obstgärten blieben sie aber ausgeschlossen. Im Winter ausgeschlossener denn je, wenn sie den Rauch sahen, der sich aus den Schornsteinen schraubte und es ihnen nach Kuchelwärme und Kachelofen war. Manchmal gewahrten sie ein Gesicht, das zwischen Gardinen zu ihnen herüberspähte, unfreundlich, abweisend wie ihnen schien. Knapp fünf Jahre alt war Rotraud gewesen, als die Familie ihren nordmährischen Hof hatte verlassen müssen. Der kriegsversehrte einarmige Bauer Kretschmer durfte nur die erlaubten dreißig Kilogramm Gepäck mitschleppen: Kleidung, Fotos und Brot. Aber das Familienerbstück, die große Bleikristallschüssel, die allein schon an die vier Kilo wog, hatte die Mutter sich mit einem breiten Schal unterhalb der Brust auf den Leib gebunden. »Ich ging mit der Schüssel schwanger«, erzählte sie später gern, »und man hat es mir geglaubt.« Rotraud erinnerte sich an nächtliche Strecken auf einem Leiterwagen, an zusammengepferchte Frauen und Kinder unter eisig nassen Zeltplanen, an Verstecke im Unterholz der immer noch verschneiten Wälder, an unverständliche tschechische Kommandorufe in der Ferne, auch an Schüsse, und ganz dunkel und gespenstisch an viele murmelnde oder wehklagende, gleichsam in Nebel gehüllte und herumkriechende Gestalten – wohl im Grenzlager Furth im Wald.

Vergiss das jetzt: Du hast den Mut aufgebracht und dich auf ein Heiratsangebot aus einer völlig fremden und entlegenen Ecke der Welt gemeldet, hast Bochum verlassen können und alles wiederbekommen, was dir für immer verloren erschienen war – und noch viel mehr! Ja, so war es. Als ihre Eltern sie vor einem Jahrzehnt auf dem Tilo-Hof besucht hatten, war ihnen der Mund offen gestanden. »Mein Kind«, hatten die Mutter und dann der Vater resümiert, »du bist ja eine Gutsbesitzerin geworden – und Großbäurin dazu. Das hättest du bei uns nie geschafft.«

»Das ist nicht das Wichtigste«, hatte die Tochter lachend erwidert. »Das Wunderbare ist, ich habe hier meine Heimat wiedergefunden.«

Und Trigo. Einstmals, zur Zeit der argentinischen Militärdiktatur, hatte sie zur Sicherheit ausstreuen müssen, er sei verrückt: Trigo loco. Und ist er's denn nicht? Was treibt ihn ständig dazu, den anderen Bauern gegenüber den Fidel Castro zu geben, wie er ihn von *Radio Habana* her kennt. Er selbst denkt ja nicht im Mindesten daran, den Tilo-Hof mit seinen chilenischen Tagelöhnern zu teilen. Er bringt mit seinen Parodien nur Alt und Jung gegen sich auf und verwirrt das ganze Dorf. Bald wird er einen Rollstuhl brauchen, weil er sich nicht operieren lassen will, dieser Dickschädel. Sie hat sogar schon einen gekauft und vorgehabt, Treugott zum Weihnachtsfest damit eine Freude zu machen, aber Dr. Königsberg, den sie als Arzt konsultiert hatte, riet ihr davon ab, sie solle damit noch etwas warten. Treugott werde sicherlich selbst demnächst danach verlangen, sobald er sich nicht mehr auf den Beinen halten könne. Sie solle das abwarten, der Wunsch müsse von ihm selbst geäußert werden. Mein Gott, Trigo im Rollstuhl, mit dem Radio auf den Knien, und seinen Sprüchen. Würde er es aushalten, so zu leben? Und sie? Ein so herzensguter Mensch, aber eben ein Provokateur, und so eigensinnig. Wenn sie an seine Widerborstigkeit dachte, musste sie sich bemühen, die Erinnerung an sein letztes Schwein zu unterdrücken. Ein riesiger Eber war's, der unter fürchterlichem Gequietsche von vier Chilenen, die einander Mut zuriefen, und dem begeistert mit anpackenden Quique, in die Schlachtkammer gezerrt wurde. Immer wieder trat Quique mit den Stiefeln gegen die Hoden, die dem sich herumwälzenden Tier zwischen den kotverschmierten Hinterbacken hervorquollen. Und dann hatte Trigo – so unsicher schon auf den Beinen – den ersten Pickelschlag verfehlt und nur die Schnauze des gefesselten Ebers getroffen. Nein, fort, fort mit diesen Bildern …!

Andererseits, sie wird sich besser um ihn sorgen können, sie werden mehr Zeit füreinander finden, mehr Mensch ärgere Dich nicht, Halma und Mühle spielen können; er wird seine schöne Farm in Ruhe überblicken und genießen dürfen, auf herumlaufende Enkel schauen, wenn die Töchter zu Besuch kommen. Nur den Sohn muss sie von ihm fernhalten: Quique soll in die Ortschaft hinunter, mit ihm ist es nicht mehr auszuhalten. Wie er damals den verfehlten Pickelschlag gefeiert hat … und den nächsten in das Auge des Ebers, mitschreiend, sich die Blutspritzer übers höhnische Gesicht reibend, bis einer der Knechte Trigo den Pickel aus den Händen gerissen hat, um der Marter ein Ende zu machen. Am Esstisch kommt Quique manchmal darauf zu sprechen. Und wenn der Vater ihm eine Watschen langen will, weicht ihm der cabezón blitzschnell aus.

Dieser Schneefall – es war ein kurzer Zauber gewesen. Der Himmel lichtete sich bereits, als die letzten Flocken noch herumtanzten, und als Rotraud weiterging, löste sich die feine weiße Decke gleichsam unter ihren Schritten und Blicken auf. Sonnenstrahlen brachen durch, und, vom Höhenwind zerrissen, gaben die Wolken nicht die gewohnten grauen, sondern leuchtende Zacken und Türme des Bergkammes frei: Sie waren mit Neuschnee überpudert.

Rotraud schlug den Weg zum Obstgarten am Nordhang ein. Es roch die Luft »als wenn's g'waschen wär«, ging ihr durch den Kopf, »wie meine Wäsch' im Bergwind«. Komischer Vergleich, vielleicht war er Clementine zu danken, die ihr gern etwas von ihrem Lieblingsdichter Josef Weinheber vorlas. Der konnte so schöne Vergleiche erfinden. Dann aber mischte sich ins Frischgewaschene unverkennbar der Geruch von schwarzem Tabak ein, und sie hörte Frauenkichern. Zwei Kirschbäume sollen heute abgepflückt werden, die ersten dunkelroten Früchte des Jahres, nicht die beste Sorte, nur kurz haltbar. Diese Ernte muss schnell auf den Markt. Im Schatten unter den Bäumen standen, bereits gestapelt, die ersten flachen, schon gefüllten Kisten, mit frischem Laub bedeckt.

Vier Männer und zwei Mädchen standen auf den Leitern, die ins Dunkel der Baumkronen hineingelehnt waren. Sie begrüßten Rotraud und besprachen das wundersame Ereignis. Auch die Obstbäume seien für ein paar Minuten »wie überzuckert« gewesen, so drückte es eine der Mägde aus. Die Gesichter der beiden Frauen waren vom dunkelroten Kirschsaft verschmiert. Von den Chilenen aber, mit ihren feuchten und ewig rauchenden Stängeln im Mundwinkel, würde nie einer auch nur eine Kirsche kosten.

»Seid vorsichtig, reißt sie mit Stiel ab«, mahnte Rotraud die Pflücker. »Verletzte und angeschlagene Kirschen dieser Sorte verderben sofort.« Zu den Männern sagte sie: »Was bis kurz vor Mittag geerntet wird, müsst ihr auf den Pick-up laden. Trigo will die Kirschen mittags zum Markt bringen. Sie sollen noch an Silvester auf den Tisch kommen können.«

Dann ging sie wieder den sanft ansteigenden Weg zurück. Der Morgen war ungewöhnlich schnell in einen sonnigen Tag umgeschlagen. Der Wind hatte sich gedreht, kam von Norden und brachte Stallgeruch; die Luft begann sich bereits zu erwärmen. Nur die Reinheit und Kraft, mit der die Farben aus den Wäldern, Feldern und Büschen herüberstrahlten, erinnerten noch an den kurzen, eisigen Schauer von vorhin. Sie atmete leidenschaftlich tief ein, als würde sie trinken: Diese würzige, anheimelnde Hof-Mischung aus Kot, Urin, Heu, Tierausdünstung und Schweiß – ihr blassrotes Mieder beengte sie nun, und die beiden Flecken auf der Brust wurden dunkler. Geübt im Kopfrechnen, überschlug sie schnell, wie viel man heute auf dem Markt mit den Kirschen wohl einnehmen werde.

Freilich, der Obstgarten würde derzeit noch viel mehr einbringen, wenn sie schon vor Jahren begonnen hätten, die alten Bäume auszureißen, um neue und bessere Sorten zu pflanzen. Aber zuerst hatte Trigo einen Winter nach dem anderen verstreichen lassen, als ob er es vermeiden wollte, mit dem Abholzen seinem toten Vater weh zu tun; und im letzten Winter hatte er störrisch und geradezu triumphierend behauptet, jetzt sei es endgültig zu spät.

Zu spät? Wenn doch nicht dieser bittere Unterton wäre – jetzt schon ein dauerhaftes Merkmal an Trigo – und gegenüber ihrem so lange anhaltenden Glücksgefühl langsam die Oberhand gewinnen würde! Jenem Glücksgefühl, das sie, als Vetriebenenkind mit einer kurzen Kellnerinnen-Lehre – dem wohl eine miefige, hinternkneifende Zukunft in Bochumer Kneipen bevorgestanden hätte –, schon bald nach ihrer Ankunft empfunden hatte: Es war ihr gelungen, rechtzeitig auszuwandern in dieses reiche, gastfreundliche Land, in dem die Arbeit sofort Früchte trägt und wo man mit einfachen Tricks nur einen Bruchteil seines Einkommens versteuert. Ihre Zukunft an Trigos Seite müsste gar nicht trüb aussehen: das geduldige Zusammenleben eines alternden Ehepaars, bei dem der – in der Regel gebrechlichere – Ehemann sich auf seine Frau stützt. Wie hatte es doch einmal Dr. Königsberg, in seiner geistigen Größe, so treffend ausgedrückt? »Dem alten Mann wird seine Frau zum Krückstock.«

Nur, solch einem harmonischen Paar hätte kein Quique in die Wiege gelegt werden sollen, kein Dämon. Denn dieser, nicht die Hüftschmerzen, für die es den Rollstuhl gab, hat ihren guten Trigo in die Verzweiflung getrieben, gönnt ihm keinen frohen Tag mehr in der sonst ringsum blühenden Geschäftigkeit seiner Farm. Wer soll diesen Hof dereinst weiterführen? Doch nicht dieser vorsätzliche Tierquäler. Wie sehr es Trigo verdient hätte, sich als alter, erfolgreicher Bauer an seinem Lebensabend im modernen Rollstuhl umzutun, sich mit seinen immer noch kräftigen Armen über den Vorplatz zu stemmen, in die Ställe, in die Scheune, in die Werkstatt, in die Speicher hineinzuschauen, dann die Feldwege entlang, an Weizen, Gerste, Hafer, Kartoffeln, Klee und Schafweiden vorüber, rund um den von Gänsen und Enten bevölkerten Teich zu rollen – und das alles in seinem Sinn, nach seinen Ratschlägen, von einem tüchtigen Sohn bestellt sehen. Aufatmend könnte er in die schattige Nussbaumallee einbiegen, vor bis an das Tor des Tilo-Hofes fahren, und zurück. Und manchmal noch könnte er den Pick-up eigenhändig mit den Vorrichtungen steuern, die einzubauen ihnen der Orthopäde bereits geraten hatte – und gegen die sich Trigo immer sperrte.

Sie betrat ihren Gemüsegarten und schaute nach den Erdbeerbeeten. Wie reichlich die Pflanzen dieses Jahr bestückt waren! Viele Früchte lockten bereits in reifen Farben. Und die ersten Himbeeren begannen sich mit rosigem Samt zu umhüllen. Für die Kuchen und Nachspeisen ihrer Sommergäste konnte man gewiss schon einiges zusammenpflücken. Sie wird Mirta darum bitten, wenn sie mit dem Säubern und Wässern der Zypressen-Morcheln fertig ist. Die Zubereitung des Königsberg'schen Pilzgerichts für den Mittagstisch hatte noch etwas Zeit.

Nach dem Durchbruch der Sonne und dem einsetzenden Nordwind war es nun warm geworden. Dieser plötzliche Umschwung ließ das kurze Schnee-Erlebnis von vorhin wie einen erfolglosen Wiederbelebungsversuch des erst kürzlich verstorbenen Winters erscheinen. Das ist halt ein besonders verwirrender Tag heute, sagte sich Rotraud, ein dreifach letzter Tag – im Jahr, im Jahrhundert, im Jahrtausend. Ein »zeitdichter Tag« – sie hatte sich das Wort von Dr. Königsberg gemerkt. Wenn das nur gut geht!

Als sie wieder den Hofplatz erreicht hatte, konnte sie die Strickjacke ausziehen. Im großen Garten hinter dem Gästehaus sah sie Frau Gretl – bereits in Shorts – einen Liegestuhl aufklappen. Dünne, leichenblasse Greisinnenwaden. Sie war wohl schon der »Krückstock« ihres Mannes. Dr. Königsberg war heute erst spät, nach dem Abgang von Clementine, zum Frühstück erschienen. Jetzt brauchte er sicherlich einen langen, ruhigen Vormittag. Sie wusste ja von Frau Gretl, dass er über dem Abschluss des ersten Teiles seines Buches, seiner »Erinnerungen«, saß. Nachmittags könne Eli nicht mehr so gut denken, hatte Frau Gretl Clementine verraten – Rotraud hatte es vom Herd aus gehört. In der Sprechstunde schlafe er manchmal beim Palaver seines Gegenübers ein. Sie sei schon öfter von weiblichen Klienten – denn meistens seien es ja Frauen – unter größter Verlegenheit gerufen worden, mit der Bitte, den Therapeuten zu wecken. Sie habe ihnen dann immer erklären müssen, dass der Doktor keineswegs einnicke, sondern sich in eine Art Trance versetze, um mit der Aura der Klientin in Kontakt zu treten. Das sei die Wahrheit!

Weiter hatte sie Frau Gretl Clementine erzählen hören, dass Eli schon drei Sommerfrischen hindurch damit zugebracht habe, an den Vormittagen über den ersten zweihundertfünfzig Seiten zu brüten: immer nur seine Kindheit und Jugend in Fürth. »Wann wird er zu seinem Medizinstudium gelangen, das er in Wien abgeschlossen hat, bevor der Hitler einmarschiert ist? Und zu unserer Verlobung und der Hochzeit in Deutschkreutz?« Da hatte Clementine unterbrochen: »Alfredo und ich waren dabei!« »Ich weiß«, war Frau Gretl fortgefahren, »aber dann fehlt noch sein ganzes Leben mit mir.« Sie solle ihren Elias nur kräftig antreiben, hörte Rotraud von Clementine, er müsse doch zum Abschluss seiner Erinnerungen noch von ihrem Jubiläum im Dritten Rei... Jahrtausend berichten.

Frau Gretl setzte ungerührt hinzu: »Ach stell dir vor: Bis jetzt habe ich fast zweihundertfünfzig Fürther Manuskriptseiten abgetippt. Aber bittschön, was soll das Schwärmen von Dampfnudeln mit Hiftmark, von Laugenbrezen und vom Ochsenmaulsalat, von den Bächen, Wiesen und Wäldern seiner Kindheit, wenn dann doch alles so entsetzlich schiefgelaufen ist?« »Na hör mal«, hatte Clementine dazu nur bemerkt, und dann waren die beiden alten Frauen in Schweigen versunken. Wie auch immer, sie war jedenfalls stolz darauf, dass dieses Erinnerungswerk des verehrten Mannes auf dem Tilo-Hof entstand und dieser Ort wohl auch erwähnt werden musste, einschließlich Trigo und Rotraud. Erst kürzlich hatte Dr. Königsberg ihnen verraten, was er an den Anfang oder an den Schluss des Buches setzen werde: »Erinnert auf dem Tilo-Hof, Quemquemtréu, Patagonien«. Mein Gott, welch eine Auszeichnung! Und was für eine Werbung für unsere Sommerfrische!

Ja, diese Monate mit den Urlaubsgästen, das waren immer die besten, die aufregendsten im Jahr! Die andere Zeit bestand eigentlich nur aus schönen Erinnerungen an die vergangene und den Vorbereitungen auf die nächste Saison. Und Jahr um Jahr – wie morgen wieder – wurde Clementines »Erster Jänner« gefeiert, diesmal ihr neunzigster, und noch dazu am Beginn eines neuen Jahrhunderts. So setzte der Jahresanfang auf dem Tilo-Hof seit Längstem schon mit einem Höhepunkt ein: mit den festlich

Tafelnden im Schatten des blühenden Lindenbaums, verköstigt von Trigo mit seinem gekonnt gegrillten Lamm und von ihr, mit den in Liebe und Kunst zubereiteten Antipasti- und Zuckerbäcker-Überraschungen. Und was man nicht alles so im Verlauf der Saison von den anderen aus der weiten Welt erfuhr! Denn obwohl uralt und anscheinend schon gebrechlich, unternahmen diese Leute alljährlich auch noch eine oder gar zwei beschwerliche Weltreisen, etwa nach Ägypten, Indien, Kalifornien, Sankt Petersburg, Rom, Miami, Berlin, Jerusalem, Istanbul, oder zu ihren in der ganzen Welt verstreuten Kindern, und an den langen Abenden erzählten sie einander dann von komplizierten Ehen und Arbeitsverhältnissen, unerzogenen Enkelkindern, guten und schlechten Hotelbetten, exotischen Speisen und prompten Magenverstimmungen, von widerwärtigen Wetterverhältnissen, Flugverspätungen, geschwollenen Füßen in beengenden Flugzeugsitzen, oder sie verrieten einander schmunzelnd die durchtriebenen Geschäfte mit ihren angesammelten Bonusmeilen, um das Upgrading auf einen Platz in der Businessclass zu erlangen, wo es Champagner und die erlesensten Leckerbissen gab, vor allem Lachs, den Rotraud überhaupt nicht mochte. Sie erzählten von Schmutz und Armut auf den Straßen in Indien, von horrenden Preisen in London, vom Café Florian in Venedig, zehnmal so teuer wie die elegantesten von Buenos Aires … Und erst die Ehepaare, die eine Schiffsreise gemacht hatten, im Pazifik, in der Karibik, ja um Kap Horn herum und bis zum Südpol, die konnten überhaupt nicht mehr aufhören mit ihren Schilderungen. Schon allein das Essen … und die Getränkefreiheit, und die hohe See, und die Veranstaltungen an Bord, Zauberer, Pianisten, Komiker, Professoren. Am liebsten aber waren Rotraud die Sommergäste mit viel Kultur, die »Kulturmenschen«. Die lasen wichtige Bücher, berichteten von Theatern, Konzerten, Ausstellungen, und mit der Zeit wurden ihr viele Namen von Dirigenten, Malern, Schriftstellern, Sängern, Schauspielern, ja sogar Philosophen, Wissenschaftlern und Komponisten so vertraut, als hätte sie jemals einen von ihnen gelesen, gehört oder gesehen, wie zum Beispiel diesen zwerghaften Elias Canetti, den sie sich wegen des Vornamens sofort gemerkt hatte. Zum Glück waren gerade ihre vertrautesten Stammgäste, die eigentlich schon zur Familie zählten, Vertreter dieser verehrten Gruppe, wahre Kultur- und Geistesgrößen. Dr. Elias Königsberg, der Seelenarzt und Philosoph, Frau Gretl, eine Kennerin der Literatur und Malerei, der verstorbene Alfredo Holberg, ein begnadeter Zeichner und Cellist, und nicht zuletzt Clementine, die Grande Dame der Musikwelt und sehr belesen; sie stand ihr am nächsten, denn sie brachte ihr Aufnahmen von bester Wiener Musik und wählte Bücher und Dichter für sie aus, die ganz nach ihrem Geschmack waren.

Ohne den ihr entgegenhechelnden Kettenhund zu beachten, betrat Rotraud die Schlachtkammer; die Luft war kühler hier. Es roch nach Gewürzen, vermischt mit dem Gestank der Gedärme. Als sie sich an das Dunkel gewöhnt hatte, gewahrte sie das aufgehängte Lamm. Es erschien ihr klein, und sie überschlug die Zahl der Gäste an der Festtafel: Wir sind dreizehn – oh Gott, das kann doch nicht wahr sein! Diese Unglückszahl! Sie befürchtete schon den Unmut Clementines und hörte geradezu ihren Vorwurf: »Rotraud, kannst du nicht bis dreizehn zählen?« Sollte sie Quique nicht doch auffordern, mit ihnen zu feiern? Vielleicht war Trigo bei seinem Grill voll beschäftigt, und die jungen Leute am Tisch, Katha und Gabriel, kümmerten sich um ihn. Sie würde es mit dem Sohn versuchen. Und wenn Trigo ihn dann fortjagte, waren es immerhin zu Beginn vierzehn Gedecke gewesen. Für alle Fälle mehr Kipflerkartoffelsalat machen, zwei Schüsseln! Dazu werde ich das böhmische Kristall aus der Truhe holen, das wird morgen ein einmaliger Neujahrstag sein, »ein zeitdichter«. Sie tippte in Kopfhöhe an die Lammkeule: Die durchsichtige Haut war schon pergamenttrocken. Beim Ablecken ihrer Fingerspitzen überprüfte sie die salzige Gewürzmischung, mit der Trigo den Rumpf eingerieben hatte, und war zufrieden. Wie liebevoll er, der große Grillmeister, das Fleisch immer vorbereitete. Was Dr. Königsberg von der Seele verstand, das verstand Trigo vom Fleisch. Im Rollstuhl wird er natürlich nicht mehr schlachten können. Das hätte er schon nach dem letzten Schwein aufgeben sollen. Die harte Arbeit kann leicht ein Mapuche oder ein Chilene besorgen, natürlich auf keinen Fall Quique. Auch das Feuermachen wird man Trigo abnehmen müssen … wird ihm beim Wenden des Lammes und beim Tranchieren helfen müssen, doch keiner soll sich einbilden, ihm das Messer zu führen – eher bringt er sich um.

Plötzlich fiel ihr ein, wie viele Tätigkeiten ihr lieber Mann bald nicht mehr würde ausführen können, und Tränen trübten ihren Blick. Wie gut wenigstens, dass er nicht trinkt; nur saufen und *Radio Habana*, das wäre die reinste Hölle! Überhaupt, was für ein selten reiner, guter, moralischer Mensch ihr Trigo ist! Sie wird ihre erste Begegnung mit ihm auf dem Flughafen von Buenos Aires niemals vergessen. Der riesige Mann ist ihr plump, unbeholfen vorgekommen. Er hatte ihr in verlegener Höflichkeit die Hand – welch eine Pranke – entgegengestreckt, aber sie hatte ihm, wie in Bochum mit ihrer Mutter besprochen, schnell einen Kuss auf die Wange gedrückt; die ist schweißnass gewesen. Dann hatte er sich ihrem Gepäck zugewandt und ihr zugleich, verschämt wegsehend, eingestanden: Fräulein Kretschmer, ich habe ein kürzeres Bein, davon habe ich Ihnen nichts geschrieben. Und später noch, im Taxi: Fräulein Kretschmer, Sie sind zu nichts verpflichtet – wo sie sich doch schon mit Haut und Haar in dieses neue Leben hineingeworfen hatte. Recht so! Schließlich hatte ihre Mutter fünfzig Jahre mit einem einarmigen Mann zusammengelebt. Selbst wenn die letzte Prothese, die sich ihr Vater in Hamburg hatte anpassen lassen und sich mit ihr ans Steuer gesetzt hatte, ein Wunder der Technik gewesen war – am Abend musste er sie ablegen, und an manchen Tagen schnallte er sie erst gar nicht an, weil er sich ohne sie freier und zugleich echter fühlte: als ein Sudetendeutscher, der dem Vaterland seine treue Rechte geopfert hatte.

Aber es war nicht allein die Vorstellung von Trigos Unbeholfenheit, seiner Hilfsbedürftigkeit, die sie quälte, es war seine zunehmende Verbitterung. Bei aller bisherigen Güte seines Wesens – das war nicht mehr der alte Trigo. Überhaupt in letzter Zeit, wenn er sein castrounverständliches Zeug brummte. Wieso wiederholte er jetzt öfter als früher »Ernst machen, umbringen«? Früher hatte sie das als eine derbe Übertreibung der Sprüche des Diktators hingenommen, als groben Spaß, jetzt aber lag eine Drohung darin, sodass sie sich beängstigt fragte, was?, wen? – und sich zugleich gar nicht ausmalen wollte, was und wen er damit meinen konnte.

Hinter der Schlachtkammer lag der Holzplatz, begrenzt von dem Bach, dem »heiter murmelnden«, wie Clementine immer sagte. In einer sonnig-feuchten Ecke des Holzplatzes stand hoch und dicht der älteste Holunderbusch des Tilo-Hofes. Seine Dolden reiften am frühesten, seine Beeren waren die aromatischsten. Jedes Mal, wenn Clementine sich dem Bach näherte, der hier halb verborgen unter dicken Moospolstern vorbeigurgelte, stimmte sie unvermeidlich das Schubert'sche Forellenlied an, und es lag auch schon auf Rotrauds Lippen, als sie in die Helle treten wollte. Aber sie hielt inne, wich einen Schritt zurück, denn im Schatten unter dem Holunderbusch, der noch in voller Blüte stand, gewahrte sie Quique, knieend im Holzmehl.

An seiner Seite stand eine Autobatterie, und im Sägemehl vor ihm war etwas in Bewegung. Was Rotraud alsbald erkennen konnte, ließ sie erstarren. Da hüpfte ein halbes Dutzend Laubfrösche und Wechselkröten um einen in den Boden getriebenen Eisenstab herum. Sie waren anscheinend durch Drähte an das Eisen angeschlossen. Von dem senkrechten Stab führte ein Kabel zur Batterie. Mit einem Drehknopf konnte der Konstrukteur wohl Stromstöße modulieren, denn die Tiere machten plötzlich Sprünge nach allen Seiten oder auch senkrechte Hopser.

Es wäre eine völlig stille Szene gewesen, hätte dahinter nicht der Bach »heiter gemurmelt«. Der große weißblonde Kopf folgte, sich reckend und begleitend nickend, dem Gehüpfe. Bald schien Quique die Stromstärke zu verringern, dann blieben die Frösche und Kröten zuckend und mit klappenden Mäulern liegen, bald schien er voll aufzudrehen, und sie stürzten zerrend und hüpfend um den eisernen Pfahl. Rotraud wollte ihn wütend anschreien – aber der Schrei blieb ihr im Hals stecken, denn sie sah, dass Quique seinen Penis in der kleinen Faust hielt, oder schon längst gehalten hatte, und jetzt heftig rieb, und sie hörte, wie er stöhnend »Da, da, da!«-Rufe ausstieß, und konnte sich nicht abwenden, als sein Sperma über die gefolterten Tiere spritzte.

Ihr Schrei brach endlich wie ein raues, kotzendes Husten aus. Quique erschrak nicht – ja es war, als hätte er die Mutter schon längst durch die offene Tür in der Schlachtkammer beobachtet. Seine hervorquellenden Schieleraugen glotzten in ihr Gesicht und auf die Flecken über ihrem Mieder.

»Du Saukerl!« Sie sprang vor und wollte zuschlagen. Aber Quique wälzte sich zur Seite, kam auf die Beine und wich aus; rückwärts hüpfend, schüttelte er ihr grinsend, und wie um sie zu verhöhnen, sein steifes Glied entgegen. Er sprang über den Bach, drehte sich ab und trotte ohne große Eile davon. »Das werde ich deinem Vater sagen, du Satan!«, konnte sie ihm nur noch nachschleudern. Sie versetzte der Batterie einen Tritt und befreite die Tiere aus ihren Kupferdrahtfesseln. Erschöpft warfen die Kröten und Frösche sich in den Bach. Schluss mit der Heiterkeit und den Forellen. Kann ich das Clementine verraten?

Als Trigo bald darauf die Kirschenernte nach Quemquemtréu hinunterfahren wollte, begleitete Rotraud ihn zum Pick-up und berichtete ihm von der letzten Schandtat Quiques. Er hing schwer in seinen Krücken und hörte ihr zu, ohne sie zu unterbrechen, ohne nach weiteren Details zu fragen, regungslos. Sie bemerkte zum ersten Mal ganz deutlich und erschrocken, hier im mittäglichen

Sonnenlicht des freien Hofes, wie eingefallen sein breites Gesicht war – und dass darin auch Züge des missratenen Sohnes lagen, gleichsam eine rückwirkende Gemeinheit gegen den herzensguten Vater. Nein, nein, sie will nur Trigo in ihrem Mann sehen, ihren Trigo, diesen – wie sie unmittelbar und ganz körperlich empfindet – vollständig vom Unglück vereinnahmten Mann. Sie berühren einander nicht, so stark ist die Verbindung zwischen ihnen, und er brauchte nichts Vernehmliches zu sagen; er gab ihr nur etwas weiter, wofür er keine Worte benötigte, mit jener stummen, starken Innigkeit, die sie beide in so vielen Jahren füreinander entwickelt hatten.

Das Stöhnen, mit dem sich Treugott in den Kleinlaster schwang, mochte von seinen Hüftschmerzen stammen. Er fuhr langsam in die schattendunkle Nussbaumallee hinein; sie sah ihm bis zum Tor nach, wo er, wieder in der Sonne, zur Straße hin abbog. Hunderte Male hatte sie ihm so nachgeschaut, heute wirbelte der Kleinlaster keinen Staub auf, der Boden war wohl noch feucht.

Rotraud kehrte zum Wohnhaus zurück. Sie hob die große Küchenschürze, die sie über die kleinere, spitzenbesetzte des Dirndls gebunden trug, legte sich das Tuch übers Gesicht und trocknete damit die Tränen. Es roch wieder nach Rauch und Zwiebel und Bochum.

Später, am Mittagstisch, mussten Treugott und sie sich mit äußerster Fassung an einem heiteren Geplänkel ihrer urlaubsfrohen Gäste beteiligen: an dem Streit um zwei Semmelknödel. Sie waren von gestern Mittag übrig geblieben. Clementine, ausgeschlafen und gestärkt, behauptete wahrheitsgemäß, dass sie schon beim Frühstück einen gerösteten Knödel zum Mittagessen vorbestellt habe; Dr. Königsberg, der sie gerne ein wenig auf den Arm nahm, bestand darauf, dass er die angekündigte Morchelsauce nur dann wirklich genießen könne, wenn er sie mit dem zweiten, in Rotrauds warmen Handtellern gerundeten Semmelknödel auftunken könne; und als Benny merkte, was gespielt wurde, bat er mit gefalteten Händen, Clementine oder der Onkel sollten auf ihren Knödel verzichten, denn er habe noch nie in seinem Leben einen authentic real Semmelknödel gegessen, einen solchen könne man in Israel nicht bekommen. »Isn't that right?«, zog er seine Sarah, die nichts verstehen konnte, in die Frotzelei hinein.

»So, nur weil ihr keine Semmelknödel in Israel habt, soll ich darauf verzichten?«, fragte Clementine pikiert und schloss ihre Frage mit dem vielsagenden Verdikt ab: »Da kann mich wirklich nichts mehr wundern.«

Benny musste für Sarah übersetzen, worum es ging. Sie nickte und bestätigte Clementine: »Yes, we have no bread knedle.«

»Schöne sse pah«, sagte Clementine und beugte sich entschlossen und unerbittlich über ihren Teller.

Erst nachdem Rotraud hoch und heilig versprach, »im nächsten Jahr« wieder ihre begehrten Semmelknödel zu machen – »meine ganze böhmische Schüssel füll ich euch damit« –, kam Ruhe in die Tischrunde. »Bis ihr mir zerplatzt«, übertrieb sie – und musste dabei an die Frösche und Kröten denken. Wie gut, dass man schluchzen konnte, als ob man kicherte.

7

NOCHMALS KATHA

»Ich werde höchstens zwei Stunden brauchen«, hatte der Vater angekündigt, bevor er zu dem verabredeten Treffen ins Gemeindehaus aufgebrochen war. »Ruh dich aus, ich muss das hinter mich bringen. Die Sache könnte sich auch etwas hinziehen. Es würde mich nicht wundern, wenn die Vertreter der Mapuches auf der Hut wären.« Dann hatte er verärgert hinzugefügt: »Dieser Ingenieur Jones ist der größte Baulöwe in der Gegend und allzu deutlich daran interessiert, dass wir zügig zu einem Abschluss kommen – in seinem Sinn natürlich. Anschließend müssen wir zur Silvesterfeier, das machen wir kurz, ich hol dich ab.«

Katha stand unentschlossen im Badezimmer vor dem Spiegel. Sie fühlte sich nicht müde. Während der Fahrt durch die Mondlandschaft war sie mehrmals eingenickt. Sie konnte sich ja schon einmal umkleiden. Die Schultern von Martins Holzfällerhemd hingen ihr bis zur Hälfte ihrer Oberarme hinunter, die Ärmel hatte sie weit hochkrempeln müssen. Der Besuch in der Teestube der Lady Di ließ ihr keine Ruhe. Was ging dort vor? Und überhaupt, warum werden Gesichter und Orte immer öfter zu unsteten Erscheinungen? Wo und wie sie eben noch waren, sind sie nicht mehr, und wo man sie nicht erwartet, tauchen sie, manchmal bis zur Unkenntlichkeit maskiert, wieder auf. Wie in der Klinik ihre Betreuerin Angela: Von einem Tag zum anderen war ihre Ähnlichkeit mit Prinzessin Diana offenkundig geworden, sogar ihr Haarschnitt. Katha hatte sie umarmen wollen. Angela/Diana war ihr sanft begegnet, hatte sie ganz leicht und zart zwischen den Beinen berührt. Aber dann entdeckte Katha plötzlich: Diese

Lady Di war nichts als eine Attrappe, eine satanische Täuschung. Noch rechtzeitig konnte sie das Trugbild zurückstoßen, angeekelt von Angelas verräterisch brennendem Kuss. Denn der Kuss einer Prinzessin ist kühl. Auch in Gaimán war sie dem Betrug sofort auf die Schliche gekommen. Dort hatten die Folterer hinter dem Sanktuarium ihre Klinik eingerichtet. Schlau gemacht, um Nichtsahnende zu täuschen und zu kidnappen! Aber für jemanden wie sie, die sich um jeden Preis, auch den des Lebens, gegen eine neue Internierung sträuben würde, eben nicht schlau genug. Unklar blieb nur, ob der Vater davon gewusst hatte.

Sie wollte nun doch nachsehen, wie es ihm mit den Mapuches erging. Dieses Vorhaben hatte ihn in letzter Zeit, wie schon lange keines, beansprucht. Als sie nach ihrer ersten Internierung wieder in die Wohnung des Vaters gekommen war, hatte sie seinen Schreibtisch mit Büchern, Zeitschriften und Zeitungsausschnitten zu dem Thema bedeckt gesehen. Er hatte ihr schon während seiner Besuche in der Klinik von dem Auftrag erzählt und wiederholt, dass er Zweifel an dieser Arbeit habe, dass er sie nicht hätte annehmen sollen. Gegen ihren Willen festgehalten und nicht in der Lage, ihm zu helfen, hatte sie sich schuldig gefühlt. Beide hatten doch immer vorgehabt, gemeinsam zu forschen, ein Buch zu schreiben – Gorillas, Wale, Bäume … Er hatte das nicht vergessen und vorhin überraschend wieder erwähnt. Er brauchte sie, er glaubte an sie. Und überhaupt, an ihr lag es doch, seine wissenschaftliche Arbeit später einmal fortzusetzen – aus der Sicht der Biologin! Sie hat nur mehr den Vater. Es ist die Aufgabe der Tochter, dem Vater Enkelkinder zu schenken, seine geistige Arbeit hochzuhalten und weiterzuentwickeln. Sie wird ihren alten Che nicht im Stich lassen.

Sie hatte ihren Wunsch, sich umzukleiden, vergessen und ging zum Gemeindehaus. Vom Hotel waren es kaum hundert Schritte. Wie stark das Sonnenlicht hinter dem Bergkamm noch gegen den blassgelben Himmel hochstrahlte. Das frühsommerlich frische Laub der Pappeln am Straßenrand stand in leuchtendem

Grün. »Blätter tänzeln heiter im zärtlichen Abendwind«, brachte sie von dem kurzen Weg herein, als sie schon das Gebäude betreten hatte.

Man wies ihr den Weg zum Versammlungsraum. Als sie die eine Hälfte der Doppeltür öffnete, hatte Ing. Jones gerade das Wort. Er saß dem Eingang gegenüber, an der Seite ihres Vaters. Vor ihnen, und mit dem Rücken ihr zugewandt, waren an die zwanzig Gestalten auf den üblichen weißen Plastikstühlen platziert. Fast alle drehten ihre Köpfe um, als sie die Tür auf- und zuschnappen hörten. Lauter Indios! Wie schön. Sie nickte ihnen zu und hob in einer entschuldigenden Geste – sie wolle ja nicht unterbrechen – beide Arme.

»Meine Tochter«, erklärte der Vater ihr Erscheinen. Katha setzte sich schnell hinter die Versammelten, die ihr wieder die Hinterköpfe zugekehrt hatten. Rechts an der Wand sah sie einen kleinen Tisch mit Getränkeflaschen und zwei Türmen von Plastikbechern. Mehrere Anwesende hielten bereits solche Becher in der Hand. Offenbar hatte man sich eben erst gesetzt, denn Ing. Jones erklärte, man könne jetzt beginnen, über das Vorhaben zu sprechen. Er wolle zuerst Dr. Martin Holberg von der Stiftung *Boden und Frieden* und der UNDP das Wort geben. Er sei bekanntlich der Leiter der Expertengruppe, die dieses Entwicklungsprojekt ausgearbeitet habe. Dr. Holberg sei aus Buenos Aires ausschließlich zu dem Zweck angereist, den Gedankenaustausch mit der begünstigten indigenen Gemeinde zu suchen.

Der Vater leierte die üblichen Worte herunter, wie sehr er sich freue, hier zu sein, und dankte für die Einführung des Bürgermeisters und den Anwesenden für ihre Anwesenheit. Dann begann er unvermittelt, über den Mapuche-Begriff *chaltumay* zu referieren. Darin sehe er die Grundlage für ihr heutiges Zusammentreffen. Man verhandle, weil man das Gesetz der ebenbürtigen Gegenseitigkeit anerkenne. In diesem Prinzip spiegele sich die Weisheit der Mapuche-Kultur, deshalb sei auch ihm, dem

Experten, dieses Prinzip heilig. Er spricht nicht, er sagt auf, er liest vom Libretto ab, dachte Katha. Er begegnet den Zuhörern nicht mit dem Blick, er schaut, verloren oder gleichgültig, über ihre Köpfe hinweg. Du kannst aufstehen, Pa, einfach weggehen, jedermann kann deine Präsentation vorführen, ablesen, nachplappern.

Zugleich stieg ihr der Geruch der Versammelten in die Nase. Das ist der gute alte Menschenstallgeruch, empfand sie. So rochen Menschen, die dicht und ständig in ihrem Geruchsraum zusammenleben. Eine Versammlung von Einzelgängern ist geruchsneutral, oder jeder riecht eben ganz individuell vor sich hin. Auch in der Klinik waren sie alle durch einen gemeinsamen Geruch verbunden gewesen, ein Cocktail aus Medikamenten, Reinigungsmitteln und Körpersekreten. Hier verbreiteten die Anwesenden ein seit Urzeiten untereinander abgestimmtes Zusammengehörigkeitsaroma. So drängte man sich und roch man einander schon in den Höhlen, unter Fellplanen, in Laubzelten und Lehmhütten: Wigwam-Dünste, dumpfe Nestwärme unbestimmbarer Zusammensetzung – auch von ständigem Rauch des Feuerplatzes, von brutzelndem Fett, von Tieren: Hunde, Hamster, Hühner, Guanakos, Schafe, Katzen, Schweine, Pferde, Rinder. Katha war es wohlig zumute. Mit diesem gegenseitigen »Sich-Einriechen« war eine wortlose, satte Aufnahme in die Gemeinschaft verbunden. Sie selbst, nur mit ein paar Tupfen Givenchy hinzugetreten, war sogleich eingemischt worden im Gesamtgeruch dieser zwanzig in sich ruhenden und Urausdünstung abgebenden Körper.

Sie unterschied einige Frauen, erkennbar an ihren bunten Kopftüchern. Fast alle hatten, trotz der Wärme im Raum, schwere Ponchos über ihre Schultern geworfen, handgewoben in den Naturfarben der Schaf- und Guanakowolle, weiß und verschiedene Brauntöne. Das Gewebe war von Bändern mit Ornamenten aus Stufen und Kreuzen durchzogen. Schwarze Baskenmützen oder flache Filzhüte bedeckten die Köpfe der Männer; manche aber hatten einfach nur ein gemustertes Stirnband um den Kopf gebunden. In der Mehrzahl trugen sie ihr schwarzes Haar schulterlang; kein Weißhaariger war darunter. Auffallend gleichmäßig gerundet und von gedrungener Breite, diese zwanzig Rücken. Sie bemerkte, dass alle ein grün geheftetes Dokument auf dem Schoß liegen hatten. Feigenblätter. Gewiss wurzelten diese Stammesbrüder und -schwestern mit ihren Füßen im Boden. Turnschuhe trugen sie zwar alle, aber die sahen nicht nach Fortbewegung, nach Laufen und Springen aus. Wenn sie diese Turnschuhe ausziehen, wird man sehen, dass ihre Wurzelzehen, ihre Alraune, in den Boden eingedrungen sind. Dem entsaugen sie die Kraft, die ihre gedrungenen Körperkegel zum Bersten füllt.

Inzwischen leierte der Vater die Vorgeschichte herunter. Bereits vor sechs Jahren seien die Rechte der Ureinwohner offiziell anerkannt und festgeschrieben worden, seien Bestandteil der neuen argentinischen Verfassung geworden. Das Prinzip des gemeinschaftlichen Bodenbesitzes der Urbevölkerung sei ausdrücklich erwähnt und als schützenswert deklariert worden. Das gegenwärtige Projekt stelle diese Rechte keineswegs in Frage – es fuße vielmehr darauf. Der geplante kleine Stausee werde die Bewässerung von Hunderten Hektar Land möglich machen und zusätzlich elektrische Energie für alle erzeugen, die auf diesem Landstrich lebten. Der künstliche See werde höchstens zweitausend Hektar unter Wasser setzen und mit der Zeit reich an Lachs-, Regenbogen- und Bachforellen werden. Man müsse dem gegenüber bedenken, dass die Gesamtfläche des Gebiets über hunderttausend Hektar ausmache.

Nach diesen letzten Worten erklang ein zweifacher, dumpfer Paukenschlag. Der Vater schaute überrascht auf, redete aber nach einer kurzen Atempause weiter. Ein zweiter, härterer Doppelschlag unterbrach nun doch seinen Vortrag. Katha entdeckte sogleich die Frau, die in der ersten Reihe Ing. Jones gegenüber saß und das Instrument in ihrer Armbeuge emporhielt: eine kleine Pauke aus Holz, mit ockergelbem Leder bespannt – die *kultrún*, die, wie sie wusste, zu zeremoniellen Anlässen der Mapuches benutzt wird. Von ihrem Platz aus konnte Katha nur ein großes Kreuz aus roten Linien auf dem Trommelfell erkennen, nicht aber die kleineren Zeichen in den vier Quadranten, auf die die Frau abwechselnd einschlug, um damit wohl etwas Bestimmtes auszudrücken.

Nach der zweiten rätselhaften Unterbrechung blieb es einige Augenblicke still. Der Vater kratzte sich abwartend an seinem Kinnbart. Es fiel Katha wieder auf, wie lang der Vater sich seit ihrer Einlieferung in die Klinik das Haar hatte wachsen lassen, und wie sich das nun eingerahmte Gesicht verändert hatte: stets zu einem nachdenklich-traurigen Ausdruck geneigt und zu diesem neugierigen Herumsuchen im Antlitz der Tochter – aber darüber hatte sie sich schon gestern und heute Morgen zur Genüge beklagt. Er war magerer geworden – »abgekämpft«, ging es ihr durch den Sinn. Er stand nicht mehr zu seiner Rolle, der alte Che. Das fühlte sie deutlich.

Jetzt räusperte sich der Mann, der neben der *Kultrún*-Trägerin saß, und für den sie offenbar ums Wort getrommelt hatte. Ing. Jones nickte ihm zu: »Ja, Lienlaf?«, und sofort begann der so Genannte zu sprechen. Er stellte sich dem Herrn Doktor als der *lonko*, als das Haupt der Gemeinde, vor. Katha bemerkte, dass er sehr gewählt und in altmodischen Wendungen sprach, langsam, mit chilenischem Akzent und vielen umständlichen, höflichen Floskeln, als verläse er ein vergilbtes historisches Dokument.

Er lobte den hohen Vertreter einer angesehenen internationalen Organisation für seine Ausführungen und seine begrüßenswerten Anstrengungen, eine ihm fremde Kultur zu verstehen, und dankte ihm, nicht zuletzt, dass er, in Begleitung von seinem Fräulein Tochter, diese weite Reise unternommen habe, um im fernen patagonischen Huemules mit ihnen zu sprechen – all das wisse die Gemeinde sehr wohl zu schätzen. Noch dazu habe der Besucher diesen Festtag geopfert, an dem man doch eher bei seiner Familie und den engsten Freunden verweilen möchte. »Sie, Herr Dr. und ihr verehrtes Fräulein Tochter.« Er wandte sich für einen Moment ihr zu, und sie sah, dass über seiner linken Iris ein gelber Schleier lag. Umso stärker leuchtete zyklopisch das andere, schwarze Auge. Gleich darauf richtete er es wieder auf den Vater. Er müsse aber jetzt auf den Projektvorschlag in dem vorhin verteilten Dokument kommen, fuhr Lienlaf fort, und könne in Vertretung seiner Gemeinde den hohen Gästen mitteilen, dass dieses Angebot »perfekt« sei. »Perfecto ...«, kostete Lienlaf diesen Superlativ noch einmal auf der Zunge aus, in falsetthohem, lobpreisendem Ton, und machte eine Kunstpause. Hastig legte er zugleich die Hand auf den Arm seiner Nachbarin, die eben wieder zu einem Schlag auf ihrem *kultrún* ausholen wollte. »Perfecto ...«, wiederholte er nach dieser Pause zum dritten Mal, als wüsste er nicht weiter vor lauter Befriedigung (es erschien ihr, als würde die ganze Versammlung unter dem Glanz dieser Vollkommenheit den Atem anhalten), und setzte auf einmal viel schneller hinzu: »Perfecto für die Gesellschaft der *huincas*, für die Gringos, die das Land gekauft haben – kurz, für das ausländische Unternehmen, das uns unseren Besitz entreißen will.«

Er sagte dies, ohne die Stimme zu heben, aber mit einer Bestimmtheit, die keinen Widerspruch zuließ, wie Worte an einem offenen Grab. Der inzwischen befreite Frauenarm mit dem Schlegel holte zu zwei gedämpften Paukenhieben aus. Diesmal ließ es Lienlaf geschehen und wies sogleich auf die in dem verteilten Dokument skizzierte Karte – »Seite sechs«. In seinem Exemplar, das er zuerst dem Vater und dann der Gemeinde entgegenhielt, hatte er auf der blaugetönten Oberfläche des geplanten Stausees mit roten Kreuzen jene Orte markiert, wo die Ahnengräber der Mapuches lagen – der Vorfahren, die allesamt nun ein zweites Mal sterben würden, »nämlich durch Ertrinken«, wie Lienlaf ergänzte. »Man wird unsere Vorfahren in den Gewässern des Gringosees ersäufen wie einen Wurf kleiner Kätzchen oder wie überzählige Welpen«, veranschaulichte er. »Unsere Urväter und Urmütter aber schauen auf uns herunter, sie erscheinen uns bereits in diesem Saal und flüstern uns zu, was hier gespielt wird, sie warnen und ermahnen uns.« Bei diesen Worten hob er die auf Seite sechs aufgeschlagene Broschüre nach allen Richtungen im Vortragssaal, »Seite sechs!«, befahl er wie ein Lehrer im Klassenzimmer, das große schwarze Auge irrte im Raum umher, und Katha erfasste das Gefühl, dass sich hier tatsächlich mehr als nur die riech- und sichtbaren Gestalten drängten. Sie wusste ja selbst durch ihre jüngsten Erfahrungen: Auch ihre Welt war von Wesen bevölkert, die von anderen nicht gesehen werden konnten.

Wie in Trance gefallen, begann Lienlaf nun, zur Stimme seines Volkes mutiert, die alte Saga. Schon zu Urzeiten, als die *huincas* in Europa eben noch die letzten Neandertaler gejagt und erschlagen hätten, habe sein Stamm vor einer von Westen heranwogenden Riesenflut fliehen müssen. Bei Weitem nicht alle hätten sich seinerzeit retten können: Viele Frauen, Kinder, Greise seien den Wassermassen zum Opfer gefallen – verschlungen von den wilden Wogen, die eine Riesenschlange aufgepeitscht hatte. Auf ihrer Flucht in den heiligen Osten habe Gott den Überlebenden einen neuen, sicheren Landstrich zugewiesen. Und so seien sie zu den Menschen geworden, die in diesem Boden verwurzelt sind – zu Mapuches eben. Mensch und Boden bildeten eine heilige Einheit. Und siehe da – in der jetzt geplanten Überflutung wiederhole sich aufs Perverseste ihr einstiges Unglück. Und was einstmals eine Riesenschlange war, das sei heute der Imperialismus. Der ferne Ersatz-Landflecken, den ihnen ein falscher Gott verheiße – hier neigte er sich mit einer Hüftdrehung Dr. Holberg zu –, liege im Nordwesten und sei nicht ohne Grund bisher unbesiedelt geblieben. Jedes Kind könne von dort aus den mächtigen Vulkan Chaltén und seinen drohenden, giftige Dämpfe ausstoßenden Krater erblicken – den feuerspeienden Schlund der Schlange. Wer gezwungen sei, dorthin zu ziehen und friedlich ackern wolle, um seine Familie zu ernähren, der schwebe ständig in der Gefahr eines plötzlichen Erwachsens dieses schlummernden Ungeheuers.

Sie beobachtete, wie der Erzähler bei diesen Worten in seiner Schultertasche herumkramte – einem dekorativ gewobenen Sack mit braunen und weißen Sternen, Kleeblättern und Araukarienzapfen – und schließlich einen Stein herausnahm. Es war ein rostbrauner Lavaklumpen. Das Gesicht von Ing. Jones zeigte Erschrecken und drehte sich ihrem Vater zu. Dieser jedoch betrachtete mit interessierter Miene den Brocken, den der Gemeindeobere jetzt allen herumzeigte.

»Ich kenne diesen Stein seit siebzig Jahren«, verkündete der *lonko* Lienlaf und richtete sich dabei an sie. Wieder begegneten sich ihre Blicke. Sein blindes Auge war zugekniffen, das andere weit aufgerissen, und wirkte in dieser Größe leblos, wie das einer Maske. Auf seinem runden, ebenmäßig braunen Gesicht aber breitete sich ein Lächeln aus, das ihr einladend und heiter, ja weise erschien. Dann richtete Lienlaf das Wort wieder an den Vater: »Vor Tausenden von Jahren hat ihn der Schlangenschlund des Colcurá ausgespien, als Zeichen seiner Gewalt, als Warnung, ihm nicht auf den Leib zu rücken. Dr. Martin Holberg: Wir alle kennen diesen Stein, und tausend weitere Steine. Die geplante Überflutung wird sie bedecken, und ertränken wird sie unsere Vorfahren und alle uns vertrauten Blumen, Sträucher und Bäume, unsere Ruheschatten, den heiligen Maiten-Baum, Gürteltierstollen, Stinktierverstecke, Vogelnester, Fuchsbauten, Krötensümpfe …«

Blumen, Sträucher, Bäume … Katha begann, mitträumend, in Lienlafs langer Aufzählung, die biblisch klang, im Arche-Noahhaften Szenario aufzugehen. Aber die Gemeinschaft brummte zustimmend und nickte. »Und so gründlich kannten sie auch schon unsere Väter und Vorväter, und daher sind sie uns heilig!«, hörte sie Lienlaf etwas abrupt enden. Er hatte sich vorgebeugt und hielt dem Vater den Brocken hin. Der nahm ihn bereitwillig entgegen, prüfte ihn mit hochkonzentriertem Gesicht, als könnte er die verkündete Bedeutung an seiner Oberfläche ablesen – und legte ihn dann, wie ein Kleinod, vorsichtig auf sein Feigenblatt-Dokument.

Zugleich aber hatte der alte Che die Herausforderung angenommen und begann wieder zu sprechen. Seine Erwiderung richtete sich dabei nicht direkt an Lienlaf, sondern wandte sich

– indem er seinen Blick schweifen ließ, abwechselnd an jeden Einzelnen, als ob er nur für diesen spräche (sie kannte diesen Trick von seinen Vorlesungen). »Ich muss Ihnen etwas ganz Persönliches vorausschicken. Ich stamme väterlicherseits aus einer alten argentinischen Familie, die, zusammen mit vielen anderen, in den Gründerjahren der Republik – unseres heutigen gemeinsamen Vaterlands –, die Eingeborenen unter falschen Beschuldigungen verfolgt und oft in den Tod getrieben hat. Dies geschah nur im Egoismus, für sich selbst Ackerland und Viehweiden zu erschließen. Das ist eine große historische Schande, und gegenwärtig ist man bereit, das einzugestehen und den Begriff vom gemeinsamen Vaterland umzudenken. Schon mein Urgroßvater hat sich den Naturwissenschaften und dem Studium einer vorurteilsfreien Anthropologie gewidmet, und mein Vater, ein grafischer Künstler, hat mit anerkannter Kunstfertigkeit eine Sammlung von Sagen und Mythen unserer patagonischen *puelches* illustriert. Nebenbei muss ich der Gerechtigkeit halber wohl bemerken, dass dieser Volksstamm die Ureinwohner auf hiesigem Boden waren, bis sie, vor höchstens vierhundert Jahren, von den aus Chile hereindrängenden Mapuches vertrieben oder unterjocht worden sind.« Er machte die notwendige Pause, um diese ungeheure Beschuldigung gründlich einschlagen zu lassen. Es blieb still, Katha hörte kein Murren. Also fuhr er fort: »Sie sollen wissen, ich selbst habe eine jüdische Frau geheiratet und stehe somit durch Familienbande einem Volk nahe, das im Laufe seiner langen Geschichte den furchtbarsten Vertreibungen und Vernichtungen zum Opfer gefallen ist. Schon allein daher ist es mir naturgemäß selbstverständlich, dass den Ansprüchen aller bedrohten Indigenen, ihren Traditionen und Mythen der größte Respekt gebührt.« Sie konnte ihm kaum noch folgen, das Bild der Mutter drängte sich ihr auf, was schleimte er damit herum? »Ich habe mich in die Weisheit des Mapudungun, eurer heiligen Sprache, vertieft«, hörte sie ihn fortfahren, diesen eitlen Poseur, »und in der Beschwörungskraft seiner Begriffe bin ich einem weisen, tiefsinnigen Menschenbild begegnet. Hierüber habe ich sogar mit einem bekannten Psychoanalytiker gesprochen, und wir haben in der Kultur der Mapuche Parallelen zu modernen Strömungen in der Psychologie und Philosophie entdeckt. Man kann, ja man muss von dem Wissen des Urvolks lernen. Ich habe schon viel von euch gelernt, aber ich muss noch mehr lernen!« Pa, dein Gerede ist wie das Umstoßen einer langen Dominostein-Reihe, dachte Katha. Es ist einfach die Schwerkaft eines Wortes, die auf das nächste fällt, und so fort. Daher hörte sie ihn jetzt sagen: »Eure uralte Kultur ist eine unverzeihlich selten berücksichtigte Wissensquelle, in Wahrheit aber unentbehrlich für die Gestaltung der Gesamtkultur unseres argentinischen Vaterlands, ja Lateinamerikas überhaupt. Gemeinsam betreten wir heute Nacht ein neues Jahrtausend. Unser Treffen an diesem Abend ist ein Auftakt und bietet Anlass, sich geistig darauf vorzubereiten. Ethnische Vertreibung und Menschenvernichtung werden zunehmend international geächtet und geahndet – dafür stehen meine und viele andere Organisationen –, doch die modernen Massenkulturen sind noch längst nicht frei von Diskriminierung und Intoleranz. Schon die trivialsten Anlässe, auch die Gier der Unternehmer und die Dummheit skrupelloser Politiker, können unsere Bemühungen um interkulturelle Toleranz und multikulturelle Zusammenarbeit gefährden oder unter sich begraben. Andererseits aber dreht sich die Menschheit nicht im Kreis, Veränderungen sind ihr eigentümlich und notwendig. Keine Kultur kann ewig und allein auf uralten Zuständen beharren, jede muss, wenn sie überleben will, Mut zur Begegnung, zur Erneuerung und zur Offenheit aufbringen – so auch die Eure, die der Mapuches.«

Katha hatte in vielen Vorträgen ihres Vaters gesessen. Sie spürte es wie Eiseskälte, dass er, indem er seine Standardformeln wiederholte, seinem kleinen Publikum zunehmend entschwand. Es kam ihr so vor, als würden seine Gesichtszüge immer maskenhafter, leerer. Und zugleich als blähte er sich auf, erhöbe sich ein paar Handbreit über seinen Stuhl. Er, der Botschafter, Interessenvertreter, Gedankenvertreter, Warenvertreter, Schlichter, Vermittler, Zwischenträger, Sprachrohr, Agent, Betrüger … Sie wollte ihm nicht mehr zuhören. Wie heute Morgen, bei der Wal-Manipulation von Roberto Williams und später im Sanatorium der Lady Di, stieg mit der dunklen Gewalt eines Docksider der Verdacht in ihr auf, dass hier wieder die Gehörfolterer am Werk waren und ihren Vater wie eine Marionette manipulierten oder wie eine Plastikpuppe aufpumpten, um sich durch ihn Gehör für ihre Verbrechen zu verschaffen. Sie konnte kaum noch an sich halten, wollte aufspringen und den Vater in seinem Geschwätz unterbrechen. Da bemerkte sie unter den Mapuches unmittelbar vor sich, dass sie ihre Nachbarn mit den Ellbogen anstießen und sich etwas ins Ohr flüsterten. Eine Unruhe ging um unter den Zuhörern, genau wie in ihr eine umtrieb. Und da sprang vor ihr schon einer auf, der – ohne auf eine Worterteilung durch Ing. Jones zu warten – ihren Vater mit einer fetten, gutturalen und überaus sonoren Stimme unterbrach:

»Herr Doktor, erlauben Sie mir, Sie daran zu erinnern, dass wir uns hier versammelt haben, um von der Stausee-Überflutung zu sprechen und von dem Land, das uns diese holländisch-amerikanische Gesellschaft rauben will. Wir achten Ihre persönliche Geschichte und die hohe Meinung, die Sie von unserer Kultur haben, aber Sie brauchen uns keinen Honig ums Maul zu schmieren: Wir wissen selbst am besten, was unsere uralte Gemeinschaft wert ist, was wir erlitten haben, welche Rechte uns daraus erwachsen und was wir tun müssen. Darum möchten wir jetzt einmal zur Besinnung unsere Stimmen erheben und *Peuma Nehuén* singen, die ›Kraft des Traumes‹, die uns auf ewig mit unseren Vätern verbindet.«

Bei diesen letzten Worten hatte sich die Frau in der ersten Reihe schon mit der Pauke in der Armbeuge erhoben. Jetzt erst bemerkte Katha, dass weiße Haarsträhnen sich unter ihrem schwarz-rot gemusterten Kopftuch hervordrängten. Ihr weiter dunkelblauer

Rock aber versperrte ihr nun die Sicht auf den Vater. Die Alte begann langsam und rhythmisch die Pauke zu schlagen, und auf ein Kopfnicken hin stimmte die ganze Versammlung in einen langsamen, dem ungeübten Ohr monoton klingenden Gesang ein. Ing. Jones starrte über die Köpfe hinweg, die im Schwung des Paukenschlags hin- und herpendelten. Es fiel Katha auf, dass keiner der Singenden dabei den Blick nach oben richtete, wie in einer Kirchengemeinde, sondern Auge und Gesang dem heiligen Boden zugewandt blieben. Gut, dort hatten sich ihre Alraunenzehen eingegraben. Die Paukenschlägerin begann ihren Rhythmus mit einem Wiegen und Drehen ihrer breiten Hüften zu begleiten. So konnte Katha nun wieder für Momente ihren Vater beobachten. Der hielt seinen Kopf in lauschender Haltung ebenfalls gesenkt und schien dabei den Lavabrocken auf seinem Schoß zu betrachten. Manchmal bewegte er den Oberkörper im Rhythmus des Gesangs. Ja, der schwerfällige Rhythmus stimmte, Begeisterung für das Ereignis stieg in ihr hoch.

Sie hatte schon Aufnahmen dieser Musik im Arbeitszimmer ihres Vaters gehört. Aber wie anders erklang sie ihr jetzt, da sie unmittelbar ringsum angestimmt wurde: Ohne Proben, ohne Aufnahmetechnik, in den verschiedensten heiseren und klaren Stimmlagen drang der Gesang trochäisch aus lange schweigsam gebliebenen Mündern und sich immer wieder freiräuspernden Kehlen. Unter den Worten konnte sie nur *trepen* heraushören, das etwa »gewahr werden« oder »Wachsamkeit« oder auch »Erwachen« bedeuten konnte. Eben hatte sie miteingestimmt, aber es war ihr eher zum Weinen zumute. Denn unwillkürlich stand ihr das Bild von Big Foot vor Augen, des tödlich verwundeten, mit verrenkten Gliedern in den Schnee gewühlten und dürftig bekleideten Sioux-Häuptlings – und schon schob sie dem Gesang der Mapuches die Worte unter: »Bury my heart at Wounded Knee.« Bei Wounded Knee waren es die Yankees gewesen, die den versprengten Sioux eine Falle gestellt hatten. Und heute, hier in Huemules, die Gringos, mit Pa an der Spitze? Während des eintönigen Liedes entströmte den Singenden weiterer Ur-Odem, und der Wigwamdunst in dem kleinen Raum verdickte sich merklich. Es war wärmer geworden. Ein solches Zusammenriechen ist uns nicht mehr vertraut, dachte Katha. Wir haben zu viel Licht und Seife, wir nähern uns einander durch die oberflächliche Perzeption der Augen und mit unserem hygienischen Abwehrduft – aber ursprünglich ist uns das Begegnen im Zusammenriechen. Das haben wir leider verloren: Die sich riechen mögen, schließen sich zusammen. Und vom Gegenteil sagt man doch immer noch richtig: Ich kann sie oder ihn nicht riechen, oder so. »Hab ich nicht recht, Pa?« – aber diese Frage schickte sie nur in Gedanken nach vorne, zu dem Lauschenden, mit seinem ergrauten Bart und dem Zeugnis der Schlange auf dem Feigenblatt. Sollte sie nicht zu ihm nach vorne gehen? Er brauchte wohl ihren Schutz.

Doch da kündete ein feierlicher, wuchtiger Doppelschlag auf die Pauke das Ende des dumpfen Gesanges an. Die Stimmung erschien Katha gelockerter, der Gesang hatte der Gemeinde wieder die Fassung zurückgegeben. Hoffentlich spricht Pa kein Wort mehr! Die Alte mit dem *kultrún* setzte sich, und Ing. Jones, der sich während des Chorals unentwegt die Brille geputzt hatte, ermunterte – ja drängte geradezu – einen anderen Vertreter der Indigenen, der unmittelbar vor Katha saß, zur Meinungsäußerung. »Bitte, Huenún, du hast jetzt das Wort!« Der Mann stand auf, legte das Projektpapier auf dem Stuhl ab, zog seine Baskenmütze vom schulterlangen Haar und begann, die Kopfbedeckung mit beiden Händen vor seinem Bauch nach links oder rechts zu drehen, als müsste er ein Boot durch seinen Redefluss steuern. Er sprach in die Richtung des Vaters, ohne ihn anzuschauen. Dem hohen Besucher wolle er versichern, dass auch sie, die Mapuche, obwohl sie ein noch viel älteres Volk seien als der Stamm des Besuchers, mit höchsten Erwartungen über die Schwelle des neuen Jahrtausends treten werden. Sein bescheidener, unterwürfiger Tonfall ödete Katha an. Sie fühlte sich auf einmal schläfrig und merkte erst auf, als Huenún, ohne dass sie sich den Zusammenhang erklären konnte, von einem seiner Söhne sprach. Aillapán, zwölf Jahre alt, habe eine lebensgefährliche Magenoperation überstanden. Für die hohen Kosten sei der Bürgermeister von Huemules, Ing. Jones, persönlich aufgekommen, fügte er hinzu und steuerte jetzt mit seiner Mütze den Wohltäter an. Hätten sie noch im Goldenen Zeitalter der Mapuches gelebt, und die Vorfahren von Ing. Jones im fernen Wales, wäre sein Sohn Aillapán sicherlich gestorben. Also etwas Gutes habe sie schon, die moderne Zeit und das Zusammenleben mit den *huincas*. Nachdem der Bürgermeister diese Worte offensichtlich erfreut aufgenommen hatte, steuerte Huenún auf den Vater zu. »Andererseits, die ausländische Gesellschaft verlangt von uns, den angestammten heiligen Boden zu verlassen und auf einen fremden, ferneren, nordwestwärts gelegenen zu übersiedeln. Im Interesse unserer Gemeinde liegt das nicht, und außerdem steht das argentinische Gesetz auf unserer Seite. Es ist daher recht und billig, dass wir in dem Projektdokument eine Reihe von Entschädigungsversprechen aufgelistet finden: die Krankenstation, den Telefonanschluss, die Berufsschule, die Wasser- und Stromversorgung, eine Weberei et cetera. Doch wir müssen auch berücksichtigen, dass das uns angebotene Siedlungsgebiet weit abseits von der Ortschaft liegt. Ich habe mir deshalb erlaubt – natürlich in Absprache mit der Gemeinde –, eine zusätzliche Liste von Leistungen aufzustellen, die Bestandteil des Projekts werden müssten.« Bei diesen Worten ging wieder ein wohlgefälliges Gebrumme durch die Reihen. Huenún strich einen zerknüllten Zettel glatt, den er aus der Hosentasche gezogen hatte, und hob die Stimme; nach jedem der aufgezählten Gegenstände schwang mehr Begeisterung in ihr. »Zwei Kleinlaster (vorzugsweise Toyota), ein Leichtmotorrad für jedes Familienoberhaupt (Zanelli, hundertfünfundzwanzig Kubikzentimeter), einen Mitsubishi Pajero (oder ein gleichwertiges Geländefahrzeug) für den *lonko*, eine kleine Reparaturwerkstatt für die Fahrzeuge und für die landwirtschaftlichen Geräte …«

Im Laufe dieser Aufzählung hatte Katha völlig den Faden verloren. Sie verstand nicht mehr, worüber hier eigentlich gesprochen wurde. Erst die Unterbrechung durch eine junge Frau machte sie wieder hellwach: Sie hatte dem Aufzählenden ein paar drohend klingende Worte auf Mapudungun zugezischelt – dann aber sogleich für alle hörbar auf Spanisch gerufen, er, Huenún, solle doch lieber den Mund halten, hier gebe es nichts zu verhandeln. »Der *lonko* hat unseren Standpunkt den *huinca* gegenüber deutlich genug gemacht. Die sollen wissen, wir brauchen unsere Zeit.« Nach ihren Worten hatte die wohl kaum Zwanzigjährige die Finger ihrer rechten Hand gespreizt und damit in heftiger Erregung am breiten, braun-weiß gemusterten Stirnband gezerrt. Sie riss es sich vom Kopf und ihr dichtes schwarzes Haar fiel ihr übers Gesicht. Mit Heftigkeit, wie Katha heute den ganzen Tag schon, strich sie sich die Strähnen zur Seite und warf dem Vater nicht nur herausfordernde, sondern, wie es Katha erschien, auch aufmunternde Blicke zu.

Katha bewunderte das Gesicht der Sprecherin. Es war, trotz des zornigen Einspruchs, unverkrampft, wunderschön harmonisch geblieben, nur aus schrägen Augenschlitzen funkelte es. Keine Spur Make-up und doch gekonnt von Natur aus geschminkt. Über den Augen harmonisch hohe und zu Fäden verdünnt auslaufende Brauen. Samten schimmernd gerundete Backen, eine eher kleine, etwas breite Nase, aber mit sichtbar atmenden, zierlich umwölbten Nasenlöchern. Ihre aufgeworfenen vollen Lippen – blassrot – standen weiterhin offen, auch nachdem ihr Einspruch beendet war, und zeigten große blendend weiße Zähne. Sie schob sich das Band wieder auf den Kopf und richtete mit den Handballen kokett die Frisur zurecht. Verlegen steuerte Huenún seinen Körper aus ihrer Schusslinie. Katha versuchte den Vater zu verstehen. Wie ihr schien, hatte auch ihn der Chorgesang gelockert und Huénuns Bericht vom Menschenfreund Jones war ihm gleichgültig geblieben. Er war sichtlich vom feurigen Auftritt der militanten Mapuche-Schönheit stimuliert. Klasse, klasse, so hätte mich Pa als Kämpferin für die Wal-Minderheit erleben können, wenn Roberto Williams nicht … war dieser Jones, der miese Typ hier, etwa ein getarnter … Auf jeden Fall, der Vater hielt weiterhin den Gesteinsbrocken wurfbereit im Schoß. Ing. Jones konnte sich über den Gesichtsausdruck des Projektleiters nicht klar werden und hoffte wohl, dass dieser etwas zu Huénuns Liste sagen werde. Inzwischen aber war Unruhe unter den bisher so oder so brummenden Anwesenden entstanden, der *lonko* hatte begonnen, unterstützt von der jungen Frau, an zwei Stangen ein Tuch aufzurollen, ein Transparent wie auf einer Kundgebung. Katha erkannte darin die Fahne des Mapuche-Volkes, bestehend aus drei horizontalen Feldern – oben ein blaues, dann ein grünes und darunter ein rotes – und einer großen gelben Scheibe in der Mitte, die durchkreuzt war von denselben roten Strichen wie die Bespannung der *kultrún*. Die Quadranten der Scheibe und die schwarzen Streifen, die die Farbfelder am oberen und unteren Rand abschlossen, waren ebenfalls mit den üblichen Symbolen besetzt: weiße Stufen und Kreuze auf den Balken, Sonne, Mond und Stern in jedem Viertel der Sonnenscheibe. Skandierend wiederholten die beiden Träger eine Beschwörungsformel, *»Marici wew, marici wew«* – »venceremos, venceremos«, übersetzte es ihr Huenún, den sie fragend angestoßen hatte – und hoben und senkten das Transparent, wodurch ein Luftzug durch den stickigen Raum ging; zuerst ein paar, und dann die Mehrzahl der Mapuches stimmten in die Sprüche ein. Die Demo ist noch nicht spitze, da fehlt noch etwas! Sie will ihrer Kameradin helfen. Bevor sich der mundtot gemachte Huenún wieder gesetzt hatte, zog Katha das grüne Heft unter seinem Hintern weg. Sie sprang, die Beute herumwirbelnd, in die Höhe und zerfledderte das Papier mit erhobenen Armen.

»Ich liebe euch! Ich liebe euren Rhythmus! Ich liebe das Volk der Mapuche!« Dann waren schon einzelne Blätter in Fetzen und flatterten auf die Köpfe der Versammelten. Alle starrten sie an, als sie das Dokument zerriss. Sie suchte den Beifall der Mapuche-Kämpferin und umwarb sie. »Dass du es weißt, ich liebe die

Bäume! Ich liebe die Steine! Ich liebe die Wale! Die Urvölker, eure Ahnen – eure Royal Highness wird euch beschützen, wie in Afrika!«

Inzwischen war auch der Vater aufgestanden. Hatte er gelacht? Sie sah, dass er den Stein des Mythos auf den Boden gelegt hatte und unmittelbar darauf ebenfalls begann, die Broschüre zu vernichten. »Hey, Che, das ist doch super!« Verwirrung breitete sich aus, aber keiner der Anwesenden folgte dem Vater und ihr. Sie standen fassungslos herum, das grüne Dokument gleichsam schamhaft vor ihrem Schoß haltend. Die alte Paukenschlägerin war sichtlich unentschlossen, ob sie auch diesen Aufruhr mit ihrem Instrument begleiten sollte. »Rhythmus, los, los!«, rief ihr Katha zu. Aber sie mochte wohl keiner Aufmunterung von der Tochter des Projektleiters folgen und ließ den mit Schafwolle umwickelten Schlegel sinken.

Katha begleitete den Vater zu dem Tischchen mit den Getränken. Sie schenkten sich zwei Plastikbecher mit Gingerale ein. Katha legte einen Arm um Martins Hals und küsste ihn auf die Wange. »Hey, Che, das war doch Spitze!« Ing. Jones trat aufgebracht und eilig an sie heran. Er könne das nicht verstehen, klagte der Bürgermeister, und noch viel weniger könne er darin einen Spaß erkennen. »Das ist ja auch kein Spaß«, kam Katha mit ihrer Antwort dem Vater zuvor: »Wir lieben die Mapuche.« »Das ist verrückt!«, konterte Ing. Jones. »Verrückt, vielleicht«, gab der Vater zu, »was ist nicht verrückt an dem Ganzen?« Und dabei spähte er nach der Transparentträgerin.

Die Mehrzahl der Stammesvertreter besprachen sich auf Mapudungun, einige kamen an das Tischchen und füllten ihre Plastikbecher nach. Dabei drängten sie sich an Katha, Martin und Ing. Jones vorbei, vermieden es aber tunlichst, einen von ihnen anzusprechen oder auch nur anzuschauen. Es war, als wären hier zufällig zwei einander völlig fremde Organisationen zusammengetroffen, und als wollten deren Mitglieder nur ihren Becher Cola oder Gingerale ergattern. Die Flagge war wieder eingerollt worden. Der Vater winkte den *lonko* und seine militante Begleiterin herbei.

»Nein Pa, los, wir gehen!«, sagte Katha entschlossen zu ihrem Vater und riss ihn vom Tischchen weg. Er konnte nur dem verwirrten Bürgermeister zusichern, dass sie sich zum Silvesterfest treffen würden. Der aufgelösten Versammlung riefen sie laut zu »Wir wünschen euch ein gutes neues Jahr!« Diesmal nahmen es alle Indios sofort zur Kenntnis, antworteten ihrerseits ebenfalls mit Neujahrswünschen, beinahe unisono und offensichtlich darüber erleichtert, dass nach dem chaotischen und verblüffenden Ende der Sitzung endlich etwas Normales geschah; sie winkten sogar erfreut unter ihren Ponchos, was schwerfällig wie bei einem Flugversuch der Alke wirkte, die bekanntlich nicht abheben können. Die Matrone mit der *kultrún* gab ihre Antwort mit ein paar Paukenschlägen, sozusagen auf Ur-Morse. Auch die Schöne blitzte ihnen mit ihren schwarzen Augen und prächtigen Zahnreihen zu, eher verschmitzt, einlenkend, einladend. Der Vater zögerte wieder, wollte anhalten, sich ihr nähern, aber Katha hakte sich energisch bei ihm unter, begann fröhlich zu hüpfen und zog ihn mit sich. »Komm, komm, lass das sein, auf dieser Reise gehörst du mir!«

Auf dem Weg zum Hotel bat er sie, die Oma anzurufen. Katha solle ihr schon einmal einen schönen Silvesterabend wünschen. Dachte er vielleicht, dass sie das in drei Stunden nicht mehr schaffen würde? Aber egal, sie hatte viel zu erzählen.

»Hast du den Stein mitgenommen, Pa?«

»Nein, du wirst es nicht glauben, ich habe gesehen, wie ihn der *lonko* wieder in seiner Tasche verstaut hat.«

»Vielleicht ist er doch so etwas wie eine Reliquie.«

Als sie die Oma am Apparat hatte, berichtete Katha ihr begeistert von dem Treffen mit den Mapuches, wie diese ihr altes Lied gesungen und wie Papa und sie die Projektpapiere über ihren Köpfen zerrissen hätten. Offenbar verstand die Greisin nichts, oder hörte ihr nur halb zu, denn sie war vom Silvestertisch aufgestanden, und dort erzählte Dr. Königsbergs unverkennbare Stimme etwas sehr Erheiterndes, wie es das Gelächter der Tafelrunde verriet. Die Oma war wohl mit dem anderen Ohr dabei, denn Katha musste ihre Geschichte wiederholen. Dann wieder verstand Katha die Oma nicht und fragte mehrmals, was oder wer denn Haggis sei. Ob sich die Oma vorstellen könne, dass man an das Sanktuarium der Lady Di eine Irrenanstalt angeschlossen habe? Das solle sie nur ihrem verehrten Dr. Königsberg erzählen, der interessiere sich doch für solche Narreneinrichtungen. Aber es sei ihren Verfolgern nicht gelungen, sie dort festzuhalten. Am frühen Morgen habe sie mit den Walen sprechen können, dann aber habe Roberto Williams die Tiere manipuliert und zu groben Beschimpfungen gegen Lady Di aufgehetzt. Wenn der Gorilla an Bord nicht dazwischengetreten wäre, hätte sie Roberto umgebracht. Der Vater stand neben ihr und bat sie mehrmals, ihn ebenfalls sprechen zu lassen. Endlich nahm er ihr den Hörer aus der Hand, nur um auszurufen: »Mama, ja, ja … es ist alles in bester Ordnung, es ist alles in wunderbarer Ordnung. Feiert nur schön. Wir sind morgen kurz nach Mittag in Quemquemtréu. Prosit euch allen dort oben …« Katha entriss ihm wieder den Hörer und schrie »Auch von Lady Di!«, aber auf der anderen Seite hatte man schon aufgelegt.

»Siehst du, jetzt hat Oma schon aufgehängt und wir haben ihr nicht alles von heute erzählen können«, schmollte sie dem Vater.

»Katha, du weißt, eine stehende Formel von Mama lautet: ›Da mach ich kurzen Prozess‹, das gilt allgemein, das richtet sich nicht gegen dich.«

Für das Abendessen behielt Katha die Jeans an. Sie wollte sich nicht zu stark von des Vaters grobem casual style unterscheiden. Zwar probierte sie zuerst, eher spielerisch und um sich zu gefallen, ein nabelfreies Top aus – ihr Bauch, flach wie der eines Models und ihr Nabel von Natur senkrecht oval mit einem kleinen Knopf in der Mitte –, aber dann entschied sie sich doch wieder für die weiße Rüschenbluse. Schließlich war das eine Silvesterfeier mit zwei älteren Herren. Ing. Jones hatte einen üblen Eindruck auf sie gemacht. Bestimmt kam er mit seiner Frau, und bestimmt war sie dick. Sie bürstete heftig ihr Haar, schaute sich dabei im Spiegel zu und musste immer wieder lachen, wenn sie sich an die verdutzten Gesichter der Mapuche erinnerte. Der Vater klopfte an ihre Zimmertür. Er werde vor dem Hotel auf sie warten und eine Pfeife rauchen; das Restaurant sei gleich um die Ecke. »Und ich verspreche dir, dass ich den Internetanschluss des Hotels ignorieren werde.«

»Great, Pa!«, rief sie ihm zu.

Als sie zusammen das Lokal betraten, waren bereits viele Tische mit lärmenden Gästen besetzt. Girlanden und Luftballons hingen von der Decke. Anschließend an den Speisesaal erstreckte sich ein Holzdeck bis weit in den mit Lampions geschmückten und beleuchteten Garten. Das Deck diente als Tanzfläche, und einige ältere Paare schoben sich darauf herum. Vater und Tochter waren die Ersten, die sich an den von Ing. Jones reservierten Tisch setzten. Katha bestellte sofort eine Flasche Weißwein. Der Vater sah jetzt wieder müde aus; ohne seinen üblichen Aktivismus fiel ihr erstmals auf, wie ähnlich er doch auch ihrem Bruder war. Wie unerträglich muss es für Gabo gewesen sein, in der Nähe des Che erwachsen, selbständig zu werden. Mit zunehmendem Alter muss er dieses dem Vater Immer-ähnlicher-Werden verabscheut haben. Er wollte gewiss nur Gabriel Holberg sein, gewiss kein Klon von Martin. Der starke Sohn kann den Vater zerstören, der schwache nur sich selbst; schließlich ist Gabo dem Kampf ausgewichen, hat das Elternhaus verlassen, mehr noch, hat Zuflucht in einer Sekte gesucht. Ich habe überhaupt keine Ähnlichkeit mit diesen beiden. Ich bin meiner Mutter nachgeraten – Mama, du bist nicht tot! – und allenfalls in einigen Zügen der unsterblichen Oma. Darum kann ich den Vater lieben, ohne mich zu vernichten. Das ist die Gesundheit, die mir der Traum der vergangenen Nacht angekündigt hat. Mit dieser neuen Gesundheit will ich das neue Jahr beginnen. Inzwischen hatte ihnen der Kellner schon eingeschenkt und sie hob ihr beschlagenes Glas.

»Hey, Che, wollen wir schon einmal auf dein zerfetztes Projekt trinken, bevor dieser Jones kommt?«

Sie tranken sich zu, der Vater sah sich suchend um.

»Hier wird sie nicht feiern, deine Mapuche-Prinzessin«, neckte sie ihn.

»Du unterdrückst mich ganz schön«, beklagte er sich.

Später, schon in fortgeschrittener Silvesternacht, nachdem sie mehrmals ausgelassen mit unbekannten jungen Leuten getanzt hatte, nahm Katha, erhitzt und von heftigem Atemholen unterbrochen, den immer noch fassungslosen Ing. Jones aufs Korn: Er musste ihr wiederholt und zuletzt fast verzweifelt beschwören, dass er kein Wort Walisisch spreche! Hilfesuchend blinzelte er zwischendurch zum Vater hinüber und suchte auf dem Tisch die beruhigende Hand seiner tatsächlich fülligen Ehefrau. Aber sie hatte viel getrunken. Er spreche nicht mit den Walen, wie sein Landsmann Roberto Williams in Puerto Pirámides? Gut, aber vielleicht könne er sich zumindest mit den Bäumen der umliegenden Wälder unterhalten? Wie – auch kein Wort? Was ist er nur für ein Bürgermeister! Da seien seine Mapuche wirklich aus einem ganz anderen Holz geschnitzt: verwurzelt, in Gesang und Geruch verbündelt, Mapudungun parlierend, atmen und singen sie im *Kultrún*-Rhythmus, trinken Cola und Gingerale. Mensch, Jones, suche er sich doch eine andere Gemeinde! Las Almas in der patagonischen Einöde könne sie ihm nur raten, ja das könne er von ihr als Lehen bekommen.

Sie musste nach dem letzten »Frohes Neujahr«-Zuprosten befürchten, dass alle Äderchen in den roten Backen des Ingenieurs platzen könnten. Schweiß glänzte auf seiner Stirn. »Wer sind Sie?«, hatte sie ihn fast schreiend bei der nun ohrenbetäubenden Tanzmusik gefragt, »ich habe Sie enttarnt, Sie sind der fiese Roberto Williams, der macht hier auf Bürgermeister oder so …« Der Elende aber floh vor ihr, und sprang, das mollige Eheweib mit sich reißend, zum ausgelassenen Jubeltanz auf die Tanzfläche. Katha wollte ihnen nachsetzen, aber es gelang Martin, die bereits Erschöpfte zurückzuhalten und zum Fortgehen zu bewegen. Sonst würde es morgen zu keinem Wiedersehen mit Gabriel kommen.

Nach Mitternacht saß Pa am Fußende ihres Bettes. Sie war nur unter der Bedingung auf ihr Zimmer gegangen, dass er noch eine Weile bei ihr bleibe. Sie schloss die Augen, simulierte zu schlafen, aber sobald ihr eine Bewegung verriet, dass er aufstehen wollte, tippte sie ihn mit den Fußspitzen an und flüsterte: »Bleib doch noch, Pa.« Mehrmals. So bemerkte sie, dass er sein Heft aus der Brusttasche zog und auf den Knien mit seinen wohl unumgänglichen Tagebuchnotizen begann. Wie gut ihr das tat. So gut, wie wenn er an seinem chaotischen Schreibtisch saß, unter einem Lichtkegel, und sie, im Sofa vergraben, schläfrig, nachdenklich, ihn einfach dort wusste; wie heimelig, und wie traurig, dass dann die Mutter nicht mehr »hereinschaute«, um sie zum Zubettgehen zu überreden. Die Bewegung der schreibenden Hand setzte sich in einem kaum merklichen Beben auf dem Bettrand fort. Sie empfand es wie ein sachtes Einwiegen. Es erfüllte sie mit einer solchen Schlafhingabe, dass sie tief aufseufzte. Der Vater deutete es wohl als Schmerz, denn er strich und drückte ihre Füße unter der Decke und sagte leise: »›Im Schlaf wird alles gut‹, meinte deine Oma immer, wenn sie mich einst mit irgendeinem Wehwehchen zu Bett brachte.« »Und beim Erwachen?«, wollte sie seine Worte fortspinnen, aber sank schon in den Schlaf.

8

NOCHMALS CLEMENTINE

»Clementine!«

Das vernahm sie doch ganz deutlich, obwohl es eine leise Frauenstimme war, die ihren Namen rief. Aber die Stimme trug weit: Sie kam von draußen und wie aus der Höhe. Bin ich schon wieder im Sessel eingenickt? Sie hob den Kopf und blickte durch das offene Fenster ihres Zimmers auf den Lindenbaum. In Wellen wehte Blütenduft herein. »Breit in ihrem Frauenduft steht eine Linde ...«, hatte ihr verehrter Josef Weinheber gedichtet. »Clementine!«, erklang es nun wieder – und diesmal gewahrte sie die Gestalt über der Laubkrone. Ja, ohne Zweifel und unverkennbar schwebte dort oben Olga Rebikoff. Sie trug immer noch das graue Chanel-Kostüm, das die Fülle ihrer Figur so unvorteilhaft hervortreten ließ und das sie zuletzt getragen hatte, als sie vor sieben Jahren auf dem Trottoir in der Nähe ihrer Wohnung zusammengebrochen war. Herzversagen. Na, bei ihrem Übergewicht.

Und nun winkte Olga Rebikoff ihr einladend zu, als wäre nichts gewesen. »Komm mit mir«, musste Clementine hören, »komm schon, es ist an der Zeit.«

»Das weiß ich doch«, erwiderte sie. Wie gut man einander trotz der Entfernung hören konnte! »Ich würde schon sehr gerne mitgehen, am liebsten sofort, glaub mir's, aber heute muss ich noch meinen Geburtstag feiern, meinen neunzigsten und letzten, und, stell dir vor, ich hab das dritte Jahrtausend erreicht. Mein Sohn Martin wird kommen, und meine Enkelkinder Gabriel und Katharina auch. An so einem Tag kann ich mich nicht einfach grußlos davonmachen; das könnte ich Elias und Treugott und

Siegmund nicht antun. Etwas Besonderes liegt in der Luft heute, ich darf sie nicht allein lassen. Und vor allem – es gibt da ja noch die Sache mit Schorsch zu klären, du weißt es eh … Aber hinterher, wenn das alles abgehakt ist, komme ich bestimmt. Und du, sing derweil schön da oben weiter mit deinem leichten Sopran. Ich höre nicht auf, dich zu hören, wie früher in der Oper, liebe Soubrette – als Amor, Adele, Susanne, Musetta, Sophie, Fiakermilli …«

Dann fiel es ihr noch ein, und sie fügte augenzwinkernd hinzu: »Noch kann ich dir die Hand nicht reichen, Zerline!«

Dazu wäre nun auch keine Gelegenheit mehr gewesen. Die Gestalt über der Baumkrone war – vielleicht enttäuscht – verblasst, verschwunden; nur mehr die steilen, sonnenbeleuchteten Zacken des Piltriquitrón ragten in den Himmel. Aber sie hatte Olga gesehen – und gehört –, daran war nicht zu zweifeln, und die Freundin musste auch ihre Entschuldigung vernommen und eingesehen haben. Abtreten – mein Gott, wer fände sich mit neunzig nicht damit ab, man ist ja kaum mehr da, wurde nur versehentlich zurückgelassen und noch nicht abgeholt. Aber bitte nicht an meinem runden Geburtstag, nicht so kurz vor der Jubiläumsfeier, wenn die letzten Kräfte und Säfte sich noch einmal sammeln, um eine komplette Person und volle Gegenwärtigkeit der Familie und den Freunden zu bieten. Trotzdem, wie herrlich zu wissen, dass einen da oben schon die Nachtigall und Freundin erwartet. Hedwig Holzapfel mit ihrer Trauermiene ist ihr nie erschienen – und Schorsch erst recht nicht, dieser Drückeberger. Clementine zerrte und drehte an ihrem Ehering, aber der ließ sich leider nicht mehr über das gichtig angeschwollene Fingergelenk schieben.

Warum nur habe ich vorhin die Geschichte mit dem Schorsch erwähnt? Ist das nicht ein Vorwand gewesen, eine Erfindung fast, nur um mich noch ein bisschen länger ans Leben zu klammern? Nein, das fühlte sie, so war es nicht! Man kann sich eben nicht einfach davonmachen, wenn man sich über seine tiefsten und innigsten Gefühle noch nicht endgültige Klarheit verschafft hat.

Zuerst soll man »reinen Tisch« machen, das war ein oft gehörtes Vaterwort. Aus dem Munde eines Schankwirts klang das zwar nicht metaphorisch, aber er meinte es doch in einem übertragenen Sinn. Als die Tochter ihm von ihren Heiratsabsichten und der irgendwann erforderlichen Auswanderung nach Argentinien erzählte, hatte er nur gesagt: »Dann musst du aber mit dem Schorsch reinen Tisch machen.« Da glaubte der Vater wohl, das ginge so einfach – wie mit einem feuchten Lappen die Gulasch- und Bierflecken von der Holzplatte abwischen.

An die dreißig Jahre lang hatte sie das ja selbst geglaubt: Ich habe dem Schorsch reinen Wein eingeschenkt – auch so ein oft wiederholtes Vaterwort –, ich habe in meinem Innern reinen Tisch gemacht. Bis Jahrzehnte später sein erster Brief in Buenos Aires eintraf.

Er habe ihre Adresse vom Bruder bekommen, dem Anton Kohlgruber vom Aumühler Gasthof. Zuletzt habe er sich, berichtete Schorsch, auf Unfallchirurgie spezialisiert, aber gleich nach dem Krieg habe für ihn, wegen seiner vorherigen politischen Betätigung, zunächst noch das Berufsverbot gegolten. Außerdem habe er sich in einem elenden Lazarett in Galizien mit dem defekten Röntgengerät zwei Finger verbrannt. Er habe geheiratet, habe eine Tochter. Und, etwas unvermittelt: Er besitze immer noch die Schallplatte, die er auch ihr geschenkt habe. Ob sie sich noch daran erinnere? Ein Tango sei es gewesen, gesungen von Richard Tauber. Ausgerechnet Tango – solche Musik müsse sie wohl tagtäglich da unten in Argentinien hören.

Und wie sich Clementine erinnerte! Sie summte mit wiegendem Kopf: *»Schnell sind zwei Menschen geschieden, man verreist nach dem Süden, man treibt Sport und vergisst …«* Und lauter und lebhafter dann den Refrain: *»Behalten Sie mich in Erinnerung, schöne Frau, es war so schön, so wunderschön …«*

»Die größte der Verführungen«, hatte sie damals geantwortet – überrascht von der Aufregung, die Schorsch mit seinem Brief in ihr ausgelöst hatte –, »ist die, die uns über die verflossene Zeit in unserem Leben hinwegzutäuschen verspricht, und die uns in einen Zustand versetzt, in dem die Jahrzehnte verblassen und das Allerliebste wieder wie einst vor uns zu stehen scheint.« Etwas von dem einstigen Aufruhr rumorte immer noch in ihr. Besonders an ihren Geburtstagen. Darum musste sie Olgas freundschaftliche Einladung abschlagen oder auf später verschieben – noch hatte sie mit Schorsch nicht reinen Tisch gemacht.

Nun aber hielt Clementine es nicht länger aus, so in Gedanken versunken am Morgen ihres Geburtstags herumzusitzen. Heftig umklammerte sie ihren Stock, stemmte sich aus dem Korbsessel, wankte bis zur Fensterbank und lehnte sich dort an. Da strich doch schon wieder, wie gestern beim Frühstück in der Küche, ein Geruch von gebratenem Fleisch herein und vermischte sich unerfreulich mit dem Duft der Lindenblüten. Müssen diese Bauern denn ständig braten und kochen? Sie verspürte überhaupt noch keinen Appetit. In der Silvesternacht hatte sie von den abscheulichen Haggis-Schnitten gekostet, nur Elias zuliebe, und von der knusprigen Ente auch nur einen Bissen, weil der Vogel so klein war, doch dazu hatte sie viel zu viel Apfelmus in sich hineingelöffelt. Nach Kathas wirrem Anruf aus dem fernen Huemules war sie anfangs in schlechtester Laune gewesen. Talentiert, das Mädel, aber depressiv und verrückt, genau wie ihre jüdische Mutter. Dann hatte sie sich durch Elias ablenken lassen, als der noch vor dem Anschnitt des schottischen Presssacks ein paar festliche Worte schwingen wollte, und sein warmer, tröstlicher Bariton stimmte sie um, obwohl das, was er gesagt hatte, völlig überflüssig gewesen war: Sie erlebten heute Nacht etwas, was nur alle tausend Jahre in unserer abendländischen Zeitrechnung möglich sei, hub er an, nämlich ein dreifaches Zeitspannen-Scharnier: Ein Jahr gehe seinem Ende zu, ein neues breche an, ein Jahrhundert laufe aus, ein neues stehe bevor, ein Jahrtausend sei vergangen und »freudetrunken« betrete man das nächste. Man hüpfe über drei Zeitmarken hinweg in ein neues Epochengefüge, das vom ersten

Jänner 2000 an gelte. »Ein verdichteter Moment Zeit«, unterstrich er und Rotraud hatte ihm in ihrer bäurisch dummen Art mit »richtig, richtig« beigepflichtet. Aber dann hatte er, in seiner fast schon vorhersehbaren Manier, alles umzudrehen und auf den Kopf zu stellen, sogleich verkündet, dass man »in Wahrheit« doch eigentlich das erste Jahr des neuen Jahrhunderts sowie des neuen Jahrtausends schon abschließe, noch bevor man es im Kalender finden könne.

An diesem Punkt hatte Gretl nicht mehr umhin können, endlich ihren Gatten aufzufordern: »Eli, dann schließ doch noch schnell, wie du es versprochen hast, im alten Jahr die Niederschrift deiner Jugenderinnerungen ab! Vielleicht kommst du dann weiter.« Und während Elias, einmal unterbrochen, wieder nach dem Faden suchen musste, war auch sie, Clementine, zu Wort gekommen: »Hört mir zu, meine Lieben: Eure waschechte Wienerin Clementine Katharina Holberg, geborene Kohlgruber, wird ungeachtet dieser spitzfindigen Zeitdiskussion am morgigen Tag ihren neunzigsten Geburtstag im Kreis ihrer Familie und ihrer lieben Freunde, alle noch in blendender Verfassung …« Da hatte sie einhalten müssen. Die Luft war ihr ausgegangen. Und Rotraud war sogleich aufgesprungen, um ihr – wie stets mit der ihr eigenen tölpelhaften Eile – ein Glas Wasser geradezu in den Mund zu schütten. Rotrauds ewig aufmunterndes Lachen und Kichern und Glucksen ging ihr längst auf die Nerven. Wozu nur diese zwanghafte Heiterkeit? Damit war doch die düster-verbissene Physiognomie von Treugott auch nicht mehr aufzuhellen, falls sie das bezwecken wollte. So ein trübseliges G'frieß … Nicht Rotrauds Wasserglas jedoch, sondern der chilenische Champagner hinterher belebte Clementine wieder und ließ sie aufatmen. »Tuts angsambl!«, rief sie mehrmals, animierend, mit erhobenem Kelch dem Kreis um den Tisch herum zu. Selbst Benny und Sarah Krohn, die keinen Alkohol anrührten, hatten Toleranz gemimt und zustimmend an ihrem Mineralwasser genippt.

Etwas später hätte wenig gefehlt, und eine Silvesterstimmung wie in Aumühl bei Wien wäre aufgekommen. Es war nicht zu übersehen gewesen, welche Mengen Alkohol sich Treugott in die Kehle gekippt hatte, vor allem von dem teuren Whisky des Psychiaters, um bald darauf seinen Fidel zu imitieren, immer mit denselben blödsinnigen Sprüchen. »Vaterland oder Tod!« und neuerdings auch mit dem entsetzlichen »Ernst machen, umbringen«. Wo hat er das her? Nur ein Veteran zahlloser Ausschweifungen wie Elias Königsberg konnte da noch mithalten. Ein Fass ohne Boden war er – ein Psychoanalytiker eben! Aber ab Mitternacht hatte sie ihn nicht mehr verstehen können: Wieso musste Elias damit beginnen, den Presssack mit ihrem Unbewussten zu vergleichen – und dieses wiederum mit den zerquetschten Schafsinnereien und dem Haferbrei im verschnürten Lammmagen? Ging das nicht etwas zu weit? Unappetitlich bis zum Gehtnichtmehr war es sicherlich gewesen, und so einer nennt sich Seelenarzt! Da schimmerte die jüdische Natur durch. »Nicht mein Unbewusstes, deines!«, hatte sie ihm in Notwehr nur zurufen können.

Hinter den hohen, von weißen Blütendolden überquellenden Spiersträuchern entdeckte sie Quique. Was treibt der Wasserschädel dort? Der könnte mir helfen. Sie rief ihn, er schien unentschlossen, wollte wohl verschwinden, aber sie befahl ihm sehr bestimmt, heranzukommen. Er näherte sich zögernd dem Fenster, mit eingezogenem Kopf, als wollte er sich unsichtbar machen. Clementine zeigte ihm die Hand mit dem Ring.

»Ich kann ihn nicht mehr abstreifen. Mein Fingerknöchel ist einfach zu dick geworden, und das bildet sich in meinem Alter nicht mehr zurück. Du hast doch sicherlich unter deinem Werkzeug eine Kneifzange. Bitte schneide mir den Ring hier auf.« Quique schaute ihr scharf ins Gesicht. Sie bemerkte wieder, dass er leicht schielte. Er wollte wohl prüfen, wie ernst er diesen ungewöhnlichen Wunsch zu nehmen habe, oder ob sie ihm nur eine Falle stellen wolle.

»Na geh doch schon, hilf mir!«, forderte ihn Clementine auf. »Nur keine Sorge: Das ist schließlich mein Ehering!«

Quique verschwand, und nach ein paar Minuten kam er mit einer kleinen Beißzange aus seinem Elektriker-Zubehör zurück. Er benutzte das Werkzeug in der Regel, um Kupferdraht und Kabel zu zerschneiden. Clementine drückte ihren Ringfinger auf die Fensterbank, Quique bekam den altmodisch breiten Ring mit der Zange zu fassen, er musste sich etwas anstrengen und sein Gesicht rötete sich, dann klickte es, und das Gold war durchtrennt. Clementine hob ihre Hand und drehte den Ring an der Schnittstelle nach innen. Sie wollte ihn loben. »Vielen Dank, wie geschickt du das gemacht hast, mit deinen Mozart-Patschhanderln.« Da unterbrach sie die heisere, polternde Stimme Treugotts. »Du elender, verschissener Dreckskerl!« Urplötzlich war er hinter der Hausecke hervorgestürzt und wollte schon mit hochgerissener Krücke auf Quique einschlagen; aber der brachte sich mit wenigen Sprüngen unter dem Lindenbaum in Sicherheit und lachte von dort hämisch herüber. »Ich werd Ernst machen, umbringen könnt ich dich!«, keuchte Treugott ihm hilflos drohend nach.

Clementine war so erschrocken, dass sie sich wieder in ihren Sessel hatte zurückfallen lassen. »Du Grobian, er hat mir doch nur geholfen, und ich hatte ihn darum gebeten«, versuchte sie Treugott zu erklären. »Was ist denn in dich gefahren?« Der massige Umriss des Bauern stand vor ihr und füllte das Fenster.

»Ach, Clementine, wenn Sie wüssten …« Er sprach schwer atmend, in abgerissenen Sätzen. »Es hat überhaupt nichts mit Ihnen zu tun, sondern …« Aber da brauste schon das eifersüchtige Eheweib heran, unterbrach seine Beichte, riss ihn vom Fenster weg und schubste ihn zum Grill.

Auf dem Lagler-Hof ist heuer der Teufel los, resümierte sie. Treugott war nicht wiederzuerkennen, mehr und mehr vom Kommunismus zerfressen, und Rotraud erhitzt in ihrem enthemmten Klimakterium. Und Elias, wie er gestern durch den Schnee gewandelt war – der war nun auch durchgedreht und begann wohl immer mehr seinen Klienten zu gleichen. Jetzt fehlte ihr nur noch Katha, dieser verzogene Prinzessinen-Fratz mit seinen Gorillas,

Indianern und Walfischen. Aber die Linde blüht, sie ist keine Zimmerlinde, und von dort oben hat Olga mir zugewunken.

Nach dem Putsch der Bolschewiken war es für Olgas zarenfreundliche Musikerfamilie in Russland lebensgefährlich geworden. Olga, noch in Petersburg geboren und gerade zwei Jahre alt, musste mit ihren Eltern über Odessa und Istanbul bis Argentinien auswandern. Ihr Leben lang war sie bemüht gewesen, Spanisch mit einem nachdrücklich osteuropäischen Akzent zu sprechen. Klein, füllig, blond, mit rundem Gesicht, geläufiger Gurgel und einem bildungslastigen Elternhaus war sie im Chor des Teatro Colón von keinem geringeren als Erich Kleiber entdeckt worden. Unter der Protektion des aus Berlin emigrierten Maestro avancierte sie zur obligaten Besetzung der Koloratur-Partien: Mozarts Susanne und Zerline, Despina und Papagena, das Ännchen im Freischütz, Musetta in der Bohème, Zerbinetta in Ariadne auf Naxos, sogar der Waldvogel in Wagners Siegfried ... Und alle diese Rollen zu einer einzigen verschmolzen – das war Olga. Eine, die in komischer Verzweiflung mit ihren Kulleraugen zur Decke blickt, meist etwas verschmitzt lächelt, sich horchend ein wenig vorbeugt, weil man nach ihren Diensten rufen könnte, häufig mit beiden Händen vor dem Schoß an einem wirklichen oder imaginären Schürzchen zupfend, sich in hopsenden Trippelschritten bewegend, weil sie behend und knusprig zu erscheinen hat, dabei aber die Bühne nicht beherrschen sollte. Schäkern war ihr Schicksal.

Clementine hatte viele Aufführungen mit ihr erlebt, ohne ihr dabei mehr Beachtung zu schenken als einem bewährten und gut eingesetzten Ensemblemitglied. Auf dem Höhepunkt ihrer Karriere hatte der Musikkritiker-Papst von Buenos Aires die Soubrette zu »unserer Emmy Loose« gekürt – aber den Sprung zurück über den Ozean, eine Karriere in Europa, hatte sie nicht mehr geschafft, auch nicht als der Krieg zu Ende gegangen war. Im Gegenteil: Olga Rebikoff war beinahe von einer Opernsaison zur nächsten aus der Besetzungsliste des Teatro Colón verschwunden. Clementine konnte sich nicht mehr erinnern, ob ihr das damals gleich aufgefallen war, und ob sie jemanden nach der Verschwundenen gefragt hatte. Die Gründe erfuhr sie einige Jahre später von Olga selbst, im hurtig fließenden Deutsch der Osteuropäer, durchmischt mit spanischen und russischen Ausdrücken. Sie sei unaufhaltsam dicker geworden (»und das bei meiner Statur!«), erzählte ihr Olga betrübt, und ihre Stimme dabei immer schwächer. Da habe sie es als grotesk empfunden, eine halbakrobatische Esmeralda oder die minderjährige Tochter des Herrn von Faninal zu simulieren – sie, eine Dicke, die von Don Giovanni umworben wird ... »Njet, nitschewo! Wird ganz schnell Tragädie und Leite lachen!« Und in winzige Rollen abzusteigen, etwa zur Frau aus dem Volke, die im Chor hervortritt und zwei Wörter ausstößt, oder zur Zofe, die aus dem Hintergrund in ein leidenschaftliches Duett hineinpiepsen muss – da hätte sie sich gefühlt wie die Pompadour auf dem Straßenstrich. Nein, dankescheen!

Kennengelernt hatten sich Clementine und Olga erst im Haus von Maria Eugenia Erázuriz de Holberg, einer musikliebenden Dame aus dem wohlhabenden Zweig des Holberg-Clans, die zu den Förderinnen einer Gesangsschule gehörte. In ihrem Salon war Clementine zum ersten Mal Olga begegnet und hatte sofort, geradezu besessen, damit begonnen, diesen Kontakt zu vertiefen. Sie war begierig auf Anekdoten und Bühnentratsch, süchtig nach einer Freundin, die ein halbes Leben vor und hinter den Kulissen der Opernwelt verbracht hatte. Aber die einstige Sängerin – früh verwitwet, ohne Familie, ohne alten Liebhaber – schien sich nur ungern an ihre frühere Existenz erinnern zu wollen. Meist verhielt sie sich mürrisch, ja misanthropisch, und Clementine musste sich bemühen, sie aufzuheitern. Nur geizig bemessen gab die Umworbene etwas von dem preis, wonach es Clementine so dürstete. Sie trafen sich mehrmals in der Woche; Clementine begleitete Olga sogar in den russisch-orthodoxen Gottesdienst, sie reisten gemeinsam nach Rom, Madrid und Paris, und oft zu kurzen Schlammkuren ins Landesinnere, denn Olga litt an Psoriasis. Und wenn Olga dann, dunkel glänzend wie ein Schokoladeschweinchen und erweicht vom heißen Schlamm, eine Anekdote ankündigte, dann konnte sie damit erzwingen, dass Clementine ihren Ekel überwand und sich ebenfalls in die dampfende Kuhle legte. Mit den Jahren hatte sich ein Verhältnis von Herrin und Gesellschafterin eingespielt – mit einer dienst- und quälbaren Begleiterin freilich, denn Clementine war Olga hörig geworden, auch wenn sie, im Grunde ganz nach Dienstbotenart, gelegentlich mit kleinen Bosheiten aufbegehrte. Dann konnte Olga tagelang verstockt schweigen und ihr, selbst wenn sie zusammen im Kaffeehaus saßen, nur mit Finger- und Kopfbewegungen ihre Wünsche mitteilen. Und wie Clementine darunter litt, wie sie sich in einen wahren Selbsthass hineinsteigerte, nur weil sie sich von dieser einstigen – na ja – Primadonna so erniedrigen ließ. Sie fühlte das heute noch und musste es gleich unterdrücken, weil Olga sie gerade erst so scheinheilig dazu ermuntert hatte, ihr zuliebe und an ihrer Seite den nächsten Schritt zu tun.

Während ihrer dreißigjährigen Opernkarriere hatte sich Olga viele Capricen angewöhnt, und dazu waren noch Allüren gekommen, die sie bei wirklichen, bei internationalen Primadonnen beobachtet hatte. Kostproben gab sie wohldosiert an Clementine weiter. Ja, so sind sie eben, die großen Künstlernaturen, entschuldigte Clementine die Grausamkeiten ihrer Freundin, und versuchte sich damit über manche bittere Stunde hinwegzutrösten. Aber alles, was Olga ihr über ihre berühmten Kollegen preisgab, was sie von Probenkrach und Aufführungspannen, von Dirigentenlaunen, patzenden Musikern, lahmenden Tänzern und durchgeknallten Regisseuren zu berichten wusste, kratzte an Clementines hehrem Kulturbild, unterhöhlte ihre Vorstellungen von der geliebten Opernwelt, drohte sie zum Einsturz zu bringen.

Denn was erfuhr sie aus Olgas Erzählungen? Dass die Mezzosopranistin F. (welch herrlicher Oktavian!) eine unverfrorene Lesbierin gewesen sei; dass der goldkehlige Tenor D. (ein betörender Radames) aus dem Mund gestunken habe; dass der Dirigent K. (ein weißhaariger Grandseigneur) bei den Ballettratten als enthemmter Hinternzwicker verschrien war; dass sie die Zoten nicht wiedergeben könne, die Benno Kusche bei einer Papageno-Probe der göttlichen Mozartmusik unterlegt habe; und dass der greise Sir Thomas Beecham auf längere Zwischenakte gedrängt habe, damit er in Ruhe die Windeln wechseln konnte. Als sie an einem heißen Sommertag in der kühlen Dämmerung der russisch-orthodoxen Kirche knieten, flüsterte Olga ihr zu: »Am liebsten würde ich einfach nur noch ruhen und vergessen. Du aber bringst mich immer wieder dazu, mich mit meiner Vergangenheit zu befassen – und dann erscheint mir mein gegenwärtiges Leben nur als ein Ableben.«

Merkwürdig! Das hatte ihr der Schorsch auch einmal, fast gleichlautend, aber in einem umgekehrten Sinn geschrieben: Er befasse sich viel lieber mit der Vergangenheit, da sei man noch das eigene Selbst gewesen, während jetzt nur noch das »Ableben« vor einem liege. Immer öfter verbringe er seine Wochenenden im Unfallkrankenhaus, fern der zänkischen Ehefrau und der bockigen Backfisch-Tochter; nur in der Vergangenheit lebe er auf, die Zukunft bedeute ihm nichts mehr. Er sei, obwohl kein Patient, zu einem Krankenhausbewohner geworden. Es komme allerdings häufig vor, dass er das nächtliche Sinnieren und Briefeschreiben unterbrechen müsse, besonders an den Samstagen, wenn die Besoffenen verunglückten. »Musste eben unterbrechen, um ein Loch im Magen zuzunähen. Aber diesen Gaunern und Pülchern ist ja nicht zu helfen.« Oft lege er, wenn er an sie denke und ihr schreibe, seine Lieblingsplatte auf, die Lara-Melodie aus dem Film Dr. Schiwago. »Am liebsten sind mir die Kandidaten«, bekannte er, »die gegen eine Mauer fahren und gleich hin sind. Denen brauche ich nur den Totenschein ausstellen.« Wie in einer Fernsehserie, sah sie den unermüdlichen und feschen Notarzt vor sich.

Rotrauds nervöses, zwanghaftes Lachen, das Geklirr von Glas

und Porzellan drangen zu ihr herein. Vorhin, zum Frühstück, war nur Gretl Königsberg erschienen und hatte eine Tasse starken Kaffee und zwei Brombeermarmeladebrote für ihren »schreibenden Elias« mitgenommen. Dabei leierte sie ihre ewige Klage herunter: »Zu allem Unglück lebten in Fürth auch die Wassermanns und die Kissingers … Je weiter sich Eli in die Vergangenheit zurückversetzt, desto schwerer fällt es ihm, zu verstehen, was danach mit unseren Familien geschehen ist, und er kommt nicht damit weiter. Es ist, als würde er in einen Traum versinken, aus dem er nicht mehr erwachen will.«

Wieder ein Stichwort für Schorsch, bei dem es noch viel schlimmer geworden war. Der schwärmte in seinen Briefen unverhohlen vom Schlafen und Träumen und hatte ihr geschrieben, wie schmerzhaft das Erwachen sei, wie schwer und immer schwerer es ihm falle, in diesem »neuen« Österreich. Einmal, so schilderte er es ihr, habe er von ihr geträumt: Sie sei jungmädchenhaft und leicht bekleidet am Fuß seines Bettes erschienen, nachdem sie anscheinend durch ein Fenster in sein Schlafzimmer gestiegen sei. Er habe sich im Bett aufgestützt und zu ihr gesagt: »Ich weiß, du *bist* eine Frau, aber ich *war* ein Mann.«

Ein Wiedersehen, die Scheidung, ein Rückzug ins Tessin, das alles war von beiden in ihrer Korrespondenz erwogen worden. Manchmal schwelgten sie, ungeachtet ihres Alters, in kinematografischen Szenarien. Dann wieder war Schorsch zusammengebrochen, beklagte sich über seinen Alkoholkonsum (er habe immer eine Flasche Weinbrand im Sprechzimmer) und erging sich in selbstzerfleischenden Bildern: Er sei eben doch nur ein Göpelpferd, das unentwegt im Kreise geht und Wasser schöpft für Frau und Tochter (dem Backfisch habe man inzwischen schizoides Verhalten diagnostiziert). Ein rundum verpfuschtes Leben! Oder es meldete sich unvermittelt ein lebhafter Schorsch aus Bonn, der ihr geradezu euphorisch berichtete, dass er sich mit einer neuen Methode der Beinamputation vertraut gemacht habe und geriet dabei in unappetitliche chirurgische Details. Die

Reichsdeutschen seien trotz allem, was man ihnen angetan habe, den Österreichern voraus. Wenn wir doch die Ostmark geblieben wären. Dann, noch melancholischer: In letzter Zeit habe er mehrmals kreuz und quer durchs Land zu Beerdigungen von Kollegen fahren müssen, alles Bekannte, mit denen er kürzlich erst – »die waren doch pumperlg'sund« – ein paar Flaschen Zweigelt geleert habe. Bald darauf waren seine Briefe für eine Weile ausgeblieben, und nach Wochen erst erhielt Clementine eine offensichtlich in ungeeigneter Körperhaltung gekritzelte Nachricht: Er liege mit schwerer Pneumonie im Krankenhaus von Sankt Pölten. »Ich weiß nicht, ob ich noch leben will«, stand da, und zum Schluss nur: »Dir, liebe Klenzi, meinen allerinnigsten Abschiedskuss.« Es war das erste Mal in ihrem über fünfjährigen Briefwechsel gewesen, dass er Clementines Kindernamen erwähnte. »Klenzi« – so hatten sie nur ihre Eltern und der Bruder genannt, nicht einmal dem Ehemann Alberto war diese Koseform geläufig gewesen. Aber dem lieben Schorsch hatte sie es einmal verraten und er war dabei geblieben, in der seligen Wiener Zeit.

Auf diese Nachricht hin beschloss Clementine, entgegen ihrer lebenslangen Weigerung, jemals wieder auch nur in die Nähe von Wien zu kommen und etwa Leute und Orte von einst wiederzusehen, in ihre alte Heimat zu fliegen. Sie kam um wenige Tage zu spät: Eine Lungenembolie hatte ihr den lieben Schorsch bereits entrissen. Ihr blieb ein Foto des Unfallchirurgen in fescher Bad-Ausseer Tracht, und die wohlbehütete Schuhschachtel voll seiner Briefe. Olga Rebikoff behauptete später, als sie die ganze Geschichte erfuhr, aus dieser Beziehung wäre nie etwas geworden, der Mann sei ganz offensichtlich ein sentimentaler Waschlappen und ein falscher Fuffziger gewesen, nicht unähnlich ihrem Bassbariton Salomon Gorky, einem Emigrantenkind wie sie, dem neben kleinen Rollen im Teatro Colón auch Gastspiele im Inland angeboten wurden. Gelegentlich sei sie da ebenfalls engagiert gewesen, und dann hätten sie zusammen gesungen und geschlafen. In der Provinz war eben alles möglich, da konnte eine

Soubrette sogar als Norma auftreten. Einer der Höhepunkte von Salomons Sängerlaufbahn sei der Colline gewesen, der Philosoph in der Bohème, am Stadttheater von Asunción. Bis in seine letzten Tage hinein habe er die Geschichte erzählt, wie er und die anderen drei Bohemiens, schweißnass bei achtunddreißig Grad, im vorgetäuschten Pariser Winter auf der watteverschneiten Bühne überzeugend frieren und schlottern mussten – bis schließlich im schwitzenden Publikum da und dort prustendes Lachen hörbar wurde, das die anderen Paraguayer ansteckte, bis der ganze Saal in schallendes Gelächter ausbrach. Sogar unverständliche, aber vermutlich gemeine Zurufe auf Guaraní habe er gehört. Manche Opern könne man eben nicht überall aufführen. Fünfzehn Jahre lang habe Salomon Gorky ihr immer wieder die Heirat versprochen – sobald er sich von Frau und Kindern trennen könne. Doch seine finanzielle Grundlage und einzige Zukunft habe im Geschäft für Damenunterwäsche bestanden, das seiner Frau gehörte. Auf jede Gasttournee habe er seinen Musterkoffer mitgenommen, Käufe abgeschlossen, Lieferungen vereinbart und zuletzt die Muster unter dem lokalen Theaterpersonal zu Rabattpreisen verkauft. Ihr habe er manchmal ein paar übrig gebliebene Dessous geschenkt. Auf weinrot sei er gestanden.

»So«, hatte Olga ihre Erinnerung an Herrn Gorky abgeschlossen, indem sie theatralisch und mit erstaunlichem Schwung ihr rechtes Bein einsetzte: »Hab' ich ihm Tritt in den Arsch gegeben!« Halb ernüchtert und halb verärgert hatte Clementine dieses schmuddelige Künstlerverhältnis – typisch für eine Soubrette! – mit ihrer eigenen, tragischen Liebesgeschichte verglichen. Aber bis heute, trotz ihrer abgelebten neunzig Jahre, beschäftigte sie immer noch die Frage, was bei einem Treffen mit Schorsch wohl alles hätte geschehen können. »Es ist eben die einmalige Leistung der Toten«, sagte sie sich, »dass sie uns nur eine Antwort hinterlassen – dieses ›Schöne sse pah‹.«

Jegliche Antwort verweigerte ihr auch das totenstarre Gesicht der

Olga Rebikoff, als der Wärter im Leichenschauhaus das hellgrüne Tuch entfernte. Der Portier aus Olgas Gebäude hatte angerufen: Wen solle, wen könne er verständigen, eben sei ihre Freundin auf dem Trottoir zusammengebrochen, der Rettungsdienst habe nur noch ihren Tod feststellen können. Aber es gab keine Angehörigen, keinen einzigen Namen mehr, nicht einmal Salomon. In wütender Entschlossenheit hatte Clementine sofort alle amtlichen Schritte unternommen, die ihr seit ihrer Zeit mit Hedwig Holzapfel vertraut waren. So konnte sie jetzt an der aus der Kühlkammer gezogenen Liege stehen, vor sich den nackten, gedrungenen, erstaunlich kleinen, kindlich schutzlosen Körper. Diese absolute Einsamkeit einer einst so gefeierten Künstlerin – Clementine zog tief die Luft ein –, das ist der wahre Hauch des Todes. Olga ist wieder ein Kind.

Zuerst war Clementine von dem immer noch runden, sich ihr verweigernden Gesicht gebannt, dann folgte ihr Blick dem dunkelroten Schnitt der Obduktion, der zwischen den erstaunlich vollen Brüsten ansetzte und neben einem großen rosigen Psoriasis-Fleck fast bis zum dunklen Schoß hinunter verlief. Sie betrachtete die wülstige Taille und erbleichte – an der linken Hand, die neben der flachgedrückten Hinterbacke ruhte, fehlte der Ringfinger. An dem hatte Olga stets einen breiten goldenen Siegelring ihrer kleinadeligen Familie getragen. Nur ein blassroter Stumpf war dort, wo er abgetrennt worden war. Entsetzt, ums Wort gebracht, deutete Clementine stumm auf die Amputation und starrte den Angestellten Erklärung heischend an. Der zuckte nur mit den Schultern: Das komme vor, wenn sich ein Goldring, meistens ein Ehering, nicht abstreifen lässt … Niemals könne man feststellen, wann und wo so etwas passiert sei: bereits auf dem Trottoir, dann im Unfallwagen, später bei der Einlieferung oder irgendwann, bei Tag oder Nacht, hier im Leichenschauhaus? Wenn die Dame nur wüsste, was da noch alles abgeschnitten oder -gerissen werde: Ohrringe, Zahnkronen. Er sehe immer nur die zugefügten Verletzungen, und neuerdings die Risse und Löcher von entfernten Piercings an den unglaublichsten Körperstellen. Und, indem er mit seinem todvertrauten perversen Blick ihren Ekel beobachtete, fuhr er fort: »Wissen Sie, aufgerissene Haut an den Augenbögen, an den Ohrmuscheln, an den Nasenflügeln, an den Lippen, an den Zungen, an den Brustwarzen, in den Nabelgruben, an den Geschlechtsteilen … Um erst gar nicht zu reden von den Tätowierungen. Da fehlen ganze Hautlappen, dafür gibt es einen exklusiven Schwarzmarkt …« Nun, schließlich sei das kein Museum hier, wo in jeder Ecke ein Wärter sitze und die Kunstschätze bewache. Aber Clementine hatte sich bereits angewidert dem Ausgang zugewandt. Dann war sie zu einem ihrer Lieblingscafés in der unmittelbaren Nähe des Opernhauses gefahren. Schon im Taxi hatte sie geprüft und entdeckt, dass sich auch ihr Ehering nicht mehr über den verdickten Knöchel abstreifen ließ. Auch Seife half nicht, mit der sie es auf der Toilette des Cafés versuchte.

Zur Einäscherung war Clementine in Begleitung von Gretl und Elias Königsberg erschienen. Als der bekannte und inzwischen stocksenile Musikkritiker in seinem Abschiedswort alle Glanzrollen der Olga Rebikoff aufzählte und ihren mühelos schwebenden Sopran rühmte – wie ein heiterer Frühlingszephir sei er gewesen –, und dann wieder mit seinem bekannten Vergleich (»unsere Emmy Loose«) auftrumpfte, da hatte Clementine sich schluchzend an Freund Elias klammern müssen …

Und welch ein glücklicher Zufall! – in diesem Augenblick ihrer traurigen Erinnerungen, tauchte Elias leibhaftig vor ihr auf. Er stand am Fenster und beugte sich über das Brett in ihr Zimmer herein. »Schönsten Morgen, Gnädige! Komm und lass dir von einem Anbeter einen Geburtstagskuss geben, Clementine, wie fühlst du dich?«, hörte sie seine Stimme, die sie so bewunderte: seine warme, tief vibrierende, diesmal feierlich bewegte, mit Cello-Resonanzen ausgestattete Stimme … Ach, Elias Casals.

Er trug eine weiße, kragenlose Leinenbluse – was früher wohl ein Russenhemd genannt wurde –, die sich nur vor dem Bäuchlein etwas spannte. Als er die Arme zur Begrüßung hochwarf, rutschten die weiten Ärmel zurück. Sein exotisches Herrenparfüm harmonierte mit dem schweren Lindenblütenaroma. Aber Clementine fiel auf, wie erschreckend dünn, blass und von blauen Adern durchzogen die Arme (fast hätte sie Ärmchen gemeint) des Psychiaters waren. Irgendwo in seinem Körper nistet bereits der Tod, schoss es ihr durch den Kopf. Wo hatte der sich bei ihr eingenistet – oder längst breitgemacht? »Ach, Elias, wenn wir das nur wüssten«, sagte Clementine, während sie ihren verdächtigten Leib langsam aus dem Korbsessel schälte.

Als alter Profi hakte er nicht gleich nach: »Wenn wir was wüssten?« Das wollte er sich für später aufheben.

9

GABRIEL

Gabriel Holberg saß ungeduldig in seinem Suzuki Samurai. Warum verspätete sich Enzo? Das schmale Felsplateau, hoch oben am Westhang des Piltriquitrón, lag noch im Bergschatten, bald aber würde die Sonne kommen. Enzo Cirigliano, der Fluglehrer und Bevollmächtigte des Fremdenverkehrsamts von Quemquemtréu, Enkel des einstigen Fremdenverkehrsleiters der Ortschaft, Fritz Cirigliano, hatte die Thermik zu prüfen und zu entscheiden, ob man fliegen durfte. Es blieb keinem selbst überlassen, in einem vermeintlich tragenden Aufwind über Land zu gleiten oder sich lieber an den Felswänden oder auf dem Talboden das Genick zu brechen. Freilich, bei Gabriel wäre eine solche Aufsicht nicht nötig gewesen; er besaß doch den SOPI, den begehrten Sonderpilotenschein für Paragleitflieger, am Attersee erworben, in Österreich, in der Europäischen Gemeinschaft, in der Ersten Welt. Und sicher verstand er mehr von Aerodynamik und Aufwind, von Fluggewicht und Windmessung als Enzo, der das nur in der Praxis gelernt hatte, wie einer von den vielen patagonischen Selfmademen.

Vor einer Stunde war Gabriel in seinem kleinen, geländetüchtigen Fahrzeug heraufgehoppelt gekommen. Er hatte dann den Gleitschirm ausgebreitet, Seile, Verschlüsse und Gurte geordnet und die Instrumente angebracht. Es war alles bereit für den Start und den Anflug auf den Tilo-Hof. Doch es ging auf Mittag zu und von Enzo keine Spur.

»Gibt es denn überhaupt irgendetwas auf dieser Welt, das du wirklich willst?«, hatte ihn der Vater zugespitzt ironisch gefragt –

nachdem er innerhalb von vier Semestern in Buenos Aires zuerst Literaturwissenschaft, dann Philosophie, bald darauf Politologie und schließlich Soziologie belegt und alsbald wieder abgebrochen hatte. Nebenher hatte er einige Short Storys geschrieben, hatte Collagen geschnipselt und sowohl viel Tennis – mit einer Freundin Kathas – wie auch die Gitarre (für eben diese Freundin, im Buddah-Sitz neben ihr auf dem Bett) gespielt. Der Vater hatte ihm einen Job bei der Stiftung *Boden und Frieden* vermitteln wollen. »Da hast du eine Chance, endlich der real existierenden Welt ins Auge zu schauen« – womit das Angebot für den Sohn auf Anhieb inakzeptabel wurde. Was bildete der Alte sich ein – dass er Verwalter der Realität sei? Diese Wirklichkeit würde er sich selbst suchen und brach kurzerhand zu einem Trip durch Rajasthan, Himachal Pradesh und Nepal auf. Abgemagert und drogenkundig war er heimgekehrt, wollte nur ein paar Tage – oder Wochen – mit Kopfhörern und einem Joint zwischen den Lippen im verdunkelten Zimmer liegen – nur Kurt Cobain und seine Nirvana hören, bis ihm aufging, dass er nicht »ausgebrannt« war, wie der Musiker, sondern eher daran war, sich aus dem Leben »auszublenden«.

»Irgendetwas, das du wirklich willst …« Der Vater hatte die Frage wiederholt, hatte sie ihm durch die aufgerissene Tür in sein Zimmer geschrien, hatte ihn herausgefordert. »Alter, dir werde ich's zeigen!« – und vom Bett her hatte er aus der Hüfte zurückgeschossen: »Ja, ich will echt etwas Reales auf dieser Welt! Ich will Paragleiten lernen am Attersee!« Doch der Alte hatte zu seiner Überraschung akzeptiert – und bezahlt. Katha war von seinem Wunsch begeistert, die Mutter dagegen gewesen. Es sei doch sinnlos, so viel Geld für einen so lebensgefährlichen Hobbysport auszugeben! Aber darauf kam Oma Clementines Widerspruch: Das sei doch ein »schneidiger« Entschluss und es zeige sich der »natürliche Drang seines Blutes«, sich in »unserer alten Heimat« weiterzubilden. Natürlich kenne sie den See, »wie jedes Kind in Österreich«. Sie habe auch ein Jugendlager mit Zelten, Gesang am Feuer und Geländespielen dort verbracht. Mit einem Seitenblick auf die Mutter hatte sie Gabriel allerdings spaßhaft gewarnt: »Pass mir nur auf, dass du nicht in den See hineinplumpst, der ist saukalt, sage ich dir!« Und dabei hatte sie nach fünfundsiebzig Jahren noch glaubwürdig ein Frösteln vorgetäuscht. Sie hatte ja schon die Asienreise des Enkelsohns unterstützt. Als die Mutter Gabriel dazu überreden wollte, vorher die Verwandten in Israel zu besuchen – »Vielleicht gefällt es dir bei ihnen« –, war Clementine wieder mit einer überraschenden Begründung dazwischengefahren: »Lasst ihn doch! Indien liegt uns im Blut, es ist die Wiege der Arier.«

Diese verdammte Silvesterfeier Enzos! Die hat sich wohl bis in den Morgen hingezogen. Gabriel holte ein Buch aus dem Handschuhfach, ein Quartbändchen, das der Meister gestern Abend unter den Schwestern und Brüdern verteilt hatte: »In der Schale Fleisch und Blut« nannte es sich und war mit dem Untertitel »Mein blaues Büchlein« versehen – von Hans-Heinz Futterer, Monte Verdad, Quemquemtréu, 2000. In der langatmigen Einführung berichtete der Gründer des Schalerbunds von einem Reporter, der in Patagonien nach Nazisekten gesucht hatte, und in Quemquemtréu nur auf zwei senile NS-Greise, Fritz C. und Siegmund R., gestoßen war. Aber dann sei er der faszinierenden Persönlichkeit von H.-H. Futterer begegnet. Davon schreibt er in seiner Reportage, und von der »Bruderschaft« der Schaler. H.-H. Futterer sei keineswegs Sektierer, sondern ein freier, suchender und schenkender Geist, der die Schale zum Symbol der Gemeinschaft erhoben habe. Nichts anderes als »nomen atque omen« – mit diesem klassischen Zitat endete der Abschnitt über ihre Begegnung. Sei es nicht merkwürdig, dass weder ihm selbst, H.-H. Futterer, noch den Schwestern und Brüdern, die »wesensinnige« Beziehung zwischen dem Gründernamen und dem Bündnissymbol der Schale bisher aufgegangen war? »Wie so oft im irdischen Dasein«, sinniert Futterer, »liegt die Verbindung zwischen dem Menschen und seiner Mission tief verborgen in ihm und harret der Bewusstwerdung. Wie oft wohl, wartet *nomen*, ein *Eigenes*, bis er sich endlich in seinem *wesenseigenen* Gefäß erfüllen kann?«

»Warum denn nicht gleich in einer Kloschüssel? Bullshit!«, knurrte Gabriel. Seit gestern Abend rumorte in ihm tiefe Abneigung gegen den Meister – seit der abstoßenden Show, die er vor den Schwestern und Brüdern zur Silvesterfeier abgezogen hatte. Und jetzt das: H.-H. Futterer, wie er sich selbst stereotyp nannte (ein trockenes »Ha-ha« und, mit dem rollenden Zungen-R eines Älplers, das »Futterrerr«), feierte das abgedroschene lateinische Zitat als eine Offenbarung. Dabei handelte es sich doch, wie Gabriel leicht herauslesen konnte, um eine herablassende kleine Pointe, um eine Blödelei des Reporters: bitte, Futterer und Schale, oh wisset – »nomen atque omen«, Ha-ha!

Der komplette Geschwisterbund, zweiundzwanzig Schwestern und Brüder, hatte sich gestern Abend zum alljährlichen Ritual um die ovale Tafel versammelt. Sie trugen die von Esther und Mausi geschneiderte helle Weihekleidung aus zartem Leinengewebe statt der alltäglichen indigoblauen Baumwollkluft. Die dreizehn Frauen waren in durchscheinende, weite, gespensterhaft wallende Ponchos gehüllt, die Männer trugen kragenlose, knielange Nachthemden, unter denen *bombachas* genannte Pluderhosen hervorschauten. Neben der Erwachsenengruppe saßen fünf Kinder an einem niedrigeren, aber ebenfalls ovalen Tischchen. In der Mitte der Tafel stand die riesige Holzschale, aus der die Versammelten mit ihren Holzlöffeln salzlos gekochtes Gemüse, Gerste und Maiskörner schöpften; die Eltern verteilten davon an die Kinder. Dazu wurden ungesüßte Obstsäfte kredenzt. Nach Mitternacht, als von der Ortschaft Quemquemtréu her nur noch vereinzelte Feuerwerkskracher zu hören gewesen waren, hatte der Meister mit einem tiefen, fast röhrenden Seufzer alle Aufmerksamkeit auf sich gezogen. Es folgte eine spannungsvolle Stille, dann kündigte er sein Wort zum neuen Jahr an.

Sein Lebensweg habe, wie sie wüssten, schon siebzig Stationen durchschritten. Für dieses nun gemeinsam mit dem dritten

Jahrtausend anbrechende Jahrhundert sehe er mit absoluter Gewissheit das Ende der Zivilisation voraus: Klimakatastrophen, wirtschaftlichen Kollaps, Verelendung, Massenmigration, Mauern und Stacheldraht zwischen Erster und Dritter Welt, heimtückische Pandemien, Amokläufe und Explosionen sozialer Gewalt, mörderischer Terrorismus – und am Ende, mit zwingender Konsequenz, den Atomkrieg. Nur Schutzgemeinschaften und Geschwisterbünde, wie eben die Schaler, würden in ihren entlegenen Glaubens- und Ökonischen den Untergang überleben. Sie hätten sich rechtzeitig mit dem transzendentalen Werkzeug für die Nach-Zeit und Post-Zivilisation ausgerüstet. Doch mündliche Übermittlung allein, und das in den Köpfen der Schwestern und Brüder angesammelte praktische Wissen, genügten nicht. Er wolle ihnen eine schriftliche Zusammenfassung seiner Lehre und seiner Empfehlungen für das Überleben hinterlassen. Daraufhin hatte sich ihr Meister unter den Tisch gebückt und war mit dem, was er zu seinen Füßen versteckt hatte, wieder aufgetaucht: einem Stapel schmaler, blau gebundener Büchlein, mit deren Verteilung er, unterstützt von seinen beiden Frauen, sofort begann. Dankesgemurmel war um den Tisch gegangen, vermischt mit verlegenen Sätzen, in denen dem Meister seine Vitalität bezeugt und ihm noch ein langes Leben vorausgesagt wurde. Einige blätterten sogleich neugierig in der Broschüre; Illustrationen aber enthielt sie nicht.

Die Sonne hatte die Felsplatte erreicht. Gabriel kurbelte das Fenster herunter. Er hatte das Traktat schon angeödet wegstecken wollen – doch da folgte etwas über die europäische Vorgeschichte der Futterer und der Schaler, und sein Interesse wurde wieder wach. Ob Großvater Hans tatsächlich Futterer oder nicht doch eher Fütterer geheißen habe – so berichtete der Nachfahr und Meister –, sei durch Dokumente nicht zu belegen. Nur so viel: Der Ahn ist um 1900 in Ascona in der Aussteigerkolonie Monte Verità als »Hans, unser neuer Stallknecht« registriert worden. Seine Herkunft (aus dem Komitat Békés, wenn nicht gar aus den Weiten der Puszta) blieb im Dunkeln. Vielleicht verdankte der Großvater seinen Nachnamen einfach den Aufgaben im Pferdestall. Hier galt umgekehrt: »Omen atque nomen.«

Aber der helle Kopf des Ahns habe bald am Haferausschütten kein Genügen gehabt. Er habe Interesse an den Angeboten der Kolonie gezeigt, am eurhythmischen Reigentanz, an Lichtbad und Nudismus, und im Gegenzug die vegetarische und salzlose Kost, das Baden in Gletscherwasser und noch schlimmere Abhärtungspraktiken in Kauf genommen. Und nicht allein das, der Großvater habe auch Gefallen an der bildenden Kunst gefunden. Er habe sich mit dem steirischen Maler Karl Wilhelm Diefenbach angefreundet; diesem habe er talentvoll beim Aktmalen in der Kolonie sekundiert. Aber man beachte fürs Kommende: Sein Abgott sei ein gewisser Gusto Gräser geworden, eine Diogenes-Gestalt in den Felsgrotten Asconas, ein Walderemit, ein prophetischer Sänger aus Siebenbürgen. Der pantheistische Barde feierte den nährenden Weltbaum, *»der zweiget, dreiet, wirbeldreht, ha trilliert, sich trennt, sich paart, heiß-fleißig zusammenwandelwohnt im Sam, Urfreuds Paarheiterkeit …«* Gabriel musste das ungläubig ein zweites Mal durchbuchstabieren. Ob H.-H. diesen Text nicht einfach selbst erfunden hatte?

Doch wenn Gusto Gräser für seinen Vorfahr den seraphischen Genius Loci von Monte Verità verkörpert habe, so sei in seinen Augen ein Dr. Otto Gross dessen luziferischer Gegenspieler gewesen: ein morphiumsüchtiger Schüler Sigmund Freuds aus Graz, der die versponnenen Aussteigergeister mit Schlagworten wie »sexuelle Revolution«, »Herrschaftsfreiheit« und »Anarchismus« aufgestört habe. »Der gesunde Zustand für den Neurotiker ist die sexuelle Immoralität« – so sei jener Dr. Gross aufgetreten, wie H.-H. Futterer aus den Erinnerungen seines Vaters Heinz zitierte. Dieser hatte in seinen jungen Jahren den Aufrührer noch kennengelernt. Er aber, H.-H. Futterer, verdanke merkwürdigerweise jenem teuflischen Widersacher seine argentinische Großmutter, Elvira Paz Aráoz.

Gabriel war verblüfft, sein Interesse wuchs. Aus seinem Tennisclub kannte er Mitglieder dieser alten Familie; gut möglich, dass auch der weitverzweigte Stammbaum der Holbergs eine Vernetzung mit den Paz Aráoz aufwies. War er etwa gar um vier Ecken mit Futterer verwandt? Und schon begann das Blaue Büchlein, den magdalenenhaften Lebenslauf der Ahnfrau auszubreiten. Sie sei zu Beginn des eben abgeschlossenen Jahrhunderts von Dr. Gross verführt worden, auf der Überfahrt von Le Havre nach Buenos Aires: Er, ein angehender Schiffsarzt auf Jungfernreise, sei ihr, einer jungfräulichen höheren Tochter, die mit den Eltern vom ersten Parisbesuch in die Heimat zurückkehrte, begegnet. Elvira habe sich verliebt und das kurze Abenteuer mit dem ersten Mann ihres Lebens nicht vergessen können – umso weniger, als ihre Eltern und Tanten davon erfahren und sie gezwungen hatten, dem Familienpfarrer sämtliche Einzelheiten zu beichten. Kaum großjährig geworden, habe Elvira sich entschlossen, die Spur des Mannes zu suchen, und sei in Monte Verità aufgetaucht, wo der Schiffsarzt an Land gegangen war. Mittlerweile aber sei er schon mit mehreren Damen der Kolonie liiert gewesen und habe sich um Elvira nicht mehr kümmern wollen. Trotzdem, sie sei geblieben, und ihre exotische und trostbedürftige Erscheinung habe mehrere Herren, darunter auch den Ahn Hans Futterer, unwiderstehlich in Bann gezogen. Als die Pampaschönheit schwanger geworden war, habe sich allein Hans Futterer – ermuntert durch eine kulante Spende der anderen Liebhaber – bereit gezeigt, die ungewisse Vaterschaft auf sich zu nehmen. Elvira gebar in der Kolonie einen Jungen: Heinz, der künftige Vater des Meisters, hatte das Licht der Schweiz erblickt.

Gerade damals begannen profitmotivierte Adepten Monte Verità in ein Sanatorium für reiche Snobs umzuwandeln. Zu Lichtwiese und barfüßigem Taulaufen kam der Komfort eines Luxushotels. Damit aber konnten sich weder Dr. Gross noch Gusto Gräser noch der auf Malerei umgesattelte Stallknecht Futterer anfreunden. Im Trosse Gusto Gräsers seien Hans und Elvira mit

Klein-Heinz im Arm zu Fuß bis nach München gewandert, berichtete das Blaue Büchlein. Dort habe sich der unruhige Opa wieder von dem Naturapostel getrennt und sei zu seinem Gegenspieler, zu Dr. Gross und seinen Anarchisten, übergetreten. Dessen »gott- und herrenlose Ideologie« habe der Großvater anfangs auch seinem Sohn Heinz einzutrichtern versucht. Widersinnig, denn gerade gegen das Eintrichtern von oben richtete sich ja der Kampf des abtrünnigen Freud-Schülers.

Da hatte mein Alter schon eine schlauere Masche!, dachte Gabriel. Dr. Martin Holberg hat mir unbedingte Toleranz aufgedrängt – vor allem, um sich selbst zu schützen und allen Vorwürfen zu entgehen. Die sanfte Tour. Du kannst ihn nicht zum Teufel jagen, sondern musst ihn bitte verstehen und ihn in seiner Art respektieren.

Im Blauen Büchlein wurde jetzt wenigstens erzählt. In den Hungerjahren nach dem Ersten Weltkrieg arbeitete Vater Heinz noch an der Seite des Großvaters Hans in einer Druckerei. Sie walzten nicht nur bunte Plakatwerbung für Münchner und Nürnberger Kaufhäuser aus, sondern auch einfarbige Anschläge, Flugblätter und Pamphlete anarchistischer Splittergruppen. Bis die deutsche Geschichte zuschlug: Im April 1927 überfiel ein rabiater SA-Trupp die Werkstatt, zertrümmerte die Einrichtung und verletzte den Großvater schwer. Er starb kurz darauf im Krankenhaus, an den Knüppelhieben der Schlägerbande.

Rettung für Witwe Elvira und Sohn Heinz musste nun aus Argentinien erbeten werden. Die wohlhabenden Eltern Elviras in Buenos Aires erhielten einen verzweifelten Bittbrief der verlorenen Tochter. Erst nach langen familieninternen Verhandlungen kamen die heißersehnten Rufpassagen. Am La Plata wurde die gebrochene heimgekehrte ledige Mutter anfangs sehr zurückhaltend aufgenommen. Sobald ihr Sohn Heinz sich aber eingelebt hatte und man keine seelischen Vergiftungsfolgen durch Dr. Gross bei ihm feststellen konnte, verschafften ihm die Großeltern einen Verwalterposten auf einem ihrer fernen patagonischen Güter, und die Mutter musste ihn begleiten. Sprache und Bräuche, Reiten und Schafzucht, Scheren und Häuten – all das lernte der muntere Schweizer sehr rasch zu beherrschen und zu lieben, und schon im zweiten Jahr hatte er sich aus der benachbarten Kolonie der Waliser ein Mädchen von großer Frömmigkeit zur Frau genommen. Auch Elvira mochte diese Gwyneth sehr, die ihren Enkel Hans-Heinz zur Welt bringen würde. Das reine, vom päpstlichen Rom unbefleckte Christentum seiner Mutter sei prägend für ihn gewesen, hob H.-H. Futterer hervor.

Dann folgten zwei ergriffene Absätze über H.-H. Futterers Geburt. Aus jenem mythisch dunklen und leidenschaftlich bewegten Schoß seiner Herkunft sei er auf diese Welt gekommen, »in einer windgeschützten Vertiefung auf Patagoniens menschenarmem Hochland, in einem von Zypressen und Blumen eingefassten weißen Farmhaus mit grünen Fensterläden und rotem Wellblechdach – gleichsam auf dem Sammelgrund einer Schale«. Dort verbrachte er seine Kindheit, ohne dass sein Ureigenstes vom »Fremden« der Eltern vergewaltigt worden wäre. Jene verderbliche Praxis, von der sein Vater wusste, weil Dr. Gross sie angeprangert hatte. So seien die widersprüchlichen Keime von Ascona und München in sein Fleisch und Blut und in seinen kindlichen christlichen Geist gelegt worden, seien aufgegangen, und er habe den wahren Weg in diesem Leben, durch dieses Dickicht von Liebe und Gewalt, nach langem Meditieren finden können. Wie vorher schon der Vater, der schließlich die Weisheit des Einsiedlers Gusto Gräser wieder entdeckt habe.

Er schrieb: »Die Unterjochung des Kindes droht in jeder Familie und wirkt über den Tod der Eltern hinaus; es gilt, den Heilsweg zu weisen, ehe es zur Katastrophe kommt. Höre, was dir H.-H. Futterer sagt: Erkenne die Unterdrückung deines Eigenen, reiße dich los von den Unterdrückern, fülle die Schale mit deinem Eigenen, komm zu uns und bleibe!«

Um den angepeilten Höhenflug der Gedanken nicht zu stören,

aber als eine lehrhafte Geschichte, gab der Autor Weiteres über Dr. Gross in einer kleingedruckten Fußnote bekannt:

»Sein Vater war ein berüchtigter Oberstaatsanwalt und späterer Sektionschef im Wiener Justizministerium. Er hat damals vorgeschlagen, sämtliche Zigeuner der k. u. k. Monarchie in ein riesiges Arbeitslager im fernsten Waldviertel zu sperren. Diese drakonischen Empfehlungen und die autoritäre Natur des späteren Honorarprofessors haben einen seiner Hörer, den nachmalig so berühmten Franz Kafka in Prag, zu düsteren Erzählungen wie ›In der Strafkolonie‹ angeregt. Und Schlimmeres ist bald im Anzug gewesen. Den widerspenstigen Sohn Otto hat Prof. Gross erbarmungslos mit Entmündigung, Internierung in Heilanstalten, einschließlich Zwangsjacke und gerichtlicher Verfolgung, zu vernichten versucht. Und das Ende des verfolgten Psychiaters? Als ein auf den Straßen Berlins herumirrender homeless wurde er in einer eisigen Winternacht der zwanziger Jahre erfroren aufgefunden.«

Wie anders, hebt Futterer hervor, sein eigenes Lebenswerk: keine Strafkolonie, sondern eine Stätte des Genusses und der Freuden. Gabriel erinnerte sich bei den Worten »komm zu uns und bleibe!« an die erste Begegnung mit ihm. Der kleine, hagere Mann mit hypnotisch geweiteten Augen und grauem Prophetenbart stand vor seinem Schreibtisch in der »Schaler-Halle« und begrüßte ihn. An der hohen, weiß getünchten Wand in seinem Rücken hing ein großes Ölgemälde. Der Goldrahmen, von kirchlichem Prunk, widersprach dem Gegenstand: ein weiblicher Akt.

»Du musst wissen, Gabriel, wir sind hier die Arche Noah des Menschengeists. Unser Ararat ist dieser ›Berg der Wahrheit‹. Wir können dir helfen, dein Ureigenstes zu finden, in einer Schale aufzubewahren und zu beschützen.« Dann aber folgte der Hausherr dem Blick seines Besuchers und wandte sich ebenfalls dem Bild zu. Eine nackte, kleinbusige Rotblonde hockt auf einer schäumenden Meereswelle, von der sie in die obere Bildhälfte getragen wird. Das volle Haar wirbelt über ihre Schulter, und sie winkt mit der Linken – hinaus in den Ozean, zurück zum Strand? Am unteren Bildrand kommt eine Taube aus dem violettblauen Wogengewölbe auf den Betrachter zugeflogen. Und jetzt erinnerte sich Gabriel wieder, was Futterer ihm damals erzählt hatte.

»Das ist eine meisterhafte Kopie des Gemäldes ›Mädchen in der Meeresbrandung‹ vom großen steirischen Maler Karl Wilhelm Diefenbach. Sein Schüler, mein Großvater Hans, hat das anbetungswürdige Ölgemälde vor mehr als neunzig Jahren in Ascona kopiert. Nur anstatt der ursprünglichen Möwe hat er, wie unter einer höheren Eingebung, eine Taube gemalt. Beachte, wie sich die Schaumkrone fast zu einem Kreis schließt. Wir vermeinen zu sehen, dass sie sich mit dem Mädchen in der Richtung des Uhrzeigers dreht. Wir fühlen geradezu den Sog einer kinetischen Kraft in ihr. Wird man nicht förmlich hineingezogen? Winkt oder segnet uns, oder beides zugleich, das ewig Weibliche auf dem Grund einer Schale? Und die Taube, denkt man nicht an den Frieden? Da ist alles drin, mein Lieber.«

In der Folgezeit war Gabriel mehrmals unbemerkt in dem Zimmer gewesen und hatte das Bild betrachtet. Normalerweise hätte er es als bürgerlichen Kitsch der Jahrhundertwende abgetan. Der Vogel interessierte ihn nicht, aber die Frau. Wie jung Mama gestorben ist! Ihr schmales, sommersprossiges Gesicht will leben; es liegt noch so leicht auf dem Polster, umflossen von ihrem rotblonden Haar und von dem Haar Kathas, die sich über die Tote beugt. Sie hatte noch gewollt, dass man den ganzen Tag Debussy auflegte. Ich habe mich einfach umgedreht, habe die weinende Schwester verlassen und bin geflohen – in den Kreis der »Schaler«. Er konnte sich nicht erinnern, wo der Vater damals gestanden hatte, ja ob er überhaupt zugegen gewesen war.

»Paragleiten? Das betreiben viele Touristen hier. Dagegen ist nichts einzuwenden«, hatte H.-H. Futterer bei diesem ersten Gespräch auf Gabriels Frage erwidert, ob er sein Hobby fortführen dürfe, falls er sich den Schalern anschlösse. Übrigens, was empfinde man, wenn man da oben so über allem schwebe, wollte der Meister wissen. »Überraschung und Dankbarkeit, dass man nicht abstürzt«, hatte ihm Gabriel geantwortet. »Und auch etwas Angst und Misstrauen – eigentlich denkt man ständig an die Naturkräfte, denen man ausgeliefert ist und derer man sich bedient. Und man hofft, dass alles gut geht, nichts reißt und keine Windhose aufzieht. Es gibt Augenblicke, die man fürs Leben mitnimmt, etwa wenn man minutenlang von einem Condor begleitet wird.« Andererseits hocke man in einem Gurtensitz, schwebe also mit dem Gesäß über dem Erdboden – nicht wie der Drachenflieger, dessen Gesicht, Brust, Bauch und Geschlecht der Erde zugewandt seien. Das Sitzen verleite zu einer Zuschauerhaltung. Das Paragleiten verführe eher zum Umherschauen als zum Überblicken. Und man sollte es gar nicht Fliegen, sondern Schweben nennen, ein schwebendes Sitzen, ja ein Thronen. »Empfindest du es gar so, als hingest du über einer Schale?«, wollte Futterer begierig wissen. Aber Gabriel verstand das damals nicht und hatte nur mit den Achseln gezuckt.

Worauf H.-H. Futterer unvermittelt das Thema wechselte. »Wie steht es, hast du etwas Geld?« Und als er die Verblüffung in Gabriels Gesicht las, fuhr er gleich fort, das sei natürlich keine Aufnahmebedingung: Man gebe sich hier gegenseitig, was man so habe. Zum Beispiel Schwester Erda Siskauskas, die Witwe eines litauischen Baumeisters; sie habe den Schalern ihr gesamtes Vermögen übertragen. Gabriel wusste schon von seiner Großmutter, dass H.-H. Futterer einmal zu den Sommergästen auf dem Tilo-Hof gekommen war, um ihnen von seiner Lehre, von den Schalern und ihren finanziellen Bedürfnissen zu erzählen. Sie habe ihm, so die Oma, von seinem Vater, dem intelligenten, erfolgreichen und wohlhabenden Dr. Martin Holberg berichtet. Der kümmere sich um das Los der unbeliebten Rassen und Minderheiten, um Migranten, Indios und Zigeuner. Die Schaler seien doch auch so etwas wie eine Minderheit – oder? –, habe sie »den Futterer« gefragt. Der sei aber nur auf Geld aus gewesen. Sie klagte dann noch, dass der gutmütige Elias den skrupellosen

Sektenführer zur Seite gezogen und lange mit ihm geredet habe – als wäre der nun sein Klient.

Gabriel teilte heute das abschätzige Urteil der Oma. Rund fünfzigtausend Dollar hatte er ein paar Wochen nach dem ersten Zusammentreffen unter Hans Futterers kynetischer ewiger Weiblichkeit, und als er bereits bei den Schalern untergekommen war, dem Meister auf das Konto einer Stiftung *Fleisch und Blut* in Vaduz, Liechtenstein, überwiesen: Das war, nach dem Tod der Mutter, ein gutes Viertel seiner Erbschaft.

Wald- und Wiesenduft stiegen aus der Tiefe herauf und verdrängten den beizenden Geruch des heißgelaufenen Motors. Gabriel stieg aus und näherte sich der Felskante. Auf seiner TAG-Heuer-Uhr war es zwanzig nach zwölf. Fern und dünn konnte er das an- und abklingende Gejaule eines Motors vernehmen. Das musste Enzo sein. Er beugte sich hinunter und überblickte den gewundenen Weg, den er heraufgefahren war. Noch verriet keine Staubfahne das Motorrad. Rechts, auf halber Höhe, lagen die Felder, Baumreihen und Gebäude des Tilo-Hofes, links, in der Ferne, der See. Die Wipfel eines Waldstreifens verdeckten den Bergrücken, den Futterer bei seiner Ankunft im Tal von Quemquemtréu sofort »Monte Verdad« getauft hatte und auf dem damals schon der »Berghof« von Enzo Ciriglianos Großvater, die Sufi-Miniaturmoschee, sowie die ummauerte Fantasieburg, die dem Meister gehörte, standen.

Der See erschien ihm in dieser bewegten, formreichen Berglandschaft wie ein harter Fremdkörper. Die dunkelblaue Fläche und die steil abfallenden Felsufer ließen ihn kalt und leblos wirken. Nur das naheliegende Nordufer hatte eine flache Stelle. Dort endete die Straße, die von Quemquemtréu hinunterführte. Von einem Bootssteig konnte man zur Überfahrt in ein Naturschutzgebiet ablegen, das sich jenseits des Sees, entlang der argentinisch-chilenischen Grenze, nach Südwesten erstreckte: Urwälder, Täler, Berge und Gletscher lagen unter ständig aufbrechenden und sich wieder verdichtenden Wolkendecken. Fünftausend Millimeter Regen und Schnee gingen jährlich auf diesen Landstrich nieder. Gabriel hatte einige Male versucht, das Gebiet anzufliegen, aber in dieser Richtung konnten die Windverhältnisse sich schnell verschlechtern, konnten gefährlich für einen Gleitflug werden. Immerhin, von der erreichbaren Flughöhe aus hatte er schon mehrmals einen Fernblick in ein schmales Seitental werfen können, das sich westwärts zum nahen Pazifik hin öffnete. Eine Helle, die nach Sonnenuntergang hinter den verschneiten Gipfeln noch himmelwärts strahlte, ließ an den dahinter anbrandenden Pazifischen Ozean denken. Möwen kamen von dort, Vorboten des Meeres. An manchen Tagen schlossen sie sich ihm an und umstrichen schreiend seine Tragfläche.

Enzo musste noch weit unten sein. Diese Verspätung würde die verfügbare Flugzeit verkürzen – schade angesichts dieser guten Luftverhältnisse. Er hatte der Oma versprechen müssen, mittags vor dem Lindenbaum herabzusinken und die feiernde Tafelrunde wie ein Engel oder Himmelsbote zu überraschen. Gut, es war ihr Sinn fürs Theatralische, und er wollte die Greisin nicht enttäuschen. Das hatte sie sich schließlich von ihm als Geburtstagsgeschenk gewünscht. Doch die Stimmung war dahin. Der Auftritt des Meisters gestern Abend, seine Selbstverstümmelung, das hatte ihn getroffen, auch die Haltung der Schwestern und Brüder, so unterwürfig. Also abheben, möglichst sofort davonschweben, über den ausgeflippten Hohepriester, über die Äbtissin Erda und sämtliche Schaler-Geschwister hinweg!

Heute wird er Katha wiedersehen, erstmals seit zwei Jahren. Er fühlte sich schuldig, sie nach dem Tod der Mutter alleingelassen zu haben. Allein war sie dem Vater ausgeliefert gewesen und war erkrankt. Auch ihm musste er wieder begegnen, dem eitlen, Bücher schreibenden, sich allwissend und erfolgreich wähnenden Theoretiker und Aktivisten aller Arten von Antidiskriminierung, Prof. Dr. Martin Holberg, der dann Höchstleistungen auch von seinen beiden Kindern erwartet, ja gefordert hatte – so lange sie ihn dabei nur nicht übertrafen, versteht sich! Welch eine geistige Vergewaltigung schon in der Kindheit – ja, guter Gross, es ist, wie du warnst: Unser Vater hat meine Schwester und mich genau auf die von dir beschriebene Weise missbraucht, hat uns unser Eigenes verweigert! Aber wir wollen es ihm mit deinem Anarchismus heimzahlen!

»Bei uns sind Sie am richtigen Ort«, hatte der Meister beim Vorstellungsgespräch verkündet. »Ich schätze Ihren berühmten Vater.« Aber Gabriel wollte sich sofort vom Alten distanzieren, den Oma Futterer als den großen Minderheitenbeschützer angepriesen hatte. »Sie müssen wissen, dieser von Ihnen so geschätzte Experte hat sich auf diskriminierende Weise meiner Beschneidung widersetzt, gegen die Tradition und den Wunsch meiner Mutter. Als Beschnittener hätte ich ein anderes, ein von ihm getrenntes, ein sinnorientiertes eigenes Leben führen können. Und ebenso autoritär hat er meine Schwester unterdrückt. Er hat ihr seine wissenschaftlichen Interessen und Paradigmen aufgedrängt, hat sie mit seiner Biosoziologie und seinem dubiosen Einsatz für diskriminierte Minderheiten zum geistigen Inzest gezwungen. Das hat meine Schwester gebrochen, und mein Vater hat sie für Monate in eine Nervenklinik einsperren lassen. Es ist so weit gekommen, dass selbst seine Mutter, die Ihnen bekannte Clementine, die ihn vergöttert und ihm alles nachsieht, ihn zu ein paar Besuchen bei dem prominenten Psychiater Dr. Königsberg überreden musste. Aber ich glaube nicht, dass ihn das verändern wird, eher zieht er auch den greisen Arzt noch auf seine Seite.«

»Das denke ich nicht«, versetzte H.-H. Futterer, »ich habe diesen bewundernswerten Seelenarzt ja kennengelernt und wir sind uns in tiefgehenden Gesprächen *begegnet.* – Lieber Gabriel, ich will dir nur eines sagen: Befreie dich von deinem Vater, von allen … komm zu uns und bleibe!« H.-H. Futterer sprach es schlicht, nicht laut, mit unwiderstehlicher Wärme in der Stimme aus. Er war auf ihn zugetreten und hatte ihn kurz, fest und bündig umarmt. Durch die Hemdsärmel hatte Gabriel die harten Sehnen und Muskeln des Mannes fühlen können. Ja, da war er noch der Meister gewesen.

Verdrossen kehrte Gabriel zum Samurai zurück und betrachtete sich im linken Außenspiegel. Wie unerträglich die Ähnlichkeit mit dem Vater! Auch jetzt, trotz Magerkeit und Sonnenbräune, dem langen Haar und spärlich sprießendem Bart. Er musste sich aber zugleich eingestehen, dass er in ein schönes Männergesicht blickte. Erschrocken entdeckte er im starken Sonnenlicht ein graues Haar an der Schläfe; kaum zu glauben, er versuchte es auszuzupfen. Mein Vater hat graues Haar. Ihm wurde bewusst: Ich hasse ihn vor allem, weil ich den Vater in mir hasse.

Er setzte sich neben dem Fahrzeug auf den Felsboden und lehnte sich an ein Hinterrad. Der Reifen fühlte sich warm an. Was nun? Wichsen oder Weiterlesen? Lesen. Er blätterte gelangweilt im Blauen Büchlein. Die autobiografische Einleitung kam zur Adoleszenz des Meisters in einer Waldorfschule in Buenos Aires, dem folgte die bald abgebrochene Mitgliedschaft in der »Christengemeinschaft«, schilderte seine Lehr- und Wanderjahre, die ihn in religiös und landwirtschaftlich orientierte Gemeinden in Südchile, Paraguay, Bolivien, Brasilien und Venezuela führten. Man erfuhr vom Tod des Vaters, Heinz, dem Sanftgewordenen, und schließlich vom Erwerb des Anwesens auf dem umgetauften Bergrücken in der Nähe von Quemquemtréu. Mit »Alles wahrhaft Große entspringt dem Ungewissen«, schloss der Autobiograf sentenziös diesen ersten Abschnitt.

Über dem zweiten stand: »Keine Lehren-*Leere*, sondern Schalen-*Kost!*« »Futtersprüche« werde er »aus*teilen*«, kündigte der Meister an. Gabriels Blick hüpfte suchend darin herum. Unter Nr. 9 musste er sich fragen lassen: »Wie kannst du Erfüllung finden, wenn du keine *Schale* hast?« Nr. 12 erläuterte heideggerisch: »Nach oben ist die Schale offen, sie *ent*-hält. Ent-halten ist ihr Sein.« Nr. 24: »Das Rund der Kuppel ist Egozentrik, Verschlossenheit, Patriarchat; das Rund der Schale Offenheit, Altruismus, die Hingabe des ewig Weiblichen.« Nr. 28: »Unter der Kuppel bist du gefangen, in der Schale aufgehoben.« Und Nr. 31 präzisierte: »Die Eichel am Penis ist eine Kuppel. Sie sucht die Vulva, die ihr zur Schale wird.« Vielleicht war Füllspruch Nr. 42 das Ergebnis des langen Gesprächs zwischen dem Meister und Dr. Königsberg: »Träume sind Geheimnisse, die unsere Seele vor der Vernunft verbergen *will*. Darum sollst du sie dir weder *deuten* noch deuten *lassen*, denn damit *verrätst* du deine Seele an die Vernunft, und sie wird es dir übel nehmen. Nur *einem* sollst du deine Träume weitergeben: dem, den du als den *Meister* deines Lebens anerkennst. Er wird die Träume in einem Tresor für dich aufbewahren, als *Schalen-Hüter deiner Seele*.« Schluss damit!

Wenige Seiten nur beanspruchten ein paar Verhaltensregeln für die Gemeinschaft. Wer etwas aus seinem Inneren preisgeben wolle, müsse sich an den »Futterknecht« wenden, als welchen H.-H. sich in einem Anfall von Bescheidenheit bezeichnete. Der werde es dann nach eigenem Ermessen an die Schwestern und Brüder weiterleiten und gemeinsam würde man ihn dann anhören und beratschlagen. Tagesablauf, Kleidung und intime Beziehungen sollen nicht fest geregelt werden, sondern sich ganz natürlich aus dem Zusammenleben der Geschwister und der Konsultation mit dem Futterknecht ergeben. Was man als gut befinde, das werde man befolgen, solange es sich gut anfühle. Vornehmlich drückte sich H.-H.s Wollen und Wirken in Anregungen aus: im Schaffen eines »Beziehungstreibhauses«, in der Belebung eines »sensorischen Mikrokosmos«, in dem man einander betrachtet, betastet, hört und riecht und schmeckt und dabei die Umwelt einbezieht – bei Garten-, Feld- und Hausarbeit, bei Tanz und Turnen und mimischer Darbietung von Schalenformen und Kreisbewegungen, beim Morgenwandern, wo man bald ins Schwitzen kommt und ungeniert furzen darf, beim Nacktbaden im eiskalten See, beim Kauern und Trinken um ein Lagerfeuer unterm Sternenzelt, in Baumumarmungen, beim Singen und Reigentanz, im Spiel mit den Kindern und bei den seltenen Anlässen des zeremoniellen Speisens in der Tafelrunde. Zwei Seiten allerdings füllte eine energische Auseinandersetzung mit der Ernährung und der Medizin. Erlaubt waren schließlich nur vegetarische Kost, ungesüßte Gemüse- und Fruchtsäfte (niemals industriell hergestellte) und nur anthroposophische oder sogenannte Naturheilmethoden.

Doch nach der vergangenen Nacht hatten diese Worte für Gabriel ihre Beschwörungskraft verloren, waren sie ihm Geschwätz geworden. Vor einem Jahr hatte er, »unser neuer Bruder Gabriel«, sein erstes feierliches Silvesterabendmahl erleben dürfen. Es war dem Meister gelungen, mit Gesang, dampfendem Gemüse und gegenseitigem Gestreichel ein sinnlich trunkenes Ambiente zu schaffen. Nachdem man die Kinder mit Gummibärchen zu Bett geschickt hatte, war es zu einer genussvollen, auf- und absinkenden Knutsch- und Umarmungstrance gekommen. Wie ganz anders das Abendmahl an diesem Silvester!

Schon bei der ersten Begegnung unter der originalgetreuen Diefenbacher-Kopie von Hans Futterer war Gabriel die große Warze im Gesicht des predigenden Enkels, im Winkel seines rechten Auges, zwischen Lidansatz und Nasenwurzel, aufgefallen. Nach zwei Jahren aber war diese Wucherung zur Größe eines Hühnereis ausgewachsen, welches das Auge bedeckte. Wenn man den Meister ansah, musste man es zwanghaft vermeiden, auf diesen blutdunklen und von einem feinen Aderngewebe überzogenen Beutel zu starren, von dessen praller Glätte letzthin auch noch einige Brauenhaare borstig abstanden. Unter den Geschwistern fiel nie ein Wort darüber. Gestern Abend jedoch war der hartnäckig beschwiegene Auswuchs des Meisters auf einmal dramatisch in den Mittelpunkt gerückt …

Futterer saß zwischen seinen beiden Frauen: zur Rechten Hauptfrau Erika, von H.-H. »Erda« genannt, zur Linken Nebenfrau »Mausi«, deren wirklichen Vornamen niemand kannte. Erda Siskauskas, die Baumeisterswitwe aus Litauen, strahlte, wie üblich, heitere Hoheit aus, wirkte feierlich, sonnenköniglich: Eine majestätisch breite Gestalt, die mit ihrem hochgesteckten, in der Mitte gescheitelten grauen Haar über der marmorglatten Stirn ihren kurzwüchsigen Mann um Haupteslänge überragte. Mausi hingegen war zart, ganz das anschmiegsame, braunhaarige Mädchen, das Gabriel sofort nach seinem Beitritt gereizt hatte. Von Beginn an war er auf den Schatten in ihrem Schoß fixiert gewesen, der sich bei festlichen Anlässen unter dem lichtdurchlässigen Poncho abzeichnete. Hinzu kam die eigentümliche Art ihres Ganges, bei dem sie das Becken so hielt, als suchte sie damit etwas anzustoßen oder vor sich herzuschieben. Erst die Schwestern Esther und Hulda hatten ihm helfen können, sich dieser Obsession zu entledigen.

Eben noch hatte die kleine Gemeinde ein paar Verse von Gusto Gräser gesungen, in der Vertonung des vielseitigen Heinz Futterer (»*… in ihren Hütten, mitten in der Welt wildwonnig wohnend, als Krumb und Krank zu junger Schöne schonend …*«). Danach hatte der Meister mit erhobenen Handflächen Schweigen geboten und zu einer längeren Rede angesetzt. Wie schmerzhaft sich diese ihm entrang, verriet sein wie unter Martern zuckender Körper. Er habe den Schwestern und Brüdern ja eben schon seine dunkle Prophezeiung verkündet und vorsorglich das Blaue Büchlein unter ihnen verteilt. Die Vorstellung des grauenhaft nahenden Untergangs und die unendliche Mühe, den rettenden Weg zu finden, dann Gott wieder und wieder darum bitten zu müssen, bis er ihm endlich eine Antwort habe abringen können, das alles habe seinem Kopf die ungeheuersten und schmerzvollsten Anstrengungen auferlegt. Sein voraussehendes, suchendes, bohrendes Vorderhirn, eingepfercht unter der Schädeldecke, habe das schließlich nicht mehr allein schaffen können. Den Druck nicht mehr ausstehend, habe sein Vorderhirn, durch die rechte Augenhöhle austretend, sich ein zusätzliches Denkorgan, eine Außenstelle, geschaffen. Sie alle mussten es ja längst an ihm bemerkt haben, aber keiner habe sich je darum Sorgen gemacht, ihn etwa danach gefragt. Bei dieser Bemerkung legte der Meister Daumen und Zeigefinger an die Geschwulst, lupfte sie ein wenig und blickte nun auch wieder einmal mit dem rechten Auge vorwurfsvoll in die Runde. Erda hatte den Arm um ihn geschlungen, schüttelte missbilligend ihr hochgetürmtes Haar und ließ ihre tiefe, runde Stimme vernehmen: »Sollste dich nicht grämen, Ha Ha, sollste nicht.« Mausi schmiegte sich an den bebenden Körper des Meisters und ließ ihre rechte Hand unter dem Tisch verschwinden.

Aber Futterer hatte noch nicht zu Ende gesprochen. Jetzt, an der Schwelle des dritten Millenniums, habe er endlich alles, alles erfragt und beantwortet bekommen. Er danke Gott für seine Offenbarungen, wie qualvoll sie auch erkämpft werden mussten. Doch fortan, für den kurzen Rest seines irdischen Schalendaseins, brauche er keinen zusätzlichen Denkbeutel mehr; den wolle er, zum Beginn des neuen Jahrhunderts, nach erfüllter Mission, seinen Brüdern und Schwestern opfern. Während dieser Worte hatte er begonnen, sich ächzend über die Tischplatte zu recken. Erda versuchte, ihn zurückzuziehen; auch Mausi zerrte an etwas unter dem Tisch und fiepte dabei merkwürdig tierisch. Trotzdem gelang es dem Erregten, mit der einen Hand die leer gelöffelte Holzschale an sich zu reißen und, begleitet von einem Aufschrei der ganzen Runde, mit der anderen ein bereits aufgeklapptes Schweizer Taschenmesser zu zücken.

Das war der Augenblick, in dem Gabriel, wie von heftigem Übelsein befallen, aufgesprungen und hinausgelaufen war. Bis in den Flur hinaus verfolgte ihn noch die Einladung: »Meine lieben Geschwister, esset mein Fleisch und trinket mein Blut aus dieser Schale!« Der Meister war verrückt geworden. In seine Zelle geflüchtet, wachte er nach unruhigem Schlaf schon im Morgengrauen auf. Ob Futterer sich tödlich verletzt hatte? Die strikten Einwände und Verbote des Sektengründers gegenüber der Ärzteschaft fielen ihm ein. Aber in dem großen Gebäude herrschte Stille. Also nur fort! Im Hof wartete der geländegängige Samurai; die Tasche mit der Flugausrüstung hatte er schon am Vorabend darin verstaut. Das Tor in der Burgmauer stand wie immer offen, die Zugbrücke wurde schon lange nicht mehr hochgezogen.

Er holperte mit dem Wagen über den wasserlosen Graben und verließ den »Berg der Wahrheit« in Richtung Quemquemtréu.

Das Café neben der Tankstelle war durchgehend in Betrieb. Ein paar abgeschlaffte Girlanden hingen noch herum, und über dem Boden verstreut lag buntes Konfetti, zertretene Papptrompeten, Plastikbecher und geplatzte Luftballons. Er hatte frühstücken können und war dann zum Felsvorsprung aufgebrochen, der Abflugstelle der Paragleiter am Westhang des Piltriquitrón.

Endlich nahe – das vertraute Röhren eines Kawasaki-Motors. Gabriel sprang auf, steckte das Blaue Büchlein ins Handschuhfach zurück und hielt wieder Ausschau. Staubwolken verrieten ihm, wo Enzo sich in Serpentinen heraufarbeitete. Schließlich sprang das rote Motorrad mit einem letzten Aufheulen und mit Enzos tätowiertem Glatzkopf voran, zum Felsplateau herauf. Der Motor wurde abgeschaltet.

»Große Scheiße, Gabo-man!«, schrie Enzo so laut, als ob die Maschine noch liefe, die Beine im engen schwarzen Leder nach beiden Seiten ausgestreckt und mit nackten, muskulösen Armen winkend. »Scheiße, Gabo-man! Schon drei Hantavirusfälle im Krankenhaus heute Morgen, Mutter und zwei Kinder. Wir von der Freiwilligen Feuerwehr im Großeinsatz. Dutzende von Hütten und Schuppen aufreißen, lüften, desinfizieren!«

Gabriel schaute ihn verständnislos an: »Was?«

Möglich, dass Gabo noch nie davon gehört habe, räumte Enzo ein. Es seien ja die ersten Fälle in sechs Jahren. »Man, du müsstest doch endlich ein Handy haben, ist jetzt Vorschrift für Paragleiter. Konnte dich von unten her nicht verständigen.«

»Du weißt doch, Mobiltelefone mag man bei den Schalern nicht. Nur Futterer hat eines.«

»Diese Idioten … Unsere drei Infizierten werden womöglich sterben. Zuerst hohes Fieber, dann Atembeschwerden, innere Blutungen, Kotzerei, Scheiße, aus. Gibt noch kein Mittel gegen diesen Virus, man.«

Enzo erklärte Gabriel, wie die tödliche Infizierung mit dem Hantavirus über Mäusedreck und -urin erfolge. Die Gefahr lauere in dunklen Verschlägen, Lagern, Ställen, Dachböden, wo sich die Träger des Virus herumtreiben. Wenn man in dem lange geschlossenen Raum Staub aufwirbele, etwa beim Herumwerken oder Fegen, atme man sofort den Virus ein und – aus, Amen! Andererseits genüge schon ein kurzer Einfall von Tageslicht, um den Erreger zu vernichten, und die Gefahr sei vorbei.

»Ich muss sofort wieder hinunter, Gabo-man. Kam ja nur wegen dir. Es kann noch andere erwischt haben. Stell dir vor, was mein Großvater vorhin gesagt hat: Die Hiesigen leben im Dreck und dann wundern sie sich, wenn eine Epidemie ausbricht. Gabo-man, da kannst du nichts machen, Hopfen und Malz verloren, er ist und bleibt der alte Faschist. Willst du trotzdem fliegen? Der Hangaufwind scheint ja okay zu sein.«

Gabriel erzählte Enzo vom Geburtstagswunsch der Großmutter. Er wollte eigentlich schon längst in der Luft sein, um wenigstens das Schweben noch ein bisschen zu genießen.

Es gelte, den Virus-Vorfall so unauffällig wie nur möglich zu handhaben, mahnte Enzo. Als es vor sechs Jahren zehn Fälle gegeben habe, sechs davon tödlich, sei die Fremdenverkehrssaison in Quemquemtréu im Eimer gewesen. Damals habe er den ganzen Sommer über nur drei Gleitschirm-Schüler gehabt. »Wenn du da unten ankommst, man, halt bitte das Maul. Rotraud und die Gäste bei Lagler haben Internet und sie könnten es verbreiten. Wegen dreier Fällen verlieren wir unsere Touristen für die ganze Saison. Abwarten! Deine Futterer-Bande wird es sowieso schon wissen. Die sehen darin sicher ein dunkles Vorzeichen. Hantavirus, man – passt perfekt zu ihrem Weltuntergang! Das spricht sich sofort herum. Aber vielleicht haben wir Glück und es kommt zu keinen weiteren Fällen.«

»Der Schaler-Prophet ist mir jetzt scheißegal; er hat mich enttäuscht, im wahrsten Sinn des Wortes. Erkläre ich dir später, muss noch darüber nachdenken.«

»Gabo-man, machst ja auf normal!«, rief Enzo mit einem zustimmenden Schlag auf Gabriels Schulter. »Aber geh nicht gleich zum Kiffen zu den Sufis.« Gabriel schien das nicht komisch zu finden; er behielt sein bedrücktes Gesicht.

Sie klappten die schmale Ladefläche zwischen den Hintersitzen des Samurai auf, stemmten die Kawasaki hoch, das Hinterrad voran, und mussten die Maschine fest verzurren.

»Enzo, ich ruf dich von den Laglers aus an; vielleicht fliege ich noch am Nachmittag von dort bis Quemquemtréu hinunter und hole mir bei euch mein Auto.«

»So spät ist kaum noch Thermik drin, man. Brich dir nicht das Genick! Okay? Wo ist dein Helm?«

Gabriel lachte und schüttelte den Kopf. Er strich sein langes schwarzes Haar straff zurück und bündelte es am Hinterkopf mit einem strassglitzernden Gummiband zusammen.

Enzo lachte ebenfalls: »Das Glitzerding ist doch für Mädchen, man! Treibt man's so bunt bei euch? Du weißt, ich dürfte dich gar nicht fliegen lassen, Fräulein SOPI – keinen Helm, kein Handy …«

»Red keinen Scheiß, lockere dich, schau erst mal in das Blaue Büchlein des Verrückten hinein, es liegt im Handschuhfach.«

»Bin doch nicht meschugge, Gabo-man!«

Enzo half noch dabei, den Gleitschirm aufzurichten. Gabriel hatte sich schon ins Gurtenzeug gesetzt und die Steuerleinen gepackt. Sofort begann der warme Aufwind die Kanäle der Segelfläche aufzuplustern, Gabriel lief, in der Hocke hüpfend, bis zur Felskante vor und ließ sich ins Tal hinausheben. Enzos Blick folgte ihm nur während der ersten Minute. Da erschien ihm Gabriel schon wie eine Puppe unter dem straff geblähten blau-weißen Flügel vor dem Panorama der Gebirgskette. Gabriel wandte sich etwas der Bergwand zu und winkte. Enzo winkte zurück, bestieg eilig den Samurai und machte sich an die Abfahrt.

In dem Slalom einer Staubwolke verfolgte Gabriels Blick das Fahrzeug den steilen Weg hinunter; zu hören war nur fernes Brummen. Ein warmer Luftstrom drängte ihm entgegen; es zischelte im Flugkörper. Jedes Mal bedeutet ihm dieses Abheben viel mehr als bloß ein physisches Ereignis. Heute kam noch das Gefühl dazu, dass er von der Schaler-Gemeinde abhob. Ekel, Verstimmung, Enttäuschung waren nötig gewesen, damit er sich nun, nach wenigen Minuten des Schwebens, schon freier fühlte.

Tief unter sich, auf dem letzten Buckel vor dem See – auf dem patagonischen »Monte Verità« –, sah er sie wieder, die drei Bauwerke: Kuppel, Kubus, Kreis. Ebenso war ihm diese Geometrie bei seinem ersten Flug vor zwei Jahren aufgefallen. Daraufhin war er zu ihnen gepilgert.

Zuerst zur Kuppel: In der Mitte des Parks, zu der ein Kiesweg führte, stand, wie ein Gartenpavillon, die putzige Moschee, gekrönt von einer rundum überhängenden, abgeflachten Kuppel. Das gab ihr das Aussehen eines Pilzes in einem Märchenszenario. Ein paar Schafe und ein gewaltiger Widder hielten das Gras ringsum kurz. Wie er später erfuhr, hatten die Sufisten einen Bootsbauer mit der Anfertigung der Kuppel aus Kunstharz beauftragt. Dieser hatte nicht nur sein Bootskörpermodell auf die Kuppelform übertragen, man hatte ihm auch noch einen Meter zu viel Durchmesser angegeben. Als die Kuppel kam, war das reich ornamentierte Mauerwerk bereits errichtet, man wollte es nicht mehr abreißen, und so setzte man ihm einfach die überhängende Kappe auf. Von seiner Asienreise inspiriert, hatte Gabriel zuerst den Imam aufsuchen wollen. Es empfing ihn ein großer, beleibter Mann in weiten Kleidern, ein Argentinier, dem eine starke, aber unbestimmbare Ausdünstung voranging und dessen olivenschwarze Augen ölig glänzten. Er hatte im Gespräch einladend angedeutet: Die Sufi-Bruderschaft meide Cannabis als spirituelle Medizin keineswegs. Doch das hatte der Besucher ja schon ausprobiert, unter Hindus und Moslems und allein – ergebnislos. Als er enttäuscht zum Parkausgang zurückkehrte, drehte sich der Widder ihm zu und senkte den Schädel unter der Last seines riesigen Gehörns. Gabriel verdoppelte seinen Schritt. Bereits in vollem Sprint erreichte er zur rechten Zeit das Tor und konnte es dem heranschnaubenden Bock gegen die Stirn schlagen.

Dann eben zum Kubus: Nicht weit entfernt von der kleinen Moschee, hoch über dem See, lag der cremefarbene »Berghof«, unter grauem Schindeldach, mit grünen Fensterläden und einer geräumigen Terrasse, die einen prächtigen Panoramarundblick bot. Enzos Großvater, Fritz Cirigliano, einst Verbindungsmann unter deutschen und italienischen Nachrichtenzellen im Trentino, dann »Vater des Tourismus« von Quemquemtréu und Gesellschafter Siegmund Rohrs im Hotel »Tirol«, hatte versucht und vermeint, den Führerbau auf dem Obersalzberg, so weit er ihn aus Fotos, Skizzen und Beschreibungen kannte, wenn auch in einem Liliput-Maßstab, nachzubauen. Es gab aber Raum genug für mehrere Fremdenzimmer, und an nostalgischen Gästen mangelte es zu keiner Saison. Sie kamen einfach schon des Hofnamens wegen, und die Gespräche mit dem Hofherrn enttäuschten keinen. Dem alten Fritz also galt Gabriels zweiter Erkundungsbesuch. Schlingernd war ihm dieser, auf seine Frau gestützt, entgegengekommen. Wie jeder Neuankömmling musste Gabriel zuerst das Panorama der Bergwelt um die Seeplatte bewundern. Ein in Zement gegossener Schäferhund wachte an einer Ecke der Balustrade, das lebende Gegenstück beschnupperte den Besucher. Gabriel war von Enzo vorgewarnt worden, dass dem Großvater ein Schlaganfall die rechte Gesichtshälfte hochgezogen und dauerhaft gelähmt hatte; das zwang ihn jetzt, seinen Wotan mit einem kreischenden »Wutan« vom Schnüffeln abzuhalten und seine Frau, die ebenfalls Mausi hieß, als meine »Möische« vorzustellen. Die so Eingeführte übernahm sofort das Wort. Da Gabriel bei seiner Vorstellung Enzo, ihren Enkel, erwähnt hatte, den er vom Paragleiten her in der Ortschaft kennengelernt hatte, erzählte sie ihm, ihr einziger Sohn, Enrico, und dessen Frau – Enzos Eltern

– seien Bergführer gewesen und vor Jahren zusammen in einer Gletscherspalte umgekommen. Der kleine Enzo sei dann bei ihnen geblieben, ihr Mann habe energisch darauf bestanden: Der Sohn seines Sohnes durfte und konnte nur von ihm, in seinem »Geist«, erzogen werden, auf keinen Fall von den anderen Großeltern – »Hiesige«, müsse er wissen. Im Laufe der ausufernden Erzählung Möisches beobachtete Gabriel gelangweilt den sichtlich alten Schäferhund. Flocken von Hundehaar, vom Wind bewegt, huschten über die Kalksteinplatten, und auf seinem Körper zeigte sich nackte, graue Haut. Wutan begann, sein juckendes Hinterteil auf den Bodenplatten der Terrasse zu reiben und zog eine Blutspur über den Stein. Gabriel hatte sich baldmöglichst von den Herrschaften des »Berghofs« verabschiedet.

So kam ich schließlich in den Kreis, erinnerte er sich: in ein von einer Rundmauer umgebenes, burgartiges Gebäude, in dem einst der Waliser Millionär Peter Dafydd sich vor fünfzig Jahren seinen kindlichen Rittertraum erfüllt hatte, Burggraben und Hängebrücke inbegriffen. Das Spottwort ging damals um, mit Peters Whiskykonsum könne man den Graben füllen. Nach seinem Tod aber kaufte der stockabstinente H.-H. Futterer den Erben die Burg und die umliegenden Felder und Wälder ab. In der Schaler-Halle empfing ihn der neue Herr und Meister, und diese erste Begegnung war ihm vorhin wieder so gegenwärtig gewesen.

Sanft getragen in der Thermik, gab sich Gabriel dem Flug hin. Ein wenig schaukelnd, überließ er sich den Lüften, ihrem Auf und Ab, ein wenig steigend, schwankend, durchsinkend, sich drehend, stets begleitet vom vielfältigen Rauschen und Zittern in den Schnüren und der Spannfläche. Dabei erfüllte ihn das Gefühl der Einmaligkeit: Unmöglich, jemanden durch bloße Schilderung diese Empfindung zu vermitteln, so wenig, wie man einen Drogentrip beschreiben oder einen Orgasmus erzählen kann. Wie konnte das einer mitempfinden, so federleicht und gelassen über all dem Schwerfälligen zu schweben. »Abgehoben!«

– ja, das war so ein Wort für das, was hier geschah. Gleichgültig werden im freien Raum, ob Kirschen oder Äpfel reifen, das Vieh weidet, Getreide aus dem Boden schießt, Kartoffeln sich unter der Erde dehnen, kleine und große Gewässer zusammenfließen und gemeinsam in den Pazifik münden, oder ob Mäuse urinieren und den mörderischen Hantavirus unter die Leute bringen.

Da unten, eine Playmobil-Farm, der Tilo-Hof. Er schätzte, dass er sich zur Seite hin etwas entfernen musste, um die Linde genau angleiten zu können. Von dem winzigen, hufeisenförmig ummauerten Grillplatz sah er einen dünnen Rauchschleier aufsteigen. Einzelne Gestalten, da und dort, unbestimmbare Ameisen. Seit zwei Jahren hatte er kein Fleisch mehr gegessen und keinen Wein mehr getrunken. Damit hatte ihn die Oma herbeilocken wollen? Einen saftigen patagonischen Lammbraten wird's geben und einen guten Tropfen!, versprach ihm das Billet an den »lieben Enkelsohn«. Sie lade ihn zu ihrem letzten Geburtstagsfest ein, und zugleich hatte sie ihm genaue Instruktionen gegeben, wo, wann und wie er vom Himmel herabzugleiten habe, zur Gaudi ihrer Gäste. Ob sie wohl alle schon unterm Lindenbaum saßen, mit Katha … und dem Vater?

Dann ließ er sich über das Schaler-Nest tragen, über sein Heim, und ganz überraschend, übermächtig, durchfuhr ihn das Bedürfnis, wie die jähen Erektionen, wenn er Mausis Schoßschatten entdeckte, nach all dem, was ihm dort unten so eigen geworden war und was ihn, wie in einer »Schale« – er dachte den Begriff mit Widerstreben –, aufgefangen hatte. Es mochte dieser Fernblick sein, dieser Fokus aus der Höhe auf seine winzige Zufluchtswelt, diese in einer Absturzsekunde erreichbare und für immer verlierbare Heimstatt, was ihn umstimmte. Die Schwestern und Brüder sind meine Familie; das hat nichts mit dem Futterer, mit dem enttäuschenden Meister, mit diesem verrückten Selbstverstümmler zu tun – nur mit Hulda, Anita, Bruno, Andres, Esther, Mausi … Konnte er sie verlassen? Sollten ihn nun wieder die Tage und Nächte der Einsamkeit schlucken, die gähnende Leere des Tages, die unendlichen Stollen der Nacht? Und nicht zuletzt steckten auch seine fünfzigtausend in diesem Bund. Ihr Schwestern, ihr Brüder, ich kann euch nicht entbehren! Sein Zuhause war bei den Schalern. Nur, aus dieser Holzschüssel würde er nicht mehr essen können. Die konnte nur mehr als eine scheußliche Reliquie gelten. Womöglich lag der Meister im Sterben … wie verstört und niedergeschlagen mussten die Geschwister sein. Sollte er sich nicht doch gleich wieder auf den »Monte Verdad« zurücksinken lassen? Zu seiner wahren Familie heimkehren? Ein Wiedersehen mit Katha würde sie vielleicht nur tiefer schmerzen, oder schlimmer noch, enttäuschen. Wieder beisammen, würden sie an die Mutter denken müssen und streiten, über den unmöglichen Vater.

Unschlüssig ließ er sich eine Weile zum See hin tragen. Der Fernblick gegen Westen tat sich auf: An dieser schmalen Senke in den Kordilleren, nach vieltausend Kilometern aufgetürmten Gebirges zwischen Pazifik und Atlantik war ein Bruch entstanden; hier verrieten sich die Spuren einer Sekunde der Erschöpfung beim Hochstemmen der Gesteinsmassen vor Aberhundert Millionen Jahren. Wie wenig hätte damals gefehlt, und heute schwappte und leckte da unten der Pazifik herein, und der See wäre ein Meerbusen, keineswegs mehr so hart und abweisend … Und es gäbe einen Hafen, und alte Geschichten von Walfischfängern, Fleisch- und Woll-Frachtern, Matrosenkneipen und dem ganzen Drumherum.

Auf dem Altimeter las Gabriel: Tausendsiebenhundertsechsundfünfzig Meter. Höher mochte ihn wohl der Luftstrom nicht mehr tragen. Wenn er noch weiter zum See hinausglitt, würde er den Aufwind verlieren, den er zu einer sanften Landung benötigte – beim Geschwisterbund oder auf dem Tilo-Hof.

»Verdammt, ich hänge in der Luft, wo soll ich landen?«, fragte sich Gabriel Holberg ins Blaue hinein.

10

GRETL

Eine halbe Stunde nach ihrer schlimmen Entdeckung am Frühstückstisch setzte sich Gretl Königsberg, geborene Gumbinner, an ihren Laptop. Vorhin noch, als sie Elias den Kaffee und die Brombeermarmeladebrote ins gemeinsame Schlafzimmer gebracht und ihn endlich wieder über seinen Text gebeugt vorgefunden hatte, hatte sie es nicht über sich gebracht, ihm etwas von dem Vorfall zu berichten; das hätte seine Konzentrationsfähigkeit wohl für den Rest des Tages zerstört. An Ilse jedoch musste sie sofort schreiben. Gretls Hände ruhten noch zitternd in ihrem Schoß. Über den Laptop hinweg konnte sie in den Garten und auf Treugotts Lindenbaum schauen. Schließlich richtete sich ihr Blick wieder auf den leeren Bildschirm und den darin pulsierenden Cursor. Sie begann mit ihrem Brief.

»Liebste Schwester, wir werden zwar heute noch telefonieren, aber ich kann diesen Neujahrstag auf dem Tilo-Hof nicht beginnen, und wahrscheinlich nur ertragen, wenn ich Dir zuerst schreibe. Ich muss Dir meine Angst mitteilen: Ich fürchte mich davor, wie der heutige Tag noch enden mag! Und dabei hat's wieder so sonniges Wetter. Denk Dir nur, erst gestern überraschte uns ein kurzes Schneegestöber, als wäre Patagonien auf einmal nach Nordeuropa verschoben worden. Bei Euch in Ramat Gan ist's jetzt früher Nachmittag – und, wie ich mir vorstelle, wohl schon ein bisserl winterlich.

Wie gut, dass auch wir, die Uralten, noch den Computer und das Internet kennengelernt haben! Wenn ich am End auf die Sendetaste drücke, flitzt mein Text in deinen Briefkasten und

Du kannst ihn Dir sofort auf den Bildschirm holen. Diese neuen Chips der Elektronik sind die wahre Frischzellenkur für uns, sage ich immer, und erfolglos, dem Eli. Und wie einem erst das Schreiben erleichtert wird! Wie viel Zeit hätt ich mir früher beim Abtippen von Elis Manuskripten ersparen können! Aber stell Dir vor, unser Dickkopf besteht noch heut darauf, mit der Hand zu schreiben. Jetzt sitzt er an seinem Tischchen im Schlafzimmer, denn dort hab ich ihn gewissermaßen eingesperrt, damit er sein Versprechen wahr macht und seine Erinnerungen an die Jugend in Fürth zu Ende bringt. Fast drei Jahre hat er für seine ersten zwanzig Lenze gebraucht, und das Manuskript ist ihm dabei auf über zweihundert Seiten angeschwollen. Ob er heute endlich den Abschluss schafft, wie er mir hoch und heilig versprochen hat? Gerade heute? Es ist ein Kreuz mit ihm.

Gestern, an Silvester, hat er wieder zu viel Whisky zu einem scheußlichen Haggis getrunken. Aber seine Schwierigkeiten haben wohl mehr mit dem zu tun, was mich heute so entsetzlich bedrückt. Eli fällt es schwer, den Übergang in die Jahre ab '33 anzupacken. ›Du bist doch kein Proust!‹, habe ich ihm schon oft gesagt. Aber ans Ende der Pubertät zu kommen und dabei zu entdecken, dass man am falschen Ort geboren wurde, ja dass man dort eigentlich gar nicht hätte zur Welt kommen dürfen, und dass einem die Heimat willkürlich aberkannt wird – welch ein Trauma … Und wenn man durch nichts als Glück sein nacktes Leben gerettet hat – wie wir drei –, und dieses später auch noch einigermaßen erfolgreich gewesen ist, dann möchte man doch gerne eine versöhnliche Bilanz ziehen – und weiß zugleich, das geht nicht. Das Grauen holt uns jederzeit wieder ein. Und sei's nach sechzig Jahren, am Frühstückstisch.

Obendrein ist Eli für jede Ablenkung zu haben. Da wartet er für seine Aufzeichnung unserer englischen Jahre geradezu fiebernd auf Veröffentlichungen aus dem Nachlass von Elias Canetti, auf dessen Erinnerungen an Hampstead. Er glaubt, es müsse etwas über ihn drinstehen, und daran müsse er anknüpfen. Denn wenn auch der Canetti die Psychiater nicht ausstehen konnte, so haben die beiden sich doch mehr als einmal getroffen. Und besonders unvergesslich ist ihm ein Nachmittag in Ansham geblieben, weil da auch Abraham Sonne dabei gewesen ist. Ihr habt's ja Sonne später noch in Israel getroffen. Die beiden Eliasse haben sich nach London weder wieder gesehen noch Briefe gewechselt; es gibt auch kein Foto von den beiden zusammen. Als der Canetti den Nobelpreis bekam, haben wir ihm ein paar herzliche Zeilen aus Buenos Aires geschrieben. Weil darauf keine Antwort kam, meinte Eli: ›Hera, seine junge Frau, weil die uns nicht kennt, wird die Post gleichgültig in den Papierkorb geschmissen haben.‹

Ich sitz hier vor einem Fenster, das in den Garten hinausgeht, und seh die Vorbereitungen zum Barbecue; hier heißt es asado. Ein langer Tisch steht unter dem blühenden Lindenbaum, von dem ich Dir erzählt hab. Ja, Schwesterherz, dieser schöne Baum macht's doppelt schmerzlich – auch Du würdest da ständig an die Linde im Hof unseres Elternhauses in Deutschkreutz denken. ›Die Linde ist der Baum der Wohnlichkeit‹, schreibt Adalbert Stifter einmal im ›Nachsommer‹. Wie wahr! Heute will es mir fast so vorkommen, als hätte sich darunter unsere ganze Kindheit und Jugend abgespielt. Wahrscheinlich, weil die paar Fotografien, die ich noch von früher hab', in unserem Hof aufgenommen worden sind. Auf einer stehst Du neben Mama; Du bist für irgendein Schulfest gekleidet, in burgenländischer Tracht, und hast die Haare zu langen blonden Zöpfen geflochten. Ihr beide lacht, wie man damals noch lachen konnte. Ich aber, die kleinere Schwester, hab wohl nichts damit zu tun gehabt; ich sitz seitlich im Schatten, auf der Bank vor dem Wohnhaus. Die Aufnahme hat sicherlich Papa gemacht, denn die Fabrikmauer, die den Hof abschließt, nimmt viel Platz ein; in Fraktur ist auf ihr zu lesen: ›Webereibetrieb – Jakob Gumbinner & Söhne‹.

Und weil ich jetzt gerade daran denke: Gleich zweimal haben wir 1937 unter dem Baum Hochzeit gefeiert. Du zuerst mit Deinem Moritz im Frühling, dann folgte ich im Herbst mit Eli.

Ich hab nur noch das eine Gruppenbild von meinem Fest: Wir sitzen an einem Tisch unter der Linde, und auf beiden Seiten, an zwei Nebentischen, Familie und Freunde – darunter Clementine und Alberto, der Sohn unseres argentinischen Retters. Auch der Bürgermeister, der Hausarzt, Arbeiter und Arbeiterinnen aus dem Betrieb, ein paar Kinder. Wie oft habe ich manche dieser Gesichter, alle lachend zur Kamera gewandt, später mit einer Lupe studiert! Das war damals zwar ein Moment – aber keine Momentaufnahme. Alle haben vorher noch schnell ihre Frisuren betastet, ihre Einstecktüchlein, Krawatten und Hüte zurechtgerückt, einen Gesichtsausdruck aufgesetzt und sich wohl so ihre Gedanken gemacht – wobei manche sie auch ganz bewusst versteckt haben dürften. Und weißt Du, was ich vor allem entdecken wollte? Die Gesichter der Nutznießer unserer baldigen Vertreibung, auch die der Freunderln und Komplizen. Als hätte man das denen schon ansehen können …

Du kennst ja die letzte Fotografie von Moritz und Dir. Ich weine, wenn ich sie anschau. März 1938. Täuschend zufrieden sitzt ihr beide da auf der Bank, und Du bist mit Benny schwanger, der heute dem Moritz so ähnlich sieht. Wie bedachtsam vorausgeplant und dann blitzschnell man damals gegen uns vorgegangen ist! Keine Berechtigung mehr, den Betrieb zu führen, unermüdliche Bemühungen unseres Vaters bei einer Dienststelle in Wien, um die Enteignung zu vermeiden, ergebnislose Vorsprachen bei den Ämtern. Schnell erlassene Gesetze zur ›Entjudung‹, zur ›Bereinigung und Wirtschaftlichkeit‹ – und plötzlich waren wir arm, ausgestoßen und bedroht. Und naiv ratlos, denn in Deutschkreutz haben sich die Leute uns gegenüber zurückgehalten. Aus Wien haben wir zwar Schauergeschichten gehört, aber in der Hauptstadt war ja immer ein großes Burgtheater. Erst in London haben wir Ausschnitte aus den Tagesschauen gesehen und die ganze Grauenhaftigkeit begriffen, die da in diesen Tagen aufgezogen war: die in Begeisterung verzerrten Gesichter der Massen beim Einmarsch der Wehrmacht, alles beflaggt, in

Nahaufnahmen die Frauen, die vor dem Unmenschen in seinem Mercedes niederknien, und das Heil- und Heimkehrgeschrei der Alten, Jungen und Kinder, und dann dieses Meer winkender Hakenkreuzfähnchen in aller Hände.

Dabei können wir, Du, liebes Schwesterherz, und ich, wenigstens trauern. Denn Euch, den Eltern und Dir, hat das Wiener Amt für Jüdische Auswanderung die Reise nach Palästina noch genehmigt. Und Eli und mich hat der argentinische Konsul in Wien, Patricio Holberg, ich will diesen Namen immer wieder ausschreiben, gerettet. Deinen Moritz aber haben sie abgeholt und nach Mauthausen gebracht. Das ist das Grauen, das kein Ende nehmen will und das uns hier – Du wirst es nicht glauben, gerade hier in diesem entlegenen patagonischen Winkel – wieder heimsucht. Nur gut, dass der Enkel des Konsuls heute auch bei uns sein wird. Kommt natürlich zum Geburtstag seiner Mutter. Dass wir uns damals von Southampton nicht gleich nach Buenos Aires einschiffen ließen, sondern in England geblieben sind, war ja gut so, und die Argentinier haben es uns nicht übel genommen. Na, fünfzehn Jahre später haben wir die Reise nach Übersee doch gewagt, aber auf Einladung, und per Flugzeug.

Entschuldige dieses Durcheinander, diese Wiederholungen, weil ich hatte das Bedürfnis, was mir so weh tut, noch einmal zu sagen. Ich musste es mir vor Augen führen, musste es Dir unbedingt vorausschicken, damit Du meinen heutigen Schock verstehst.«

Laute, heftige Worte im Garten. Gretl unterbrach und schaute hinaus. Es war Treugotts Stimme. Eben sprang sein Sohn Quique zum Lindenbaum, unter dem er sich seinem Vater zuwandte. Er hatte seine Daumen in beide Ohren gesteckt und wirbelte mit den übrigen Fingern; dazu riss er die Augen weit auf und streckte die Zunge heraus. Fassungslos beobachtete Gretl die Szene. Treugott, schwer auf seine Krücke gestützt, wollte dem frechen Kerl nachsetzen. Der aber rannte spielend um den großen Tisch herum und schnitt dem Vater aus sicherer Entfernung wieder seine frechen Grimassen. Auch Rotraud erschien jetzt, wohl aus der Küche. Es war, als wände sie sich unter hemmungslosem Gelächter, und wühlte dabei mit den Händen in der Schürze. Ihr war es offensichtlich nur um Treugott zu tun, denn sie packte seinen Arm, zog ihn zurück und an den Grillplatz. Dabei drehte Treugott sich noch einige Male um und schimpfte in die Richtung, in der sein Sohn bereits verschwunden war. Hätte ich doch diese unverwüstliche Fröhlichkeit von Rotraud!, dachte Gretl. Selbst angesichts dieses verdorbenen Sohnes und an der Seite ihres invaliden Ehemannes kann sie noch lachen. Kopfschüttelnd fuhr Gretl mit ihrem Brief fort.

»Also heute grillt uns der Hausherr wieder sein Lamm nach patagonischer Art. Clementine feiert ihren Neunzigsten. Aber bei mir wird keine Feststimmung aufkommen. Körperlich ist Clementine für ihr Alter noch erstaunlich rüstig – ich bin zwar ein paar Jahre jünger als sie, aber wie schwach und wie müde! Wenn Eli mich nicht bräuchte … wozu darüber reden? Wir sind hier bei den Laglers in all den Jahren mehr oder weniger dieselbe kleine Tafelrunde geblieben, mit wechselnden weiteren Sommergästen. Diesmal haben wir Deinen Benny mit Sarah dabei, und Martin bringt seine Tochter Katha mit. Über den Tod seiner Frau Judith habe ich Dir berichtet. Sie war eine so sensible Pianistin! Die Tochter soll von dem Verlust schwer mitgenommen worden sein, sie musste für eine Zeit in eine Nervenheilanstalt, in eine ›Irrenanstalt‹, wie es ihre Großmutter so feinfühlig formuliert hat. Auch Kathas Bruder Gabriel soll – laut Clementine – ein ›schwieriger Fall‹ sein, der mit seinem Leben nichts Richtiges anzufangen wisse; in jüngerer Zeit sei er eine Art Fallschirmspringer geworden und einer Sekte beigetreten, die ihr Quartier zufällig hier in der Nähe aufgeschlagen hat. Ich weiß nicht, ob wir ihn heute sehen werden. Der Sektenführer ist einmal zu uns heraufgekommen, ein Spinner, ein Fall für Eli. Martin hat Eli um Hilfe gebeten, aber ich kann Dir nicht sagen, worum es genau geht; Du weißt ja, Eli meint es Ernst mit dem beruflichen Arztgeheimnis. Andererseits scheint aus dieser Beziehung keine richtige Analyse zu werden: Die Holberg-Besuche arten in lange Unterhaltungen aus; ich muss manchmal anklopfen, weil Eli den nachfolgenden Klienten vergessen hat.

Übrigens, ich muss es Dir einmal sagen, bald nach Mittag beginnt Eli stark zu ermüden und nachmittags vergesslich zu werden. Er sollte sich schonen, er macht mir Sorgen. An seiner Seite war ich ein Leben lang Ehefrau, Mutter unserer drei Kinder, Sekretärin, Hausfrau, Beichtmutter, aber auch Krankenschwester und sein Eckermann – seine ›Eckerfrau‹! Du weißt es ja, wenn er in seinen Vorträgen für Heiterkeit sorgen will, gesteht er dem Publikum, dass er sich in komplizierten Fällen mit seiner Pediküre berate. Dass ich nicht lache: Die ›Pediküre‹ bin ich!

Ja, Ilseliebes, ich weiche ab, ich weiche aus – doch ob ich es will oder nicht, ich muss wieder auf Clementine zurückkommen. Geistig ist sie oft schon sehr durcheinander; und das hat heute beim Frühstück, durch Zufall, wohl zu dieser Enthüllung geführt, von der ich Dir berichten muss. Wir gingen mit Rotraud, eher im Spaß, die paar Namen der heutigen Gäste durch. Rotraud meinte, Siegmund Rohr, der bereits einundneunzig ist und in der Nachbarschaft wohnt, werde wohl heuer nicht mehr mit von der Partie sein können, jedenfalls habe er noch nicht zugesagt. Sie wolle ihn etwas später, für alle Fälle, noch einmal anrufen. Und stell Dir vor, da hat Clementine, wie aus dem Schlaf erwachend, plötzlich kreischend ausgerufen, das solle sie nur bitte unterlassen – sie wolle doch sehen, ob der Siegmund ihr so etwas antun könne, wo er doch immer behauptet habe, er sei ›durch und durch Mauthausener Granit‹ … Ilselein, Du kannst Dir ausmalen, wie ich zusammengefahren bin! Wir haben ja in den vergangenen Jahren immer mal wieder vermutet, dass der Rohr – sozusagen vom Typus her – irgendeinen untergeordneten Rang bei den Nazis gehabt haben müsse, vielleicht sogar bei der SS. Aber das war, wie Du Dir vorstellen kannst, niemals Gesprächsthema in unserem Kreis – jedenfalls nicht in Elis und meiner Gegenwart. Außerdem: Rohr lebt hier unter seinem Namen, allein, bescheiden, hat früher ein Hotel betrieben und kümmert sich nur um seine Hunde. Jetzt ist es zwar nur ein Dackel, doch vorher hatte er jahrelang einen deutschen Schäferhund. Irgendwelche antisemitisch klingende Äußerungen haben wir nie von ihm gehört, aber auch das verräterische Gegenteil, den beflissenen Philosemitismus, hat er nie gezeigt. Trotzdem, nach dieser Enthüllung steht er mir geradezu wie eine teuflische Erscheinung vor dem inneren Auge: jung, so wie sie damals aufgetreten sind, gestiefelt und in schlecht sitzender Uniform. Ich werde das Phantom nicht los.

Du weißt ja, bisweilen überkommt Elias eine perfide Lust, mit solchen Menschen engeren Kontakt aufzunehmen. Ich glaube, es geht ihm dabei darum, sich mit ihnen von gleich zu gleich, an einem neutralen Ort, in dieser höllischen Welt zu messen: Keiner kann dem anderen etwas anhaben, jeder muss den anderen ertragen, wie er ist, so grauenhaft es vielleicht sein mag. Aber so ist es eben, fern vom Tatort, lange Zeit nach den Verbrechen. Wenn ich das falsch finde, versteigt sich Eli in Argumente: Er kommt mir mit den Menschen in ihrem Widerspruch, er erinnert an die steinernen Heiligen, die Dämonen und Fratzen der gotischen Kirchen; da seien alle Gegensätze beisammen, wie in der Wirklichkeit. Nur unter seinesgleichen zu leben, das sei eine Forderung der Fundamentalisten jeglicher Couleur. Einmal hat er gemeint, und jetzt bin ich schon wieder seine ›Eckerfrau‹, dieses Sich-zusammen-Ertragen sei die letzte Möglichkeit für unsere Generation, die Verirrungen des Jahrhunderts friedlich auszuleben (von ›bewältigen‹ natürlich keine Rede). Wirklich verändern könnten wir uns eh nicht mehr; und wir hier oben, am Ende unserer Lebenswege, verwirklichten im Mikrokosmos des Tilo-Hofes recht eigentlich eine bewundernswerte Utopie.

Im Übrigen tippt Eli, was diesen Rohr betrifft, auf eine verschämt unterdrückte homoerotische Neigung nach der alten Fasson, also nicht ausgelebt und voller Frust. Noch dazu ist er mit einer solchen Veranlagung wohl im falschesten Winkel der Welt gelandet. Hier kennt man für diese Neigung nur Spott und Verachtung.

Aber zurück zu meinem Frühstück und Clementine. ›Was denn – willst du etwa sagen, der Siegmund Rohr sei in Mauthausen postiert gewesen?‹, hab ich sofort, mit sinkendem Herzen und mit wohl auch zitternder Stimme, nachgebohrt. ›Hoppala!‹, hat sie da nur gesagt und sich mit den Fingern leicht auf die Lippen geklopft – aber sonst keine Antwort gegeben! Und darauf hat diese Hexe angesichts meiner Erregung nur mit ihren grauen Schlitzaugen gefeixt und ein kindisches Schmollgoscherl gezogen, so, als hätte ich gegen die guten Sitten verstoßen und eine ungehörige Frage gestellt. Mir blieb der Atem weg, kein Wort brachte ich mehr hervor. Und dabei dachte ich, um ganz ehrlich zu sein, nicht einmal allein an Moritz, sondern auch an Benny, der in seiner leutseligen Art mit diesen beiden, in ein paar Stunden, ein Fest feiern soll. ›Besser, Rohr kommt nicht‹, konnte ich dann gerade noch gegenüber Rotraud hervorpressen. Es muss so verzweifelt geklungen haben, dass die Gute gleich abgewunken hat: ›Ich rufe ihn sowieso nicht mehr an.‹ Clementine sagte nichts mehr. Sie hatte die Arme fest vor der Brust verschränkt und schmollte weiter.«

Abermals wurde Gretl abgelenkt. Die Tür des Schlafzimmers war geöffnet worden und im Rahmen stand Elias. Er trug ein weites, weißes, kragenloses Hemd und seine safrangelb und karamellbraun karierte Clownshose. Das Hemd stammte aus Bangladesh; die Hose hatte er vor einigen Jahren bei einem Trödler in der Bronx erstanden. Es war Gretl unmöglich gewesen, sie ihm auszureden, geschweige denn zu verhindern, dass er sie zu festlichen Anlässen tatsächlich trug. Eine Duftwolke seines eigenwilligen Parfüms umgab ihn. Das unbändig dichte Haar hatte er wieder straff in den Nacken gebunden. Ein reges Faltenspiel in seinem braunen Gesicht schwankte zwischen Stolz, Freude und Besorgnis.

»Ich störe dich wohl hoffentlich nicht, Gretli …«

»Nein, ich schreibe gerade an Ilse. Sag, kommst du von deinem Schreibtisch oder gerade aus dem Jacuzzi?«

»Von beiden, mein Liebchen; dein Gefangener hat ja nicht einmal die Frühstücksgesellschaft begrüßen dürfen. Und ob du mir glaubst oder nicht, eben habe ich meine Jugenderinnerungen fast abgeschlossen.«

Wie er das mit »fast« meine, wollte Gretl sofort wissen und drohte, ihn nicht aus dem Zimmer zu lassen.

»Ich weiß jetzt endlich, wie ich sie abschließen muss. Ich habe soeben die Tür hinter mir noch offen gelassen.«

Wie denn das mit der Tür, bittschön, zu verstehen sei, fragte Gretl, und, wenn er schon so metaphorisch daherrede, ob er denn einen Schlüssel habe, um sie dann endgültig abzusperren, hinter allen Wassermanns und Kissingers.

»Keine Anspielungen, Gretli. Vor mir steht bereits der Boykott jüdischer Geschäfte am 1. April 1933. Als mein Vater die SA und den Pöbel ungestört herumtoben sah, hat er mich sofort überredet, nach Wien zu gehen. Es waren sicher Nazis aus Nürnberg, aber manch einer unserer guten Fürther war auch darunter. Heute kann ich das nicht schreiben, an einem so schönen Tag, an Clementines Geburtstag; es soll doch ein heiterer Tag werden. Unbeschwert will ich in dieses neue Jahr gehen, das wir doch ganz gegen unsere Erwartungen erreicht haben. Gerade heute könnte ich mir diese Ereignisse, diese riesigen Enttäuschungen, nicht noch einmal vergegenwärtigen. Boykott dem Boykott! Heute soll's einfach noch einmal gelten: ›In Färth, do hot's viel Jud'n und viel Wärt.‹«

Gretl blickte bei diesen Worten, die ihm schon wie ein Vorgeschmack des letzten Abschnitts aus der Feder zu fließen schienen, und die sie eigentlich hätten beruhigen müssen, ratlos und niedergeschlagen auf seine nackten Füße. Sie steckten, wie immer, in ausgelatschten Mokassins. Irgendwann in den frühen vierziger Jahren, als in London die ersten Berichte über Massentötungen im besetzten Polen und der Ukraine verbreitet wurden, hatte Elias aus einer Eingebung heraus beschlossen, keine Strümpfe mehr anzuziehen: ob Winter oder Sommer, Regen oder Sonne, Hyde Park oder Library, Polohemd oder Anzug – seine Füße würden immer nackt bleiben, selbst in den gewichsten schwarzen Schuhen im Konzert. So entstand eine Aura von Verletzlichkeit um ihn, die man an der Universität respektierte und die es später seinen Klienten leichter machte, ihre eigenen Verletzungen aufzudecken. Es war Gretls Los, über ein halbes Jahrhundert hindurch ihren Ehemann täglich zu mahnen, doch »wenigstens heute« ein Paar Herrensocken anzuziehen. Sie führte, in der Hoffnung auf einen Erfolg ihrer Beschwörungen, auch immer zwei Paar in ihrem Koffer mit – die warmen und die leichten.

Natürlich hatte Dr. Elias Königsberg versucht, seinen spontanen Entschluss analytisch zu begreifen. Vielleicht war's ein kindlich-kindisch-hilfloses Aufbegehren gegenüber dem Staatsmoloch, in dem er damals den Menschenfeind erblickte, oder auch ein parasitäres Mitleidenwollen am Elend der Opfer. Oder er wollte selbst symbolisch den Opfergang begleiten. Oder er wollte in seine heimatliche, barfüßige, glückliche Kindheit zurückkehren und in ihr ausharren, bis der Albtraum vorüber war. Bereits in einem frühen Erinnerungsessay, den sie gegen Ende des Londoner Aufenthalts abgetippt hatte, in *Barefoot through Kristallnacht*, hatte Eli die merkwürdige Schrulle behandelt. Aber die Antwort hatte er offengelassen: Auch ein Analytiker müsse es sich leisten dürfen, sich selbst nicht zu verstehen. Man rechnete ihm das hoch an, wenn auch nicht unbedingt unter Kollegen: Es war damals selten, dass ein Psychoanalytiker zugab, etwas nicht zu verstehen – obwohl das so auch wieder nicht ganz stimmte, denn er spekulierte ja, wie sie von ihm wusste, mit einem »geheimen Auftrag«, der ihm von »unserer immerdunklen Seite der Seele« erteilt worden sein könnte.

Gretl versuchte die Gunst des Augenblicks zu nutzen. »Willst du dir zu diesem Ereignis nicht ein Paar Socken anziehen, Eli?

Ich hab dir doch immer prophezeit, an dem Tag, an dem du von deiner Jugendwelt Abschied nehmen kannst, wirst du auch wieder Socken tragen können.«

»Ach, Gretli, hör mir damit auf. Jetzt darf ich sie erst recht nicht anziehen.«

»Also dann barfuß auch durchs Hitlerreich …«

Die Falten des Psychiaters signalisierten Ratlosigkeit, doch seine blauen Augen, die wohlig auf den dicken Tränensäcken zu ruhen schienen, waren sehnsüchtig auf die Tür in den Garten hinaus gerichtet.

»Gretli, lassen wir das für heute. Ich muss Clementine begrüßen, es geht schon auf Mittag zu und ich hab sie noch gar nicht gesehen. Ich will dich nicht weiter stören, Liebes. Schreib nur ruhig weiter! Grüße mir Ilse und Saul herzlich.«

»Wenn du wüsstest …«, wollte Gretl beginnen, aber sie fing sich noch. Er solle nur zu der Jubilarin, aber er möge bitte vor dem Essen zurückkommen, sie habe noch etwas mit ihm zu besprechen.

»Ist was?«

Gretl verneinte, Elias zuckte mit den Schultern und ging auf die Tür zu. Als er sie öffnete und in den sonnendurchfluteten Neujahrsmorgen hinaustrat, breitete er theatralisch die Arme aus. Dazu stimmte er das Lied der Gefangenen aus Fidelio an: »*Oh welche Lust, oh welche Lust* …«

Gretl seufzte tief auf, überlas noch einmal die letzten Zeilen ihres Briefes und setzte ihn fort:

»Eben hat mich Eli unterbrochen. Er ist so froh, hat gesagt, endlich zum Abschluss seiner Jugend in Fürth gekommen zu sein. Jetzt liegt die schlimmste Etappe vor ihm. Er ist solch ein optimistischer und tieftrauriger Mensch zugleich. Ich konnte ihm bei seiner Freude nicht gleich mit meiner Nachricht kommen. Und mir fällt eine seiner Notizen ein – eine grausame Parabel! –, die er seiner Eckerfrau einmal diktiert hat. Ich weiß nicht, ob sie zu dem passt, was ich sagen wollte. So ungefähr lautet sie: ›Nach ein paar Gesprächsminuten drängt es den alten Juden schon, mir die eintätowierte Nummer auf seinem Unterarm zu zeigen und mir eine Erinnerung aus den KZ-Jahren mitzuteilen. Er erzählt von der täglichen Rückkehr ins Lager, nach der Zwangsarbeit auf den Feldern, und wie die am Tor aufgereihten Wächter allein aus den Gesichtern der Zurückkommenden lesen konnten, ob einer unter seinen Kleidern etwas einzuschmuggeln versuchte: ein Stück Brot, zwei Kartoffeln, Geschenke barmherziger Bauern. Mit halb erhobenem Arm und gekrümmtem Zeigefinger macht er mir genau vor, wie so ein Wachsoldat einen da aus der Kolonne herauswinken konnte. Wenn der Ertappte Glück hatte, kam er mit ein paar Fußtritten davon, aber wenn nicht, dann … und er stößt mit ausgestrecktem, sich wie eine Schraube drehendem Zeigefinger schräg nach unten, um die tödliche Schussrichtung zu verdeutlichen. Ihn aber habe man nie erwischt. Beim Schmuggeln habe er eine Miene perfekter Gleichgültigkeit aufgesetzt und nur stur geradeaus geblickt. Und an dieser Stelle seiner Erinnerung wiederholte er für mich die inbrünstige Wurstigkeit seines damaligen Gesichtsausdrucks, ja, er starrte sekundenlang an mir vorbei in das Nichts. So ausdruckslos habe ich noch nie jemanden ins Leere blicken sehen. Nur eine ständige, extreme Bedrohung, die unmittelbare Nähe willkürlichen Tötens, können einen Ausdruck so dauerhaft in die Mimik eines Menschen einbrennen. Diese Miene hatte wegen ihrer grauenhaften Ursache ein historisches Eigenleben gewonnen, hatte eine abgehobene, über das Individuelle hinausweisende, stumm bleibende, heilige Bedeutung erlangt. War zu einem Zeugnis geworden. Und dennoch hat der alte Jud mir seine Erinnerung ganz aufgeräumt, ohne Pathos, wie eine Lausbubengeschichte vorgetragen – und mit ein paar trockenen, verlegenen Lachstößen geschlossen, als wollte er sich dafür auch noch entschuldigen.‹

Ilse, soll ich diese Miene und diesen Blick aufsetzen, wenn der Rohr kommt? Ilseliebes – würde ich Dir jetzt mit der Hand schreiben, Du könntest es nicht lesen, so zittert sie mir. Eli ist zu Clementine gegangen. Die alte Hexe wird natürlich nichts verraten, wenn sie überhaupt mitbekommen hat, was sie da für uns aufgedeckt hat. Wenn es auf irgendeinen Menschen zutrifft, dass sein Herz eine Mördergrube ist, dann für sie. Und mit neunzig muss es da drinnen wie in den Wiener Katakomben aussehen.

Als Komplikation kommt hinzu, dass Dein Benny und Sarah sich unter uns sofort wohl gefühlt haben. Die ständigen Fidel-Castro-Imitationen von Treugott belustigen sie wie eine skurrile Gästeunterhaltung. Die uralte Pseudo-Wienerin erscheint ihnen wie ein Geist aus der guten alten Zeit. Aber mit dem SS-Mann würde das Idyll wohl sein Ende haben. Mein Neffe ist ein so offener, lebensfroher Mensch. Er hat uns von seiner Arbeit erzählt. So ein Nanotechnologie-Projekt zwischen Jerusalem, Wien und Buenos Aires, mit einer soliden EU-Finanzierung dazu, das hat sicherlich Zukunft – ja das *ist* die Zukunft. Wenn ich mir aber Bennys Leutseligkeit in Gesellschaft mit dem Rohr vorstelle, läuft es mir kalt über den Rücken.

Zu allem Überfluss heißt der Unselige auch noch Siegmund, und es könnte dazu kommen, weil der Benny im Spaß die Frage an ihn stellt: ›Dann sind Sie auch Psychoanalytiker?‹ Rohr würde natürlich nicht antworten: ›Nein, KZ-Wärter im Ruhestand, ehemals Mauthausen!‹ Aber irgendwie kann es hochkommen, wir sind ja alle schon ein wenig senil, irgendwann könnten Clementines umherirrende Gedanken oder Impulse den fatalen Ortsnamen hervorstoßen und das Unglück nähme seinen Lauf. Wahrscheinlich würde es für Sarah, die eine robuste Sabra-Natur hat, bei einem that piece of shit bleiben, aber für Benny, den Sohn unseres Moritz? Ich kann nur hoffen, dass er, wie ein echter Israeli, mit seinem Kibbuznik-Hintergrund aus Gaaton, mit dem Wehrdienst und seiner Kriegsverletzung das Skandalon sofort im Griff hat. Da träfe Charakterstahl auf Mörderstahl – so möchte ich es dramatisch zugespitzt ausdrücken.

Wie traurig! Ich schaue auf das betriebsame, friedliche Tun da draußen unter dem Baum der Laglers, unter meiner Deutschkreutz-Linde. Wie ungerecht unsere doppelte Last: zuerst Vertreibung aus der Heimat oder Tod, dann Heimsuchung durch die Täter. Durch Gespenster aus Fleisch und Blut. Was sind wir denn noch, wir alle? Aus einem alten Waldbrand stammendes Treibholz, das der lange Zeitstrom mitgeführt und wahllos an einem entlegenen Uferwinkel abgesetzt hat?

Liebste Ilseschwester, eben habe ich durchgelesen, was ich Dir da alles geschrieben, oder sollte ich sagen: zugemutet habe. Aber es drängt mich, Dir noch mehr zu sagen: Diese gefällige Technik verführt einen auch zur Geschwätzigkeit. Ich könnte mir gut vorstellen, dass Du empört bist. Und zu Recht! Diese Gretl – da schreibt sie mir nur über ihre Angst vor dem Zusammentreffen zwischen Benny und dem SS-Mann aus Mauthausen. So, als fände sie es besser, dass sie nicht zusammenträfen, damit es bei einer ungestörten, heiteren Tafelgesellschaft zu Ehren dieser Clementine bleibt … Aber es ist doch vielmehr die Aufdeckung von Siegmund Rohrs möglicher Rolle bei der Ermordung unseres Moritz, die meine Schwester bestürzen sollte, wie sie mich bestürzt. Er könnte etwas von den Umständen des Sterbens meines Mannes wissen. Ja, er könnte sein Wächter, sein Peiniger, sein Mörder gewesen sein. Dem kann man doch nicht aus dem Weg gehen, etwa mit dem eingefrorenen Gleichgültigkeitsblick aus Elis Sprechstundennotiz. Ja, liebste Ilse, ganz recht, so ist es, sei nur bös auf mich, aber ich hatte Angst, es so zu sehen. Sicher, diesen Menschen muss man direkt fragen, was er von Moritz Krohn weiß, und ihm dabei in die Augen schauen. Aber bedenke auch: Ich habe diese Ungeheuerlichkeit erst vor knapp drei Stunden erfahren, und die Feigheit vor der Gefahr hat mich zuerst gelähmt. Und dann stellte sich bei mir so etwas wie eine Mattigkeit des Herzens ein. Es ist mir, als könnte ich nicht mehr mit der ›verständlichen‹ Empörung und dem gerechtfertigten Hass diesen möglichen ›Mittäter‹ zur Rede stellen oder gar anzeigen. Das wäre schon alles, was man legal tun kann, und es ist zu spät, viel zu spät dafür.

Außerdem bin ich mir gar nicht so sicher, wie sich Eli verhalten wird. Ja, ich habe sogar den Verdacht, dass es ihn kindisch reizt – weil die Hausherrin Rotraud ihn nun einmal anbetet, ihm jeden Wunsch von den Augen abliest, und weil Treugott ihn zutiefst verehrt –, bei dem heutigen Fest machtvoll im Zentrum zu stehen, eine Prospero-Gestalt, die alle Knäuel zerschlägt und Blitze schleudert und magisch Ordnung schafft, triumphierend auch über das mesquine Schattendasein des einstigen Herrenmenschen – ein vital Überlebender, der dem Bösen, im Auftrag der toten Opfer, zeigt, was ein Sieger mit Großmut ist. Als wollte er Mauthausner Granit mit Herosdonner zu Staub zermahlen. Eli hat ja, wie gesagt, immer schon eine geradezu perverse Neigung gezeigt, sich mit Rohr und seinesgleichen abzugeben. Er hat mir einmal gestanden, es sei für ihn wie bei den Kindern im Krieg: Sie sammeln begeistert Bombensplitter aus den Trümmern, die der mörderische Luftangriff hinterlassen hat. Das habe er in London mehrmals beobachten können.

Liebste Schwester, ich hätte gehofft, Dir unseren Neujahrstag nicht so bitter, so zerrissen zu schildern. Aber ich hab es vor allem wohl auch mir selbst schreiben müssen, und Dich dran teilhaben lassen. Ich muss meine ganze Resilienz aufbringen. Wäre es nicht sträflich unseren Vorfahren gegenüber, die uns ihr Bestes gaben, die uns dieses anfänglich glückliche Leben in Deutschkreutz schenkten, diese Festspielbesuche auf dem Schloss der Esterházy, diese lustigen Weinlesen im farbenfrohen Herbst, diese ersten Begegnungen mit Haydn, Schubert und Liszt. Wäre es nicht ungerecht, meine ich, die in uns fortlebende Herrlichkeit – und alles, was wir uns später selbst aufgebaut haben – von solchem Spuk beschmutzen und verderben zu lassen? So, wie sie jahrzehntelang vielen die deutsche Sprache, die deutsche Musik vergällt haben, gleichsam im postumen Vollzug ihres kurzen Vernichtungsregimes?

So, das schicke ich Dir einfach. Du hast ja Saul bei Dir, er kann Dich umarmen, wenn es Dir unerträglich wird. Der Ablauf des Tages ist offen. Ich hoffe, am Nachmittag oder am Abend noch die Kraft zu haben, Dir zu berichten. Andernfalls wird Euch Benny wohl anrufen.

Wird man den beiden, Benny und Siegmund, überhaupt zuschauen können, wenn sie zusammenkommen und sich vor Tisch die Hand geben? Da müsste doch der Augenblick kommen, in dem unser Gott den Himmel verdunkelt und seinen Blitz herabschleudert.

Ich umarme Dich – ja wie wunderbar wäre es, wenn wir's jetzt wirklich könnten, so, wie Du mich zu Hause in Deutschkreutz bei diesen schrecklichen, nächtlichen Sommergewittern immer umarmt hast ... Servus!

Deine kleine Angstsuse

Gretl«

Send. Obwohl sich überhaupt nichts verändert hatte, fühlte Gretl doch: Das lange Schreiben hatte ihr etwas Erleichterung verschafft.

Nun wartete sie auf Elis Rückkehr, aber der schien sie vergessen zu haben. Sie sah ihn, nachdem er wohl mit Clementine gesprochen hatte, neben Treugott vor dem aufgespannten Lamm stehen und lange auf ihn einreden. Etwas vom Grillduft drang trotz des geschlossenen Fensters ins Zimmer herein. Treugott war offensichtlich noch immer aufgeregt; er ruderte mit den Armen und sein Mund stand weit offen. Dann schien es ihr, als wischte er Tränen – oder Schweiß? – mit beiden Handrücken aus den Augen und von den Wangen. Verwundert beobachtete sie, wie Eli, der so eifrig auf ihn eingeredet hatte, sich nun mit seinen nackten Füßen auf Zehenspitzen aus den Mokassins stemmte, einen Arm um Treugotts Nacken legte, ihn zu sich herunterzog und sich seinem Gesicht – sie konnte nur den weißen Schopf sehen – wie zu einem Zuflüstern oder Wangenkuss näherte.

Während sie die beiden bei ihrem seltsamen Tun beobachtete, empfand Gretl, dass es ihr eigentlich ganz recht war, wenn

Eli jetzt nicht zurückkam. Wie würde er das, was sie Ilse geschrieben hatte, aufnehmen? Dieser von ihr vermutete, wie vom Schicksal gestrickte Plot war wirklich etwas grob – gehörte zu einem Fernsehthriller, oder in einen dieser modernen, in unruhigen Wortschwallen sich ergießenden Schauerromane. Schon deshalb würde er gleich gestichelt haben. Etwa, ja, ja, wie *Der Tod und das Mädchen*. Sie hatten das Stück des Chilenen Ariel Dorfman vor einigen Jahren in Buenos Aires gesehen. Eli hatte den unglaubwürdigen Zufall und das Klischee vom faschistischen Musik-Ästheten bemängelt. Als eine »billige Kolportage des alten Tragödien-ABCs« hatte er den Inhalt bezeichnet: Der Ehemann einer Frau, die ein Folteropfer der Pinochet-Diktatur war, hat Jahre später eine Autopanne und bringt den Mann, der ihm auf der Landstraße geholfen hat, zu einem Drink nach Hause mit. Die Frau *erkennt* an der Stimme ihren einstigen Peiniger. Aus dem Erkennungsmoment heraus entwickelt sich das Drama – mit viel herzbewegender Schubertmusik, die den Gefangenen einst während der Folter vorgespielt wurde ... Na ja, so stellte sich das der Mensch am Schreibtisch vor, aber in der grausamen Wirklichkeit schalteten diese Bestien das Radio ein, um sich Fußballspiele anzuhören ... Dann aber hätte Dorfman sein Stück »Elfmeter« oder so nennen müssen. Vielleicht war es besser, Elias in den Ablauf der heutigen Ereignisse einfach ungewarnt hineingeraten zu lassen, was immer auch geschehen mochte; dann würde er sie, Gretl, nicht vorher schon mit Anspielungen auf ihre paranoiden Fantasien plagen, um sich später schämen zu müssen.

Sie beobachtete jetzt Clementine, die sich als Erste ihrer festlichen Tafel näherte. Gebückt, schlurfend, hielt sie auf ihren Ehrenplatz unter der Linde zu, wankend zwar, aber, eigensinnig wie immer, ohne Stock. In wiegenden Schritten folgte ihr Rotraud, ein dickes Kissen unter das lachende Kinn gedrückt, »übertrieben servil«, wie Gretl fand. Sie eskortierte Clementine zu ihrem Platz an der Mitte der Tafel, beklopfte das Kissen und legte es auf den Sitz. Die Greisin blieb noch stehen und überblickte, offenbar misstrauisch prüfend, das aufgestellte Gedeck. Dann wehrte sie Rotrauds hilfsbereit geöffnete Arme ab und ließ sich in den Sessel fallen.

Aus der Nachbarsuite vernahm Gretl die Wasserspülung des WCs. Vorhin, in der Küche, hatte Benny nach dem Joggen nur ein Glas Buttermilch getrunken und für Sarah wieder die eingewässerten Dörrzwetschken aufs Zimmer mitgenommen. Trotz ihrer Beklemmung musste sie schmunzeln. In den beiden vergangenen Tagen hatten Eli und sie den lang anhaltenden und unbesorgt lauten Morgensex der beiden vernehmen können. Eli, der alte Sack, hatte dabei, in seiner mitfeiernden Art, die Arme hochgeworfen, als wäre er der Sieger in dieser Sportart. Das war einmal! Wenn nur der Rohr heute nicht käme … Sie konnte diesen Wunschgedanken nicht unterdrücken und ärgerte sich zugleich über ihre Schwäche oder Feigheit. Denn wie anders sollte ein fürchterliches Verbrechen des vergangenen Jahrhunderts an den Tag kommen? Tief durchatmend stand sie auf, um sich zum Hinausgehen vorzubereiten.

Ich muss auf jeden Fall mit Sarah und Benny zusammen an den Tisch kommen. Dort werde ich mich direkt gegenüber von Clementine platzieren. Und wenn das Schlimmste eintritt, das Böse auftritt, will ich ganz da sein.

11

SIEGMUND

Eben noch war er so entschlossen an den Kamin getreten, nun stand er steif davor und starrte verständnislos auf die Hundeleine. Was baumelt da von meinem Handgelenk? Vielleicht halfen ihm die Bilder auf dem rauchgeschwärzten Sims. Die Frau mit Kopftuch und Schürze: Mutti im gediegenen Silberrahmen. Daneben zwei lachende junge Männerköpfe, mit braun furnierten Holzleisten gerahmt: Der eine, in aufgeknöpfter schwarzer Uniformjacke – Jost –, hat mir, im weißen Kellnerjackett, seine Unterscharführer-Dienstmütze mit Parteiadler und Kinnriemen in burschikosem Winkel auf den Scheitel gedrückt. Im Hintergrund, unscharf, ein paar Tische und weitere Gestalten – in der »Moststube Frellerhof«. Darunter in Sütterlinschrift: »Mit Jost, Mauthausen, Sept. 1939«. Und rechts davon, im großen, rahmenlosen Glas, die herrliche Farbaufnahme von … von … Ach, Mist! Das ist er doch!, in der Vergrößerung eines Bildausschnitts: der deutsche Schäferhund mit heraushängender Zunge und am Boden neben ihm ein Schuh, darüber ein Hosenbein, das bis hinauf zu einem karierten Sportsakko reicht; von der Seite her kommt meine Hand aus einer Manschette und liegt mit kraulenden Fingern zwischen den gespitzten Hundeohren. Deutlich sichtbar, mein Siegelring. Wenn doch wieder diese raue Zunge mir den Handrücken leckte, oder das Gesicht. Wie hast du geheißen, du lieber Hund? Aus dem Kamin wehte ihn der Geruch kalter Asche an.

Und in diesem Augenblick geschah das Wunder wieder. Durch das Halbdunkel des Wohnzimmers – die Gardinen waren zugezogen – schoss ein glänzend gestriegelter Dackel an ihm vorbei, zum Telefontischchen hin, streckte sich daran hoch und kratzte und schabte mit seinen Vorderpfoten auf der Glasplatte. Dann erst klingelte der Apparat.

»Bravo, Lumpi!«, feierte er den Hund und fühlte sich gleich etwas gelockert. »Wir haben es wieder einmal geschafft!« Zur Belohnung streichelte er ihm über den Kopf. Erst beim vierten Klingelton nahm er ohne Hast den Hörer ab. »Siegmund Rohr, wer spricht?«

Fritz Cirigliano meldete sich aufgeregt zu Wort. Sigi möge bitte »Möische« und ihn bei Clementine und den Laglers entschuldigen. In Quemquemtréu sei der Hantavirus ausgebrochen. Der Schmutz und die Leichtfertigkeit der Menschen im Ort fänden wieder einmal ihre Bestrafung. »Möische« und er dächten nicht daran, vom Berghof hinunterzufahren und auch nur einen Meter durch das verseuchte Kaff zu kommen. Dann stolperten die Worte über seine Gesichtslähmung, Fritz konnte sich in der Aufregung nicht mehr artikulieren, und seine Frau nahm ihm den Hörer weg. »Hörst du mich Sigi, wir wollen nicht selbst im Tilo-Hof anrufen, jedenfalls nicht heute, an Clementines Jubiläum. Das löst dort oben nur Panik aus. Außerdem wird Rotraud versuchen, auf uns einzureden, um uns so weit zu bringen, dass wir trotz allem fahren. Dem sind wir nicht gewachsen. Fritz hat es dir ja schon erklärt. Enzo und seine Feuerwehr haben vorhin schon drei Fälle ins Krankenhaus gebracht. Sigi, du bist der erfahrene Hotelier, eine gewisse Liebedienerei fällt dir von Berufs wegen leicht, versteh das bitte nicht abfällig. Du wirst uns beide schon elegant zu entschuldigen wissen. Leider passiert das gerade zu Clementines Neunzigstem. Morgen aber werden wir selbst bei Laglers anrufen und der Grande Dame gratulieren. Euch allen noch viel Vergnügen heute! Es tut mir leid.«

Die Nachricht vom Hantavirus beeindruckte Siegmund überhaupt nicht: so wenig wie der Hinweis auf seine angebliche déformation professionelle, die Liebedienerei. Er ging gar nicht auf das ein, was ihm sein alter Geschäftspartner und dessen Frau von der Infektionsgefahr berichteten, und beleidigt war er schon gar nicht. Über alle diese Dinge war er hinaus. »Hör doch nur, Mausi, wir haben es wieder geschafft! Sag's auch an Fritz weiter, ja? Das Wunder ist wieder geschehen – und du fragst, was das ist? Lumpi ist ein Telepath, wir wissen im Voraus, wann jemand anrufen wird. Ich frage mich schon, ob wir nicht die Zukunft überhaupt voraussagen könnten.«

Daraufhin war Fritz wieder am Apparat. »Möische« habe ihm von der neuesten Leistung des Dackels berichtet. Großartig, er freue sich für ihn, den Besitzer, doch könne er dazu nur seinen schon mehrmals gegebenen Rat wiederholen: Zur Heiligsprechung reiche das nicht, schon gar nicht bei einem Köter! Sigi möge lieber an einen gemeinsamen Auftritt von Herr und Hund in einer dieser Fernsehshows aus Buenos Aires denken. Das könnte ihm womöglich noch einen Batzen Geld einbringen.

»Wie geht es unserem Wotan?«, wollte nun Siegmund von Fritz wissen. Wotan, dem Sohn von … von …

»Der alte Herr ist wieder etwas lebendiger geworden, seitdem ›Möische‹ eine Katze ins Haus gebracht hat. Gott sei Dank haben wir bei der jetzigen Bedrohung diese Katze hier auf dem Berghof. Aber weißt du, der Hantavirus gedeiht sowieso nur im Möischedreck der ›Hiesigen‹. Mach's gut, Sigi.« Sie legten auf.

Siegmund lobte wieder seinen Dackel, der sogleich an ihm hochsprang und kläffte. »Brav, Lumpi! Gelt, wenn das unser polnisches Frauchen gewusst hätte, sie hätte dich niemals verschenkt.« Der Hund schnappte nach der Leine, er wollte nach draußen. Da wurde ihm bewusst, was er in der Hand hielt und wozu. Die Hundeleine! Er bückte sich mühsam und befestigte sie am Halsband. Ungeduldig riss der Hund ihm die Schlaufe aus der Hand und rannte auf den Ausgang zu.

»Schlimm, Lumpi, halt!«, rief Siegmund so laut und scharf er konnte. Der Dackel duckte sich winselnd vor der verschlossenen Tür, sein Schweif peitschte heftig über den Holzboden. Soll er nur, ich muss ins Badezimmer.

Eine Weile stand er über dem WC, drückte und presste ein wenig Urin in die Schüssel. Darauf ließ er im Waschbecken das Wasser laufen, aber auch dieser Stimulus förderte bei ihm nur ein paar Tropfen zutage. Derweil betrachtete er sich im Spiegel. Die runden, randlosen Brillengläser verleihen meinem Gesicht einen streng geistigen Ausdruck. Aber wie stark er abgemagert war in letzter Zeit. Er zupfte am marineblauen zweireihigen Blazer mit den vergoldeten Ankerknöpfen. Der Sitz war so tadellos wie die Bügelfalten der beigefarbenen Hose, die leider – ja, leider – auf Turnschuhe herabfiel. Noch dazu war der rechte Schuh an der Spitze aufgeschnitten und aus dem Loch ragte die große Zehe mit einem Verband heraus. Der Nagel war vor einer Woche eingewachsen und hatte das Nagelbett entzündet; es war ihm derzeit nicht möglich, den Fuß in einen Lederschuh zu stecken.

Vor dem Spiegel wandte Siegmund Rohr seinen Kopf über dem Rollkragen des hellgrauen Alpaka-Pullis nach rechts und nach links, so weit es ging. Ja, sein immer noch dichtes graublondes Haar war ringsum kurz geschnitten. Ein Charakterkopf. Alle zwei Wochen wurde er von Kamel Jalil gepflegt, ein Sohn der älteren Lagler-Schwester Clara und Oberfriseur des in Quemquemtréu stationierten Gendarmerie-Bataillons. »Gendarmería« nannten sie in diesem Land die Grenzpolizei. Der Scheitel sitzt rechterseits »wie mit dem Messer gezogen«. Das Haar ist weich; wie gern hat Muttis Hand sanft darübergestrichen. Das liegt weit zurück, ist vorbei. Nur mehr Clementine bewunderte ihn jetzt. Sie sieht ihn kommen, er lächelt ihr »gewinnend« entgegen, und sie begrüßt ihn prompt mit dem alten Schlager: *»Was kann der Sigismund dafür, dass er so schön ist ...«* Das ist zwar neckisch gemeint, aber ein Körnchen Wahrheit dürfte schon drinstecken; es rührt ihn immer wieder, als käme es von Mutti. Er pflegt darauf galant zu antworten: *»Ich hab die schönen Maderln ned erfunden ...«* Das singen sie dann im Duett weiter, und wer zufällig dabei ist, klatscht ihnen gebührend Beifall.

Wie untröstlich er damals geweint hat, als der ... der ... gestorben ist. Niemand hat den unbeugsamen Siegmund je so gesehen, und niemand hat es erfahren: Wie er vor diesem Kamin gesessen ist – auch gestern Abend wieder –, und allen seinen Zarah-Leander-Platten gelauscht hat, die der ... der ... auch so geliebt hatte. Still pflegte der Freund dereinst vor ihm auf dem Teppich zu liegen, manchmal leise einen wimmernden Ton von sich gebend. Sein Ohrenspiel untermalte die Klänge, und wie er sich da auf dem Boden geräkelt hatte, den herrlichen Melodien lauschend. Manchmal hast du diesen Kopf gehoben, hast die braunen Augen mit einem warmen Blick liebevoll und in Einverständnis auf mich gerichtet. Auch gestern wieder, am Silvesterabend, war ihm das alles gegenwärtig gewesen. Heftig, aber stumm hatte er weinen müssen, vom Eierlikör getrunken, den er nach dem Rezept der Mutter selbst zubereitet hat, und manchmal, unter einer Schmerzwelle, hatte er mit der Faust auf die Armlehne geschlagen, der Blick verschleiert, bis er schließlich den wunderbaren Hundekopf vor sich auf dem Sims gar nicht mehr hatte wahrnehmen können. Erst gestern Abend wieder – ein Jahrhundertabschied voll schmerzlicher Sehnsucht. Da mochte Lumpi ein Telepath sein, aber er war unmusikalisch, egoistisch und launisch. Und jetzt noch diese Altersqual, den Namen des Geliebten nicht erinnern zu können! Er weiß doch, dass der Sohn Wotan heißt! Und an Jost erinnert er sich noch in jeder Einzelheit.

Das hat man davon, das bringt es einem, wenn man so alt wird und die Lieben einem wegsterben – eine beklemmende Leere in allen Zimmern, im ganzen Haus, im Garten. Die Namen, Worte und Laute verdämmern, verstummen. Allenfalls die eine oder andere Stunde, in der ich mich noch mit dem »Hotel Tirol« beschäftige, kann mich ablenken, neuerdings das telepathische Gehabe des egoistischen Dackels – und, bis vor einem Jahr, einmal in der Woche, die langen Nachmittage auf dem Berghof:

Da konnte ich wenigstens mit seinem Sohn, mit Wotan, spielen. »Ja, unser lieber Papusch hat uns verlassen«, hatte er sich zum Abschied immer bei ihm beklagen können. Nur bei ihm.

Über seinen eigenen Vater hatte er nie etwas in Erfahrung bringen können. Schwanger war die Mutter aus dem »Dienst« in Wien in ihre Heimatstadt Mauthausen zurückgekehrt. Später quälte ihn der Argwohn, warum sie ihn ausgerechnet Siegmund genannt hatte – das klang doch ziemlich nach jüdischer Tarn-Assimilation! Sie hatte ihm nie verraten wollen, in welcher Familie sie in Wien gedient hatte, ob es der Kutscher, der Gärtner oder gar der Herr oder der Sohn des Hauses gewesen war. Als er sich gleich nach dem »Anschluss« bei der SS vorgestellt hatte, wies der Sturmbannführer ihn ab. »Siegmund?«, hatte der gedehnt gefragt und deutlich auf seine Nase gestarrt (an der es doch nichts auszusetzen gab). Tja, er konnte leider nur einen halben Stammbaum nachweisen: Die Rohrs tauchten bereits im 17. Jahrhundert im Mauthausener Kirchenbuch auf, aber was war mit der anderen Hälfte? »Haben sie etwas zu verbergen?«, fragte man ihn, einmal sogar, ohne Ergebnis, die Mutter. Immerhin, zum Kellner im Offizierskasino langte es, und später zum Obergefreiten an der Gulaschkanone hinter der Ostfront. Trotzdem fühlte er sich nach der ungeheuerlichen Tatsache des Zusammenbruchs zu einem tragischen Nachkriegsschicksal berechtigt, wie etwa das seines Freundes Jost, der, nur wegen seines Diensteifers im Lager, hatte untertauchen müssen. Zuerst also auch auf Tauchstation bei Mutti, um den rohen historischen Einschnitt zu verkraften. Er hielt sich arbeitslos, war zu stolz, um die sowjetischen Besatzer (»den Iwan«) zu bedienen. Dann aber, nach Muttis allzu frühem Tod, nahm er den bewährten Schleichweg der Kameraden über die Alpen, wurde von Südtiroler Schleusern für ein paar Schilling über die Brennergrenze nach Italien geführt – um dann in Sterzing alias Vipiteno von seinem späteren Freund Fritz Cirigliano an das argentinische Generalkonsulat in Genua weiterempfohlen zu werden.

Mit seinem Arbeitszeugnis aus der Moststube Frellerhof, Mauthausen, hatte Siegmund Rohr keine Schwierigkeiten, als Steward in der Offiziersmesse auf der North King anzuheuern, vormals ein Bananendampfer unter panamaischer Flagge. Der Frachter war erst zum US-Truppentransporter, später zum Auswandererschiff umgerüstet worden: Hunderte italienische, kroatische, slowenische, wolgadeutsche, litauische Emigranten, dazu bald darauf auch viele Spanier, alle gleich schmutzig und stinkend, schliefen in Hängematten in den Laderäumen, getrennt von Frau und Kind, für die man backbord nicht mehr benötigte Lazarett-Pritschen aufgestellt hatte. Ein paar letzte Getreue des Reiches, die womöglich mit der rachedurstigen Siegerjustiz rechnen mussten, hatten im Komfort der Offizierskabinen Logis gefunden. Der Kurs des mutierten Bananenfrachters: Barcelona, Rio de Janeiro, Montevideo, Buenos Aires. Es war November 1948.

In Barcelona dann die riesige Überraschung, diese bittere Erfahrung! Wer kam an Bord? Fritz Cirigliano, aber in Begleitung von Jost, der sich ihm förmlich als Herr Peter Schlosshauer vorstellte. Mein Jost!, in Zivil, wie ich ihn nur ganz selten gesehen habe, und der mich in meiner doch so schicken Stewarduniform abweisend, nicht erkennend musterte, die Freundschaft verleugnend. Dann aber glaubte er zu verstehen: Jost war total untergetaucht und wollte auch vor Fritz seine Vergangenheit verbergen.

Trotzdem traten Jost und Fritz immer zusammen auf, beide trugen trotz der Hitze, die bald nach den Kanarischen Inseln ausbrach, weiterhin ihre Knickerbocker aus genuinem Tweed und trennten sich keinen Augenblick von ihren dicken Aktentaschen. Als ihr Steward konnte er beobachten, dass sie selbst bei Tisch, wo sie mit dem Ersten Offizier und einem dritten Emigranten, einem Reichsdeutschen aus der Familie Borsig, speisten, die Taschen auf dem Boden zwischen ihren Füßen geklemmt hielten. Auch wenn sie im Schatten des Sonnensegels in ihren Liegestühlen ruhten und ihre Blicke über den Horizont schweifen ließen, hatte jeder seine Tasche auf dem Schoß, die verschränkten Hände darüber. Einmal hatte sich Jost die Aktentasche unter den Nacken geschoben und begonnen, den Kopf heftig hin- und herzuwenden. Fritz musste kurz auf seine Kajüte gehen. Die Gelegenheit schien günstig. Siegmund nähert sich dem Freund mit einem gefalteten Plaid.

»Jost …«

»Sigi – lassen Sie das! Das ist meine Nackenmassage.«

»Sigi« hatte diese vertraute Stimme gesagt … und es hatte ganz wie einst geklungen. Er suchte einen verschwörerischen Blickwechsel mit dem vor ihm Liegenden. Doch dessen Augen starrten aufs Wasser.

Da Siegmund die hochgestellten Personen in der Offiziersmesse zu bedienen hatte, bekam er einiges mit. Die Herren erinnerten sich an ihre guten Zeiten, schimpften über das italienische Bier, lobten die italienische Küche und tranken fast nur Weißwein. Mit der Nähe des Äquators nahmen ihre Besuche auf dem Hinterdeck der weiblichen Auswanderer zu. Und sie brachten sogar Frauen auf ihre Kabinen. Da musste er dann Sekt, auf Bestellung, mit blutendem Herzen auch bei Jost, durch die halb geöffnete Kabinentür reichen.

Einmal – daran erinnerte Siegmund sich noch sehr gut, es war schon nahe des Äquators und man war im Begriff, die heimatliche nördliche Halbkugel zu verlassen – für immer – bemerkte er Jost und Fritz spähend über die Reeling gelehnt. Man hatte Delfine gesichtet: In wellenförmig gleichmäßigen Bögen über und unter Wasser begleiteten die erstaunlichen Geschöpfe das Schiff. Dabei scheuchten sie gelegentlich einen Schwarm fliegender Fische auf, der wie ein Flitterteppich über sie hinwegglitzerte.

Um sich vor den senkrecht herabstechenden Sonnenstrahlen zu schützen, hielten die Herren mit beiden Händen die Aktentaschen über ihre Köpfe. Siegmund hatte sich ihnen sehnsüchtig genähert, aber zwei Schritte hinter ihrem Rücken angehalten. Aus der ehrerbietigen Distanz konnte er ein paar Wörter aufschnappen, ohne deswegen als Gesprächspartner gelten zu dürfen. Die beiden machten sich auf die widerspruchsvolle Natur des Schauspiels aufmerksam: Die so gewandt dahinflitzenden Fische seien in Wirklichkeit Säugetiere, die aufschwärmende Vogelschar hingegen echte Fische.

»Genau genommen«, meinte Jost damals, gut hörbar für Siegmund, »ist das nicht eine Art Rassenschande? Wie eben jede Widernatur, auch beim Menschen.«

Ein paar Jahre darauf, als sich Siegmund Rohrs und Fritz Ciriglianos Wege zum dritten Mal kreuzten – sie führten jetzt das neue »Hotel Tirol« in Quemquemtréu –, wollte Siegmund nun doch etwas mehr über das Schicksal von Jost, alias Peter Schlosshauer, erfahren. Aber Fritz zeigte sich nicht sehr mitteilsam. Soviel er von ihm gehört habe, sei Schlosshauer von irgendeinem Sicherheitsorgan des Präsidenten Perón schon in Österreich kontaktiert und als Berater angeworben worden. Kein Wunder, bei seinen Qualifikationen.

»Er hat ja im Reich, trotz seiner jungen Jahre, eine wichtige, aber hoch geheime Rolle gespielt. Er hat es mir nur andeuten können. Aber dann habe ich nichts mehr von ihm gehört.«

Da verriet Siegmund nun doch den Namen, berichtete von der alten Freundschaft in Mauthausen und dem untergeordneten Dienstgrad Josts im Arbeitslager. Nach einem kurzen Nachdenken hatte Fritz aufgelacht und ausgerufen: »Dieser schlaue Angeber! Der hat ja die Peronisten ganz schön hereingelegt und sich bei ihnen aufgespielt.« Auch als sein Arbeitgeber Perón gestürzt wurde, hatten sie nie etwas von ihm erfahren. So prominent wie Adolf Eichmann war er eben nicht. »Der hat sich wahrscheinlich eine knackige ›Hiesige‹ ins Bett und in die Küche geholt«, meinte damals der geschasste Fritz abschätzig, »und arbeitet in der Lagerverwaltung einer deutschen Tochterfirma.« Jetzt ruhte er vielleicht schon auf dem Deutschen Friedhof in Buenos Aires, mutmaßte Siegmund, mich hat seine Eulenspiegelei nicht enttäuscht. So war er nun einmal gewesen, ein toller Kerl.

Ach, Papusch! Die Besuche bei Wotan waren vor allem wegen des unwürdigen Auftretens und der Sprechbehinderung des gelähmten Berghofbesitzers anstrengend geworden. Außerdem musste er sich dazu jedes Mal einen Mietwagen bestellen, nachdem er seinen letzten VW aufgegeben hatte. Der Aufwand war ihm schließlich zu teuer geworden. »Wie hat unser lieber Papusch doch geheißen?«, fragte er sich im Spiegel.

Siegmund kehrte wieder ins Wohnzimmer zurück, und sofort begann der Dackel zu jaulen. Sein Herr blieb starr in der Mitte des Raumes stehen und hob die rechte Hand mit dem breiten Goldring und dem ovalen Türkisstein vors Gesicht. Das eingravierte Fantasiewappen fesselte ihn so sehr, als hätte er es nie zuvor gesehen: eine Kanone im Eichenlaubkranz. Auch das eine Idee von Jost, der sich selbst am liebsten mit Hakenkreuzen geschmückt hatte. Der Hund sprang, die Leine nachschleifend, mehrmals auf ihn zu, versuchte, sich am gebügelten Hosenbein aufzurichten, warf sich seitlich zu Boden, kehrte zur Haustür zurück. Die Falte zwischen Siegmunds Brauen vertiefte sich; er hob die Hand und tippte mit dem Zeigefinger an die Nasenwurzel. Darauf verknautschte sich seine membranendünne Stirnhaut bis an den Haaransatz. Er fragte sich: »Clementine?«, nickte befriedigt und ging steifen Schrittes zur Haustür. Dort musste er zuerst nach der Handschlaufe der Hundeleine suchen. Nichts war beschwerlicher, als sich bücken zu müssen. Dann schaltete er die Alarmanlage ein, trat vors Haus, wählte sich einen von den Wanderstöcken und schloss die Tür ab. Lumpi strebte ihm hechelnd und zerrend Richtung Gartentür voraus.

Siegmund Rohrs Chalet stand unterhalb des Lagler-Hofes. Für den Aufstieg würde er, einundneunzigjährig, heute wohl eine gute Dreiviertelstunde benötigen. Sein Haus, im »alpinen Bauernhaus-Stil« errichtet, hatte ein nicht ausgebautes Obergeschoß mit Balkon; es stand leer und sollte nur mehrere Bewohner vortäuschen. Das Bauwerk lag inmitten eines viertausend Quadratmeter großen Grundstücks, einer nackten, sanft abschüssigen Wiese. Die Grasfläche wurde ebenfalls von Kamel Jalil gepflegt. Der kam ein- oder zweimal im Monat mit einem kleinen Traktor und mähte die Fläche wie einen Golfplatz. Jede Ratte, Maus, Kröte oder selbst eine Viper, hätte sie sich dem Haus nähern wollen, wäre sofort in dem kurzgehaltenen Gras entdeckt worden. Und ringsum im Gebüsch und in den Bäumen, dicht am mannshohen Maschendraht der Umzäunung, lauerten kleine Raubvögel. Dieser Rasen war ein Todesstreifen. Die Umzäunung krönte eine mit rasiermesserscharfen Krallen versehene Drahtspirale. Vor Jahren, als bekannt geworden war, dass Siegmund Rohr seinen Zaun nachts unter Strom zu setzen pflegte, hatte ihm die Gemeinde Quemquemtréu auferlegt, dies sofort abzustellen. Die ringsum angebrachten Warnschilder, versehen mit rotem Zickzack-Blitz und kinnlosem Totenkopf, hatte er wieder abmontieren müssen. Daraufhin hatte ihm Fritz den modernen Stacheldraht beschafft und eine so gut wie fabrikneue Walther-PPK; er hielt sie im Geheimfach seines Schreibtischs einsatzbereit.

Herrchen und Hund erreichten eine schmale, im Gebüsch versteckte Zauntür. Dort band Siegmund den Dackel fest und kehrte zum Haus zurück. Er sperrte auf und vergewisserte sich, dass er die Alarmanlage eingeschaltet hatte. Dann ging er um das Haus herum und rüttelte prüfend an der Küchentür auf der Rückseite. Sie war verschlossen. Hinter allen vergitterten Fenstern waren die Gardinen zugezogen. Als er auf der anderen Seite des Hauses wieder auftauchte, begrüßte ihn kläffend der Hund. Neben der Haustür suchte er sich einen anderen Stock: er wählte den leichteren, dessen Knauf in einem holzgeschnitzten Adlerkopf endete. Nach ein paar Schritten musste er abermals umkehren. Er war sich nicht sicher, ob er beim zweiten Mal die Eingangstür wieder abgesperrt hatte. Er hatte. Jetzt konnte er aufbrechen. An der Gittertür war immer noch ein Schild befestigt, das die Silhouette eines Schäferhundkopfs mit gespitzten Ohren zeigte. Darunter die Warnung vor dem bissigem Hund, vor … vor …! Wie hat doch nur der

Papusch vom Wotan geheißen? Diese Löcher im Gedächtnis, wie qualvoll ... Dieses Schild würde er niemals entfernen.

»Langsam, Lumpi, langsam!« Er musste den Dackel zurückzerren, den es von der Schotterstraße weg sofort seitlich in die Hagebuttenbüsche trieb. »Wir wollen heute keine Hasen aufstöbern, wir müssen zu Clementine. Heute bekommen wir einen schönen Knochen, ein paar knusprige Lammripperln, Lumpi. Und Herrchen wird auch sündigen. Einmal im Jahr ... Benimm dich, du Zwerg!«

Einige Male musste er anhalten, wenn der schnuppernde Dackel ein Hinterbein hob. Beim nächsten Mal dauerte es länger: Unter sichtlicher Anstrengung konnte Lumpi seinen Darm entleeren. Prüfend betrachtete Rohr die Wurst, wendete sie mit dem Spazierstock um und stocherte darin herum. »Brav Lumpi, sehr brav. Wir haben keine Würmer.« In regelmäßigen Abständen verabreichte er dem Hund Pillen gegen das Gewürm. Man müsse die Hunde auf dem Land immer kontrollieren, hatte ihm der geschwätzige Veterinär empfohlen – als ob er das nicht selbst gewusst hätte. Er war auf den Freund von Fritz, Tancredo Marturano, der aus dem neapolitanischen Hinterland stammte, nicht gut zu sprechen. Vor einem Jahr noch hatte dieser südländische Tierquäler auf der Berghof-Terrasse – welch glückliche Fügung, dass er selbst gerade einen seiner letzten Besuche bei Wotan machte! – die Hände zusammengeschlagen, den Kopf geschüttelt und das Ungeheuerlichste empfohlen: den greisen Wotan einzuschläfern. »Nur über meine Leiche!«, hatte Rohr sofort ausgerufen – und damit Fritz, diesen halben Itaker, von einer verbrecherischen Einwilligung abbringen können. »Nein, Lumpi, das würden wir nicht zulassen. Weißt du, auch dem greisen Hund des Odysseus haben sie sein Altenteil nicht verweigert. Da hätte dieser Camorra-Veterinär mich gleich miteinschläfern müssen! Ich hatte ihm doch einmal schon dieselbe Zumutung – im Falle von Wotans Papusch – abschmettern müssen. Ausgerechnet bei meinem ... meinem ...«

Er schaute zum Tilo-Hof hinauf und schätzte die noch vor ihm liegende Wegstrecke ab. Die Sonne blendete ihn. Es fiel ihm ein, dass er seinen eleganten Panamahut vergessen hatte, und, viel schlimmer noch, die Blumen für die Jubilarin ebenfalls. Jalil hatte ihm noch gestern diese herrlichen vierundzwanzig roten Rosen gebracht, und er hatte sie über Nacht in einer Vase auf den Küchentisch gestellt. An all dem war der Dackel schuld, der sich ständig in Szene setzte und ihn mit seinen telepathischen Tricks ablenkte. Besser wäre es gewesen, er hätte ihn beim Hinausgehen auf Hut und Blumen aufmerksam gemacht! Lumpi war mit … mit …, dem würdevollen nicht zu vergleichen. Er drehte sich um, schaute hinunter – nein, zweimal diesen Weg, das würde er nicht mehr schaffen angesichts des noch fehlenden Aufstiegs und der zunehmenden Temperatur. Also doch den Blick wieder vorwärts richten, die Sonnenstrahlen ertragen und sich innerlich vorbereiten auf die Entschuldigung bei Clementine.

Hoch über dem Lagler-Anwesen hatte er vorhin schon unter den Zinnen des Piltriquitrón einen vereinzelten Paragleiter beobachtet. Der Anblick war ihm vertraut; in der Saison schwebten und schaukelten dort oben häufig mehrere von diesen Flugfanatikern stundenlang herum. Und immer, wenn er sie eine Weile beobachtet hatte, überkamen ihn diese lange zurückliegenden Bilder: 'S ist Krieg, er sitzt mit Jost, der heute Lagerausgang hat, in Linz im Kino, es läuft die Wochenschau. Zunächst erfüllt dröhnender Fluglärm den Saal, dann taucht am grauen Morgenhimmel das Geschwader auf, ein Gewimmel von hellen Pünktchen löst sich dort oben ab. Bald erkennen sie geblähte Fallschirme, die rasch herabsinken; man sieht Soldaten an ihnen baumeln, sie springen zu Hunderten mit angesetzter Schusswaffe über Feindesland ab, umflutet von heroischer Musik und einer schneidenden Stimme aus dem Off, die ihnen Kampf und Sieg verheißt. Unvergesslich die Begeisterung, in die sie dieser Filmbericht versetzt hat. Da konnten sich schon einmal ihre Hände streifen. Zugleich aber – das war ihm bis heute unverständlich geblieben – erweckte die Erinnerung an die Kriegsschauplätze jedes Mal die Szene aus einem Friedensidyll, wie es eher ein Heimatfilm hätte auslösen müssen. Er sah sich mit Mutti wandern durch eine Wiese voller Blumen in der herrlichen Hügellandschaft um Mauthausen; einen kleinen Jungen in Lederhosen, das Gras steht hoch um ihn, und er pflückt Löwenzahn und pustet die flaumigen Köpfchen leer; die Flocken und ihr Samenkorn treiben und tanzen in der Sommerluft übers Feld, er springt ihnen händeklatschend nach, er balgt sich mit Bürschel herum, mit dieser lustigen, struppigen Gassenmischung von einem Hund. Mutti hat sich lachend ins Gras geworfen und er purzelt über ihre Brust.

Aus diesen alten Gaukeleien riss ihn Nicko. Von Weitem erkennbar an ihrem ruckartig vornüberfallenden Gang, war die Gestalt ein Stück wegaufwärts auf einem Feldweg sichtbar geworden. »Die werden uns wohl nicht etwa den Dorftrottel mit eingeladen haben, was, Lumpi?« Die Frage war natürlich nur als Spaß gedacht, denn jeder wusste, dass Nicko (»unser nickender Nicko«, der Sohn eines slowakischen Sägemüllers und Säufers in Quemquemtréu) seit vielen Jahren unentwegt irr durch die Gegend strich. Ja, dass er marschieren musste, täglich, vom frühen Morgen an bis in den Abend hinein, zu jeder Jahreszeit und bei jedem Wetter, verdammt zu diesem vornüberfallenden Schritt und einem ständigen Ringen ums Gleichgewicht, äußerlich einem Körner aufpickenden Vogel ähnlich. Niemand versuchte auch nur, ihn anzuhalten. Wer ihm begegnete, sah zuerst den Speichel aus seinen Mundwinkeln triefen, den starren Blick, der auf den Pfad oder den Feldboden vor seinen Füßen gerichtet war, und keiner konnte begreifen, wie er das aushielt, dieses ständige Sichvorbeugen und Wiederaufrichten den ganzen lieben Tag hindurch. Dem Subjekt musste außerdem eine waldschrathafte böse Kraft innewohnen, denn mehrmals hatte Siegmund einst den alten … na! den alten … auf ihn angesetzt, aber der hatte ihm (eigentlich undenkbar!) den Gehorsam verweigert und war unwillig knurrend zurückgewichen.

Oft genug ist Rohr diesem Nicko begegnet. Besonders verabscheute er an ihm den typisch verdrucksten, heimtückischen Blick eines kurz geschorenen »Slawenbengels«. Auch Dr. Königsberg gegenüber hatte er sich einmal Luft gemacht und etwas von »lebensunwert« gemurmelt, als jener sich interessiert nach Nicko erkundigte. Und er hatte dem Psychiater mit unverblümtem Abscheu verraten: Diese Ballastexistenz trage immer ein Stöckchen mit einem aufgespießten Schwamm unter den Arm geklemmt bei sich. Damit putze Nicko sich den Hintern. Den ganzen Tag verbringe er ja im Freien und suche sich für seine Notdurft mit Vorliebe einen Bach. Mehrmals schon habe er ihn mit dem Feldstecher bei dieser Verrichtung über einem Wasserlauf beobachtet. »Verstreute Defäkation, als wären wir in Afrika!« Aber Dr. Elias Königsberg kommentierte nur den historischen Bezug: »Siehe da, der Schwamm – ein Xylospongium!«, hatte er ausgerufen. »So etwas haben schon die alten Römer benutzt.« Wie sich diese Psychologen aus allem heraushalten, hatte er damals gedacht. Was er diesem Eiertänzer daher gar nicht erst weitergab, war, wie genau sein Feldstecher das fokussierte Bild heranziehen konnte, sodass er zusehen musste, wie es dem Unhold, bei seiner viehischen Ernährungsweise, aus dem Hintern spritzte, und noch weniger verriet er, wie er mit der rechten Hand, bei ausgestrecktem Zeigefinger und aufgerichtetem Daumen, auf den Scheißer zielte, abdrückte, mehrmals, peng, peng, peng …

»Bin ich schon taub?«, fragte Siegmund sich ärgerlich, schwer atmend, nach einer kurzen Aufstiegsperiode einhaltend, und, auf seinen Stock gestützt, zurückblickend. Lumpi bellte in diese Richtung. Und dann zeichneten sich in einer Staubwolke die Konturen eines heraufkommenden Fahrzeugs ab. Der Wagen, ein schwarzer Mercedes, hielt neben ihm, die Staubwolke zog seitlich ab ins Gebüsch. Der Fahrer ließ das Fenster herunter. Aus dem Wageninneren quoll laute, stampfende Musik, die allerdings sogleich gedrosselt wurde.

Der Mann im Wagenfenster begrüßte ihn, nannte seinen vollen Namen und sagte in einem aufdringlichen und zugleich gefährlichen Vertrautseinston: »Guten Morgen, Siegmund Rohr! Ich wünsche Ihnen ein gesegnetes neues Jahr.«

»Ich kenne Sie bedauerlicherweise nicht, mein Herr«, erwiderte Rohr und zischte beiseite: »Still, Lumpi!«

Martin Holberg stieg aus und stellte sich vor. Man habe sich schon öfter gesehen, wenn Rohr sich erinnere, vor allem bei den Geburtstagsfesten von Clementine; er sei ihr Sohn, Martin. Man habe wohl denselben Weg: Ob Herr Rohr nicht einsteigen wolle, es gehe hier doch noch ein gutes Stück steil bergauf. Und auf Rohrs Bedenken hin: Der Dackel sei kein Problem, das Wageninnere nach viertägiger Reise ohnehin verschmutzt und seine Tochter eine nahezu fanatische Tierliebhaberin. »Wale, Hunde, Gorillas – was Sie nur wollen, Herr Rohr.«

Siegmund konnte sich nicht an diese zweifellos vornehm aussehende, wenn auch ungekämmte und nachlässig gekleidete Person erinnern, die da so anmaßend vertraut auf ihn einredete, wohl aber an das, was er von Clementine über ihren Sohn gehört hatte. Dabei war immer von »meinem Großen« und von »Dr. Martin Holberg« die Rede gewesen. Im Wagendunkel nahm Rohr das Gesicht und die winkende Hand einer jungen Frau wahr. Sein Misstrauen schwand. Das Ganze sah nicht nach einem Kidnappingversuch des Mossad aus. Als er sich auf dem Rücksitz niedergelassen hatte, den Dackel an seiner Seite, stellte Martin vor: »Katha, meine Tochter!« Im Wageninneren wummerte wieder dieser ekelhafte Lärm, irgendetwas wie Jazz oder Rock, begleitet und vorangetrieben vom maschinenhaften Gestampfe einer Band. Clementines Enkelin drehte sich nach hinten und reichte ihm die Hand. »Meine Freundin Clementine hat eine schöne Enkelin, Kompliment!«, sagte er, so laut er konnte. Die schlanken Finger mit den vielen Ringen verleiteten ihn zur Andeutung eines Handkusses. Die Enkelin lachte. »Hast du das gesehen, Pa, ein Kavalier alter Schule! Und wie dieser Mensch gekleidet ist! Wissen Sie, Herr Roth, es ist, als hätten Sie erraten, dass Sie heute einer Prinzessin begegnen würden – Your Royal Highness, Lady Di!«

»So? Tatsächlich? Wir sind Lumpi und Siegmund Rohr … Rohr!«

Das Auto setzte sich in Bewegung. »Wie lange, wie weit sind Sie schon marschiert, Herr Roth, so steil bergan und unter dieser starken Sonne«, fragte sie ihn.

»Ja, mein gnädiges Fräulein, ich mit meinen einundneunzig Jahren …« Katha stieß durch ihre Zähne einen Pfiff der Anerkennung aus. Siegmund wies nach hinten: Sie könne vielleicht noch den Schornstein seines Chalets erblicken, estilo tirolés, wie man hier sage. Die junge Frau ließ die Fensterscheibe herunter, blickte zurück und rief bewundernd: »Aber ja, ich sehe – da haben Sie ja schon ein Riesenstück zurückgelegt, Sie Methusalem!« Sie ließ das Fenster offen.

Auch ihr Vater hatte sein Fenster nicht mehr geschlossen. Beide begannen jetzt, im Rhythmus der tobenden Band, auf ihren Sitzen zu wippen. Sie ließen je einen Arm aus dem Fenster hängen und trommelten mit der flachen Hand im Takt gegen ihre Wagentüren. Zugleich sangen sie eine Weile den Text mit, dann drehte sich die junge Frau wieder um.

»Echt geil diese Musik, finden Sie nicht, Roth? Die alten Abba sind wieder groß *in*. Sie feiern gerade ihr tolles Comeback in London mit ihrem *Mamma Mia!*«

Tochter und Vater nickten heftig und gleichzeitig mit den Köpfen und skandierten eine ganze Weile lauthals den Song: »*Gimme! Gimme! Gimme!*« Als darauf eine neue, etwas ruhigere Gesangsnummer folgte, wandte sich Dr. Holbergs Tochter wieder dem Fahrgast zu. »Herr Roth, was haben Sie nur für einen lieben Hund. Ich liebe die Hunde!« Ja, das sei sein Dackel Lumpi. Den habe ihm eine gute Polin geschenkt, die in Quemquemtréu eine musterhafte Dackelzucht betreibe: Fräulein Malgorzata Zwierzynski – wie alle Krakauer eine Dackelnärrin. Und selbstverständlich astreine Antikommunistin. Der Dackel sei absolut reinrassig und besitze daher eine hohe Intelligenz. Obendrein sei er telepathisch begabt, er könne Ereignisse im Voraus …

Fräulein Holberg begann mit biegsamen Händen tänzerisch herumzuwirbeln, wiegte ihren Kopf mit dem wallenden Haar im Takt und sang passend zur gerade laufenden Melodie: »Reinerassig was, is' mei' Hund!« Sie lachte und klopfte dem Vater auf die Schulter. »Reinerassig, Pa, hast du das gehört, da nimm dir mal ein Beispiel! Und deshalb ist er intelligent statt verrückt.« Und dann drehte sie ihren Körper wieder Rohr zu. Er hatte inzwischen den Dackel fest an sich gedrückt. »Great, Roth! Und Sie sind ein reinrassiger Arier, nehme ich an – ja, der Ewige Arier, so wie Sie aussehen! Ich dagegen werde niemals telepathische Fähigkeiten entwickeln können, denn ich bin nicht reinrassig, ich bin eine Halbjüdin. Meine Spivak, mütterlicherseits, kamen auch aus Polen; wären schon gern gute Polen geblieben, die Spivak, wenn Ihnen der Name etwas sagt.«

Er schüttelte den Kopf und bückte sich, um durch die Frontscheibe auf die Straße spähen zu können. Wie weit war es wohl noch bis zur Einfahrt in den Tilo-Hof?

»Lieben Sie die Mapuche, die reinrassigen?«, hakte Katha jetzt nach. Sie musste die Frage wiederholen, denn er hatte sie wegen der alles übertönenden Musik nicht verstanden. Bei der Wiederholung setzte sie noch hinzu: »Und die Zigeuner – Arier sogar, ursprünglich aus Nordindien! – lieben Sie die, Herr Roth?«

Die Mapuche seien hier »Hiesige«, warum sollte er die besonders lieben? Und was die Zigeuner betreffe, fügte er hinzu, so habe er mit denen nichts zu tun. Außerdem gebe es in Quemquemtréu ja überhaupt keine Zigeuner, habe es keine gegeben, solange er hier schon gelebt habe. Die würde man hier erst gar nicht hereinlassen. »Ich komme mit Lumpi gut aus, meinen Schäferhund aber, den … den … habe ich wirklich geliebt. Ich liebe auch seinen Sohn Wotan. Aber den Namen meines verstorbenen Schäferhunds habe ich leider vergessen …«

Martin klopfte Katha auf die straffen Jeans über ihren Waden: »Lass ihn, er ist schon so alt und nicht mehr ganz …« Siegmund aber hatte es mitbekommen und empfand es als eine unnötige Beleidigung.

In diesem Moment der Ablenkung jedoch musste der Fahrer so heftig bremsen, dass es Siegmund nach vorn schleuderte und der Hund zu Boden stürzte. Gekläff und Gewinsel setzten ein. Aus dem seitlichen Gebüsch war unversehens Nicko hervorgebrochen. Ohne an ein Auto auch nur zu denken, hatte er blindlings und sich heftig vornüberbeugend die Straße überquert.

»Was ist denn das, ein Waldgeist?«, rief die schöne Holberg-Tochter. Sie riss die Tür auf. »Halt Pa, halt, bitte – dort läuft Rumpelstilzchen!«

Siegmund richtete sich wieder auf. Zu seiner Verwunderung blieb Nicko stehen. Zum ersten Mal konnte er diesen Untermenschen ganz aus der Nähe und ohne sein Körpernicken betrachten: Es war, als erblickte er einen anderen Nicko, aber natürlich mit denselben heimtückischen Gesichtszügen eines Slawen. Der Dackel sprang auf den Sitz zurück und hielt still. Beide schauten sie wie gebannt zu Nicko hinaus. Wie er so zitternd dastand, in seiner elenden Aufmachung, konnte er Mitleid erregen – Siegmund, lass dich durch diesen Eindruck nicht täuschen, das ist das Verführungsspiel dieses kranken Elements, sein Blendwerk, sein Bestreben, im starken und mutigen Mann eine Schwachstelle zu treffen, sein Mitgefühl zu erwecken. Zeig Kraft, ja Härte, Siegmund! Er ballte die Fäuste und seine hagere Gestalt versteifte sich auf dem hellen Leder des Rücksitzes.

Clementines Prinzessin-Enkelin aber war ausgestiegen und ein paar Schritte auf Nicko zugegangen. Der Vater beugte sich aus dem Fenster und rief ihr zu: »Komm, Katha, ich kenne den armen Kerl doch, das ist Nicko. Lass ihn, dir wär's ja auch nicht recht, wenn man dich beim Joggen anhielte.«

»Rumpelstilzchen, Rumpelstilzchen, hier kommt die Prinzessin. Wir kennen uns doch!« Befremdet vernahm Siegmund, wie die Enkelin diesen Fratz in singendem, beschwörendem Märchenton zu becircen versuchte. Er beobachtete, wie sie sich dem

Subjekt dabei vorsichtig näherte, als handelte es sich um ein verwundetes, in die Falle geratenes Wild – noch ungewiss, ob dieses sich nicht gleich in jäh ausbrechender Panik mit ungeheurer letzter Kraft losreißen und davonspringen würde. Die junge Frau streckte langsam die Hand aus, und tatsächlich, sie konnte den Bürstenschädel des Kretins berühren. Der hielt stand, schielte sie mit halb abgewandtem Gesicht aus den Augenwinkeln an, die ihr zugewandte Schulter hochgezogen und am ganzen Leibe bebend, als befürchtete er jeden Augenblick einen Schlag; er atmete sichtbar heftig unter dem zerrissenen Hemd. Das währte ein paar Sekunden, denn plötzlich bellte der Dackel los und Nicko wich zurück. Er zückte das Stöckchen, das er unter dem Arm versteckt gehalten hatte: Der Schwamm in dem gegabelten Stab sah wie ein Stein aus. »Vorsicht, Katha!«, rief der Vater, aber Katha rührte sich nicht und Dr. Holberg wollte schon aus dem Wagen springen. Da hatte sich Nicko mit ein paar Sätzen und heftigen Verbeugungen bereits in eine Schneise zwischen den Heckenrosen auf der anderen Straßenseite geflüchtet. Zuletzt fuchtelte er noch, ohne sich umzuwenden, wie wild mit seinem Stecken.

Als die Tochter wieder im Auto saß und der Vater anfuhr, drehte sie sich ihm zu. »Roth, Sie leben hier, wissen Sie, warum dieser erbarmungswürdige Höhlenmensch mit einer Steinaxt herumläuft? Gestern Abend waren wir bei den Mapuches. Da habe ich zum ersten Mal von der Ausrottung der Neandertaler erfahren. Haben Sie davon gewusst? Wer bedroht das Rumpelstilzchen? Was sucht dieser letzte Neandertaler hier oben? Mit seinem steinzeitlichen Werkzeug?«

Siegmund erklärte ihr, das sei gar keine Steinaxt, sondern nur ein Stecken mit einem feuchten Badeschwamm daran; den benutze das Subjekt nach der Erledigung seiner Notdurft zur Reinigung. Ansonsten handele es sich um einen Dorfdeppen, der durch sein unermüdliches Herumirren und Vornüberfallen seit Jahren ortsbekannt sei. Ein ganz und gar minderwertiges Element. Ein unwertes Leben. Der degenerierte Sohn eines versoffenen Slawen. Schon Nietzsche habe gesagt … Aber darauf folgte nichts mehr. Katha indessen zwang ihn geradezu durch Nachfragen, alles noch einmal in die laute Musik hineinzuschreien. Vor allem schien sie das mit dem Stöckchen nicht zu verstehen. Schließlich brachte sie ihn so weit, dass er seine Erklärung mit einer beschämend deutlichen Armbewegung zu seinem Gesäß hin begleiten musste, mehrmals, weil die »Prinzessin« immer wieder insistierte. Wo, an welcher Körperstelle, wie?

»Also ein minderwertiges Element, dieser Nicko? Klasse, Roth, für ihre einundneunzig Jahre sind Sie ja noch ganz gut drauf! Sind Sie etwa der Geliebte meiner Oma?«

Der Dr. Holberg, dieser von Clementine so hochgehaltene Wissenschaftler-Sohn, kam ihm nicht zu Hilfe, der klopfte jetzt einfach mit den Fingern ständig im Takt der Musik auf das Lenkrad und lachte schallend auf. Siegmund bemerkte, dass er ihn im Rückspiegel beobachtete und sicher auch gesehen hatte, wie er eben bei der Frage der Enkelin rot angelaufen war. Hatte man ihm eine Falle gestellt? Begann jetzt ein Verhör, nach der Erniedrigung, sich mehrmals mit wischender Bewegung ans Gesäß fassen zu müssen?

»Ist ja schon gut«, beruhigte sie ihn. »Mich kann nichts erschüttern, ich habe über Alterssexualität promoviert. Das ist ein Abgrund von Perversitäten. Trotzdem, ich liebe alte Menschen. Ich liebe sie voll Mitleid, weil ihre Lebensfarben verblassen, ihr Lebensrhythmus sich unaufhaltsam verlangsamt. Kennen Sie vielleicht das Lied ›Les Vieux‹, von Jacques Brel? Da ist eigentlich alles drin. Die Menschen meinen doch, im Verlauf ihrer Lebenszeit fülle sich ein Gefäß, das ein letzter Tropfen womöglich zum Überfließen bringen könne – als wäre es ein langes, volles, erfülltes Leben gewesen. Aber in Wirklichkeit ist überhaupt nichts voll, es ist versickert, trocknet aus – bis auf den letzten Tropfen. Sie werden einfach schlaff, leer und so. Gott sei Dank gibt es neuerdings Viagra. Haben Sie es schon mal versucht, Roth? Kann man die Blaue hier bekommen? Können Sie aber auch übers Internet ordern. Papa, hast du's eigentlich versucht? Ich hab dich noch nie danach gefragt.«

Damit hatte sie ihn endlich frei gelassen und sich dem Vater zugewandt. Wie würde der auf ihre freche Frage reagieren? Ihn selbst hatte man ja in letzter Zeit, vor allem in der Senioren-Saison, mehrmals auf die leeren Schachteln dieser Droge im Hotel Tirol aufmerksam gemacht. Er horchte.

»Also erstens mein Kind – dein mutmaßlicher Liebhaber der Oma heißt Rohr, nicht Roth, was ihn tatsächlich stört. Es ist gut möglich, dass er auf Durchblutung und Versteifung keinen Wert mehr legt. Und zweitens – ich bin, was Viagra und dergleichen betrifft, noch keineswegs so weit. Ich war nach Mamas Verlust lange in Quarantäne, Katha. Ich war vom Leid infiziert, wie du. Jetzt sind wir nicht mehr virulent infektiös, wir heilen, wir werden beide immer gesünder. Nur, ich weiß noch nicht, was ich mit meiner verdammten Gesundheit in diesem verdammten neuen Jahrhundert machen werde. Eines weiß ich allerdings heute schon: Euch beide will ich nicht verlieren, dich nicht, und Gabriel nicht!«

Siegmund beobachtete, wie Dr. Holbergs Finger auf dem sommersprossigen Nacken unter der verwilderten Haarpracht seiner halbjüdischen Tochter spielten. Die beiden schienen ihn vergessen zu haben. Reflexartig streichelte er Lumpis glattes Rückenfell.

In geduckter Haltung erspähte er endlich das Tor des Tilo-Hofes. Es stand offen, man brauchte nicht anzuhalten. *»I have a dream«*, begann eine helle Frauenstimme eben mit dem melodiösen Song des lautstarken Musicals. »Das kenne ich!«, rief er der Enkelin Clementines zu – »dieses Lied singt die wunderbare Vicky Leandros, wenn auch mit einer zarteren Begleitung.«

»Toll, Roth!«, lobte ihn Katha. Na ja, schränkte er ein, er sei eigentlich mehr für Klassik, für Zarah Leander oder Johannes Heesters, neuerdings auch Rudi Carrell. Aber diese Melodie habe ebenfalls etwas klassisch Volksliedhaftes an sich. Vater und Tochter hörten ihm offenbar nicht mehr zu, denn sie hatten bereits in das Lied eingestimmt:

I believe in angels
when I know the time is
right for me
I'll cross the stream
I have a dream …

Als sie in die Nussbaumallee einfuhren und auf die Hofgebäude zustrebten, fügte er, mehr für sich, hinzu: »Es ist eines unserer Lieblingslieder gewesen, Sie können sich nicht vorstellen, wie Odins Ohrenspiel jedem Ton gefolgt ist.« Er hielt inne. »Odin, jawohl, Odin!«, triumphierte er. Soeben war ihm der Name des Heißgeliebten zugeflogen! Die Welt war wieder in Ordnung. Die unverhoffte Rückkehr des geliebten Namens überwältigte ihn, sie schwappte wie eine warme Welle durch seinen ganzen Körper. »Unser Odin ist wieder da!«, frohlockte er zum Dackel hin und drückte ihn an sich. Befreit, glücklich lehnte er sich zurück und stimmte, zu Tränen ergriffen und so lautstark er es eben noch schaffte, mit ein in den Gesang von Dr. Holberg und seinem Fräulein Tochter:

I have a dream
a fantasy
to help me trough
reality …

Lauthals singend und von den gewaltigen Musikwogen der Stereoanlage mitgetragen, erreichten sie, aus dem Schatten der Allee hinausfahrend, den sonnenüberfluteten Hofplatz. Er entdeckte Rotrauds vorgebeugte, Ausschau haltende Gestalt an die Haustür gelehnt. Und als Rotraud Lagler offenbar den Sohn Clementines erkannte, der als Erster, musikumflutet, ausgestiegen war, kam sie ihnen lachend, und sofort den Rhythmus übernehmend, mit wiegenden Hüften durch den Vorgarten entgegengetanzt.

»Hereinspaziert, hereinspaziert, meine Lieben!«, unterbrach sie ihr Gelächter und richtete sich wohl hauptsächlich an ihn. Dabei schwenkte sie die mit beiden Händen zerknüllte Schürze derart, als wollte sie das jubilierende Terzett und das Schlappohr in ihren Schoß hineinwinken.

12

CLEMENTINE UND DIE ANDEREN

Das beschwingte Trio folgte der Gastgeberin über einen Kiesweg in den Garten. Der Duft von blühenden Lavendelbüschen empfing sie und begleitete sie ein Stück. Links sank das Gelände zum Tal hinab; dort unten lag Quemquemtréu. Auf der gegenüberliegenden Talseite stiegen die Buchenwälder bis zu Almböden hinauf, bald begannen Geröllfelder, steile Felsrücken und Firnsättel. Sie sahen den Grillplatz, hufeisenförmig umschlossen von Feldsteinen; an seiner offenen Seite ein Eisenkreuz, und daran, rumpfabwärts befestigt, das kopflose Lamm. Rauchschleier und Hitzewellen schwebten über der Stätte, Bratengeruch wehte ihnen entgegen. Der Hausherr stand mit dem Rücken zu ihnen und war eben voll damit beschäftigt, mit einer Schaufel die Glut vor dem Kreuz umzuverteilen.

Rechter Hand erwartete sie der Lindenbaum. Man konnte ihn von hier in seiner ganzen Majestät bewundern. Die ausladende Krone bildete eine ebenmäßige Kuppel, deren Rand rundum bis zu Kopfhöhe herabreichte. Im Laubwerk schimmerten gelbe Blütenkaskaden. Ihr Aroma übertraf alle anderen Wohlgerüche, Lamm und Lavendel und auch den Rosenduft – denn hohe Büsche voll weißer und roter Rosen wuchsen an den nordwestlichen, der Sonne zugewandten Hauswänden empor. Nicht weit hinter dem Lindenbaum begannen schon die Felder und Wiesen; dann folgte Fichten- und Zypressenwald, der sich bis an die grauen Gesteinsmassen der Schluchten und Steilwände des Piltriquitrón hinaufzog. Alles lag im Glast des Mittagslichts.

Als die Neuankommenden den Kiesweg verlassen hatten und

sich über frisch gemähtem Rasen dem Dunkel unter der Baumkrone näherten, verkündete Rotraud frohlockend: »Schau, Clementine, wen ich dir da bringe!«

Es war ein sonores und balsamisches Schattenreich, das sie nun betraten. Insektenschwärme umtanzten die Blütentrauben, wühlten sich hinein, arbeiteten sich mühsam wieder heraus, um schwer beladen abzuheben, sich davonzumachen, wiederzukehren: Ein reges Treiben des Hin- und Hereilens, das sich nicht stören ließ vom Gezeter und Geschwirr gierig dreinpickender Vögel. Ein langer Tisch, bedeckt mit einem weißen Tuch, stand unter dem Baum. An seiner Mitte thronte Clementine Holberg; zu ihrer Rechten, am Kopfende, saß Dr. Elias Königsberg.

Eben noch waren die beiden in ein Gespräch über Musik vertieft gewesen. Clementine hatte gemeint, wenn sie die Augen schließe, benommen von diesem Gesumme und Gezwitscher, sei es ihr, als säße sie im vollen Saal der Volksoper, in Erwartung des Kapellmeisters, und kurze Probeläufe der einzelnen Instrumente, ja manchmal schon Zitate aus der bevorstehenden *Lustigen Witwe* flatterten aus dem Orchestergraben zu ihr herauf. »Erinnerst du dich, Elias, wir waren damals mit Gretl und Alberto in der Aufführung?« Elias aber hatte, ebenfalls mit geschlossenen Augen, nur genickt und einen merkwürdigen Summton im Kehlkopf angestimmt, ihn variiert und sich erst nach einer Weile an sie gewandt: »Clementine, ich musste immer über den Grundton in diesem unserem Lindenbaum-Ensemble nachsinnen; jetzt, endlich, meine ich ihn entdeckt zu haben: Es klingt wie ein Moll-Vibrato auf dem Cello.« Es sei ihm ohne Instrument gelungen, genau auszumachen, womit der rundum vibrierende Vogel- und Insektenchor ideal harmonieren würde.

»Du bist mir einer – findest immer die Schmoll-Saite im Leben heraus …«, neckte ihn die alte Feundin.

»Ach, Clementine, wenn ich es doch nur zusammenbrächte, was Schopenhauer so wunderbar über Musik geschrieben hat, etwa, dass es zwei allgemeine Grundstimmungen des Gemüts gebe, Heiterkeit – oder wenigstens Unternehmungslust – und Melancholie, Trübsal oder Beklemmung. Und dafür gebe es zwei umfassende Tonarten, Dur und Moll, die jenen beiden entsprechen. Er bezeichnet es als wunderbar, dass es in jeder Musik ein unverkennbares und sogleich ansprechendes Merkmal der schmerzlichen Grundstimmung gibt: das Moll. Daran lasse sich ermessen, sagt er, wie tief die Musik im Wesen des Menschen gegründet sei. Das ist mir immer sehr nahegegangen.«

»Ja, ja, immer dein Schoppenhauer …«

Und gerade bei diesen Worten war Rotraud mit den Neuankommenden erschienen. Martin und Katha hatten Siegmund Rohr vorausstaksen lassen. Zuerst hätte der Dackel gern das zittrige Herrchen zum Grillplatz hinübergezerrt, aber ein scharfer Riss an der Leine und ein schneidendes »Lumpi, folg!«, hatten den Hund zurückgehalten.

Als Rohr sich in den Baumschatten grüßend hineinbückte und abwartend sein Wort verzögerte, kam ihm prompt die vertraute Strophe aus dem »Weißen Rößl« entgegen: *»Was kann der Sigismund dafür, dass er so schön ist …«*, sang die Jubilarin, worauf Siegmund Rohr sofort mit krächzendem Tenor seine Erwiderung aus einer späteren Operette anstimmte: *»Ich hab die schönen Maderln net erfunden …«* Nach den ersten Worten schloss sich Clementine ihm an, und sie sangen noch ein Sückchen im Duett weiter.

Dann erst schien Clementine ihren Martin und die Enkelin wahrzunehmen. »Na endlich, mein Großer! Was habt ihr da nur für einen Umweg genommen! Ich habe mir schon Sorgen gemacht, dass ihr's nicht mehr rechtzeitig zu meinem Geburtstag schafft – ausgerechnet zu meinem letzten.« Und an Katha gewandt: »Na, dass man dich endlich wieder sieht, mein Kind! Lass mich schau'n, was sie dort in der Anstalt mit dir gemacht haben.« Aber die Erwiderungen wartete sie gar nicht erst ab: Siegmund wurde angewiesen, ihr gegenüber Platz zu nehmen, und Katha, nachdem sie »Onkel Elias« begrüßt hatte, an ihre linke Seite befohlen. »Wegen Elias – auf dem rechten Ohr hör ich besser«, erklärte sie der Enkelin.

Katha hatte »Onkel Elias« mit einem Kuss begrüßt, und der hatte sie dabei in einer langen Umarmung in seine Herrenparfümsphäre hineingezogen. Dann wünschte er Martin ein gutes neues Jahr und beide berichteten einander kurz, wie sie den Silvesterabend verbracht hatten. »Bei uns Alten ist es reichlich spät geworden. Weißt du, wir müssen ja jedes neue Jahr feiern, als wäre es das letzte.« Martin hielt seine Hände wie zum Gebet gefaltet an den Mund und flüsterte ihm beichtbegierig zu: »Ich muss es dir schon jetzt sagen, Elias, es war ernst; ich lag am Boden – pulverisiert, jetzt sehe ich einen Hoffnungsschimmer ...«

Der Psychotherapeut legte ihm die Hand auf den Arm. »Martin, darüber reden wir noch.« Er sagte es ebenfalls ganz leise. Dann richtete er sich auf und fügte laut hinzu: »Eine blühende Schönheit, deine Katha!«

»Das habe ich vorhin auch schon festgestellt, nicht wahr?«, beeilte sich Siegmund Rohr zu vermelden.

»Du wirst sehen, wir schaffen das«, tuschelte Elias noch schnell auf Martin ein, wobei vielversprechendes Faltenspiel wie der Vorhang für den letzten Akt über sein zerklüftetes Schamanengesicht huschte.

Der Tisch war bereits gedeckt, einfach, ohne den Zierrat einer besonderen Festlichkeit – im Sommer wurde ja immer, sooft das Wetter es zuließ, unter dem Lindenbaum gespeist. Elf Gedecke nur, denn Rotraud hatte sofort nach Siegmunds zugeflüsterter Mitteilung die Cirigliano-Teller unauffällig mit der ebenfalls geflüsterten Bemerkung abgeräumt: »Gott sei Dank, mit denen wären wir dreizehn gewesen! Die Unglückszahl.« Die Tischmitte nahmen zwei große Glasschüsseln ein, gefüllt mit Rotrauds traditionellem Kipflerkartoffelsalat; eine davon war das Gefäß aus prachtvoll geschliffenem böhmischem Bleikristall, dieses unter Lebensgefahr gerettete Erbstück der Vertriebenenfamilie Kretschmer aus Neutitschein. Das kunstvoll gearbeitete Glas zauberte irisierende Lichtreflexe auf die Kipflerkartoffeln und das Tischtuch. Eine Terrakottaschüssel mit einem weiteren Salat aus Rotrauds Autorenküche – Brunnenkresse, filetierte Radieschen, wilde Löwenzahnblätter und gehackte Walnüsse – ergänzte die Beilagen. Über den Tisch verteilt standen Karaffen mit Rotwein, Krüge voll Wasser und Apfelsaft sowie Schälchen mit der würzigen Barbecue-Sauce chimi-churri, die Treugott auf patagonische Art aus gehackten Zwiebeln, zerquetschtem Knoblauch, Paprika, frischem Majoran, Rosmarin, Thymian, Lavendel, Salzlauge und Olivenöl zubereitet hatte. Drei Antipasti-Platten – eine Auswahl gegrillter Auberginen und Zucchini, in Weißwein aufgequollene Trockentomaten mit gehacktem Knoblauch, und gegrillte Paprikaschoten – stellte Rotraud jetzt noch dazu. Dazwischen hatten Mirta und Delia Körbchen mit dem selbst gebackenen Weizenbrot des Tilo-Hofes, dazu Salzstreuer und eine Pfeffermühle platziert.

Dr. Elias Königsberg hob eine der Karaffen und füllte Clementines Glas. Ob Katha …? O ja, sie wollte durchaus, also schenkte er auch ihr und Martin ein. Rotraud winkte ab: »Später, ihr Lieben.«

»Und unser schöner Sigismund?«, fragte Elias.

Rohr zog mit übertriebener Besorgnis die Brauen zusammen. Er hatte eben noch den Hund am Stuhlbein festgebunden und bog seinen Oberkörper allmählich wieder hoch. »Sollen wir einmal im Jahr sündigen, Lumpi?«, fragte er hinunter, und das war natürlich sein Ja. Alle sechs tranken einander schon einmal aufs neue Jahr und auf dieses festliche Wiedersehen zu, Rotraud mit einem Glas Wasser.

»Na, dann haben sie dich also doch endlich aus der Klapsmühle herausgelassen, mein Kind?«, wandte Clementine sich wieder an Katha.

»Ja, Oma.« Die Enkelin fiel der sogleich erstarrenden Greisin um den Hals. »Stell dir vor, ich habe es sogar schon geträumt: Ich bin geheilt, ich bin gesund – wir sind beide gesund, Papa und ich!«

»Und was war dann das für ein Palaver mit Walfischen, mit der Prinzessin, und hinterher dieses Theater bei den Indianern?«

»Ach, das muss ich dir ja alles noch genau erzählen!«, rief Katha begeistert und begann ihre Geschichte sogleich mit dem Silvesterfrühstück bei den Gehörfolterern in Puerto Pirámides. Während Katha lebhaft auf sie einredete, war Clementines Mimik ganz dem ihr gegenübersitzenden Siegmund zugewandt; ihre im Wechselspiel flatternden Augenlider und das höchste Erstaunen ihrer Stirnfalten signalisierten dem alten Freund, wie hoffnungslos durchgedreht ihr der Redefluss der Enkelin vorkam. Dass ihrem Sohn Martin diese Komplizenschaft auf Kosten seiner Tochter kaum entgehen konnte, war der Jubilarin offenbar egal.

Er stand auf, warf einen ärgerlichen Blick auf Mama, ergriff das Weinglas und ging mit einem zweiten – für Treugott – zum Grillplatz hinüber. Die Pranke des Hausherrn war heiß, sein Gesicht schweißnass. Beide mussten sich von der Glut entfernen, um ins Gespräch zu kommen.

»Boris Jelzin ist zurückgetreten«, verkündete Treugott. »Ich habe es vorhin in *Radio Habana* gehört.«

Damit wusste Martin nicht viel anzufangen. Er fragte lieber nach dem Lamm, und der Hausherr erklärte ihm wieder einmal sein Handwerk.

»Nussbaum und Eiche, Herr Doktor« seien die Hauptsache. Man dürfe niemals mit Nadelholz grillen; dessen Rauch enthalte zu viel Teer und bestimme damit den Geschmack. Ein Lamm, das man vier Stunden solch einer Glut aussetze, sei dann von irgendwelchem ordinären Selchfleisch nicht mehr zu unterscheiden. Außerdem – man müsse den Rumpf von innen nach außen braten. Die Hitze müsse wie bei einem lebenden Körper von innen nach außen dringen. Das lasse sich nur durchführen, wenn man zuerst, und die längste Zeit, die aufgeschnittene Innenseite des Tieres der Glut zuwende. Dann nehme die Hitze ihren naturgegebenen Weg.

»Lieber Treugott, du sprichst ja wie der Chefideologe der argentinischen Asado-Doktrin«, versetzte Martin beeindruckt. Lächelnd fügte er hinzu: »Verbunden natürlich mit dem heiligen Ernst eines Südtiroler Herrgottschnitzers.«

Daraufhin betrachtete er noch aufmerksamer den fettglänzenden Rücken des Lammes. »Es könnte sich auch um ein sommerliches Satellitenbild der patagonischen Landmasse handeln«, deutete Dr. Holberg den Anblick. »Diese ockergelben und rostbraunen Wölbungen der Steppe, diese wasserlosen Vertiefungen, wie die Betten der ausgetrockneten Flüsse.«

Aber an vielen Stellen blubberte bereits kochendes Fett unter der glasigen Haut. »Es scheint, da unten gibt es auch Heißwasserquellen und Schwefelbäder«, spann Treugott das von Martin entworfene Luftbild weiter, und er fügte hinzu: »Diese sprudelnden Oasen, Herr Doktor, bedeuten Glückseligkeit für den Grillmeister. Sie stellen sich keineswegs immer ein: Risse, Brüche und Stiche unter einem achtlos abgezogenen Fell lassen das flüssige Fett nutzlos wegsickern; das Fleisch wird dann trockener und fasriger. So wie jetzt aber brutzelt es im eigenen Fett.« Nun aber, da die Glutmasse sich schon gesetzt habe, werde er das Eisenkreuz ihr noch näher einrammen, ihr den Lammrücken zuwenden und etwas Rosmarin ausstreuen.

Als Treugott damit beginnen wollte, bemerkte Martin, dass er sich dabei auf die Krücke stützen musste. Sein Vorhaben gelang ihm schließlich nur mit Dr. Holbergs Hilfe. Der schwere Landwirt keuchte. Auf der tief gebräunten Innenseite, die ihnen jetzt zugekehrt war, zeichneten sich die gelben Rippen unter verschmorten Membranen ab. Zur Mitte hin hing beiderseits des Rückgrats je ein pflaumengroßes, schokoladebraunes Klümpchen: die Nieren. Unter Anstrengungen beugte Treugott sich vor, schnitt eine ab, spießte sie aufs Messer und bot sie Martin an.

»Eine Delikatesse – zum Dank für Ihre Unterstützung, Herr Doktor.« Er versuchte zu grinsen, aber es blieb bei einer traurigen Grimasse. Martin ergriff den fettglänzenden Leckerbissen mit den Fingerspitzen und nickte zustimmend, als er das urinsalzig schmeckende Gekröse im Mund zergehen ließ.

»Die Wahrheit ist, mit mir ist's aus und vorbei!«, stöhnte Treugott. »Sie seh'n es ja, allein schaff ich nichts mehr.«

Auf Martins besorgte Nachfrage berichtete er drastisch, seine kaputten Hüftgelenke hätten ihn nun endgültig zum Krüppel verdammt, zu einem in Kürze *völlig unbrauchbaren*, wie er betonte. In seinen geröteten Augen war nicht auszumachen, ob ihre Feuchtigkeit vom Rauch und vom Schweiß stammte oder ob der massige Mensch von seiner Klage zu Tränen getrieben wurde. Er hatte noch rasch eine Handvoll Rosmarinnadeln über die Glutfläche gestreut; jetzt stieg weißer Rauch auf und mit ihm ein weihevoller Duft wie von Myrrhe.

Martin bedauerte ihn und sah sich unschlüssig um. Dann sagte er zu Treugott: »Dagegen bin ich immer wieder von der Schönheit eures Landguts hingerissen. Ihr habt an diesem Ort einen Bauernhof wie aus dem Bilderbuch entstehen lassen; es fehlt gerade noch, dass die Haustiere singen und sprechen können. Rotraud und du könntet zufrieden sein, ja stolz auf diese Lebensleistung. Eher packt *mich* die Angst: Ist es vielleicht schon zu spät für mich, solch ein Landleben zu führen, in diesem Frieden?«

Treugott blieb stumm und schüttelte nur den schweißnassen Kopf; worauf er sich damit bezog, war nicht ersichtlich.

»Nein, natürlich sträube ich mich, das zu glauben. Es kann doch nicht zu spät sein für unsereiner!«, beantwortete Martin sich seine Frage selbst. Um dann zu verkünden: »Weißt du, Katha und ich haben begonnen, uns vorzustellen, hier zu leben. Steht in der Nähe irgendwo etwas Land zum Verkauf?«

»Ist das Ihr Ernst, Dr. Holberg?« Treugott schüttelte weiterhin den Kopf, schaute aber nur auf das gegrillte Lamm, das jetzt zart umwölkt war vom verglühenden Rosmarin. »Wissen Sie, glauben Sie es mir, in diesem selben Augenblick würd ich Ihnen den ganzen Tilo-Hof, den ganzen, so wie er ist – nachschmeißen …

Aber, mein Gott, da sind eben Rotraud, die Töchter, die Enkelkinder …«

Überrascht und verlegen winkte Martin ab und trank seinen Wein aus. Nein, nein, so sei es nicht gemeint gewesen. Außerdem, er denke an etwas Kleineres; auf die Wirtschaftlichkeit des Gutes komme es ihm nicht an, wichtig allein sei die landschaftliche Lage. Er wolle etwas nur für Katha und für sich selbst. Sie hätten vor, dieses Leben zu genießen, zu wandern, zu malen, Musik zu hören, in den nächsten Jahren Bücher zu lesen und zu schreiben. Katha brauche viel Ruhe, er bedürfe des Abstands von so Vielem … In den kommenden Tagen werde er noch ausführlich mit Treugott darüber sprechen und um seinen Rat bitten.

Sie sahen Gretl in Begleitung von Sarah und Benny zur Festtafel kommen und bald darauf Rotraud aus dem Haus treten. Auf einem Tablett balancierte sie mit angewinkeltem rechtem Arm in Schulterhöhe ein Spinatsoufflé in Form eines Guglhupfs. Aufmerksamkeit heischend mimte sie einen tänzelnden Kellner und kündigte an: »Für meine Vegetarier!« Trigo rief ihr zu, in etwa einer Viertelstunde könne er die erste Runde Fleisch servieren – »also seid's rechtzeitig zu Tisch, allesamt!«

Dann wandte er sich wieder dem Herrn Doktor zu und erklärte ihm: Das Servieren, wie das ihm vorausgehende Tranchieren, bestehe aus einer genau festgelegten Folge von drei Schritten. Zuerst, aus der Schulter geschnetzelt, ein paar mürb-weiche Bissen. Dann trenne man die Rippchen mit dem ihnen anhaftenden, fasrig-dünnen Fleisch nebst ihrer Kruste ab; die seien besonders kross und schmeckten würziger. Und schließlich, aus der Hinterkeule gelöst, saftige Happen mit dem reinsten Lammaroma, in dem sich alle Essenzen der Hochlandweiden zusammenfinden. Beim Zerlegen sei stets auf die Stränge der Muskulatur zu achten; man säbelt nicht einfach lustig herunter. Das Zerteilen in einzelne, in jedem Fall immer kleine Portionen, erfolge erst auf der Holzplatte, und davon wähle sich dann jeder etwas – auf Wunsch vom Grillmeister beraten – für seinen Teller. Anschließend stehe es natürlich jedem frei, je nach Lust und Begehr die ganze Reihenfolge – oder einen besonders genossenen Abschnitt derselben – zu wiederholen.

Treugott hielt ein. Seine ortsvertraut geschärften Sinne hatten im Mittagsglast einen fremden Vogel, eine Luftbewegung oder einen flüchtigen Schatten wahrgenommen. Er deutete suchend nach oben: Dort war unter der Sonne soeben ein blauer Paragleiter aufgetaucht. Vor den Felswänden des Piltriquitrón schaukelte, zwar noch fern, aber gut erkennbar, eine hockende Gestalt unter einer weit gespannten, bananenkrummen Tragfläche herunter. »Das ist Ihr Sohn, Doktor! Am Berg holt er sich den starken Aufwind, und schon in ein paar Minuten könnte er bei uns landen.«

Beide winkten mit weit ausholenden Armbewegungen hinauf, aber der Paragleiter schien sie nicht zu sehen oder zu beachten.

Unter der Linde waren Gretl und die Krohns eingetroffen. Katha, in ihrem Bericht für Clementine gerade erst bei Docksiders gewaltigem Auftauchen aus der Meerestiefe angelangt, wurde durch das einsetzende Begrüßungsgemenge unterbrochen und aus dem Konzept gebracht.

»Was du nicht sagst, mein Kind – aber hör jetzt bitte einen Moment lang damit auf«, schnitt ihr die Oma das Wort ab. »Diese Jüdin versteht ja kein Wort Deutsch.«

Als Gretl den goldbeknöpften Blazer Siegmund Rohrs (denn mehr mochte sie von ihm nicht wahrnehmen) ihrem Neffen Benny Krohn und dessen Ehefrau Sarah vorstellen wollte, gelang es ihr gerade noch »Der da … Rohr« herauszuwürgen. Der so Angesprochene erhob sich umständlich, kam nach einigem Wanken stramm zu stehen, zupfte an seinen Ärmeln und stellte sich ganz förmlich vor. Sarah gegenüber fiel er in ein hartes, aber fehlerloses Englisch und bot ihr ein zackiges Kopfnicken mit angedeutetem Handkuss: »Wir sind Siegmund Rohr, Hotelier im Ruhestand, und Lumpi, Dackel.« Worauf er noch hinzufügte: »Sie kommen aus Jerusalem, nicht wahr? Bin schon im Bilde!«

Bei dem Klang der Heiligen Stadt aus dem Munde Siegmunds zuckte Gretl zusammen. Schnell nahm sie den trennenden Platz zwischen Benny und Rohr ein. Sarah setzte sich Katha gegenüber; die beiden wollten sich auf Englisch unterhalten.

Als Siegmund Rohr wieder Platz genommen hatte, beugte sich Clementine mit einer vertraulich geflüsterten Mitteilung über den Tisch hinweg zu ihm vor: »Sigi ... dieser Krohn ist Zahntechniker. Heute können wir sorglos zubeißen. Toi, toi, toi!« Katha beobachtete, wie Omas knöchriger, zitternder Zeigefinger dabei auf die altersfleckige Hand mit dem türkisblauen Wappenring tippte.

»Ihr seid also doch ein Liebespaar!«, triumphierte die Enkelin. »Klasse! Ich hab es vorhin schon im Auto dem Herrn Roth angesehen. Er ist auf meine Entdeckung hin rot angelaufen, besonders seine abstehenden Ohren.«

»Was sind das nur wieder für freche Ausdrücke, mein Kind!« Clementine lehnte sich zurück und gab der Enkelin einen neckischen Klaps auf den Arm. »Oder hat sie vielleicht recht, Sigi ...? ›*Geh sag doch, sag doch Schnucki zu mir.*‹« Und sie trällerte versonnen die Melodie aus der *Rose von Stambul*. Der Umworbene fuhr sich mehrmals mit dem Zeigefinger unter dem Rollkragen um den Hals.

Da war auch Rotraud mit ihrem gewagten Balanceakt bei der table d'honneur angekommen. Die Gäste applaudierten dem gelungenen Auftritt und dem ungewöhnlichen Guglhupf. »Prächtiges Algengrün!«, feierte Katha den Anblick. »Eher schon aalgrün«, kommentierte Elias mit abwehrendem Händefächeln – betont dem angekündigten Fleischgenuss entgegenlechzend.

»Ob der koscher ist«, nuschelte Clementine so leise ihrem Sigi über die Tischplatte zu, dass der Greis nur verständnislos das süffisante Mienenspiel seiner Freundin zu enträtseln versuchte.

Martin kehrte vom Grillplatz zurück und begrüßte Gretls Verwandte. Die Tante wies ihn darauf hin, dass ihr Benny einem »hochkarätigen« internationalen Entwicklungsprojekt auf dem Gebiet der Zahntechnik vorstehe, »eine internationale Aufgabe, wie deine Projekte«. Und mit Sarah könne sich Martin auf Englisch unterhalten. »Ich habe angenommen, in Israel spricht man auch deutsch«, wiederholte Clementine eine Bemerkung vom Vortag.

»Benny ist wie du, Martin, im internationalen Wissenschaftsbetrieb tätig«, unterstrich Gretl nochmals die Vorstellung, um von Clementines Worten abzulenken. Der Zahntechnologe im weißen T-Shirt, auf dessen Brust die weit herausgestreckte rote Zunge Mick Jaggers prangte, sah sich genötigt, da alle aufgehorcht hatten, nun etwas mehr von seinem Projekt zu verraten. Ja, tatsächlich, es handele sich um ein joint venture zwischen drei Forschungslabors in Jerusalem, Wien und Buenos Aires, und es werde vom Europäischen Fonds für die Entwicklung der Nanotechnologien finanziert.

»Jetzt, my dear Tante, hast du mich aber in die Lage gebracht, dass ich den neuen Gästen von der Sache wohl a tiny little bit erklären muss.« Und er ahmte im Spaß den Tonfall eines Jahrmarktschreiers nach: »Meine hochverehrten Damen und Herren, vor allem die nicht mehr ganz jungen unter Ihnen, bitte vernehmen Sie die sensationelle Heilsbotschaft: Intelligent Teeth, das intelligente Gebiss, der erste nanotechnologische Markstein des einundzwanzigsten Jahrhunderts, ist auf dem Wege der Verwirklichung. Sobald der Fachmann Ihrer Wahl die Intelligent Teeth, abgekürzt IT – phonetisch ai ti – bei Ihnen eingebaut hat, wird bei Ihrem herzhaften Zubiss geprüft und geholfen, ein Risiko für Ihre Gesundheit zu vermeiden!«

»Per bacco – bevor es so weit kommt, lasst uns noch schnell zu Wein und Vorspeisen greifen!«, rief Onkel Elias, schenkte allen nach, die ihm sogleich ihr Glas hingehalten hatten, und bediente sich ausgiebig aus den drei farbenprächtigen Antipasti-Platten.

»Hast du Worte?«, mokierte sich Clementine über den Vortragsstil des Zahntechnikers und stieß Katha mit süffisanter Miene in die Rippen. »Aber Oma, das klingt doch echt super für euch Alte. Da könnt ihr noch älter werden!«, gab diese zurück.

»Zunächst aber muss ich gestehen, dass ich aus reiner serendipity und aus banalstem Anlass auf die Augen öffnenden Erkenntnisse gestoßen bin, die das alles erst möglich machten«, fuhr Benny Krohn verschwörerisch grinsend fort. »Vor neun Jahren nämlich sind Sarah und ich zufällig auf einem der Highways zum JFK-Airport in einem Verkehrschaos stecken geblieben.«

»Im Chaos ist kein Zufall möglich«, warf Onkel Elias dazwischen. »Chaos ist der totale Zufall!«

Mitten in dieser Unterbrechung trat – oder vielmehr wankte mit drehenden Bewegungen auf eine Krücke gestützt – Treugott heran, der auf einer Holzplatte die ersten Fleischhäppchen brachte. »Immer nur in kleinen Portionen verzehren«, riet er, »denn wenn das Fleisch auf dem Teller kalt wird, ist es nicht mehr schmackhaft.«

»Um Gottes willen, Trigo, setz dich!«, riet Rotraud ihrem Mann, nahm ihm das Brett ab und begann selbst mit dem Austeilen. Treugott ließ sich ächzend am anderen Ende der Tafel auf den Stuhl fallen. Als er sein Glas mit Wein gefüllt hatte, waren auch alle anderen schon wieder bereit und tranken einstimmig dem Meister des asado zu; die Krohns allerdings mit Apfelsaft. Nur Gretl, die Seite an Seite mit Rohr wie unter einer Last gekrümmt dasaß, fiel es sichtlich schwer, ihr Glas vom Tisch zu heben und mit den anderen in das erwartungsfrohe Lob einzustimmen.

»Mein lieber Treugott, er ist nicht nur ein begnadeter Praktiker, sondern nach meinem bescheidenen Dafürhalten auch ein feinsinniger Theoretiker der Asado-Wissenschaft«, ergänzte Martin mit altertümelnden Wendungen die Laudationes für den Grillmeister. »Er hat seine ursprüngliche Knödelheimat zwar weit hinter sich gelassen, doch der handwerkliche Ethos des alpinen Herrgottschnitzers ist ihm in Patagonien erhalten geblieben.«

»Hört, hört! Mein Großer macht sich über unsere Tiroler lustig«, verkündete Clementine schroff und warf den Kopf nach beiden Seiten, als müsste sie etwas abschütteln.

»Und wir, wir könnten uns wohl auch einen Bissen gönnen«,

meldete sich nun Siegmund, als Rotraud beim Verteilen der Portionen den Alt-Vegetarier übergehen wollte. »Nicht wahr, Lumpi, einmal im Jahr wollen wir doch sündigen?«, fragte er wieder unter den Tisch hinein.

»Ich bringe euch dann auch noch einen extra schönen Knochen«, versprach ihm Treugott.

Elias hatte sich den ersten Happen in den Mund geschoben. Er kaute langsam, reckte den Oberkörper und strahlte mit blauestem Augenglanz sein Gegenüber am anderen Tafelende an. Dabei bewegten sich die Falten um Kinn und Wangen sanft wie der Wasserrand eines stillen Teiches, und aus den Wangen und der Stirn wich alle Haut zurück in glücklichster Entfaltung. Er nickte Treugott zu, und sein warmer Blick ruhte lange auf ihm: prüfend, ermutigend, besänftigend.

»Liebste Rotraud, und du, Treugott, mein Guter«, sagte er schließlich und sog die Luft für einen rundum gut hörbaren Satz ein. »Ihr verlängert uns das Leben! Hier, bei euch im Paradies – da stoßen wir einfach die Sanduhr um! Auf diese Weise können wir euch noch lange, lange, lange dankbar sein – und eure Gastlichkeit genießen.« Clementine, Siegmund, Katha, Martin, selbst Gretl und die Vegetarier murmelten ihre Zustimmung.

Dann wandte sich der Onkel an seine beiden Jerusalemer Fleischabstinenzler: »Ihr könnt euch ja nicht vorstellen, was ihr euch da entgehen lasst: Treugotts patagonisches Neujahrslamm – das ist jedes Opfer wert.«

Benny zog bedauernd die Schultern hoch und zeigte seinen Zuhörern wie ein Priester die geöffneten Hände. »Das hat ja bei euch schon alle Merkmale eines Rituals«, konstatierte er. »Und jetzt, vom Grillplatz her, erreicht uns sogar ein Duft wie vom Hochamt in einer katholischen Kathedrale. Wenn du aber Rotrauds Spinatsoufflé probieren wolltest, lieber Onkel, würdest du uns gewiss nicht mehr so sehr bedauern. Und, wenn die footnote erlaubt ist: Was uns betrifft, könnte das Lämmlein hier immer noch frisch und fröhlich auf der Wiese herumhüpfen.«

»Oh, you both advocate the innocence of the lambs?«, wandte sich Katha voller Empathie und Bewunderung an Sarah Krohn. »You know, I love the dear little things myself – alive and kicking, of course!«

Elias richtete sich wieder an die ganze Tischrunde. »Ja, meine Lieben, so lebt es sich eben im urzeitlichen Patagonien, in seiner karno- und phallozentrischen Kultur. Sie entschädigt uns mit ihrer karnivoren Vitalität und verlängerten Virilität ...«

Sarah wechselte amüsierte Blicke mit Katha; sie hatte immerhin die Begriffe aus dem Lateinischen verstanden und darin eine Hymne des alten Onkels auf die Fleischeslust erraten. Aber das übrige Publikum schien über die wissenschaftlich klingenden Fremdwörter und ihren Zusammenhang mit dem arglos genossenen asado zu grübeln. Eine kollektive Pause des nachdenklichen Vorsichhinkauens entstand, ein sinnendes, bei manchem gar mit Betroffenheit durchmischtes Nachschmecken, und jeder war mit seinem Bissen und Gewissen allein. Am konzentriertesten wohl Clementine, die auf ihre wackelige Zahnprothese aufpassen musste, und weil sie vorhin so etwas wie »Karneval« verstanden hatte. Hielt sie Elias alle zum Narren? Sollte ihr Jubiläum zu einem Narrentreffen ausarten? Nur Benny stand nun auf und machte ein paar Gruppenaufnahmen – von den carnivores in Patagonia, wie er ihnen lauthals ankündigte, wohl um lachende Gesichter ins Bild zu bekommen. Anschließend nutzte der vom Kauen weniger in Anspruch genommene Vegetarier die Gelegenheit, seinen Vortrag über die Revolution in der Nahrungsaufnahme fortzusetzen, die mit der Nutzung der Zwergtechnologie bei der Entwicklung dentaler Intelligenz einsetzen werde.

As I was saying a little while ago, seien Sarah und er am Vormittag des 11. September 1990 auf dem Weg zum JFK International Airport in einen Verkehrsstau geraten. »Wir hatten unsere Tochter Avital in Princeton besucht, wo sie damals studierte und heute in der Universitätsverwaltung arbeitet. In das Chaos gerieten wir erst, als Manhattan schon weit hinter uns lag und wir bereits die startenden und landenden Flugzeuge hören konnten. Einige Terminals waren sogar in Sichtweite, und wir konnten aus dem Auto beobachten, wie in knappen Intervallen die Maschinen heranfuhren und andockten und ihre nächste Ladung in Empfang nahmen. It was maddening! Hier steckten wir fest in einem unentwirrbaren Blechknäuel – und nebenan, jenseits des Zaunes, lief am Boden und in der Luft alles glatt und pünktlich nach Plan. Dafür gab es eben den Tower, meine Damen und Herren! Ich stellte mir diese Kommandozentrale in der Höhe vor. Ausblick und Instrumente rundum. Von dort oben konnte alles erfasst, kontrolliert, dirigiert werden – bis ins kleinste Detail. In dieser Sekunde fiel mir der Apfel auf den Kopf!« Er machte eine Pause, um seine Zuhörer auf die Newton'sche Erkenntis mit etwas Spannung warten zu lassen.

Aber in die erwartungsvolle Stille hinein meldete sich der Dackel. Das plötzlich losbrechende, heftige Gebell des Hundes unter dem Tisch unterbrach die Atmosphäre. »Lumpi, Ruhe!«, zischte der aufmerksam zuhörende Siegmund Rohr so schneidend, dass Gretl zusammenzuckte und sogleich den Rest ihrer Fleischportion zu dem Tier hinunterwarf. Das Gekläff verstummte augenblicklich.

»Lumpis intellektuelle Fähigkeiten sind immer wieder beeindruckend«, versuchte Rohr die Störung zu entschuldigen. »Entschuldigen Sie, Herr Kohn. Er ist nun einmal Telepath. Wer weiß, was wir wieder vorausgewusst haben; vielleicht werden wir gleich das Telefon hören. Andererseits aber hat er einen undisziplinierten, liederlich-launischen Charakter; er ist eben ein Intellektueller. Dabei kann er seine Schlappohren kaum einen Zentimeter lupfen: Überhaupt kein Vergleich mit dem ausdrucksvollen Ohrenspiel unseres geliebten Odin, meines unvergesslichen deutschen Schäferhunds – wie Radarschirme bewegten sich seine Löffel, um bei Ihrem Flughafen-Vergleich zu bleiben, Herr Kohn … Herr Krohn. Sehen Sie also bitte Lumpi und mir diese Unterbrechung nach. Das wird ja heute geradezu ein Festessen mit wissenschaftlichem Vortrag – wie in meinen besten Zeiten.«

Benny hatte keine Schwierigkeiten, fortzufahren. »Sie müssen es sich so vorstellen: für die Nanotechnologie ist in einem implantierten Zahn so viel Platz wie für die erforderliche Kontrollausrüstung im Tower eines Großflughafens. In einer einzigen Krone kann man zahlreiche Komponenten unterbringen: Energiespender und Thermometer; Sensoren und Riecher aller Art für Mikroanalyse und Diagnostik; Detektoren und Alarmanlagen für Fette, Zucker und Säuren, dazu drug delivery, stress support, vigilance. Von diesem Zentrum aus erfolgt die Übertragung: Wir lesen Signale auf dem Bildschirm und hören voice messages – alles auf einem Empfangsgerät, das wie eine Armbanduhr an unserem Handgelenk befestigt wird. Nein, besser noch: Es ist eine Armbanduhr – allerdings ein Exemplar mit einem Angebot an Funktionen, das die Vorstellungskraft von Rolex total überfordern würde. Mit einem Seitenblick aufs Handgelenk kontrollieren und steuern wir den Verkehr in unserer Mundhöhle, immerhin der wichtigsten Öffnung unseres Körpers.«

»Einspruch! Das würde ich so nicht akzeptieren; es ist nur die Körperöffnung, in die ihr Zahntechniker ungeniert eindringen dürft …«, unterbrach der Psychoanalytiker wieder mit vollem Mund. Aber da konnte sein Neffe sowieso nicht mehr weitersprechen – ein Knattern und Flattern auf der Wiese hinter Bennys Rücken lenkte die tafelnden Festgäste endgültig von seinem Vortrag ab.

»Dort landet Gabriel!«, rief Treugott und zeigte in die Richtung der Geräusche.

»Das also ist es gewesen! Dieses Ereignis haben wir vorausgewusst, unser Gebell hat es angemeldet!«, verkündete Siegmund Rohr. »Brav, Lumpi! Gut gemacht!«

»Ich war mir ja sicher, dass mein Enkel mir die Freude machen würde! Wisst ihr, das ist sein Geburtstagsgeschenk an mich«, erklärte Clementine, die noch gar nichts gesehen hatte, in die allgemeine Aufregung hinein. »Gelt, ihr alle, da schaut's vielleicht, wie an meinem Geburtstag auf einmal ein Erzengel als mein Gast vom Himmel herunterkommt!«

»Und was wird er unserer Jungfrau verkünden, vom Himmel her, der Erzengel am Paragleiter?«, fragte Siegmund.

»Geh, übertreib nicht, Sigi. Nur eine Botschaft von Olga Rebikoff, von meiner guten alten Freundin, die mir vorausgegangen ist. Sie erwartet mich bereits.«

Katha war aufgesprungen und rannte zur Rasenfläche. Eben landete dort, die Beine vorausgestreckt, dann strauchelnd und hüpfend, ihr Bruder. Die Geschwister umarmten einander im Gewirr der Gurte und Schnüre und stürzten unter lautem Begrüßungsgeschrei Kathas gemeinsam zu Boden. Dort wälzten und balgten sie sich wohl eine Minute lang im Gras herum, bis sie völlig in den Seilen verstrickt waren. Benny, der beim Militär viele Fallschirmabsprünge absolviert hatte, trat hinzu, half ihnen auf die Beine und aus der Verflechtung heraus. Katha zog ihren Bruder, nachdem er sich auch von den Gurten befreit hatte, fröhlich an beiden Händen unter den Lindenbaum.

Dort wartete schon die Jubilarin und spendete Lob. »Das ist ein herrliches Geburtstagsgeschenk, du Guter«, wiederholte sie mehrmals. »Und schneidig dazu!« Und an die Tischrunde gerichtet: »Das Fliegen hat er bei uns in Österreich gelernt, am Attersee!«

Dann begrüßte Gabriel zuerst Dr. Königsberg, der mit lebhaftem Mienenspiel die gelungene Überraschung rühmte. Martin war aufgestanden, locker und mit frohem Gesicht, zur Umarmung bereit. Gabriel aber streckte dem Vater nur andeutungsweise die Hand hin, mit gespreizten Fingern eher abwehrend und mit einem Blick, der nur als feindselige Kenntnisnahme empfunden werden konnte. Katha war an ihren Platz zur Linken der Jubilarin zurückgekehrt und merkte davon nichts. Nachdem Gabriel alle anderen begrüßt hatte, ließ er sich von der Oma an ihre rechte Seite befehlen.

»Von Elias hab ich heute schon genug gehört. Komm, mein Guter! Weißt du, gerade hat uns dieser israelitische Zahntechniker über den Zusammenhang zwischen dem New Yorker Flughafen und einem Gebiss erzählt, und da kommst du heruntergeflogen. Na weißt du …!«

»Und wir, junger Mann, haben Ihre Ankunft genau vorausgesehen und durch unser Bellen annonciert. Die reine Telepathie!«, ergänzte Siegmund. Sein Blick bettelte geradezu um ein Zeichen der Anerkennung in dem schönen gebräunten Gesicht von Kathas Bruder.

Gabriel schaute die beiden Greise verständnislos an. Er entfernte den strassbesetzten Gummiring aus seinem Haarschopf, schüttelte den Kopf und ließ die lange schwarze Lockenpracht auf seine Schultern fallen. Siegmund folgte bewundernd den Bewegungen des himmlischen Ankömmlings. Inzwischen hatte Treugott versucht, so langsam und unauffällig wie möglich aufzustehen; Benny, der sich für den Gleitschirm interessiert hatte, kam gerade zurück und half ihm auf die Beine.

»Treugott, Mary had a little lamb, das vom Schöpfer bestimmt nicht zum Schlachten vorgesehen war, aber dein armes Opfer will ich mir nun trotz allem wenigstens ansehen«, sagte er, wobei er ganz unaufdringlich den Hinkenden auf dem Weg zum Grillplatz stützte. Dort assistierte er ihm auch beim schwierigen Ablösen der Rippenportionen und schichtete diese auf dem Brett seines Gastgebers zurecht. Wieder zurück an der Tafel, übernahm Benny sogar das Verteilen der Fleischportionen. Und unter dem Tisch bekam der Intellektuelle und Telepath seinen Knochen ab.

Inzwischen hatten sich alle auch an den Salaten bedient, und Elias Königsberg wiederholte Rotraud gegenüber seine schon oft bezeugte Begeisterung für ihren Kipflerkartoffelsalat.

»Dieses Lob muss ich mir aber mit meinem Südtiroler Schwiegervater teilen«, pflegte sie dann immer einzuschränken. »Er hat Trigo auf diese ideale Salatkartoffel aufmerksam gemacht und ihn sogar noch beim ersten Anbau beraten können. Und meine

Mutter hat mir ihr mährisches Salatrezept verraten. Das ist gar nicht so einfach, wie man glauben möchte.«

»So kommt diese Schlemmerrunde hier im fernen Patagonien auch noch in den Genuss der kulinarischen Erbschaft der Donaumonarchie«, krönte Elias sein Urteil.

Gabriel hatte auf die Frage seiner Großmutter, wie er denn die Silversterfeier verbracht habe, sofort damit begonnen, seiner Erbitterung und seinem Ekel über H.-H. Futterers Selbstverstümmelung Luft zu machen. Aber sobald er in die Einzelheiten gehen wollte, krallte sich die Oma, so energisch sie es immer noch konnte, in seinen Arm. »Bitte keine Schweinigeleien hier an unserem Tisch, Gabriel!«, gebot sie ihm in vertrauter Strenge, und er schwieg sogleich gehorsam, nahm sich drei Rippenstücke auf einmal und schaufelte eine große Portion des Kipflerkartoffelsalats auf seinen Teller. Auch Wein konnte er endlich wieder genießen – nach über zwei Jahren!

Dr. Elias Königsberg indessen hatte trotz Clementines Eingreifen den Kern der Geschichte Gabriels noch mitbekommen und darauf reagieren müssen. »Eine Kastration coram publico wäre wohl krasser gewesen«, warf er hin, und seine blauen Augen wechselten, blitzend vor Belustigung, zwischen Clementine und Gabriel hin und her. Doch nur Martin lachte kurz auf. »Das musst du mir später noch einmal erzählen«, sagte Elias vertraulich zu Gabriel.

Seinen Vater hatte Gabriel nach der kalten Begrüßung nicht mehr angeblickt, obwohl er ihm direkt gegenübersaß. Er richtete das Wort demonstrativ nur an den Psychiater: Ja, spotten könne man über alles, doch er, Gabriel, habe seine Gründe, H.-H. Futterer auch dankbar zu sein. Der Meister habe ihm dazu verholfen, sein Dasein *ertragen* zu können. Denn es sei ja im Grunde unverantwortlich, einfach so, bei vollem Bewusstsein, aus dem Feuchten eine Kreatur zu zeugen und jemanden mit dem Leben zu konfrontieren, einen, der seinerseits lebensbewusst werden muss und bei wachsendem Bewusstsein auch bald erkennt, dass er schon wieder seinen Weg in die anorganische Auflösung angetreten hat. »Wenn die auf solche Weise entstandene Kreatur nicht unter diesem fundamentalen Widersinn leidet, kann sie eigentlich nur blöd sein.«

»Echt gut, Gabo!« Katha suchte mit der Hand, an Oma vorbei, Kontakt zu ihrem Bruder. »So etwas Ähnliches hab ich auch geschrieben.«

»Gott bewahre uns vor deiner Literatur!«, wehrte die Oma ab.

Aber Gabriel war noch nicht fertig: »Mir sind alle, die das Leben so ohne Weiteres lebenswert finden und anpreisen, zutiefst suspekt und widerwärtig. Wie kann man das leugnen: Es ist doch nichts als ein kolossales Unglück, in das man uns ungefragt ausgesetzt hat!« Ein strafender Seitenblick Gabriels strich wie zufällig über den Vater hinweg. Im Gesicht des Psychiaters aber hatten sich nun alle Falten zu einem Fangnetz verknüpft. »Und am Widerwärtigsten sind mir die Verfechter der sozialen Harmonie!«, fuhr Gabriel fort – »diejenigen, die mit der Lügenpredigt von der Gleichheit aller Menschen einen Notausgang für das friedliche Zusammenleben der Erdenbürger beschwören und uns glauben machen wollen, ein harmonisches Miteinander aller Geborenen sei möglich. Dabei sind doch sämtliche Konflikte, Gewalttaten und menschenfeindliche Handlungen auf dieser Welt nur die natürliche Folge unseres begründeten Entsetzens – nämlich darüber, dass wir in diesem unerwünschten Leben zusammen mit unerwünschten Leuten bis zu unserer unerwünschten Auflösung ausharren müssen!«

»So also hält man es jetzt mit der Lebenslust bei dem Herrn Futterer und seiner Bruderschaft?«, fragte der Psychiater, anscheinend überrascht.

»Nein, nein, doch nicht so! In puncto Lebensbejahung ist zwar auch Futterer nichts als ein Schleimer. Aber er hat jedem von uns wenigstens klargemacht, dass man uns nicht nur verantwortungslos im Leben ausgesetzt hat. Nein, man hat uns anschließend auch noch Gedanken in den Kopf getrichtert, damit wir sklavisch und friedlich im Sinn unserer Erzeuger leben, also ein Leben aus zweiter Hand führen. Und diese doppelte Vergewaltigung ist es, die uns unweigerlich krank macht. Daraus immerhin will und kann uns Futterer befreien: durch seine Methoden des intensiven Zusammenlebens unter Brüdern und Schwestern und nicht zuletzt durch viel Sex. Damit kommt wenigstens etwas Daseinsgenuss auf.«

»Und ob!«, stimmte ihm der Onkel Elias lebhaft zu und schaute fragend zu Katha hinüber.

Diese hatte sich wieder an die Oma gekuschelt und allein auf die Stimme des Bruders geachtet, kaum jedoch auf den Inhalt seiner Ausführungen. Wie lange hatte sie diese vertraute Stimme entbehren müssen! Sie genoss es einfach, dem Klang von Gabo zu lauschen. »Oma, wir sind wieder alle beisammen bei dir, Papa, Gabo, ich. Wie schön, wie schön – wenn Mama das sehen könnte!«

»Ja, ja«, kam es noch einmal von Gabriel, indem er sich im Baumschatten umsah, »der nostalgische Affe im Menschen verleitet ihn dazu, sich wenigstens *unter* den Bäumen, wie hier, wohlzufühlen.«

»Recht so, Gabo, der ewige Gorilla im Menschen«, stimmte ihm die Schwester begeistert zu. »Du musst wissen, wir haben gestern das Szenario der Geburt der Evolutionstheorie durchkreuzt.«

Die Greisin blies aus dem linken Mundwinkel gegen die lästigen krausen Haare ihrer Enkelin, die sie an der Wange kitzelten. »Das geht zu weit«, war ihr bewusst, aber sie wusste nicht, was. Mit einem Ausdruck der Empörung hob sie ihr Gesicht und blickte in das Blatt- und Astwerk der grünen Baumkuppel. Den echauffierten und wirr daherredenden Gabriel, der ihre Festrunde mit einer Affenhorde verglichen hatte, würdigte sie keines Seitenblicks. Zugleich entdeckte sie erst jetzt, dass Rotraud dort oben ein paar bunte Luftballons befestigt hatte. Was war diesem bäuerischen Gemüt da eingefallen? Sie feierten doch keinen Kindergeburtstag! Heftiges Vogelgezwitscher war im grünen Dunkel ausgebrochen, verstummte wieder, setzte erneut ein, in steter, unruhiger, unerklärlicher Abwechslung. Von Olga Rebikoff keine Spur in diesem Irrenhaus. Aber sie vernahm diesmal eine innere Stimme – und die hörte sich ganz wie Schorsch an.

»Mischehen sind unbedingt zu vermeiden. In der Mischehe ist der Konflikt schon angelegt: rassische Mischung, nationale Mischung, soziale Mischung. Unter solchem Durcheinander leiden dann beide Partner – und ihre Kinder, wie die bedauernswerten Halbjuden Gabriel und Katha, die ja im Grunde, das ist schon wahr, nichts dafür können. An solchem Mischmasch wird die moderne Welt zugrunde gehen, zuerst die USA, dann Österreich – wir haben es ja schon einmal erlebt. Jetzt kommen die Slawen wieder, die Türken, die Serben, die Asiaten, sogar die Afrikaner; Juden gibt es ja kaum noch in Österreich. Ob die nicht doch das kleinere Übel gewesen wären?«

Treugott hatte sich indessen Gabriel genähert, weil er alles über Futterer hören wollte – immerhin war das ein Nachbar, und es ging so viel Gerede über die Schaler im Tal um. Die Bemerkung Gabriels über die »Blöden«, die einfach zu dumm seien, um die furchtbare Täuschung des Lebens zu entlarven, war ihm nahegegangen. Und noch etwas machte Treugott zu schaffen, das vielleicht nur ihm und Dr. Holberg aufgefallen war: wie Gabriel sich eine zweite Riesenportion vom Kipflerkartoffelsalat auf den Teller geladen, die Bitte seines Vaters jedoch, sich auch eine Portion nehmen zu können, glatt ignoriert hatte – um die Bleikristallschüssel sodann gleichgültig wieder in die Mitte der Tafel zurückzuschieben.

Vielleicht war es diese Beobachtung, die den Hausherrn veranlasste, abermals einen seiner Kernsprüche aus dem Repertoire von *Radio Habana* für alle zu Gehör zu bringen. »Wir werden es nicht dulden …« – setzte Treugott mit zunächst gepresster, dann flötend hoher Comandante-Stimme an – »… ja, werden es einfach nicht dulden, dass einige Menschen weiterhin ihre egoistischen Instinkte, ihre hemmungslose Selbstsucht, ihren kleinbürgerlichen Individualismus ohne jede Rücksicht auf ihre Brüder und Schwestern austoben, ja dass sie ein Leben führen wie Wölfe unter den Menschen. Homo homini lupus – damit ist es bei uns endgültig vorbei!«

»Hör du nur endlich auf mit deinem ewigen Galgenhumor!«, fuhr Rotraud lachend dazwischen. »Nach deiner Revolution werden wir nur mehr ein paar Bohnen und Reis zu essen haben. So weit ist es doch auf Kuba gekommen.«

Treugott überhörte den ohnehin nicht ganz ernst gemeinten Vorwurf seiner Frau und deklamierte in sein Doppelkinn hinein mit leiser Bauchrednerstimme aus dem Schatzkästlein erinnerter Fidel-Sprüche. Schließlich beugte er sich entschuldigend zwischen Gretl und Siegmund in die Tischmitte vor und packte die schwere Bleikristallschüssel. Als er sich damit Martin zuwenden wollte, fuhr ihm ein blitzartig zustechender Schmerz ins Becken, er zuckte zusammen, das Kretschmer'sche Erbstück rutschte ihm aus der Hand, schlug am Tisch auf und zersprang mit einem knallharten Krach. Rotraud jaulte oder schrie auf: »Mein böhmisches Kristall! Kaputt!« Und als könnte sie dieses Unglück sitzend nicht ertragen, schnellte sie hoch und lief, wild den Oberkörper wiegend, kreuz und quer über den Rasen. »Kaputt, kaputt …«, stieß sie in einem fort aus und schlug sich dabei, als müsste sie sich selbst bestrafen, mit beiden Händen auf die ausladenden Hinterbacken. Solcherweise angetrieben, verschwand sie im Haus.

»Scherben bringen Glück«, konstatierte Clementine ungerührt.

»Bei den Schalern essen wir nur aus Holzschüsseln«, sagte Gabriel. »Und jeder bedient sich selbst.« Dabei schaute er weiterhin konsequent an seinem Vater vorbei.

Und Elias konnte oder wollte sich angesichts der Trümmer – und vielleicht in der Hoffnung, den betroffen dreinschauenden Treugott zu erheitern – einen Kalauer, der ihm auf der Zunge brannte, nicht versagen: »Jetzt ist aus dem kakanischen Kartoffelsalat ein Scherbengericht geworden.« Treugott empfand oder verstand das nicht als Scherz. Sein Blick folgte Rotraud beim selbstbestrafenden Herumirren über den Rasen.

Alsbald erschienen Mirta und Delia mit Eimer, Besenschaufel und Tüchern und machten sich ans Einsammeln der Scherben und ans Reinigen.

»Setz dich doch, Treugott!«, befahl ihm Clementine. »Es ist doch eh nur um den Salat schade. Weißt du, mit dem habe ich nämlich beim Kauen keine Schwierigkeiten. Außerdem, das gute böhmische Stück hat sowieso nicht zu eurem gewöhnlichen Bauerngeschirr gepasst – und erst recht nicht in deine Pratzen.«

Weiterhin stumm und mit verbissenem Gesichtsausdruck kehrte Treugott an seinen Platz am Kopfende der Tafel zurück. Außer Clementine und Siegmund waren alle aufgestanden, um den Hausmädchen die Säuberungsarbeit zu erleichtern. Vorsichtig sammelten diese die Bruchstücke ein, bewunderten ihr Gefunkel und verglichen einige davon mit Edelsteinen. Martin trat in die Sonne, Gabriel entfernte sich zu seinem Gleitschirm und Benny folgte ihm. Gemeinsam rollten sie die Tragfläche ein und packten die Seile und Gurte zusammen. Dabei wechselten sie einige fachliche Bemerkungen über das Material, die Verankerungen, die neuen Aluminiumhaken, stabilizer, trailing edge und brake loop.

Katha beobachtete mit Gefallen das An- und Abschwellen der athletisch wirkenden Muskulatur, die sich unter dem Rolling-Stones-Shirt des Zahntechnikers abzeichnete. Ein rothaariger Typ wie sie selbst, Nacken und Arme mit Sommersprossen übersät. Und seine Sarah hatte eine fein gebogene Nase, große dunkelbraune Augen, ein spitzes Kinn und immer noch hohe, runde Brüste. Wenn man die beiden nahe beisammen sah, mussten einem unwillkürlich Gedanken ans Hinlangen und Anpacken, an vitale Umarmungen und Wendigkeit kommen. Sicherlich haben die beiden trotz ihrer vegetarischen Essgewohnheit noch häufigen, guten Sex, vermutete sie.

Kathas Gedankengang endete abrupt, als am Rand ihres Gesichtsfelds wieder die Gestalt Nickos auftauchte. Jenseits des wogenden Weizens, der in leuchtendem Grün vor ihr lag, ging der arme Kerl seinen hinfälligen Gang, ohne auch nur einmal zu der abwartend herumstehenden Gesellschaft herüberzublicken. »Schau, Pa« – denn der Vater stand neben ihr –, »dort ist es wieder, unser Rumpelstilzchen von vorhin! Jetzt erinnere ich mich, wir hatten auch so einen in der Anstalt. Der Arme musste den ganzen Tag herummarschieren, konnte nicht anders. Einmal hat er uns sogar erklären wollen, wie das ist.«

Gabriel und Benny waren ebenfalls auf die Erscheinung Nickos aufmerksam geworden und lauschten Kathas Schilderung.

»Du bekommst unversehens einen Schlag auf den Hinterkopf. Weiter! – ertönt der Befehl. Der Weg ist schmal, ein Grat nur, und Abgrund beiderseits. Es ist nicht hell genug, um klar sehen zu können, also ratsam, beim Vornüberfallen genau den Boden zu fixieren. Und wenn du dich dann aufrichtest: Sofort kommt wieder der Schlag, wie von einer unsichtbaren Faust. Weiter! Sich aufrichten ist furchtbar: Du weißt nicht, wann der nächste Schlag kommt. Das Beste wäre, sich überhaupt nicht mehr aufzurichten, aber das könntest du nicht durchhalten. Also musst du dich dem nächsten Schlag aussetzen, auch wenn du ihn vorausahnst, musst weitergehen und vornüberkippen, und wenn du dich aufgerichtet hast, empfängst du abermals den Schlag und hörst den Befehl – weiter! Einmal ist es die Stimme der Mutter, dann die deines älteren Bruders, dann die Schimpfworte und Befehle deiner früheren Quälgeister in der Schule oder am Arbeitsplatz, und, immer wieder und am häufigsten überhaupt, die Stimme deines Vaters.«

Katha machte eine Pause, Gabo nickte und warf ein: »Genau so ist es!«, die anderen schwiegen. Inzwischen war Nicko außer Sichtweite und die Schwester wandte sich dem Bruder zu. »Weißt du, Gabo, ich könnte Nicko helfen. Wenn ich ihn umarme und lange genug festhalte, bricht der Bann. So habe ich's jedes Mal in der Klinik gemacht: Ich hab den armen Kerl umarmt und festgehalten, auch wenn er noch so gerüttelt und gezuckt hat. Dann ist er auf einmal ganz schlaff und still in meinen Armen gelegen. Ich habe zuerst gar nicht gewagt, ihn wieder loszulassen. Aber dann ist er ganz von selbst gegangen, mit ruhigem Schritt.«

Darauf sagte Gabriel nichts. Für eine Weile schienen alle nur die sanften, seidig aufglänzenden Wellen, die der frische Bergwind in das Meer der jungen Ähren drückte, zu bewundern. Da aber rief sie Clementines Stimme an den Tisch zurück: »Kommt's endlich zurück, der Tisch ist schon sauber! Lasst mich doch nicht so allein hier sitzen, nur wegen diesem Dorfdeppen!« Sie folgten dem Ruf und Treugott, wieder auf Benny gestützt, holte vom Grill einige letzte Leckerbissen.

»Ich muss leider auf diesen Nicko zurückkommen«, meldete sich Siegmund Rohr zu Wort, als alle außer Rotraud wieder um den Tisch saßen, einige mit einer letzten, kleinen Lammfleischportion und ein wenig Kipflerkartoffelsalat aus der anderen Schüssel auf ihrem Teller. »Treugott, sag das auch Rotraud und eurem Personal weiter, ihr solltet besser aufpassen. Ich weiß, was dieses Subjekt da oben treibt. Es stolziert herum, und wenn es sich dazu gedrängt fühlt, entleert es sich einfach über eurem Bach. Wie das bei einem Wesen ausgehen kann, das den ganzen Tag außer wilden Beeren und Kräutern weiß der Teufel was frisst, brauchen wir uns nicht auszumalen. Und dann befeuchtet es noch das Schwämmchen am Stock und putzt sich … Und von diesem Bach leitet ihr euer Trinkwasser ab!«

»Brrr … Sigi, pfui! Was ist denn in dich gefahren, was erzählst du uns da für grausliche Einzelheiten!«, protestierte Clementine. »Wie gut, dass ich bis jetzt nur Wein getrunken habe … und dabei bleibe ich!«

Treugott hatte für Siegmunds Erzählung nur eine wortlose, wegwerfende Gebärde übrig.

»Xylospongium!«, erinnerte sich der Psychiater. »Mein lieber Siegmund, du kommst offenbar von der Antike und dem Knabenhintern nicht mehr los!«

An Katha, die sich mit Sarah in ein Gespräch auf Englisch vertieft hatte, waren Rohrs Anschuldigungen gegen ihr Rumpelstilzchen unbemerkt vorübergegangen. Sie erzählte gerade Einzelheiten von ihrem Besuch im Sanktuarium der Lady Di und der geheimen Irrenanstalt, die von den Gehörfolterern dort eingerichtet worden sei. Da in Sarahs eher amerikanisch geprägtem Vokabular ein harter, tief vom Gaumen-R des Iwrit eingefärbter Akzent vorherrschte, machte Katha sich ein Vergnügen daraus, ihrerseits nach Art der britischen Volksprinzessin zu parlieren – in jenem Tonfall aristokratischer Anpassung an die Massen und die Medien, den ihre Diana nach der Trennung von Prinz Charles entwickelt hatte.

Im Abklingen des Festmahls wollte offenbar niemand mehr mit weiteren Einzelheiten über Nickos Verhältnis zur Hygiene behelligt werden, weshalb der Zahntechnologe die Pause zu einem weiteren Exkurs nutzen und an vorherige Ausführungen anknüpfen konnte. Von der Hebrew University in Jerusalem aus habe sein Institut den Kontakt mit zwei nanotechnischen Forschungszentren – in Wien und Buenos Aires – hergestellt und sie für seine Idee gewonnen. Jedes Labor entwickle Sensoren, die zu verschiedenen Mikro-Nano-Systemen im nach ihm benannten »Krohn's Dental Nano Tower« zusammengebaut würden. In dieser wissenschaftlichen Dreiecksbeziehung sei die »Nanotechnological Convergence towards Intelligent Dentures« – prägnant als NANODENT weltweit bereits patentiert – für medizinische und ernährungshygienische Aufgaben entstanden.

»Wir hören, wir betreten freudetrunken das nanobiotechnisch bestimmte Zeitalter – und am Ende werden wir gar noch unsterblich!«, warf der Onkel dazwischen. Doch der Neffe ließ sich jetzt nicht mehr unterbrechen. Die Begeisterung für seine genial ausgerüsteten Winzlinge hatte ihn so erregt, dass er sich mit den Fingern immer wieder ruckartig durch das dicht gelockte, widerspenstige Haar fuhr und hastig weitersprach:

»Wir Nano-Zahntechnologen werden nicht mehr wie Sklaven für die stumpfsinnigen Zahnärzte allein arbeiten«, verkündete er.

»Nur recht«, unterbrach ihn Clementine, »zeigen Sie es nur diesen aufgeblasenen Dentisten, die ständig auf uns einreden und sagen, was sie wollen, weil wir mit offenem Mund nicht widersprechen können und ihrem Sadismus ausgeliefert sind.«

»So ist es, Madam. Unser Angebot wird sich an die ganze Ärztekonferenz richten, an den Hautarzt, an den dietician, an den Kardiologen, an den Neurologen, and so forth. Jeder von ihnen braucht im Krohn's Tower ein anderes Set von Sensoren. Wir haben mittlerweile einen Kommunikationsgrafiker beauftragen müssen, die passenden Symbole und Hinweise für unsere Bildschirme zu entwickeln. Denn wir betreten hier ja Neuland, auch visuell. Um es euch anschaulich zu machen: Nicht jede Substanz ist so leicht zu kennzeichnen wie die Gifte der höchsten Gefahrenstufe, bei denen wir uns auf den bewährten Totenkopf stützen können.«

»Wie früher bei uns!«, unterbrach ihn ein Ausruf von Siegmund Rohr. Er war den Ausführungen des Jerusalemer Zahntechnologen mit großer Aufmerksamkeit gefolgt.

Gretl aber, weiterhin zwischen ihrem Neffen und Rohr sitzend, zuckte sichtbar zusammen – was zwar allen auffiel, aber von niemandem verstanden wurde. Selbst Elias, der sonst so schnell kombinierte, sah seine Frau fragend an. Es schien aber, als wollte auch Gretl unbedingt etwas sagen oder ebenfalls ausrufen, aber da fuhr Rohr bereits fort. »An der Umzäunung meines Grundstücks habe ich einmal Warnschilder mit einem roten Zickzackstrich und einem Totenkopf anbringen müssen, weil ich das Drahtgeflecht nachts unter Strom setzen wollte. Diese Schilder hätten auch den dümmsten Analphabeten abgeschreckt, sogar einen Geisteskrüppel wie Nicko. Aber die Gemeindeverwaltung von Quemquemtréu hat mir die Elektrifizierung nicht erlaubt, obwohl sie doch meiner Sicherheit gedient hätte.«

Vom Haus her wurde Rohr von der lauten Stimme Rotrauds unterbrochen; fröhlich und doch schrill. »So … so … so! So, jetzt ist aber endgültig Schluss mit der ewigen Herumquälerei!« Unter eruptiven Lachstößen kehrte sie mit dieser frohen Botschaft wieder zur Tafelrunde zurück – und schob einen nagelneuen, chromglänzenden Rollstuhl vor sich her. Überrascht drehten sich ihr alle Gäste zu, und bei Clementine und Siegmund hing der Unterkiefer herunter. Für wen mochte dieser Rollstuhl gedacht sein? Aber Rotraud lenkte ihn unmissverständlich auf ihren Mann zu und forderte ihn in liebevoll überredendem Ton auf: »Jetzt komm schon, Trigo, sei so gut – setz dich da einmal hinein. Das wird dein Leben ändern.«

Elias stand so schnell wie möglich, und offensichtlich alarmiert, auf den Beinen. Mit heftigem Faltenspiel trippelte er auf den bäuerlichen Freund zu. Der hatte immerhin aufgehört, wild den Kopf zu schütteln. Beunruhigt schaukelten die Augen des Psychiaters auf ihren Tränensäcken, sein Blick suchte ärgerlich Rotrauds Aufmerksamkeit, aber diese hatte bereits entschlossen ihre kräftigen Arme um Treugotts Leib geschlungen. Elias sah ihre feuchte Dirndlbrust, plattgedrückt gegen den Rücken ihres Mannes. Ohne Widerstand ließ sich Treugott auf den Rollstuhl ziehen. Wie ein Kind, das insgeheim bereits seinen Widerstand aufgegeben hat, aber noch eine abweisende Körperhaltung beibehält, ließ er sich auf den kunstledernen Sitz schieben; die Arme aber behielt er auf halber Höhe, wollte sie nicht gleich auf den gepolsterten Seitenlehnen ruhen lassen – als traute er der ganzen Sache nicht, als wollte er sich weiter überreden lassen.

Und so war es auch. »Na mach schon!«, redete Rotraud ihm zu und musste ihm die Hände mit sanfter Gewalt auf die Antriebsräder drücken; dann erst ließ er sich von ihr seine dicken Finger um die Metallrohre krümmen und verhielt sich bereits weniger störrisch, als sie darauf die Reifen sanft vor- und zurückschob – nicht, um ihm den ohnehin sinnfälligen Bewegungsmechanismus vorzuführen, als vielmehr, um so etwas wie eine erste Spur von Vergnügen an dem hilfreichen Gerät in ihm zu wecken.

»Das ist wirklich ein sehr schöner Rollstuhl«, sagte Siegmund

Rohr aufatmend »So einen hätten wir auch gern, nicht wahr, Clementine …? Wo hast du dieses Wunderding nur so plötzlich herbeigezaubert, Rotraud?«

Damit schien der peinliche Moment überwunden. Rotraud brachte ihren Mann wieder am Kopfende der Tafel in Stellung, und Elias, der etwas in sich hineinbrummte, kehrte an seinen Platz, Treugott gegenüber, zurück.

Clementine wandte sich dem misstrauisch blinzelnden Herrn des Tilo-Hofes zu und ergänzte Siegmunds Urteil: »Siehst du, so einfach ist das: Du setzt dich hinein und beginnst ein neues Leben. Sei mir nicht bös, Treugott, aber der Stuhl passt dir wie angegossen!«

Der hob endlich den Kopf. Der verbissene Ausdruck war aus seinem Gesicht gewichen, er begann, seinen Oberkörper zu spannen und zu dehnen und durchzuatmen, beinahe wie ein Rollstuhlprofi vor dem Beginn eines Behindertenturniers. Er räusperte sich und bog routiniert die Mikrofone auf seinem imaginären Rednerpult zurecht. Dann legte er als Comandante wieder los:

»Bedenkt, liebe Kampfgenossen, dass unser Land jedem Menschen, der geboren wird, real und absolut die gleichen Möglichkeiten zur vollen körperlichen und geistigen Entwicklung und Entfaltung einräumt. Hat je ein Land mehr für die Menschenrechte getan als Kuba?« Und da offenkundig keiner seiner Zuhörer in zustimmenden Jubel ausbrechen wollte, obwohl der Redner seinen Kopf aufmerksam horchend von einer Seite zur anderen drehte, presste Treugott ein weiteres Zitat hervor: »Der neue Mensch des kubanischen Sozialismus weilt bereits unter uns. Der Prototyp, das Modell, war der Che Guevara. Aber alle unter uns, die ebenfalls internationale Missionen erfüllt haben, die in Angola und Äthiopien, in Nicaragua und Venezuela als Ärzte, Lehrer oder Befreiungskrieger im Einsatz waren, sind Vorstufen des neuen Menschen, sie sind aus demselben heroischen Stoff wie unser unsterblicher Che. Vaterland oder Tod, wir werden siegen!«

Martin blickte besorgt zu Katha hinüber. Bei Treugotts Erwähnung des Guerilleros schienen ihre Gesichtszüge zu erschlaffen. Er sah ihren Blick wie nach innen gestülpt und abgründig werden, als sei sie gedanklich ganz weit zurückgegangen, um einen neuen Anlauf zu nehmen. Ihr Vater versuchte, sich innerlich zu straffen und bereit zu sein für diesen Sprung oder für eine böse Überraschung, die da nun kommen mochte. Aber Kathas Stimme hatte eher einen hellen, freudigen Klang.

»Pa, du bist echt der neue Mensch!«, verkündete sie und zeigte, allen sichtbar, auf Dr. Martin Holberg. »Gabo, so musst du das sehen, schau ihn doch an, unseren alten Che! Er hat überall auf der Welt gegen Diskriminierung und für die Rechte der Minderheiten gekämpft. Selbst gegen die Hausmeinung seiner eigenen, bigotten Organisationen. Und gestern Abend ist er noch weiser geworden. Versteh doch endlich unseren Vater, Gabo! Mach doch endlich deinen Frieden mit ihm!«

Aber Gabriel konzentrierte sich nur finster auf seinen Teller und stopfte heftig die letzten Fleischfetzen und den restlichen Kipflerkartoffelsalat in seinen Mund. Hastig stürzte er dazu ein volles Glas Rotwein hinunter. Martin winkte Katha beschwichtigend und begütigend zu, und zu seiner Erleichterung erwiderte sie sein verlegenes Lächeln. Aber nun war es Benny, dem das Thema wie gerufen kam. Es ginge ihm ja ebenfalls um den neuen Menschen: Jeder Träger seiner Intelligent Teeth werde ein individuell auf seine Bedürfnisse zugeschnittenes Programm im Dental Control Tower führen, verkündete er. Anfangs sollten die user zwar eine Gebrauchs- und Entschlüsselungsanweisung bei sich führen, um die Signale auf dem Bildschirm ihrer Armbanduhr richtig zu verstehen. Bald jedoch werde ihnen der Umgang mit dem Gerät zur Selbstverständlichkeit werden, wie angeboren – genau wie es erfahrungsgemäß in der Alltagspraxis jedem Prothesenträger ergehe.

»Auch dir wird der Rollstuhl sehr bald zur zweiten Natur werden«, versicherte Benny dem Hausherrn.

Elias Königsberg nutzte die Gelegenheit, um vom erkennbar unglücklichen Treugott abzulenken. »Benny, ich kann mit dir nicht so frank und frei übereinstimmen. Ein intelligentes Gebiss im Mund – und schon wird jede Mahlzeit des Neuen Menschen auch zu einer Gefahr für ihn, ganz besonders für die Alten unter diesen Neuen, denen doch als sinnlicher Genuss nur das Essen und Trinken übrig geblieben ist. Ja, Benny, deinen Spinatpudding verspeist du frohen Herzens ungestört, aber dieses außen fettig verkrustete, innen saftige Häppchen patagonischen Lammfleisches, von unserem Grillmeister zur Perfektion zubereitet und mit einem Löffelchen seines würzigen chimi-churri bestrichen – das würde doch alle deine Sensoren verrückt spielen lassen und zu einem wilden Piepskonzert anstacheln. Auf dem Display würde, wie einst vor Siegmunds elektrisiertem Zaun, dauernd der Totenkopf aufleuchten – und schon wäre mein Appetit dahin.«

»Heinrich Himmler« – nein, niemand hatte sich verhört, der Name war Siegmund tatsächlich aus dem Mund geglitten. Es schlug in Gretls Ohren kaum anders ein als ein freimütiges »Heil Hitler«. War der alte Freund Clementines nun doch ganz übergeschnappt? Hatte er zu viel von dem ungewohnten Wein und Fleisch genommen? Oder war jetzt der erwartete und befürchtete Augenblick des *Erkennens* eingetreten, wie in Ariel Dorfmanns Theaterstück? Indessen, Siegmund Rohr wiederholte unmissverständlich den Namen. »Man hat doch damals von Heinrich Himmler behauptet, er habe eine Kapsel mit Zyankali unter seinen Zähnen versteckt gehabt. Könnte man in seinem Fall vielleicht von einer Frühform des intelligenten Gebisses sprechen, Professor Krohn?« Die Frage kam höflich-zögernd und fast unterwürfig, wie von einem naiv assoziierenden Zuhörer im halb leeren Vortragssaal einer Volkshochschule.

Benny musste spüren, wie seine Tante Gretl, die direkt neben ihm saß, sich erschreckt einatmend an den Hals griff und zitternd ihre Knie zusammenpresste. Er machte eine Pause und blickte diesem Herrn Rohr prüfend ins Gesicht. Als ein Reserveoffizier, der mehrere Wehrdienstzeiten und einen richtigen Schießkrieg hinter sich hatte, der schon Gefangenenverhöre hatte führen müssen und mit einem EIT-Diplom (Emotional Intelligence Training) ausgestattet war, ermaß er wohl richtig, dass diese wächserne Kleiderpuppe die Frage gewiss ohne politisch provozierenden Hintersinn gestellt hatte.

»In Ihrem konkreten Fall, Herr Rohr«, antwortete Benny also gelassen und mit dem Anflug eines Lächelns, »kann man wohl nicht von einer Frühform dieser Technologie sprechen: Das Gebiss dieses Herrn verfügte eindeutig nicht über die geringste Spur von Intelligenz, sonst hätte es seinen user doch viel früher zum Zubeißen veranlasst.«

»Ich bedanke mich sehr für Ihre Antwort«, sagte Siegmund Rohr beinahe ehrfürchtig, beugte sich nachdenklich und verlegen über seine Wortmeldung wieder über seinen Teller und biss in ein Rippchen – aber ganz plötzlich hielt er inne. Noch waren ja alle wortlos, Sarah verwirrt, weil an diesem Festtisch der Name eines Unholds aus dem Höllenensemble gefallen war – da drang, in der peinlichen Stille, ein kurzes Knacken aus Siegmund Rohrs Mund. Die Kapsel? Hastig fuhr Rohr hinter der vorgehaltenen linken Hand mit dem rechten Zeigefinger in seinem Mund herum. Nur Bennys geübtes Ohr hatte das Geräusch sofort identifiziert.

»Oh, shit! Siegmund – das war sicherlich Ihre Prothese!«, diagnostizierte er. Und als dieser stumm mit dem Kopf bejahte: »Wenn ich Ihnen da helfen kann …« Rohr nickte abermals, erhob sich langsam und entfernte sich, körperlich geknickt, aus dem Baumschatten. Das Missgeschick hatte seine stolz-starre Haltung gebrochen. Er wankte und stützte sich auf seinen Stock wie eben ein uralter, schwacher Mensch. Auch der Zahntechniker erhob sich.

»Der alte Specht, der klopft schon schlecht«, trällerte Clementine ihrem Sigi nach.

Sie war verärgert, der alte Freund war ihr mit seiner Prothese zuvorgekommen, hatte ihr den opportunen Zahntechniker weggeschnappt; sie selbst konnte den Israeliten nicht gleich auch noch um einen beruflichen Gefallen bitten. Vielleicht würde er dann von ihr ein Honorar fordern. Das weiß man doch!

Gretls Blick folgte entsetzt den beiden, die auf die sonnige Wiese hinausgetreten waren. Ihr Neffe hatte Rohr sofort eingeholt und war ihm ein paar Schritte vorangegangen. Weiter draußen erst drehte er sich nach dem »Mauthausener Granit« um und zog etwas aus einer der aufgesetzten Seitentaschen seiner wadenlangen Khakihose. Mit angehaltenem Atem verfolgte sie, wie er die schlurfende Gestalt an sich herankommen ließ, und wie er, als sie einander auf Armnähe gegenüberstanden, das dicke Offiziersmesser, als ein solches erkannte sie den Gegenstand jetzt, aufklappte. Rohr, mit gesenktem Kopf, hatte seinerseits die Unterkieferprothese aus dem Mund gelöst und hielt sie dem Nanotechniker hin. Benny prüfte sie, zwickte mit einer kleinen Zange daran herum, Rohr musste probieren, ein Haken musste ein zweites Mal justiert werden und schließlich galt es, mehrmals fest zusammenzubeißen. Rohr nickte und zeigte sich hoch befriedigt.

»Ich möchte Ihnen vielmals danken, Herr Krohn. Sie sind der perfekte Fachmann. Wie ich sehe, allzeit technisch kompetent und für jede Panne gerüstet.«

Benny lachte: »Kleinigkeit bei uns! Probleme gibt es ständig und überall, und wir müssen stets auf alles gefasst sein. Das prägt unseren ganzen Lebensstil. Wir wollen uns kein zweites Mal überraschen lassen.« Er klappte das Taschenmesser unter Rohrs aufmerksamem Blick zusammen und steckte es wieder in die Khakihose zurück.

Gretl bedurfte dringend der Nähe ihres Mannes. Sie bat Martin, den Platz mit ihr zu tauschen und suchte die lederne, aber warme Hand von Eli. Der bemerkte ihren Zustand – ja, das mit Himmler sei schon etwas stark gewesen, flüsterte er ihr zu, aber bei Siegmund Rohr sei das nichts weiter als die Einfalt und geistige Inkontinenz des Senilen. »Weißt du wohl selber«, raunte sie ihm, wieder etwas ruhiger geworden, ins Ohr.

Katha zupfte die Oma an der Bluse. Sie wollte mit ihrer Geschichte fortfahren und bei ihrem Freund Docksider anknüpfen, dem Riesenwal. Clementine aber schaute bewegungslos und bis zur Unansprechbarkeit konzentriert auf Sigi, der ihr nun wieder gegenüber saß. Er war, wie vom Kleiderhaken gerutscht, in sich zusammengesunken, wurde zur abgehalfterten Marionette, die ohne Schnüre und Puppenmeister kaum noch mit den letzten Radieschenscheiben auf dem Teller fertig wird.

»Es ist höchste Zeit, dass wir das Thema wechseln«, meinte Elias, seinen Körper aufrichtend, »sonst hält unser Neffe hier noch ein Seminar über Nanotechnik ab und eröffnet eine patagonische Praxis. Ist's nicht so, Gretli, Benny? Und du, Martin, wie lange gedenkst du bei uns zu bleiben?«

»Katha und ich haben vor, uns auf lange Zeit hier einzurichten«, erwiderte Martin. »Ich werde zwischendurch noch einige Male nach Buenos Aires und New York müssen. Aber dann bleiben wir hier … Es gibt in der Sache freilich noch manches zu klären. Wir reden darüber.«

Die Worte Martins hatten Clementine sofort von Sigi abgelenkt. »Vergiss dabei nur ja nicht deine beruflichen Verpflichtungen, mein Großer!«, warnte sie. »Für deine Familie hast du dich wahrlich schon lange genug und mehr als nötig aufgeopfert.«

Es war deutlich zu spüren, dass Martin zu diesem Thema nichts weiter sagen wollte, schon gar nicht vor seinem Sohn, der ihm vorhin so grob und deutlich seine Abneigung bezeugt hatte und ihn auch jetzt, während der Erörterung seiner Zukunftspläne, kaum mit einem Seitenblick streifte. Also lenkte er selbst vom Thema ab und wandte sich dem Psychotherapeuten zu: »Unser guter Regiomontano, bring doch einmal dein Talent zum mood management wieder voll zur Geltung!«

»Martin, du übertreibst. Ich muss gestehen, dass mir das Einrichten eines vermeintlich vernünftigen und vernunftsuchenden

Umgangs zwischen den Menschen immer schwerer fällt. Auf welchem anderen Weg aber kann ich die Unvernunft bekämpfen, wenn sie sich ausbreitet? Oder sollte man's erst gar nicht versuchen?« Mit Kicher-Kaskaden zwischen seinen Worten signalisierte Dr. Königsberg, dass er es auf eine heitere Rede angelegt hatte. Er wandte sich jetzt an den ganzen Tisch: »Ihr müsst wissen, dass der Analytiker ohne seine Klienten selbst verrückt wird. Wenn sich aber einer seiner Besucher, von ihm als krank diagnostiziert, dazu bekennt und sich in diese Rolle schickt, wird er dem Analytiker zum Retter. Beide werden süchtig auf ihre Begegnungen, bedürfen der ständigen Bestätigung ihrer Rolle durch den anderen. Daraus entsteht langsam so etwas wie Erfüllung für beide, eine Sättigung und Saturiertheit in ihrem Umgang, wobei sich der Sinn von Gegensätzen wie ›irr‹ oder ›vernünftig‹ mehr und mehr verwischt. Zunehmend beginnt sich eine gewisse Wurstigkeit, ja eine Grauzone zwischen diesen extremen Zuständen auszubreiten, und da können die beiden sich dann, ja da können wir alle uns laxer und viel freier herumtummeln. Ein bisserl verrückt, ein bisserl normal – na wenn schon!« Er schloss mit einem leisen Lachen, das sich eher in den Erschütterungen seiner Schultern als stimmlich manifestierte. Gretl knetete sanft seinen Handrücken.

Aus Clementines Luchsblick entlassen, stimmte Siegmund Rohr auf seine Art den ambivalenten Ausführungen Dr. Königsbergs zu: »Zwischen Psychiater und Patient, ein Verhältnis genau wie zwischen uns beiden – nicht wahr, Lumpi?« Bei seinen Worten warf Gretl einen Blick unter den Tisch. Sie sah den Dackel mit den schlappen Ohren zucken, als sein Name erklang. Die Vorderpfoten lagen auf Herrchens aufgeschnittenem Tennisschuh, neben der großen Zehe, die in ihrem staubigen Verband herausragte. Seitlich geneigten Kopfes musterte Lumpi erwartungsvoll das Frauchen, das ihm vorhin eine so große Portion hinuntergeworfen hatte.

Von der Oma zunächst ablassend, klammerte sich Katha an die letzten Sätze von »Onkel Elias«. In einer Art Singsang wiederholte sie mehrmals: »Ein bisserl verrückt, ein bisserl normal« und schwenkte dabei den Kopf im Rhythmus nach links und rechts. Erst als Sarah sie bat, ihr des Onkels Worte zu übersetzen, hörte sie damit auf. Aber sie konnte der Besucherin nur den letzten Satz vermitteln: Alle sollten sich unbelastet, ohne Überschätzung der Kontraste und Gegensätze, im Leben einfach durchwursteln: a little bit crazy – a little bit normal. Sarah übertrug das für sich in eine walzerhaft schlenkernde Bewegung aus dem Handgelenk und lächelte nachsichtig.

Nur Clementine ärgerte sich halblaut dem alten Freund gegenüber über dieses mood management.

»Soll das etwa heißen, dass du in uns allen deine Verrückten siehst, deine Karnevalsnarren, damit du dich wohlfühlst? Eine, oder zwei, bittschön, aber die anderen …«

Ihre Worte konnten sein Zulächeln nicht trüben. Er schien auf das Gespräch der beiden Frauen zu horchen, wiegte wortlos mit dem Kopf bei Sarahs Gesten mit und spielte mit einer Hand in seinem Haarschopf.

Müdigkeit nach den Antipasti, dem Lamm, den Salaten, dem Wein, den Aufregungen und den wolkigen Worten des Medizinmanns hatte sich unter den Karnivoren ausgebreitet. Alle, mit Ausnahme der Krohns, hatten zu viel gegessen und getrunken. Gestern schon, zu Silvester, war es sehr spät geworden; und selbst der zurückgezogene und abstinente Siegmund Rohr hatte ja schon am Abend einsam eine halbe Flasche seines Eierlikörs geleert. Das Aroma sonnenwarmer Lindenblüten legte sich auf die Sinne, und die eintönig durchsummte und brummende Schattenwelt senkte sich als abschirmende Glocke über die Tafelrunde. Clementine, die von ihrem weisen Elias auf ihre vorwurfsvolle Frage keine Antwort bekommen hatte, lehnte mit sichtbarer Hoheit ihren Kopf gegen die Baumrinde, ihr Mund verriet das allen bekannte Schmollen, und für eine Weile beschloss sie, wie sie es gern androhte, einen Punkt zu machen. Es fehlte wenig, und die Alten wären eingenickt, versunken in Vergangenheit, wie auf einer vergilbten Fotografie, verschwimmend im gelangweilten Blick der Jüngeren.

Da traten bescheiden, aber doch etwas Lärm entwickelnd, wieder Mirta und Delia in Aktion. Sie begannen, die Tafel abzuräumen und neues Geschirr für den Nachtisch aufzustellen. Der Gaumenfreuden sei offensichtlich kein Ende, feierte Elias sofort den Aufruhr, ermuntert allein schon vom gedanklichen Vorgenuss. Er verfolgte aufmerksam die Bewegungen von Delias Tochter: Es war einfach herzbewegend, wie unbesorgt das süße Geschöpf sich beim Einsammeln und Aufstellen des Geschirrs über den Tisch beugte und dabei den Blick auf ihre schwingenden Brüste und auffallend großen Nippel freigab.

»Ach, du blühendes Leben …«, vermeinten Gretl, Martin und Gabriel von Elias zu hören: Gretl blickte zu Mirta, Martin schaute ebenfalls mit Wohlgefallen in den Brustausschnitt des Mädchens, Gabriel verdrossen nur aufs Tischtuch. Über den großen Flecken, den der verschüttete Kipflerkartoffelsalat hinterlassen hatte, war ein buntes Mapuchegewebe ausgebreitet worden.

Mohnstrudel, Nussstrudel, Schlagobers und ein Korb voller Kirschen wurden aufgetischt. Aber da fehle ja noch das Wichtigste, kicherte Rotraud verheißungsvoll, bevor sie wieder in die Küche eilte. Ihr Schmerz über das zerschellte Erbstück schien durch Trigos überraschend friedliche Akzeptanz des Rollstuhls überwunden. Von ihrem Weg aus gewahrte sie Quique, der hinter dem Gebüsch herumschlich, einmal sogar seinen ganzen Kopf sehen ließ. Rotraud verzögerte kurz ihren Schritt, aber gleich darauf eilte sie entschlossen weiter. Und als sie bald danach zurückkam, trug sie, feierlich langsam ausschreitend, die Krönung des Jubiläumsbanketts vor sich her: eine ungewöhnlich große Dobostorte. Neun Kerzen flackerten darüber und spiegelten sich in der blanken Karamellglasur.

»Aber Rotraud, welch eine Überraschung!«, freute sich Clementine. »Mein letztes Stück Dobostorte habe ich vor mehr als sechzig Jahren in Wien gegessen. Meine Gute, was hast du dir nur für eine gewaltige Mühe gegeben!«

Alle begrüßten den Auftritt der Zuckerbäckerin. Sarah wollte sich von Clementine, in Kathas Übersetzung, erklären lassen, was das für eine Torte sei, und erfuhr von der klassischen mitteleuropäischen Schöpfung des ungarischen Konditors Dobos vor mehr als hundert Jahren. Nur konnte Sarah auf Clementines Frage, ob man die auch in Jerusalem oder Tel Aviv bekommen könne, keine sichere Auskunft geben: Bei so vielen Emigranten gerade aus dieser Gegend wäre das wohl zu erwarten, aber sie sehe sich nie in den dortigen Konditoreien um, und bei ihrer Familie habe es höchstens Honigbrot gegeben. Die Runde gratulierte im Chor und das Geburtstagskind musste die Lichter ausblasen. Als sein Atem beim zweiten Pusten nur für sechs Kerzen reichte, wollte ihm Katha helfen, bekam aber einen abwehrenden Klaps. Die Großmutter würde es doch wohl noch allein schaffen! Der Jubilarin standen Tränen in den Augen, alle hatten sich erhoben, traten zu ihr, küssten das zitternde Gesicht und umarmten die kleinen, harten Schultern. Katha schien sie gar nicht loslassen zu wollen, sodass die Greisin sie unmutig abschütteln musste. Dann begann Rotraud die Torte anzuschneiden, wobei die glasartig feine Karamelloberfläche unter leisem Knirschen von Sprüngen durchzogen wurde. Alle hatten wieder ihre Plätze eingenommen und verfolgten aufmerksam, wie Rotraud die Torte zerteilte, wachten über die Gleichmäßigkeit der Portionen und erwarteten ihre eigene, wie plötzlich brav gewordene Kinder auf einer Geburtstagsjause.

»Das mit der Dobostorte ist aber keineswegs in Wien gewesen, Clementine!«, durchbrach Gretl dieses Idyll, und alle blickten auf. »Ich kann's dir ganz genau sagen, wann du die letzte Schnitte genossen hast. Es war bei einer Jause im Sommer 1937, in Deutschkreutz. Wir sind alle, auch dein guter Alberto, unter der wohnlichen Linde meines Elternhauses gesessen. Weißt du's noch, Eli?« Und mit jäher Heftigkeit an Benny gewandt: »Auch dein baldiger Vater, Moritz Krohn, und meine Schwester

Ilse waren dabei. Drei Jahre später haben die Nazis deinen Vater dann umgebracht … in Mauthausen.« Sie hatte sichtlich all ihren Mut zusammengenommen, um das laut und deutlich zu bezeugen, und dabei die Fingernägel ihrer Linken in die Handfläche ihres Mannes gebohrt. Sofort funkelten Clementines Augen, plötzlich wieder jung und wasserhell, aus zwei Schlitzen wie Schießscharten auf Sigi zu; der Herr des Dackels verharrte unter diesem Blitzlicht ebenso gebannt wie stumm. Auch alle anderen blieben still, nachsinnend wie in einer erbetenen Gedenk- und Schweigeminute, während sich die ersten, bereits eingelöffelten Süßspeisebissen langsam in ihren Mündern auflösten.

»Grillagecreme!«, stöhnte Elias und machte so der Stille ein unerwartetes Ende. Er hatte eben den ersten Bissen der sechsschichtigen Torte auf seiner Zunge zergehen lassen. »Das ist ja eine raffinierte Variante, Rotraud, die stammt direkt aus dem Kamasutra für die vierte Altersstufe, das ich noch nicht geschrieben habe.« Er zerbiss Glasurscherben, suchte mit der Zungenspitze in der Cremefüllung nach Splittern von karamellisierten Haselnüssen und Mandeln, betippte das sanfte Biskuit, beschmeckte lustvoll die inzwischen warme Mischung in seiner Mundhöhle und schluckte schließlich unter letzten Gaumenreizen die ganze Melange hinunter. Rotraud bekam jetzt auch viel Lob von den anderen. Die Hausmädchen brachten den Kaffee.

Gretl war enttäuscht – sie hatte alle ihre Kräfte für ein herausforderndes Wort aufgebracht, ein dräuendes Gewitter war aufgezogen, hatte sich aber vor dem erlösenden Niederschlag wieder entfernt. Entmutigt musterte sie das Gesicht ihres Mannes – ein notorischer »Abwiegler«, ging ihr durch den Kopf. In tiefen Falten hing ihm die braune Haut schlaffer als sonst von den Wangen; dieses Gastmahl währte schon zu lange, er war sicher seinem Nachmittagstief nahe, ja vielleicht schon mitten darin. Nein, noch nicht? Eli meldete schon wieder einen Festbeitrag an. Als er sich erhob, musste er mit übertriebener Sorge den hinabgesunkenen Bund seiner Clownshose hochziehen und umständlich unter das Bengalenhemd schieben. Damit stimmte er seine Zuhörer auf vermeintlich Heiteres ein.

»Meine liebe Clementine, geliebte Gretli, Rotraud, Treugott, ihr alle in diesem liebenswerten Kreis! Gestern Abend habe ich's ja nicht lassen können und reden müssen; das will ich euch nicht gleich wieder zumuten. Aber da sind mir nun doch die neunzig Jahre unserer Clementine, die wir in diesem bukolischen Rahmen feiern, eine allzu starke Versuchung – ich kann und will ihr nicht widerstehen. Außerdem dürfte mir angesichts unseres Desserts jetzt keiner weglaufen. Drei Generationen der Familie unseres Geburtstagskinds sitzen hier vereint am Tisch, die drei Generationen Holberg/Kohlgruber und mit ihnen wir, ihre Lebensfreunde. Zusammen bilden wir eine große Familie, deren gemeinsames Zuhause der Tilo-Hof ist. Dazu heiße ich heute auch herzlich Sarah und Benny willkommen, die jetzt zu uns gehören. Bei allen Unterschieden des Alters, der Berufe und Interessen verbindet uns, gewissermaßen im Verborgensten, eines: die Herkunft aus einer mitteleuropäischen Heimat und die Ansiedlung in einem neuen Zuhause. Unser Ostrazismus, unser Scherbengericht, hatte verschiedene Ursachen, aber wir haben einen gastfreundlichen Boden gefunden. Selbst du, Benny, obwohl du schon im lebensgefährlich gewordenen Deutschkreutz im Mutterleib gestrampelt hast, konntest auf rettendem Boden, in Palästina, zur Welt kommen. Und so feiern wir denn eine gemeinsame säkulare Messe, gehören ökumenisch zwei Konfessionen an und befolgen zwei Riten: die Konfession des neuheimatlichen Patagonien, mit Treugotts Opferlamm – und die des altheimatlichen Mitteleuropa, mit Rotrauds kakanischen Backkünsten, diesmal verkörpert von der Dobostorte: dieser köstlichen Schöpfung, die von Fürth bis Deutschkreutz, von Neutitschein bis Bozen, von Wien bis Lemberg ein Begriff für süßesten Hochgenuss ist und bleibt. Liebe Rotraud, unsere Venus von Willendorf, lieber Herrgottschnitzer Treugott – Martin, ich stehe in deiner Schuld für diese sinnige Metapher! –, unendlichen Dank für euer Geschenk, für den friedensreichen, lukullischen Festtag unter eurem heiligen Baum. Und dir, unserer Jubilarin, noch ein weises Leben!«

»Da wüsst ich mir schon was Besseres«, warf Clementine mit anzüglichem Augenzwinkern ein. Delia und Mirta schenkten Spätlese aus, eisgekühlt. Elias senkte sein Glas unter die Tischkante und Mirta neigte sich willig hinüber, in das Blickfeld der beiden Herren. Das Geburtstagskind stimmte mit weinerlich dünnem Sopran die Königsberg'sche Lindenhymne an:

»Die Linde zahlt das Jahr aus,
in Scheinen rund und gülden ...«

Sogleich unterstützte sie der vom Alter nicht merklich geschwächte und von der Spätlese und Mirtas Blöße eher noch beschwingte Bassbariton des Autors. Auch alle anderen trugen alsbald ihre Stimmen bei – selbst Treugott, mit rauer Kehle, in einer Art Rap. Während sich der Chor in der Reprise zusammenfand, wurden Rotrauds Blicke wieder einmal von Quique eingefangen: Wohl vom Gesang angezogen und ermutigt, war er neben einem Strauch aufgetaucht und starrte ihr so direkt ins Gesicht, dass sie aus der Entfernung sogar sein Schielen wahrzunehmen glaubte. Sie musste befürchten, dass ihn Trigo entdeckte, ja vielleicht schon entdeckt hatte, denn gleich nach der letzten Strophe, als er seine Tortenportion verzehrt und hastig noch zwei Stamperln gebrannter Trockenbeeren hinuntergekippt hatte, wandte Treugott mit kräftigem Ruck seinen Rollstuhl vom Tisch ab. »Ich werde mit meinem neuen Fortbewegungsmittel ein bisschen auf dem Hofplatz üben«, verkündete er.

Rotraud war misstrauisch und besorgt. »Pass mir nur auf, Trigo. Ruf mich, falls du Hilfe brauchst. Werde nicht zu übermütig! Dass du mir ja nicht umkippst auf dem harten Boden dort, nach dem vielen Wein und Schnaps!«

»Bravo, Treugott, nur Mut, Übung macht den Meister!«, trug Clementine noch zur Motivation bei.

Der Hausherr nickte eifrig, gehorsam, und legte darauf, mit einem weiteren, kraftvollen Schub und einer leichten Körperneigung nach rechts, eine elegante Kurve hin. Alle schauten ihm dabei zu und bewunderten ihn, wie er sich mit geradezu athletischen Stößen über die Wiese entfernte. Bei den Lavendelbüschen hielt er an und drehte sich wieder der Festrunde unter der Linde zu. Aufmerksam und eindringlich musterte er die zehn Gesichter, die aus dem Schatten zu ihm herübersahen, hell, nur das des Schamanen dunkel, aber weiß gekrönt vom dichten Haar. Treugott widmete jedem ein paar Sekunden, aber von Rotraud konnte er nur schwer Abschied nehmen. Allen erschien sein Innehalten eine Ewigkeit zu dauern. Aber es bannte sie auch zu erleben, wie Treugott, sein neues Fortbewegungsmittel gleichsam fest in den Armen, von den Lavendelbüschen her, auf sie so zurückblickte, als wäre die vorausliegende Fahrt bis zu dem Vorplatz ein langes und gefährliches Vorhaben. Und seine folgenden Worte ließen dieses Innehalten vor dem Aufbruch noch fragwürdiger erscheinen. Denn der Comandante rief ihnen zu:

»Wir besitzen ein Feuer, das stärker ist als das unserer Waffen: das Feuer unserer Begeisterung. Der Frauenleib ist die Werkstatt der Natur, in welcher der Mensch erschaffen wird. Man soll die Kühe im frühestmöglichen Alter decken lassen!« Dann reckte er die rechte Faust empor: »Ernst machen – umbringen. Patria o Muerte. Venceremos!« Rief's und verschwand, vorgebeugt und heftig in die Antriebsräder greifend, auf dem Weg zwischen Wohn- und Gästehaus.

»Mach mir um Gottes willen keine Dummheiten!«, schrillte ihm Clementine noch nach.

»Wie gut«, beeilte sich Rotraud die Stimmung am Tisch zu lockern, »Trigo fühlt sich sichtlich wohl in seinem Stuhl.«

»Du hast ihm gewissermaßen das Leben gerettet«, behauptete Clementine feierlich. Dann warf sie einen herausfordernden Blick aus den Augenwinkeln auf Elias, als könnte sie ihm vor Betretenheit nicht voll ins Gesicht schauen, und grinste kumpelhaft. Sie fragte ihn: »Du hast's ja auch gehört, Herr Psychologe – wie soll man dieses Frauenlob mit dem Decken der Kühe verstehen?«

Aber die Züge des Psychoanalytikers wollten sich nicht zur kumpelhaften Heiterkeit aufhellen, sie vertieften sich vielmehr sorgenvoll und sein Blick lag bald fragend auf Martin, bald betrübt auf den Milchflecken über dem Mieder von Rotrauds Dirndlgewand. Unschlüssig wie wohl selten, zog Elias die Schultern hoch. Seine Sorge galt offensichtlich weder den Kühen noch den Kommunisten. Jetzt hat ihn sein Nachmittagstief gepackt, dachte Gretl.

»Nehmt das nicht wörtlich, das ist eben Trigos Galgenhumor«, meinte Rotraud.

»Es hat nichts mit Kuba zu tun. Trigo will einfach die Kühe möglichst früh glücklich machen, er ehrt alles Weibliche, ob Mensch oder Vieh«, setzte Katha hinzu. »Alles Weibliche träumt doch von Liebe, oder nicht, Oma?«

»Da könntest du schon recht haben, mein Tschapperl! Man muss es aber auch fordern, wie Treugott sagt. ›*Ich lass mir meine Träume nicht verbieten!*‹«, zitierte Clementine ihren Richard Tauber. »Ist's nicht so, Sigismund?«

Der konnte vorerst nur nicken, denn eben noch hatte er ein großes Stück Dobostorte in den Mund geschoben und die klebrige Karamellscherbe der Glasur war an der frisch reparierten Prothese hängen geblieben. Dann aber kam Siegmund Rohr wieder einmal mit einem seiner mysteriösen Zitate: »Schon Nietzsche hat gesagt …« – und dabei blieb es. Wer ihn kannte, wusste, dass kein weiteres Wort mehr folgen würde. Es war wohl nur sein Bedürfnis, Nietzsches Autorität im Mund zu führen, so wie er den falschen Wappenring, Kanonenrohr in Eichenlaub, am Finger trug. Clementine, die noch immer im Tauber-Melos schwelgte und dabei ihre Blicke im Garten herumschweifen ließ, konnte nun beobachten, dass Quique sich wieder zwischen den Spiersträuchern herumtrieb. In mächtigen Sätzen hüpfte der Lagler-Sohn jetzt zu den Resten des aufgespannten Lammes und riss für sich einen Rest aus der Keule heraus. Auch Rotraud hatte es bemerkt.

»Kannst du dir nicht ganz normal ein Stück abschneiden, du

unmöglicher Flegel!«, rief sie ihm zu; aber da war er schon mit seiner Beute hinter dem Gästehaus verschwunden. Wenigstens war Trigo dieser ekelhafte Vorgang erspart geblieben.

»Warum hat eigentlich Quique nicht mit uns gegessen?«, fragte Katha.

»Ja, warum bloß?«, schloss Clementine sich ihr an. »Jetzt erst fällt es mir auf! Wer hat Quique verboten, sich an meinen Geburtstagstisch zu setzen?«

Elias, den es beim Ausruf Rotrauds hochgerissen hatte, beeilte sich für sie zu antworten. Dafür gebe es Gründe, die er Clementine und Katha später erzählen werde. Er schlage vor, dass man weiterhin mit gebührender Hochschätzung die Mehlspeisenkunst von Rotraud genieße, das sei man der hochbegabten Bäckerin schuldig. Er ging mit gutem Beispiel voran, ließ sich von Gretl, trotz ihrer Vorbehalte, je ein Stück Mohnstrudel und Nussstrudel auf den Teller legen und schwappte sich einen vollen Löffel Sahne darüber; dabei musste er wieder seine Frau abwehren, die Letzteres verhindern wollte. Zu Clementine hin beklagte er sich:

»Weißt du, die liebe Gretli sorgt sich um meine Gesundheit. Sie will nicht einsehen, dass unsere Körper schon vor Jahren versagt haben. Ja, Clementine, sie haben es einfach versäumt, zur rechten Zeit ihre tödlichen Feinde hereinzulassen. Jetzt ist es zu spät; mögen sie auch eindringen, sie finden kaum etwas vor, sie verkommen, wir sind schon unsterblich und können Schlagobers und Mehlspeisen essen, so viel wir wollen.«

»Toi, toi, toi«, wiederholte die Neunzigjährige argwöhnisch und klopfte auf die Tischplatte.

»Diesmal schließe ich mich voll dem Onkel an, geistig und praktisch«, bemerkte Benny, und bediente sich an den Kuchen.

»Wahrscheinlich kann Quique seinen Vater nicht ausstehen«, ging nun Gabriel auf die vorherige Frage seiner Schwester ein. »Vielleicht hält er sich fern, um seinem Unterdrücker nicht an die Gurgel springen zu müssen.«

Elias lachte und verschluckte sich fast am Strudel mit Schlagobers: »Wird euch beim Futterer etwa noch der öde Ödipuskomplex eingebläut?«

»Nein, uns werden keine Komplexe angehängt, eher reißen wir sie uns aus.«

Sarah wollte sich wieder übersetzen lassen, worum es jetzt gehe und was es mit dem Sohn der Laglers auf sich habe. Warum musste der, wie ein Hund auf Abfälle wartend, das Gelage umkreisen? Katha sagte ihr, was sie aufgeschnappt hatte, gestand ihr aber, dass sie selbst nicht wisse, was da genau vorgehe. Worauf ihr Bruder denn so böse sei, wollte Sarah auch noch wissen. »Es geht um die Theorie der Komplexe oder so«, konnte Katha dazu nur weitergeben.

»Na wisst ihr, dieser Futterer ist ein Erzschlawiner«, bestimmte Clementine. »Vor ein paar Jahren ist er einmal zu uns heraufgekommen. Ich sage euch, der interessiert sich nur für Geld und Weiber. Und vielleicht nicht einmal in dieser Reihenfolge – ihr könnt euch nicht vorstellen, mit was für aufdringlichen Augen der mich angeschaut hat. Ein Fallot! Gabriel, du hast ihn vorhin ganz richtig einen ›Schleimer‹ genannt.« Sie musste zu einer tiefen Atempause ansetzen, so stark war sie von der Erinnerung an die Blicke des Sektengründers mitgenommen worden, um dann fortzufahren: »Ich frage mich nur, was ein Irrenarzt an so einem gefressen haben kann.«

Elias fühlte sich nun eindeutig herausgefordert. »Ja, es stimmt, ich hab mich einmal lange mit ihm unterhalten. Aber ihr müsst wissen: Was mich bei den Sektenführern allgemein immer beschäftigt, ist die manchmal geradezu sinistre Ähnlichkeit ihrer Methoden mit den unseren. Worin liegt da der prinzipielle Unterschied, frage ich mich? Bei dem Geld und den Frauen gewiss nicht.«

Unmutig unterbrach ihn nun Gretl. »Eli, jetzt stell dich bitte nicht so an – und stell dich vor allem nicht immer selbst in Frage. Das ist ja nicht auszuhalten. Der Kurpfuscher und du, euch trennen Welten!«

Elias schwieg. Er mimte belustigt mit flatternden Wimpern den zu Unrecht Gescholtenen und hob und senkte, wie verwirrt, mehrmals die Schultern im weißen Inderhemd.

Während Katha Sarah das Wenige, was sie von den Schalern wusste, erzählte – Gabriel hatte auf ihre Bitte hin, mehr darüber zu berichten, nur mürrisch abgewunken –, begann Siegmunds Lumpi wieder einmal ohne sichtbaren Anlass zu bellen.

»Was haben wir denn jetzt wieder vorausgesehen?«, fragte ihn sein Herrchen und bemerkte, wie vorher schon einmal: »Es würde mich nicht wundern, wenn wir gleich das Telefon läuten hören würden.« Rotraud lehnte sich horchend zurück und blieb eine Weile in steifer Erwartungshaltung sitzen. Dann stand sie auf.

»Vielleicht kurvt Trigo übermütig durch die Nussbaumallee und kippt mir noch um«, vermutete sie unter Stößen ihrer Lachkraft. »Diese neue Beweglichkeit muss er erst noch erlernen. Da schau ich lieber mal nach. Bin gleich wieder da.«

Über die Gäste brach nun wieder die vorherige Schwere herein, aber etwas Missstimmung war ihr jetzt beigemischt. Für Minuten schien jeder seinen eigenen unklar unruhigen Gedanken nachzuhängen. Benny hatte sein Offiziersmesser hervorgeholt und einen Kunststoffzahnstocher aus dem Zubehör gezogen. Er stand auf und enfernte sich ein paar Schritte von der Gruppe. »Rosinenkerne in der Mohnfüllung«, sagte er nur, als bedürfe sein Fortgehen eine Erklärung oder Entschuldigung. Vom Hof her hörte man jetzt den Kettenhund Bertl bellen und bald darauf in ein Jaulen und Winseln einstimmen.

Katha fragte Gabriel auf Englisch, damit auch Sarah dem Gespräch folgen könne, wie viele Frauen und Männer den Schalerbund ausmachten. Als ihr der Frauenüberschuss offenbar wurde, rief sie auf Deutsch: »Gabo, da bist du ja der Platzhirsch, oder der Hahn im Korb!« Sarah Krohn aber konnte sich mit der Entsprechung top dog nicht anfreunden, diese geradezu planmäßige Promiskuität passte nicht in ihr Weltbild.

Hinter dem Rücken der Oma, die das Gespräch auf Englisch

nicht verstanden hatte, beugte Gabriel sich zu seiner Schwester hinüber und flüsterte ihr zu: »Lass das Thema jetzt! Wir müssen in den nächsten Tagen ernsthaft sprechen. Ich sag dir nur, mach dich los von deinem alten Che, der keiner ist; er wird versuchen, dich hier einzusperren, wird dich kontrollieren, versklaven, vernichten! Das ist es, worüber wir sprechen müssen!« Er wiederholte das »vernichten« in beschwörendem Flüsterton, als er merkte, wie Katha zurückschreckte und der Vater aufzuhorchen schien. Clementine, die mit geschlossenen Augen ganz in sich versunken war, kam zu sich. »Was munkelt ihr beide da schon wieder hinter meinem Rücken?«

Dass Rotraud, entgegen ihrer Absicht und gewohnter Sorge um ihre Gäste, nicht gleich wieder zurückgekehrt war, ließ Elias Königsberg keine Ruhe. »Ich will doch auch nachsehen, wie unser guter Wirt mit seinem neuen Spielzeug zurechtkommt«, kündigte er an und stand mühselig auf. Clementines Gesicht folgte ihm mit ironisch verzogenem Mund – der kleinen Gestalt des Greises mit der schlotternden signalgelben Clownshose und seiner wippenden weißen Haarsträhne im Nacken. Darauf betrachtete sie wohlwollend den eleganten marineblauen Blazer und den farblich damit abgestimmten Alpaka-Rollkragenpulli, in denen Siegmund Rohr, wenn auch jetzt schon etwas stark zusammengesunken, ihrem Geburtstag die Ehre erwies – obgleich er die Blumen vergessen hatte.

Abermals verstrich eine Weile und wurde nun doch als beunruhigende Wartezeit empfunden. Katha hatte damit begonnen, der Oma eine Frage zu beantworten, die diese ihr schon zu Beginn des asado gestellt hatte – nämlich nach »diesem Affentheater bei den Mapuches«. Lebhaft erzählte Katha von der Frau mit der Pauke, von der Rhetorik der Indigenen-Führer, von ihrer kollektiven Ausdünstung und davon, wie sie zum Schluss, zusammen mit ihrem Vater, das Projektdokument in der Luft zerfetzt hatten. Nach jeweils ein paar Sätzen wiederholte Clementine stereotyp: »Na geh, na geh, was du net sagst …« oder »ihr spinnt ja«.

Gretl, die anscheinend nicht dem Gespräch folgte, meinte, sie wolle doch sehen, was ihren Eli so lange festhalte – und bat Benny und Sarah, sie zu begleiten. »Dein Sohn und deine Enkelkinder bleiben ja bei dir«, sagte sie zu Clementine, die Anwesenheit von Siegmund Rohr ignorierend. Benny schob den Zahnstocher in das Taschenmesser zurück und enfernte sich mit den beiden Frauen. Katha beobachtete, wie er Sarahs Schultern mit seinem muskulösen Arm liebevoll, lustvoll schien es ihr, umschlang.

Der Hund unterm Tisch aber war nicht mehr zu beruhigen. Jedes Mal, wenn jemand aufgestanden und gegangen war, hatte er noch stärker gewinselt und gekläfft, und nach dem Fortgang von Gretl, seiner Gönnerin, besonders heftig an der Leine gezerrt. »Lumpi ist außer sich«, bemerkte Siegmund. »Wir wollen doch nachsehen, was uns so aufregt.« Er band den Dackel los, umklammerte seinen Stock und verließ das schattige Areal des Lindenbaums. »Entschuldige uns beide, Clementine. Das sind so die Freuden und Leiden des Herrchen-Daseins.« Erst jetzt, da der Dackel den Mauthausener hinter sich herzog, entdeckte Clementine dessen Segeltuchschuhe mit der herausragenden Zehe. Da stieg nun doch Empörung in ihr auf: keine Blumen und solch ein Aufzug! Wie senil die doch alle wurden – sogar der Granit.

Martin Holberg hatte mehrmals besorgt zu den Lavendelbüschen geschaut, nun aber stand auch er auf. Etwas wie »Ich bin gleich wieder zurück« murmelnd, schritt er energisch aus und hatte sowohl Rohr wie den außer Rand und Band geratenen Dackel schon am Grillplatz überholt. Aufgebracht lehnte sich Clementine gegen die Linde.

»Na endlich!«, bemerkte die Jubilarin, als Siegmund Rohr und ihr Sohn außer Hörweite waren. »Dank diesem hysterischen Köter hatte ich schon den Eindruck, mein Geburtstagsfest sei auf den Hund gekommen. Die ganze Zeit über wollte ich etwas sagen, wollte vor allem der schönen Rede von Elias antworten, aber dieses Hundsvieh hat mir stets das Wort abgeschnitten – und jetzt sind sie alle weg!« Katha und Gabo schwiegen einander beharrlich an. Nach einer langen Pause, in die Sprechstille hinein, in der nur das rege Leben in der Baumkrone unvermindert seine Klangkulisse darbot, begann sich Clementine demonstrativ nach allen Seiten umzuwenden und bemerkte dann ärgerlich: »Was ist denn das für eine Art, mich hier allein zu lassen! Hier geht's ja zu wie in Haydns Abschiedssymphonie!« Verdrossen saß sie zwischen ihren beiden Enkeln, pickte mit den Fingerspitzen Mohnstrudelkrümel vom Tischtuch und zeichnete Linien in den Pollenstaub, der sich in den verflossenen Stunden darauf abgesetzt hatte. Eine Ameise krabbelte mit schwerer Beute vom Nussstrudel im Zickzack über das weiße Tuch; sie schien unter der Last ihren Orientierungssinn verloren zu haben.

»Warum hast du denn deinen Ehering aufgeschnitten?«, fragte Katha überrascht, als sie den durchgetrennten Reif an der linken Hand der Oma entdeckte. Der Umstand machte auch Gabriel neugierig.

»Ach, Kinder …«, seufzte Clementine, »wisst ihr, der Knöchel war schon ganz angeschwollen, ich konnte den Ring überhaupt nicht mehr abstreifen.«

»Wozu wolltest du das auch?«, wunderte sich Katha.

»Du Tschapperl, du hast ja keine Ahnung, wie nötig das sein kann. Außerdem: Sind denn die Ringe für die Ewigkeit bestimmt? Der arme Quique hat mir gottlob das Gold mit einer Kneifzange aufzwicken können.«

Katha betrachtete darauf ihre eigenen langen und feingliedrigen Finger, an denen sechs Silberringe von modernstem Schmuckdesign und verschiedener Größe steckten. Die Hände einer Prinzessin. Sie bog die Finger fast so weit zurück wie die Tänzerinnen auf Bali, was die Oma irritierte: »Na hör doch auf damit, Kind! Da graut einem ja.« Katha wechselte ihr gelenkiges Fingerspiel und fuhr mit beiden Händen, wie auf einer Tastatur, über die Tischplatte. »Ich spiele Satie«, sagte sie leise, »wie Mama, weißt du noch, Gabo?«

Clementine nahm das nicht zur Kenntnis. »Kinder, das war

doch eben noch ein so schönes Geburtstagsfest gewesen, und sicherlich mein letztes. Und was habe ich jetzt? Nix. Ach, wisst ihr, es ist schon eine Weisheit der Natur, dass sie uns das Sterben nicht mehr schlimm erscheinen lässt, wenn man so alt und schwach wird wie ich. Und wenn man dann noch etwas wirklich Schönes erleben kann, wie vorhin, als alle noch da waren, sollte es am besten gleich der endgültige Abschied sein.«

Sofort umarmte Katha wieder die Greisin, deren spitze Schultern sich versteiften und beinahe zurückstachen. »Oma, wir sind doch bei dir, Gabo und ich. Sei froh, dass du nicht Alzheimer hast. Weißt du, ich habe da Fälle erlebt …«

Clementine schüttelte Katha ab. »Was fällt dir ein, mein Kind! Pass auf, wir Kohlgrubers sind ein reiner, unverdorbener Menschenschlag, da gab es, so weit ich das zurückverfolgen kann, keine Dodel, keine Nieten, keine Hirnkranken – nur kerngesunde unvermischte Menschen aus Amstetten, aus Bisamberg, aus Langenzersdorf … Ja, in Polen vielleicht …«

Aber Clementine unterbrach sich selbst; sie hatte wieder den jungen Lagler hinter dem Buschwerk bemerkt und befahl ihn an den Tisch – er kam zögernd, nach allen Seiten spähend, tatsächlich wie ein geprügelter und streunender Hund auf der Suche nach Abfällen.

»Komm nur her, du Hungerleider, komm zu dem verlassenen Geburtstagskind! Hier hast du noch eine ausgewachsene Portion von meiner Torte, sie wartet schon auf dich.«

Quique trat zu den dreien unter der Linde, aber setzen wollte er sich nicht.

»Iss nur, lang nur hin, Bub!«, ermunterte ihn Clementine. »Solche Mühe macht sich heute kein Konditor mehr, nur deine Mutter, dieses brave, schuftende Herz. Kein Mensch wird hier noch einen Bissen holen.«

Während Quique mit heftigen Hand- und Kopfbewegungen die Tortenportion in sich hineinschlang, schielte er vor allem zu Gabriel hin. Dann fragte er diesen stockend, ob das Paragleiten schwer zu erlernen sei. Das sei es überhaupt nicht, beruhigte ihn Gabriel, und in Enzo Cirigliano könne er hier einen guten Fluglehrer finden. Er könne es ja außerhalb der Saison lernen, dann sei es billiger; die Ausrüstung solle er sich einfach mieten. Aber wenn er einmal den Flugschein gemacht habe, dann könne er sich nach einem gebrauchten Gleitschirm nebst Zubehör im Internet umsehen. Da gebe es immer wieder sehr günstige Angebote.

»Herrgott doch ... Fritz und Mausi, wo sind denn die geblieben?« Jetzt erst fielen Clementine die Ciriglianos ein. »Wie habe ich das nur übersehen können. Dieses Altwerden! Die haben mich schon von Anfang an im Stich gelassen. Ich hatte ja die ganze Zeit über so ein Gefühl: Da fehlt jemand. Und haben sich nicht einmal bei mir entschuldigt! Deine Mutter hat mir auch nichts von ihnen gesagt, Quique. Die hätten mich nicht verlassen, die säßen noch am Tisch. Aber andererseits, Fritz ist nach seinem Schlaganfall sowieso ein schwer erträglicher Mensch geworden, kann kaum noch ein Wort verständlich hervorbringen, wahrscheinlich kann er auch nicht mehr richtig denken. Und seine Mausi macht das alles mit, unterwürfig, wie sie ihr ganzes Leben gewesen ist. Ist es nicht so, Gabriel? Du kennst sie doch auch, diese halben Italiener. Ja, alle haben mich verlassen, nach und nach, auch Hedwig, und natürlich Schorsch, bis mir nur mehr die Olga bleibt. Gestern hat sie mir endlich klargemacht, dass Schorsch ein Drückeberger war.«

Weder Gabriel noch Katha waren besonders interessiert an der sicherlich nicht ganz ernst gemeinten Wehklage. Sie wussten von Hedwig Holzapfel und Olga Rebikoff, wer aber war jetzt dieser Schorsch? Ehe Katha nach dem von der verstorbenen Opernsängerin abschätzig Beurteilten fragen konnte, begann Quique zu berichten, dass unten im Ort der Hantavirus ausgebrochen sei; er musste Katha die Seuche erklären und ließ keine Einzelheit aus, vom Kotzen bis zum unhemmbaren Dünnschiss. Dann erzählte er ihnen noch, er habe vorhin hier, auf dem Tilo-Hof, in der Schlachtkammer eine Maus gefangen. Er habe sie aufgeschnitten und ihr die virusvergifteten Innereien herausgerissen. Ob sie Mäuse schon unter Schmerzen habe schreien hören? Er habe das in vielen Experimenten beobachtet: Es komme zu einem ganz hohen Quietschen, scheinbar an- und abklingend, weil es in Frequenzen überwechsle, die unser Gehör nicht mehr wahrnehmen könne. Heftigste und zugleich unhörbare Schmerzensschreie – seltsam, nicht wahr?

»Schluss damit, Quique! Hör auf!«, riefen Clementine und Katha fast gleichzeitig. Und Katha, die sich demonstrativ die Ohren zuhielt, setzte hinzu: »Diese armen Tierchen! Ich liebe die kleinen süßen Mäuschen.« Und es kam ihr vor, als sähe sie das Mäuseblut an den cremeverschmierten Fingern, mit denen sich Quique die letzten Tortenbissen in den Mund stopfte. Im Gegensatz zu seinem großen Kopf fiel ihr dabei die Zartheit seiner verdreckten Hände auf.

»Wenn sie dir den Hantavirus hinpissen und hinkacken, dann beginnst du zu kotzen, ist es aus mit dir«, stellte er fest. »Dafür ist keine Strafe schwer genug. Wenn es dich erwischt, kannst du dich gleich aufhängen; die Schmerzen sind eine Folterqual.« Er steckte die zierlichen Finger in sein Froschmaul und schleckte die letzten Cremereste ab.

»Junge, wie grässlich, versau mir nicht auch noch diesen Tag!«, beklagte sich Clementine. »Ich weiß, Papa und Mama haben dich heute sehr schlecht behandelt, darum bist du so wütend. Warum hast du nicht mit uns gegessen? – Dein Vater hat etwas gegen dich. Ich hab das schon in der ganzen letzten Zeit bemerkt. Es liegt ständig eine Verstimmung zwischen euch in der Luft. Du bist doch schon ein großer Junge, ihr solltet euch versöhnen – im neuen Jahr versöhnen. Was meinst du?«

»Ach was, Quique, hau lieber ab«, riet ihm Gabriel. »Dein Vater und deine Mutter werden dich immer unterdrücken. Sie wollen dein Ureigenstes vernichten. Der Vater zerbricht dich, die Mutter klebt die Scherben wieder mit Süßigkeiten zusammen, aber falsch herum – und so immerfort. Später einmal wirst du sowieso den Hof erben, dann machst du, was du willst, bringst einfach alle Mäuse um. Gegenwärtig bist du für deine Erzeuger nur ein verhasstes Haustier.«

»Mein Vater ist schon tot.«

»Unsinn«, erwiderte Gabo. »Weißt du, so etwas habe ich mir auch immer wieder einreden wollen. Aber diese Einbildung hilft dir nicht – denn dann ist er doch wieder da, höchst lebendig, der Unterdrücker, und macht dich zur Sau.«

»Kannst du nicht endlich den Papa in Ruhe lassen, Gabo!« Katha kniff hinter Clementines Rücken wütend in Gabriels Schulter. »Er ist ein ganz anderer Mensch geworden auf dieser Reise. Hast du das denn nicht bemerkt! Er will nur unser Bestes. Du bist maßlos ungerecht!«

»Genau das ist es ja, was wir besprechen müssen, Katha – deine Unterwürfigkeit, aber nicht hier, neben der Mutter des geliebten Genies. Oma, damit du es schon einmal genau weißt: Ich hasse deinen Sohn! Und ich habe meine Gründe.«

Während des Zankens der Geschwister hatte Clementine ihr Gesicht wieder zur dunklen Baumkrone hinaufgerichtet, und suchte, neben den geschmacklosen Luftballons, etwas im Labyrinth des Geästes. Unverändert schwärmten die Insekten und schwirrten die Vögel. Sie murmelte in angestrengter Enthobenheit: »Olga … Elias hatte recht, es ist eine Cellosaite, was da anklingt, es ist tatsächlich d-Moll!«

Als sie dabei den Kopf wieder senkte, sprang Quique an ihrer Seite hoch, stach mit einer Dessertgabel blitzschnell in zwei Luftballons, sie platzten, es krachte verhalten, wie zwei ferne Schüsse, und war sofort verschwunden, so wie alle anderen verschwunden waren – außer den Enkeln, die sie von beiden Seiten bedrängten. Größte Verblüffung, dann das kurz aufbrausende Geschrei der Vögel und wieder der Cello-Ton.

»Der Kerl ist krank«, bestimmte Clementine, überhörte den Einwurf Gabos, »nein er wird unterdrückt!«, und fuhr fort, »aber weg mit dieser entsetzlichen Szene! Könnt ihr euch noch erinnern, dass euer Großvater leidlich gut die Sarabanden auf dem Cello gespielt hat? Alberto ist wirklich ein feiner Mensch gewesen, wenn man sich heute so umsieht. Ein Gentleman. Der hätte mich inmitten meiner Feier nicht einfach sitzen lassen.«

Katha und Gabo hörten kommentarlos zu, sie schienen sich nicht an den Großvater als Cellisten zu erinnern, oder waren noch vom knallenden Abgang Quiques überwältigt. Clementine begleitete das Schweigen der Enkel, das sie als bodenlose Gleichgültigkeit der jüngeren Generation interpretierte, mit missbilligendem Gesichtsausdruck und Kopfschütteln. Dann machte sie ihrem Ärger Luft: »Es ist unerhört, dass man mich jetzt einfach so allein hier sitzen lässt! Ich hätte ihnen allen doch auch noch etwas zu sagen gehabt. Man hat mich aber nicht zu Wort kommen lassen. Vor allem der saublöde Köter! Wer hat denn heute hier Geburtstag, möchte ich fragen? Was gibt es denn heute Wichtigeres zu tun? Haben die mich alle vergessen? Siegmund, Elias, mein Großer, Treugott? Ja, was tanzen denn die da dort um den Bauernkrüppel herum? Vorhin noch ist das Fest so schön gewesen …« Der Atem war ihr ausgegangen; sie schöpfte wieder Kraft und schleuderte, so laut sie konnte, zum Haus hinüber: »Ja, habt's mich doch alle gern!« Gabo beobachtete eher belustigt die großmütterliche Wut, wogegen Katha sich bemühte, wie man es in der Klinik betrieb, sie wieder und wieder zu umarmen und zu besänftigen – doch Clementine weigerte sich und bog sich mit einem »Lass mich!« aus ihrem Arm. Dann schlug sie mit der flachen Hand auf den Tisch, gezielt auf die immer noch herumirrende Ameise. »Sella wie!«, bestimmte sie und begann mit dem Versuch, aus dem Sessel zu kommen. Es war außerdem höchste Zeit, die Windeln zu wechseln.

13

MARTIN ALLEIN

Martin hatte seine Familie unter der Linde verlassen, um nach dem Verbleib der aufgebrochenen Geburtstagsgäste und des Personals zu sehen. Er fand zunächst niemanden, nirgends, dann aber alle auf einmal: in der Schlachtkammer. Rotraud, Delia und Mirta über den Toten geworfen, der auf dem Zementboden lag. Elias lag auf Mirta, und über ihnen lagen noch Gretl, Sarah und Benny: ein wogender, stöhnender Menschenknäuel. Martin fiel auf die Knie, versuchte, alle zu umarmen, und stieß dabei in die vom Haarspray oder Küchenbrodem drahtig-steifen Löckchen Rotrauds. Dann bemerkte er Siegmund, der starr und Hund bei Fuß vor der Tür angehalten hatte, an der Bannmeile des Todes. Auch Gabriel erschien kurz in der Helle des Türrahmens. Zuletzt stürzte Katha herein und warf sich heulend auf Martin.

Jetzt standen sie alle in der warmen Sonne auf dem Hofplatz, in einem engen Kreis um Rotraud, die von Delia und Elias gestützt wurde. Gabriel hatte inzwischen schon mal die Gendarmerie angerufen, gleich darauf aber seinen verpackten Paragleitschirm geschultert, mit Katha ein Treffen für den nächsten Tag verabredet, allen anderen kurz zugewunken und zu Fuß den Tilo-Hof verlassen. Das Winken mochte vage auch dem Vater gegolten haben, sagte sich Martin.

Auf einer alten feldgrünen BMW-Maschine kam ein Gendarm angerattert. Nachdem er sich in der Schlachtkammer umgesehen hatte, stellte er seine Fragen an die Festgäste und die Einheimischen. Schließlich befahl er Quique, aufzusitzen und mit auf die Wache zu kommen. Derweil waren auch der Arzt und – als Fahrer des Krankenwagens – Enzo Cirigliano eingetroffen. Sie zogen einen schwarzen Plastiksack über den Leichnam und wälzten ihn auf die Tragbahre. Auf dem Weg zum Fahrzeug indessen zerbrach eine Stange unter dem Gewicht des Farmers, und der Sack rollte auf den Boden. Bertl und Lumpi begannen in wilder Aufruhr zu bellen, rau und spitz. Erst als Benny in seinem Mick-Jagger-Shirt hinzusprang und den durchhängenden Leib um die Mitte packte, konnten sie ihn ins Innere des Krankenwagens schieben. Die Umrisse des Kolosses zeichneten sich unter der Hülle ab, und Martin hatte sekundenlang den Eindruck, als ob er sich bewegte. Er konnte nicht verhindern, dass Katha dieses Abschleppen mitansehen musste. Sie stand neben ihm und verkrallte ihre Finger in seinen Gürtel. Auch Mirta hatte sich an ihn gelehnt. Er legte ihr den Arm um den Hals und flüsterte ihr zu: »Sehen wir uns später, gegen Mitternacht?« Eine Antwort bekam er nicht, doch glaubte er deutlich gespürt zu haben, dass der Gegendruck ihrer Hüfte sich kurz verstärkt hätte, bevor Mirta von ihm abrückte.

Rotraud bestand darauf, gleich mitzufahren. Enzo hätte noch gerne mit Gabo gesprochen, aber dann wandte er sich eben an Martin: »Mannomann, Herr Doktor, was für ein verrückter erster Jänner! Schon am frühen Morgen drei Hantavirus-Fälle, gegen Mittag der tollwütige, schwer verletzte H.-H. Futterer, den wir gefesselt ins Krankenhaus bringen mussten, und jetzt Trigo, der sich erhängt hat.« Dann ergänzte er noch, dass die Zweitfrau Futterers, Mausi, ganz verzweifelt um Hilfe gerufen hatte – gegen den Willen von Erstfrau Siskauskas. Anscheinend sei der Sektenführer in Trance gefallen und habe sich eine heftig blutende Gesichtsverletzung zugefügt. Da er ein virulenter Gegner der Schulmedizin sei, habe ihm Frau Siskauskas nur mit einem Mittel aus ihrer homöopathischen Hausapotheke helfen wollen.

»Damit hätte sie ihn fast vergiftet«, warf der zuhörende Arzt ein, der, erschöpft nach diesem Tag, bereits neben Rotraud in der Fahrerkabine saß. Dann verabschiedete sich Enzo.

»Jetzt fährt Treugott zum letzten Mal die schöne Nussbaumallee hinunter«, sagte Martin zu Katha und Mirta, als sie dem Krankenwagen nachblickten und ihm nichts Besseres einfiel.

Rotraud suchte Trost bei ihren Töchtern in Quemquemtréu. Gretl und Elias, die in ihrer Nähe bleiben wollten, fuhr Benny etwas später mit Treugotts Pick-up in die Ortschaft. Sie hatten beschlossen, im Hotel »Tirol« zu übernachten. Enzo hatte Dr. Königsberg noch gebeten, bei Futterer vorbeizuschauen – vielleicht würde dieser auf den greisen Seelenarzt hören und sich nicht so rabiat der klinischen Behandlung widersetzen. Und dann kündigte Siegmunds Dackel wieder einmal einen Anruf an. Es war der Friseur und Gärtner Siegmund Rohrs, Kamel Jalil, der über eigene Beziehungen zur Gendarmerie verfügte und seinem Stammkunden berichten konnte, was Vetter Quique dort alles zu Protokoll gegeben hatte. In Kürze: Er habe den Vater erst entdeckt, als es für eine Rettung schon zu spät gewesen sei. Zuerst sei ihm in der Düsternis der Schlachtkammer nur das Schimmern des verchromten Rollstuhls aufgefallen. Dann aber habe er neben der leeren Sitzfläche die Schuhe des Vaters in ungleicher Höhe baumeln gesehen und beim Nähertreten die blaue Arbeitshose erkannt. Mehr pantomimisch als in Worten und einmal sogar mit herausgestreckter Zunge habe Quique angegeben, wie er oben, dort im Dunkeln, die herabhängenden Schultern und den in schiefem Winkel seitwärts vorgeneigten Kopf des Vaters entdeckt habe – um den Hals einen Schafstrick, der an der Halterung des Flaschenzugs befestigt war. Den habe er sofort durchgeschnitten. Zu der aufgeschlitzten Maus, die der Gendarm auf dem Boden der Kammer gefunden hatte, wusste Quique nichts zu sagen. Nachdem Siegmund sich diesen Bericht angehört und Martin weitererzählt hatte, verkündete er knapp: »Lumpi, es ist höchste Zeit, uns auf den Heimweg zu machen. Wir müssen vor der Dämmerung zu Hause sein.« Worauf er, seinen zerrenden Telepathen mühsam an der straffen Leine haltend, mit kleinen, steifen Schritten den Schauplatz verließ.

Martin musste sich nun doch um seine Mutter kümmern. Sie

hatte wohl als Letzte den Festtisch verlassen und dürfte auf ihrem Zimmer in einen späten Mittagsschlaf gefallen sein. Er musste ihr von Treugotts Tod berichten, das ließ sich nicht hinausschieben. Wegen der Stille und Leere im Haus würde sie bald entdecken, dass Schreckliches geschehen war. Also versuchte er, eine den Umständen entsprechende düstere Miene aufzusetzen und klopfte an ihre Tür. Schon bei seinem Eintreten rief sie ihm aus dem Korbstuhl entgegen: »Schau nicht so blöd. Deine Tochter hat mir schon alles brühwarm und heulend berichtet.«

»Mama, ich wollte dir nur den Schock ersparen …«

»Na was denn … vorhin ist mein Fest noch so schön gewesen. Dann habt ihr mich alle, einer nach dem anderen, verlassen. Und schließlich habt ihr *ihn* fortgeschleppt – in einem Sack, wie die Gilda in ›Rigoletto‹.«

Sie zeigte kein Interesse, weitere Einzelheiten zu erfahren, aber dass Elias und Gretl heute Nacht in der Ortschaft bleiben würden, nur um sich um Rotraud zu kümmern, brachte sie auf. Ob man sie vergessen habe, schließlich sei das Unglück an ihrem Geburtstag geschehen und dadurch dieser nun tatsächlich endgültig zu ihrem »letzten ersten Jänner« geworden. Denn wie und mit wem würde sie ihn in Zukunft noch feiern können? Mit dem Gespenst des rücksichtslosen Selbstmörders? »Jetzt lasst mich doch allein!«, befahl sie, obwohl nur er im Zimmer stand, und griff sich ein Bändchen Josef Weinheber vom Nachttisch.

Mit Sarah und Benny saßen Katha und er noch lange zusammen, alle auf einem Sofa in der selten benutzten guten Stube der Laglers. Neben dem Sofa stand der geschmückte Weihnachtsbaum, durch dessen Zweige sich bunt blinkende Lichtergirlanden zogen. Gesprochen wurde wenig. Im Fernseher lief ohne Ton der Discovery Channel: rasende Motorräder in der Mojave-Wüste, Bakterien im Darm, Elefantenherden in Afrika, die immer von links nach rechts über den Bildschirm trotteten, und Gazellen, die von rechts nach links sprangen. Katha war bald eingeschlafen – oder hatte sich zeitweise schlafend gestellt. Es war ihm vorgekommen, als bedeutete es für Her Royal Highness eine Erleichterung, von Treugotts »tragical decision« in Bennys Sprache berichtet zu hören, als wäre dieser Entschluss nicht hier, auf dem Tilo-Hof getroffen und vollstreckt worden, sondern, ins Englische transponiert, irgendwo an einem fernen Ort ihres Commonwealth. Auf jeden Fall aber stand für sie fest, dass Treugott Lagler den Einflüsterungen der internationalen Gehörfolterer zum Opfer gefallen war.

Zwischendurch war Katha von Traumbildern aus dem Schlaf gerissen worden und hatte sich beklagt: »Pa, wir haben dieses Jahrhundert in einem Plastiksack bestattet – wie andere Jahrhunderte in Hanf, in Segeltuch, in Fellen; in der Steinwüste, auf Hoher See, im Ewigen Schnee, eingemauert, versenkt, verscharrt. Und dabei haben wir immer die Besten verloren.« – »Ja, die Besten«, gab er beruhigend zurück – und hatte zugleich ein unbestimmtes, nicht zu ortendes Empfinden von kantigen Konturen unter der alles verhüllenden Zeit. »Und die Übelsten ziehen mit ihrem Hund davon und werden einundneunzig oder hundert Jahre alt«, murmelte Katha noch. »Richtig, die Übelsten sind unsterblich«, stimmte er ihr zu. Später verlangte sie schlaftrunken nach einer *kultrún*: »Ihr seid mir alle wieder aus dem Rhythmus gefallen!«, klagte sie.

Darauf erklärte er den beiden Israelis das kultische Instrument der Mapuche und erzählte ihnen von dem tumultuösen Treffen mit den Stammesvertretern am gestrigen Abend. Das verschaffte den beiden etwas Ablenkung – doch, wie sehr ihnen allen gerade jetzt Elias fehlte! Er verspürte Durst und hätte sich gerne ein Glas Wein geholt, vor diesen dreien aber ging das einfach nicht. Und Hunger meldete sich ebenfalls – ein der späten Stunde entsprechendes Bedürfnis, das hier offenbar sonst niemand mit ihm gemein hatte. Schließlich brachen Sendestörungen im Fernsehen aus. Es zerriss karibische Manatís in flirrende Streifen, aufblinkende Gesichter versanken in einem Flimmermeer. Die Krohns standen auf. Eine Gute Nacht wünschte man einander nicht. Ein Seufzer, ein Handdruck genügten. Martin schaltete den irr gewordenen Apparat aus. Sogleich spiegelten sich die Blinklichter des Weihnachtsbaums auf der Mattscheibe.

Katha hatte ihn gebeten, bei ihm schlafen zu dürfen, aber Martin hatte sie überzeugen können, dass es besser sei, bei der Oma zu bleiben. »Wir dürfen sie nach diesem Unglück nicht so allein lassen, Katha. Du kannst dir nicht vorstellen, wie innig sie mit den Laglers durch all die Jahre verbunden ist und was ihr der gute Treugott bedeutet hat.« Er hatte zwischendurch einmal kurz bei Mama vorbeigeschaut. Da war sie immer noch im Korbstuhl gesessen, ihr Gesicht bemüht, einen Ausdruck von Enttäuschung und Entrüstung nicht verfliegen zu lassen. Der aufgeschlagene Band von Weinhebers Gedichten lag auf ihrem Schoß. Sie deutete auf das Buch. »Der ist auch in den Freitod gegangen, aber das war der Heldentod eines Getreuen, der sich zwischen dem Untergang des Reiches und den Roten entscheiden musste ›*... doch Dauer hat der Tod*‹«, begann sie den Dichter zu zitieren, »›*Die Vergeblichkeit hat Dauer. Dauer hat, die uns hüllt, die Nacht. Zu fragen ziemt uns nicht. Uns ziemt zu fallen; jedwedem auf seinem Schilde.*‹ Davon kann bei Treugott ja nicht die Rede sein, nicht wahr? Der hat sich doch einfach aus Hirnverbranntheit umgebracht.«

Martin war nicht darauf eingegangen, aber er hatte ihr Kathas Gesellschaft angeboten. Darauf hatte die Mutter nichts erwidert und nur geklagt: »Das hätte mir der Kerl nicht antun dürfen«, und wiederholt, dass dies ihr »letzter erster Jänner« gewesen sei. Trotzdem begleitete er jetzt Katha zu ihr. Die Mutter lag schon im Bett. Es war das breite Bett, in dem sie viele Sommer mit Martins Vater geschlafen hatte. Ihre Lippen hingen in die Mundhöhle hinein, sie hatte vor dem Einschlafen das Gebiss herausgenommen. »Na, Kind, dann schlaf halt hier«, sagte sie schlappernd und schlug mit der Handfläche zu ihrer Rechten auf die Federdecke.

Darauf konnte er endlich in die Küche gehen, um sich Wein und ein Sandwich zu holen. Er fand die untröstlichen Hausgehilfinnen immer noch mit dem Geschirr des Geburtstagsfestes beschäftigt und Delia berichtete ihm aufgeregt von Quique. Der sei gegen Abend zurückgekommen, und sie habe ihm einen Teller mit den Resten des gegrillten Lammes und des Kipflerkartoffelsalats gefüllt – und noch eine gehörige Portion Dobostorte hinzugefügt. All das habe Quique mit Heißhunger verschlungen und sei dann auf sein Zimmer gegangen. Bald darauf aber habe er um Hilfe gerufen: Er hatte alles, mit Blut vermischt, wieder ausgekotzt. Sie begann vom Hantavirus zu sprechen, und ob es Quique nicht auch erwischt haben könnte. In ihren Kommentaren schien sich jedes Virus zu einem grässlichen Vampir auszuwachsen. Das fehlte ihm gerade noch. »Warten wir noch die Nacht ab, Delia. Falls es ihm morgen früh noch schlecht geht, fahre ich ihn gleich nach Quemquemtréu«, versprach er. Mirta schenkte ihm einen Humpen Wein ein. »Der ist für später«, flüsterte er ihr zu. Auf das Sandwich hatte er nach Delias Erzählung keinen Appetit mehr. Dann umarmte er mit Worten des Trostes die beiden Frauen und ließ sie noch eine gute Weile in sein Holzfällerhemd hineinweinen.

War Katha die geeignete Begleiterin für Mama? Sie standen ja beide noch unter der Schockwirkung. Nachdem er die Küche verlassen hatte, schlich er sich, den Weinkrug in der Hand, an die Tür der Mutter und horchte eine Weile: kein Laut, sie schliefen wohl endlich. Also kehrte er ins Gästehaus zurück.

Da saß er nun und nagte an der ersten Zeile seiner pflichtgemäßen Logbuch-Eintragung. *Quemquemtréu, Tilo-Hof. Erster Jänner 2000.* So war die leere Seite überschrieben. Er sah alles in Frage gestellt, was ihn bis heute Mittag noch so übermütig und befreit, ja so zukunftsgewiss gestimmt hatte. Auch das lange Beisammensitzen und Gerede unter dem Lindenbaum war ja vorwiegend heiter oder zumindest grotesk gewesen. Es war ihm, als stiege langsam eine schwarze Gewitterfront in seinem Inneren auf, noch ungewiss, wann und mit welcher Gewalt sie sich entladen würde, und zugleich unterbrach und durchpulste ihn wiederholt, für kurze Augenblicke, das Vorgefühl einer nahenden Lust. Er lehnte sich in seinen Stuhl zurück, betrachtete sein Spiegelbild im Fensterglas: über ihm Finsternis, darunter, im abgeschirmten Lampenlicht, sein ratloses Gesicht, und darunter das zerknitterte Hemd.

Ein inneres Zwiegespräch kam nicht zustande, aber der Krug war bald zur Hälfte geleert. Ort und Tag, ja, das war einfach gewesen. Aber womit jetzt anfangen, fortfahren? Er dachte an das erste, enttäuschende Gespräch mit Treugott am Grillplatz, an die glitzernden Scherben der zerbrochenen Kristallschüssel, an den nagelneuen Rollstuhl. Und zugleich schien ihm klar bewusst zu sein, dass dieser Tod, dass dieser geschätzte Mensch und sein Schicksal nur ein Zwischenfall am Rande seines eigenen Zusammenbruchs war – dass ihn damit im Grunde *überhaupt nichts* verband, dass ihm das Ganze nicht einmal, wie seiner Mutter, als eine Rücksichtslosigkeit des Gastgebers erscheinen konnte. Ein Stilbruch zur Jahrhundertwende, vielleicht. Warum sollte er etwas groß anmerken, was ihn nichts anging und nur die anderen am Festtisch in Aufruhr versetzt hatte? Zugleich aber widersprach ihm etwas aus dem Bewusstsein. Es sei keineswegs so, ihnen allen, außer dem Ehepaar Krohn aus Israel, bedeute dieser Tod sehr viel, sogar Endgültiges. Er fühlte Verwirrung, Gereiztheit, Überdruss, musste aufstehen, nach draußen gehen, und er trat vors Haus.

Es war kühl und windstill, balsamischer Duft des Lindenbaums erfüllte die Nacht. Am Talboden das durchbrochene Lichternetz von Quemquemtréu; dort unten lag der Selbstmörder aufgebahrt, und war der Prophet ans Bett gefesselt; dort saß der alte Psychotherapeut, bemüht um eine vom Schmerz gebrochene Rotraud. Als Martins Ohr sich an die weite Stille gewöhnt hatte, begann er ein Rauschen herauszufiltern, das wohl vom Fluss aus der Tiefe heraufkam und, von den Berghängen zurückgeworfen, ihn hier oben erreichte. Es erschien ihm wie ein Fahrgeräusch der gesamten nächtlichen Landschaft. Und immer wieder wird er, der Stadtmensch, von der Pracht des klaren Nachthimmels überwältigt. Er erkennt den »schönen« Orion, er betrachtet die vertraute Anordnung der Gestirne, die dieses dominante Sternbild zeichnen. Man kann es von beiden Hemisphären aus sehen, aber hier, über der südlichen Hälfte des Planeten, steht der Schönling auf dem Kopf. Hinter der westlichen Silhouette der Kordilleren, deren Masse des Nachts nicht aufstrebend, sondern zusammengesunken wirkt, vermeinte er einen blassen Schimmer wahrzunehmen, als ob der nahe Pazifik noch gespeicherte Tageshelle abstrahlte. Er wandte sich um und sah über dem hohen Schatten der Piltriquitrón-Wand das vertraute Sterngeviert des »Kreuz des Südens«. Wie verständlich, dass die Menschen sich die Sternbilder ausgedacht haben: Sie vermitteln ihnen so etwas wie Ordnung und Wegzeichen auf ihrer ziel- und grundlosen Reise durch das glitzernde Chaos. Soll das ein Wegkreuz sein, das ins Gelobte Land weist? Den gesegneten Ort, den ich für Katha und mich suche? »Das steht in den Sternen«, wie man so sagt. Nur, hier unten, im patagonischen Tilo-Hof, liegt diese Zuflucht bestimmt nicht. Wie absolut, ja absolut gleichgültig dieses ganze Szenario unseres Umherirrens uns doch umgibt, wie es sich in lichtlosen Tiefen, im Rauschen, im Schimmern und Funkeln, in scheinbaren Wegmarken und Schönheiten doch nur auf sich selbst bezieht! – Wie anders bei den Mapuches, denen die Natur und ihre Lebensgemeinschaft noch Eins waren.

Im hellen Mansardenfenster sah er Bewegung, glaubte er die Umrisse Mirtas zu erraten. Sie mochte ihn beobachten. Also winkte er hinauf und ging eilig auf sein Zimmer zurück.

Unter der Lampe erwartete ihn das aufgeschlagene Heft. Er trank den Wein aus, beugte sich widerwillig über das Papier, und seine innere Abwehr ließ ihn halluzinieren. Da flimmerten Gestalten wie Phantome hinter der Pupille, zogen über das leere Blatt, ruckartig gestikulierende, schmausende Gäste um einen gedeckten Tisch; wie die Vorführung eines zerschlissenen

Stummfilms mit greisen, alten, jungen, kindlichen Gesichtern, kalkweiß mit schwarzen Konturen, die ausgelassen grimassieren, kauen, trinken, zappeln. Da saßen der tote Grillmeister an dem einen und der Psychiater am anderen Ende der langen Tafel. Auf der einen Längsseite waren der Himmler-Fan, die Gattin des Seelenarztes, der Zahntechniker mit seiner Sabra-Frau und er selbst platziert; und ihnen gegenüber sein Sohn, seine Tochter, die lachende Wirtin und die neunzigjährige Jubilarin. Was wiederholte Mamas mechanisch auf- und zuklappender Mund? »Es ist mein letzter erster Jänner«? Das wussten sie doch alle. So wie in dieser Geisterbahn würden sie nie wieder beisammensitzen; es war schon gespenstisch genug – und nur möglich geworden, weil alle sich blindlings einer Utopie unterworfen hatten. Das hatte Gabriel wohl durchschaut, als er uns bei Tisch so wütend und erbarmungslos sein Manifest des Unerwünschten ins Gesicht schmetterte – uns Unerwünschten, Zwiespältigen, Diskriminierern und Diskriminierten, Ausgewanderten, Ausgewiesenen, Ausgegrenzten, Vertriebenen, Verschollenen, Verschütteten, Untergetauchten. Ist irgendwann Schluss damit?

Martin begann nun einfach zu schreiben:

An diesem Neujahrstag 2000, am frühen Nachmittag, als wir Asado u. Dessert, Festreden u. allerlei Konfliktstoff aus Anlass von Mamas Neunzigstem hinter uns gebracht hatten, hat sich Treugott Lagler erhängt. Über die Ursachen will ich nicht spekulieren. Mir soll für diesen Tod einfach gelten, was meine Kinder K. u. G. vom Am-Leben-Sein halten – von seiner Fragwürdigkeit, ja der Schuld, die Judith u. ich uns ihnen gegenüber aufgeladen haben. Mama war tief erschüttert, hat aber Haltung bewahrt. Um über die schwierige Begegnung mit G. u. mit den Gästen zu schreiben, ist es jetzt schon zu spät geworden; u. erst recht, um mich zu fragen, wie es mit K. u. mir weitergehen soll.

Er zog die Zimmertür einen Spalt breit auf, warf die Kleider ab und legte sich erwartungsvoll aufs Bett.

Nicht Mirta – das Morgenlicht weckte ihn aus einem traumbewegten Schlaf. Im Fenster stand schon ein Stück blauer Himmel; eine schwache Spur Lindenblütenaroma, durchhaucht von säuerlichem Weindunst, lag im Raum. Als er sich der Tür zuwandte, war ihm, als entwischte durch den Spalt eben noch ein Zipfel des Traumgeschehens wie eine forthuschende Maus – und Quiques Zustand von gestern Abend fiel ihm ein.

Aber jetzt beherrschte ihn erst einmal die Lust auf ein kräftiges Bauernfrühstück. Ob das, ohne Rotraud, wohl noch zu bekommen war?

Reinhard Kaiser-Mühlecker

Wiedersehen in Fiumicino

Roman

Band 19370

Joseph geht für eine NGO nach Argentinien, um sieben Monate in Buenos Aires zu arbeiten. Seine Freundin hat er ohne ein Wort im heimatlichen Österreich zurückgelassen. Unbeirrbar folgt er seinem Interesse, seinem Inneren, seiner Intuition. Doch immer wieder kommt er an den Punkt, an dem er das Gefühl hat, es ginge nicht weiter. Dann wendet er sich ab. In Buenos Aires begegnet er Savina, doch auch bei ihr wird er nicht bleiben. Auf seine Mitmenschen übt Josephs grenzenlose Unabhängigkeit eine eigenartige Faszination aus. Unvermittelt kehrt er nach Österreich zurück und muss erkennen, dass die Welt sich weitergedreht hat.

»Wie Magnetspäne ordnen sich die Erzählstimmen um den geheimnisvollen Joseph und seine Monate in Argentinien an. Der Erzählrhythmus schürt die Spannung, unwillkürlich wartet man auf einen großen Knall, der aber nie eintritt.«
Maike Albath, Süddeutsche Zeitung

»Literatur ist bei Reinhard Kaiser-Mühlecker Medium der Verständigung, aber auch der schmerzhaft empfundenen Isolierung des prekären Individuums.«
Friedmar Apel, Frankfurter Allgemeine Zeitung

Fischer Taschenbuch Verlag

fi 19370 / 1

Adriana Altaras

Titos Brille

Die Geschichte meiner strapaziösen Familie

Band 19304

Adriana Altaras führt ein ganz normal chaotisches und unorthodoxes Leben in Berlin: mit zwei fußballbegeisterten Söhnen, einem westfälischen Ehemann, der ihre jüdischen Neurosen stoisch erträgt, und mit einem ewig nörgelnden, stets liebeskranken Freund. Alles bestens also ... bis ihre Eltern sterben und sie eine Wohnung erbt, die seit 40 Jahren nicht mehr ausgemistet wurde. Fassungslos kämpft sich die Erzählerin durch kuriose Hinterlassenschaften, bewegende Briefe und uralte Fotos. Dabei kommen nicht nur turbulente Familiengeheimnisse ans Tageslicht, auch die Toten reden von nun an mit und erzählen ihre eigenen Geschichten.

»Leidenschaftlich heiter:
Die Schauspielerin und Regisseurin
Adriana Altaras hat mit Titos Brille eine unterhaltsame,
anregende und weise Geschichte ihrer jüdischen Familie
geschrieben. (...) Ohne Umschweife, ohne Scheu, ohne
Sentimentalität – aber mit viel Zärtlichkeit
und großem Witz.«

Irene Bazinger, Frankfurter Allgemeine Zeitung

Fischer Taschenbuch Verlag

fi 19304 / 1

Bruce Chatwin und Paul Theroux
Wiedersehen mit Patagonien
Aus dem Englischen von Anna Kamp
Band 11721

Bruce Chatwin und Paul Theroux, zwei erfahrene Patagonien-Reisende, die beide bereits Bücher über dieses Land am äußersten Rand der bewohnbaren Welt geschrieben haben, treffen in Wiedersehen mit Patagonien zu einem reizvollen Zwiegespräch über ihre Erlebnisse zusammen. Und da sie »literarisch« Reisende sind, erregt ein literarischer Bezug genauso ihre Neugier wie ein merkwürdiges Tier oder eine seltene Pflanze. Melvilles Moby Dick oder Edgar Allan Poes Denkwürdige Erlebnisse des Arthur Gordon Pym, ein spätmittelalterlicher Ritterroman, in dem ein seltsames Tier mit Namen Patagon auftaucht, oder das Verschwinden des Odysseus im Meer – ihrer leidenschaftlichen Aufmerksamkeit entgeht kaum ein faszinierendes Detail. Sie folgen aber auch den Spuren ganz realer Reisenden – ob es sich hierbei nun um Darwin oder eine englische Lady handelt –, und Chatwin entdeckt höchstpersönlich die Hütte, in der sich Butch Cassidy und Sundance Kid für eine Weile zur Ruhe setzten. Die hier zusammengetragenen Fundstücke wecken die Sehnsucht nach diesem Land, das zur Metapher wurde für das Unheimliche, das verhängnisvoll Anziehende.

Fischer Taschenbuch Verlag

fi 11721 / 1

Wien

Ein literarischer Streifzug

Herausgegeben von Jürgen Hosemann

Band 90343

»Nun war ich wieder in Wien, und mit erwartungsvoller Lust tat ich am Morgen den ersten Gang in die Stadt, am Rathaus vorbei in die Ringanlagen ... da sog ich mit dem kalten stiebenden Morgenwind wieder voll Freude die Atmosphäre dieser einzigen Stadt in mich ein, es klang mir aus Glockentönen und Blätterrauschen, aus duftigem Staubdunst und spielenden Fontänen, aus dem Tonfall der Sprache und aus hundert kleinen lieben Zeichen der Geist dieser Stadt entgegen, zart und gefällig und lebensfroh, mit einem leisen Schleier von Wehmut und Vergangenheitstraum darüber. Architektur, Straßenleben, Dialekt, Menschen, alles spielt zart und erregend zwischen Pracht und Grazie ...« *Hermann Hesse*

Mit Texten von Franz Grillparzer, Arthur Schnitzler, Elias Canetti und vielen anderen.

Das gesamte Programm von Fischer Klassik finden Sie unter: www.fischer-klassik.de

Fischer Taschenbuch Verlag

fi 90343 / 1